魂繫彼岸的此岸敘事

——論當代中國作家與作品——

程德培　著

目錄

作家論

作品論

談話錄

作家論

魂繫彼岸的此岸敘事

——論遲子建的小說

小說不是因爲我們展現了別人的命運而有意義，而是因爲這陌生人的命運燃燒產生的火焰，爲我們提供了我們從自身的命運中從來沒有汲取的熱量。

——本雅明《啓迪》

如果說在小說創作中存在著敘事體能的話，遲子建無疑將進入中國當代小說最爲出色的行列。無論長、中、短各項，她都能從容應對，始終保持著敘事的活力。二十多年的創作生涯，平均每年兩部中篇、若干短篇，自一九九一年出版長篇小說《茫茫前程》以來，幾乎每三年有一部長篇問世。關於體能，不可知論或神祕論者也許會說，遲子建生來就是寫小說的料，她與小說世界的際會也是可遇而不可求的。王安憶甚至說：「她好像天生就知道什麼東西應該寫小說的。」（王安憶、張新穎《談話錄》，廣西師範大學出版社二〇〇八年六月版）抱持空間地緣觀點的則認爲，她相對中心來說是邊緣性的寫作，從小生活在中國最北的小村子，很少受到中心意識波動的污染，當污染地區岌岌可危時，她的書寫則成了綠色區域。這很像是一支成長在高原的球隊，體能生來就是長處。體能是活力的證明，又是我們瞭解一個作家創作路徑的徵候。二十多年「咬定青山」的執著所書寫的個人文學史，既是遲子建對整體文學史的參與，也是一種挑戰。

1

今天人們議論遲子建的創作，幾乎都要涉及文學史與她的關係。一種是重寫和重議的姿態正在抬頭，類型化和階段性的文學史研究對遲子建創作的視而不見引起諸多不滿。施戰軍在其作家論中甚至指出：「隨著寫作視閾的漸次張大，遲子建小說的文學史意義已經到了有必要揭示出來的時候。」（施戰軍《獨特而寬厚的人文傷懷——遲子建小說的文學史意義》，載《當代作家評論》二〇〇六年第四期）不滿者讚賞遲子建「信奉著小說的最原始、最本源的道德與倫理，始終演繹著小說最自然、最樸實的美感」，「呈現給我們的『文學性』也是最純粹、最本色的文學性」（吳義勤《遲子建論》，載《鍾山》二〇〇七年第四期）。抱怨遲子建走上文壇的亮光為「二十世紀八〇年代中洶湧的先鋒文學浪潮淹沒了」（同上）。斷言「遲子建的文學『天才』以及她所建構的文學理想、文學價值確實是我們今天所缺失的」（同上）。這幾乎是一場涉及對遲子建作品的價值、評價公正與否的訴求。其實，平心而論，遲子建並沒有那麼委屈。不止一次地囊括中國文學所有「最高獎項」，幾乎所有的文章對遲子建都是積極肯定而很少指責的，而且評價呈現越來越高的趨勢（這一點倒是值得警覺），現在唯一的遺憾是已有的文學史所占的地位不夠。

文學史固然重要，它意味著被歷史所認可，也是我們認知文學的見證。歷史上倘若沒有利維斯的《偉大傳統》，喬治・艾略特就不可能在文學史上享有如此崇高的地位；倘若沒有夏志清的《中國現代小說史》，也很難想像怎麼會有那麼長時間的「張愛玲熱」。文學史自然是主張詩學公正不可缺少的場所，但弄得不好它也是個名利場，問題還在於終極意義的文學史不是一成不變的，它是在不斷地修正中完成的。對當代文學史來說，我們也許更需要的是閱讀史而不是其他。閱讀不關乎名利，閱讀也不是文本的附庸和被動的闡釋機器，不是那種重複的「糟糕小說」和只知捕風捉影的「自傳」。

在雨中想起了〈老師〉講給我們的一個童話故事。他說有一個音樂家窮困潦倒，他創作的所有作品都不被時代所重視。當他的呼吸將要停止的時候，他的滿頭白髮忽然像琴弦一樣直直地豎起來，一縷陽光猶如一雙纖巧修長柔韌的女人的手指一樣，在那上面彈奏出他的最後作品。他的作品使窗外春色萌發，音樂家終於在他自己創作的音樂中沉醉離去。

這是遲子建作品中無數個傳說和童話中的一個。它既是童話故事又傳達出一個關於藝術的信念。藝術即生命的燃燒，猶如在「逝川」邊上生活了一輩子的吉喜，儘管牙齒可怕地脫落，頭髮稀疏而斑白，嗓音嘶啞喘著粗氣，用盡最後的力氣將一條條豐滿的淚魚放回逝川。這種類似放河燈的結尾在遲子建的作品中屢屢出現，表現了生命不息的傳承。遲子建相信「生命是有去處的」，這既是輪迴也是一種傳遞。於是，在遲子建的世界中，生命是無處不在的，不管是記掛著夢想與童話的「北極村」，還是「感受最多的鋪天蓋地的雪，連綿不斷的秋雨以及春日時長久的泥濘，當然還有森林、莊稼、牲靈等」。感覺上遲子建那童年的世界離我們非常遠，恰如它具體的地理位置；記憶中的故鄉、傳說和故事又都是那麼美好，猶如夢中的田園詩一般。作者八〇年代最初的作品雖有些稚嫩，但格局高遠，天地自然盡收筆底，化爲敘述的符號是那麼樸素、清新和自然。童年和故鄉、想像和語言、記憶和願望，不僅僅是小說的素材，更是我們無法泯滅的人性的相遇點。遲子建把童年化爲記憶，將故鄉化爲願望，把天地化爲近鄰，將自然化爲神明。她把過去從遺忘中拯救出來，而未來則由一個遙不可及的虛幻承諾變得有血有肉。隨著時間的推移，遲子建的敘事日趨成熟，作爲童年和故鄉的記憶漸行漸遠。「我寫過了，我釋然，可那遙遠的灰色房屋和古色古香的小鎮果眞爲此而存在了嗎?我感到迷茫。我依然客居異鄉。」寫於一九九〇年的中篇小說《原始風景》，敘事者在其結尾處流露出感傷的情懷。

故鄉與忘記的恐懼相伴，時隱時現地流連不去，就像天堂一樣，如夢中的伊甸園一般，它不只是一個眞實渴望的對象，更是一種渴望的眞實。渴望有一種神奇的功能，它不止改變生活的版圖，而且創造隱喻的世界。我們知道，隱喻基本上是「無根據的」，只是一組符號代替另一組符號，所以語言在那些恰恰是它表現得最富有說服力的地方，傾向於暴露它自己不眞實的和任意的性質。「字面的」和「比喻的」意思之間不僅有著書寫想像而且也包含著閱讀的飛翔。「太陽和月亮做愛」、「假如魚也生有翅膀」、「怕自己的蹄子把陽光給踩碎了而縮著身子走路的牛」、「一滴水可以活多久」、「雪的聲音」、「天上那條銀河是水」等等，還有遲子建小說經常出現動物、時令季節、舊器物，放河燈以及路上、途中、火車上都充滿著隱喻，透著悲涼與滄桑，蘊含著人性的溫暖。

大部分的天堂只是對現今、眼前和不聽話的世界的拒絕，對我們不喜歡的各種事情的拒絕。遲子建不然，她早期作品中的「天堂」不是拒絕，更多的是對故鄉的擁抱和對童年記憶的留戀。當以後慢慢地進入更加世俗且複雜多變的世界之後，拒絕才逐漸抬起頭來。王安憶關於小說曾經有一個此岸到彼岸的說法，「小說是人的故事，不是神的故事，而彼岸是人的神岸。就是說，從此岸到彼岸，是將人渡到神。」（王安憶《小說如是說》，載《中國當代作家面面觀》，春風文藝出版社二〇〇六年一月版）遲子建的敘事生涯有點不同。她彷彿就生活在彼岸，她的敘述就是從彼岸開始，漸漸地才落腳此岸。從這個意義上說，她可眞是個「逆行的精靈」。「也許是因爲神話的滋養，我記憶中的房屋、牛欄、豬舍、菜園、墳塋、山川河流、日月星辰等等，它們無一不沾染了神話的色彩和氣韻，我筆下的人物也無法逃脫它們的籠罩。我所理解的活生生的人，不是庸常所指的按現實規律生活的人，而是被神靈之光包圍的人，那是一群有個性和光彩的人。」（遲子建《假如魚也生有翅膀》，湖南文藝出版社二〇〇五年一月版）此話出自遲子建的文章《寒冷的高緯度》，文章還有個副標題爲「我的夢開始的地方」。

「夢開始的地方」是遲子建的彼岸，很多年以後，即使作者不再講述那遙遠的傳說和那美麗的神話，遲子建依然心存彼岸魂繫故鄉。從身在彼岸到心存彼岸始終掩藏了遲子建文本深處無法去除的脈動。彼岸始終是文學的理想，是一種無法抹去的詩學正義。不是某人某文某書某評價的公正與否所能動搖的。

2

童年記憶，田園詩般的村莊，與大自然的親近是遲子建創作的起點，也是其小說世界中的浪漫成分，而如果我要從此岸出發，行駛擺渡到彼岸的敘事就難以逃脫現實主義的法網。彼岸有著單一、純粹和宏大的特徵。失去了複雜、瑣碎的世俗支撐，人生的敘述便會索然無味。可能，這樣討論問題有點機械，有時候爲著說清楚是會付出簡單化的代價。首先，遲子建歷時二十多年，其間中國社會經歷了巨大的裂變，文學的背景、價值取向、審美趣味也都在發生著微妙而複雜的變化，作者難以置身世外。其次，就個人創作而言，遲子建也不是鐵板一塊，我們既要注意其萬變中的不變，又不能忽略其不變之中的種種萬變。記得文能對遲子建所做的訪問《暢飲「天河之水」》中指出：「我個人認爲，《秧歌》前後的一批作品如《香坊》、《東窗》、《舊時代的磨房》、《向著白夜旅行》等小說，是你創作的一個高峰。你曾經在一篇創作談中說你喜歡神話和傳說，而以《秧歌》和《向著白夜旅行》爲代表的這批小說，正是你在故鄉的神話與傳說的浸潤下，使想像力和創造力勃然迸發的結果。我甚至覺得如果你沿著這條路子再推進一步，會產生更優秀的作品。但你這之後創作上出現了新的轉折，你接著寫出一批更貼近現實、風格更爲平實的作品，如《白銀那》、《親親土豆》、《月落碗窯》等……但總覺得有點可惜。」話雖說得有點簡單，但能抓住關鍵問題。在諸多有關遲子建的訪談和評論中，還很少有人關注這一問題。

我們不妨這樣討論問題，遲子建小說世界活躍著幾種不同成分的因素，它們在不同時期，在各個具體作品中此消彼長，相互支撐又彼此爭奪，相互聯繫又各自排斥。比如童話、傳說、故事和現代意義中的「小說」。童話專注非人區域中的人性化；傳說意味著在時空上很少束縛，幽靈般地拒絕理性，無需從奇幻中篩選出合理和從歷史中篩選出記憶的牢籠；而故事則在內容上沒有小說那麼挑剔、更歡迎多樣性，故事也沒有小說中那種對意味的吹毛求疵和形式上的自由主義。在某種意義上說，故事比小說更保守、更傳統、更少與現代世界相連結。結合考察遲子建的創作，可以這麼說，九〇年代上半葉是個重要時期。各種創作元素處於雜交期並獲得應有的發展，各種嘗試在付出代價的同時也有著意外的收穫。文能的分析除了在取捨上有些武斷外，其他則合情合理並有預見性。

與文能不同，我似乎更看重《白銀那》，不是因爲它的轉載率高、覆蓋面廣，而是此類小說更體現出作者追尋現代小說含義的勇氣；不是因爲作者要貼近現實，而是現實這張冷酷無情的臉在逼視著我們；不是說《白銀那》寫得如何成功，而是正因爲它付出了可貴的「挫折」。《白銀那》是這樣的故事，一向以臨江捕魚、入林狩獵的生活方式，因現代化的進程、資源稀缺而變得難以維繫。一次百年不遇的漁汛攪動了這裡的人們。「漁汛給人帶來極爲複雜的情感，喜悅、興奮、痛苦和失落。」這是一次現代生活的遭遇戰。小說中開始出現了出售高價貨物的個體食雜店，開始出現了有錢人，出現了錢能給我們帶來什麼的疑惑。應當承認，作者在小說中銳敏地捕捉了變化中生活的信息，不乏生動地敘述了變動中人與人之間的微妙局面，技術上甚至運用不同視角的交替運行。問題出在矛盾衝突處理的一廂情願。崇尚善良和以德報怨固然是一種美德，但它並非是解決任何矛盾的萬能鑰匙，商品原則進入人們生活面孔是多樣的，情況也是複雜的，更多的時候它不呈現爲唯利是圖的極端形象。謀略將審美實踐的問題全部融化於道德想像的空間，很可能到頭來是一種奢侈的貧困。《白銀那》以及同類作品並非成功之作，但我們卻能從中窺視遲子建創作的強項與弱項。

而像《秧歌》這樣的作品正是遲子建的優勢發揮。秧歌是世俗節慶的舞姿，是一種念想，是銀月巷和豬欄巷人的狂歡，是充滿著民間傳說的盛裝舞會。如同元宵一樣，一年一度如期而至的秧歌，成了支撐人們生活下去的理由。爲看秧歌而凍掉兩個腳趾的女蘿，是節日的陰影；而傳說中的小梳妝則帶來萬人空巷的群情激盪。兩個栩栩如生的女性形象猶如一明一暗的光影，虛實相間，互爲輝映。《秧歌》是人生命運的傳說，又是生死纏繞而又彼此輪迴的故事；是一聲關於人、歲月、生命無常卻有常的嘆息。《秧歌》是運用閃回、意念、時空掌控最爲舒展自如的小說，尤其小梳妝之美簡直就是影子之書，如影隨形般的美輪美奐，充分體現了作者不凡的寫作才能。

小說傾向於表現人生之無涯，這跟它對人生的無限空間的深切懷戀是有連帶關係的。好像是一種回應，遲子建堅信「人肯定會有一種與生俱有的蒼涼感」（遲子建、郭力《現代文明的傷懷者》，載《南方文壇》二〇〇八年第一期）。守望、忍耐不乏堅韌，苦難且始終向善，憂傷又趨於欣慰，脆弱與不完美中自有一顆樸素的心。這些都是遲子建筆下人物的品質。文明是一種憂傷，疼痛是一種力量，生命是渺小而短暫，唯有大自然是這世界上眞正不朽的事物。人生的無限空間對遲子建來說，在乎天地山水之間。寫於新世紀的小說《五丈寺廟會》寫的是趕廟會，一路上一串人的故事，敘事猶如中國畫的長卷。其結尾處寫到仰善讓金彩珠給那「不吉利」的烏鴉放生，「放河燈的人聽見烏鴉叫，都抬頭張望著。只見那烏鴉向著棲龍河的下游飛去，牠的頭頂是一輪滿月，而腳下是迤邐的河燈，這天地間煥發的光明將牠溫柔地籠罩著，使牠飄飛的剪影在暗夜中有著一種驚世駭俗的美。」結尾充滿著意象，完整的故事結尾並不需要完整，因爲它會破壞人生無涯的完整循環。

3

長篇小說《僞滿洲國》和《額爾古納河右岸》無疑是遲子建迄今爲止的巔峰之作，因爲有了它們，我們對遲子建的認識和理解都會有所不同。我們在認清作者一以貫之的追求、甚至是與生俱來的敘事本能之外，還必須看到作者的探索、變化和發展的一面。說遲子建屬於「傳統」，並不等於一成不變，何況，有時概念經常是一種飄浮的能指。前面所提到的九○年代上半葉的重要發展期所積蓄的能量和成敗得失的經驗，到了這兩部長篇都有了總的提升和爆發。《僞滿洲國》和《額爾古納河右岸》之間，既有聯繫又有差異；既有分道揚鑣的不同姿態，又有著殊途同歸的本源性。七十多萬字的《僞滿洲國》書寫的是大時代中小人物的故事，芸芸眾生在日常世俗生活中漂泊掙扎，但卻背負著歷史的沉重負荷。敘述百年歷史的部族記憶的《額爾古納河右岸》，記錄的是一個即將逝去的部族賴以生存的大自然，開始告別永遠根植的「一片故土」。充滿著逝去的悲哀和美好的記憶。如果說《僞滿洲國》芸芸眾生小人物書寫的是一座歷史豐碑，那麼《額爾古納河右岸》則是一個部族唱出的一闋輓歌，它既是一首生命的頌詩，也是獻給那古老而美好的生活方式的墓誌銘。《僞滿洲國》既是被閱讀的文本，又是一種對歷史的「閱讀」；《額爾古納河右岸》既是被閱讀的史詩，又是一種對文明的「閱讀」。

《額爾古納河右岸》成就一個部族的神話，或者相反。它是一種生活方式的詩，又是一種信仰的史。他們的生命屬於大地，屬於他們賴以生存的岩石、河流、樹木，他們只能依賴一成不變的環境，因爲這和他們的信仰和宗教有關，如果遷移別處，他們會感到斷了根。「馴鹿一定是神賜予我們的，沒有牠們，就沒有我們。雖然牠曾經帶走了我的親人，但我們還是那麼愛牠。看到牠的眼睛，就像白天看到太陽、夜晚看到星星一樣，會讓人在心底發出嘆息。」從歷史上講，道德的含義是習俗的複數。習俗表示某種習慣的東西，人們習慣做的東西。習慣「是人類生活的偉大指南」（大衛・休謨語），然而習慣又處於「不斷變化的狀態中」（弗雷澤語），原始道德既是以群體的贊成或反對爲傳統根據習慣做或不做的事情，同時又是那些作爲禁忌的事物，它們是超越於群體的贊成和反對態度之上，好像是通過某種難以理解的神祕力量而自動發揮作用。這支鄂溫克部落的百年史所構築的結構是一種神權的表達，不光生存習俗，不光集體意義和個人命運，就連它的瓦解、消亡都有著某種神聖的東西。我們無法讓遭到拋棄的命運通過敘事的力量得以重築，但我們依然可以在這場自由擁抱死亡符號的敘事中，感受一種生命力量的強烈釋放。文明進化至今日，自然的觀念不斷地且無奈地只能向身體靠攏的時候，《額爾古納河右岸》卻再次提醒我們「閱讀」那離現代性越來越遙遠的自然、自然觀、人與自然融爲一體的生存方式，包括文化習俗、敬畏與信仰、宿命和生命的延宕、宗教與美學。如今這一切都淡出了我們的視線，敘事的復活一不小心成了記憶的複述，一聲嘆息中不復存在的存在。將自然寫成一位偉大的悲劇戲劇家，其意義也許會暗含著對經濟發展的責難，蘊藏著對文明的批判。虛構作品越是讚美公正，它就越是顛覆地提請人們注意公正在文本之外的匱乏。作爲藝術形象，妮浩是活生生的，讓我們感動，而作爲鄂溫克部族最後一位薩滿，她又是神靈，讓我們敬畏。這裡，人類學的意義和小說的意義彼此混雜，有著我們不易覺察的美感。

也許我們更應該關注《僞滿洲國》。三年前，施戰軍在其評論文章中就提出：「《僞滿洲國》的文學史價值，至今爲止仍然沒有得到業內人士足夠的重視。」（《獨特而寬厚的人文傷懷——遲子建小說的文學史意義》，載《當代作家評論》二〇〇六年第四期）也許此話的「史」可以拿掉，文學價值比文學史價值更重要。三年過去了，我認爲此話依然有效。施戰軍在文章中這樣闡釋其理由：「僞滿時期是東北地域最富歷史複雜性和人際遭遇意味的歷史，無論誰來書寫，都必然首先面對一個既要保持忠實於歷史氣氛和史實的嚴謹態度，又要超越蕭紅的難題。遲子建要駕馭這麼一個有著較大跨度和如此繁複的史事的儼然龐然大物的『滿洲國』，確實令人始料不及。」（同上）。

敘述《僞滿洲國》的外在難處自然是有目共睹。而一句「確實令人始料不及」是否還暗含著其他的難處呢？比如，就我們所瞭解的遲子建的敘事能力，她的美學趣味和局限。不管怎麼樣，作爲文本的《僞滿洲國》已成事實，艱難的創作「已過萬重山」。

《僞滿洲國》是一段特定歷史的記錄，但它不是一個人的史詩和傳記，也不是一個時代的正面攻防性書寫。長長的七十萬字，芸芸眾生，日月星辰，圍繞著的是那面銅鏡的分與合、離散和重逢。書寫和閱讀都經歷了忍辱與不屈、煎熬與守望、幻想與破壞、創傷與彌合、分離和團圓……如果我們心裡想著僞滿洲國那一特殊的背景的話，便能體察敘事者眼中各色人等的處境、情境與心境。那處於艱難時世之中的微妙心理和行爲處世，無奈之情緒的生存與爆發。遲子建以小人物的世俗之狀來對應「大歷史」，其實這兩者未必是我們必須選擇之一的對立面。文學有時和歷史書寫距離太近了，以致無法抗拒它，而且很多時候文學就是歷史，只是披上了比喻的外衣。然而文學又有著一份脆弱的自主權，一種隱私的因素。當王金堂堅持要活著回去見上老伴一面的理由和信念時，作爲非歷史的個人的隱情和欲望表現得特別頑固，文學對歷史的作用是微妙迂迴和曲折的。而當他和與他有著同樣命運的被日本人強行抓去當勞工而不能回家，掙扎在插翅難逃、生死難料的地獄中之時，歷史自然地也彰顯其無所不能的功能。其實，《僞滿洲國》中的故事是多種多樣，無論是生死難卜的楊靖宇、喜怒無常的溥儀、多愁善感的婉容，還是菩薩心腸的豐源當鋪老闆王恩浩、命運多舛的王羅鍋、天眞愚頑的吉來、深明大義的匪頭牛遠山等等，無論是大人物的個人感情，抑或是小人物的歷史情感，他們都以各自的不同命運和生存方式書寫了這段文學中的歷史，歷史中的文學。

藝術上，《僞滿洲國》運用眾多敘事視角穿插運行，試圖讓歷史的大道與個人普通生活的小徑彼此纏繞成一股更為強勁有力的敘事繩索。小說令人信服地敘述眾多人物的日常生活，但又合符歷史命運地讓他們活下去，既闡釋了生活的難處，又表現出一種藝術的生活。相較而言，《偽滿洲國》的耐心在於偌大空間的布局之下，讓人物各得其所，《額爾古納河右岸》的從容，在於在時間的流逝中讓人物各取所需。如果說《偽滿洲國》屬於那種在空間的舞台上舒展其長袖，那麼《額爾古納河右岸》則是那種在時間的長河中奔騰跳躍。

4

中篇小說《世界上所有的夜晚》是這樣開頭的，「我想把臉塗上厚厚的泥巴，不讓人看到我的哀傷。」我經常在想，去掉具體的原由，每個人的臉上都會有這樣那樣的泥巴，這樣那樣或多或少難以察覺、難以清洗掉的「泥巴」，掩飾著這樣那樣的眞實面目。認清眞實的面目，既是生活的難處，也是敘事藝術所要追求和探討的重要目標。虛構的現實使現實的虛假完滿失去光彩並呈現出它的空洞。同樣虛假的現實也會蒙蔽虛構探索眞實的雙眼。採用面具、製造假象、說話反覆無常、說的和做的並不一致的方式，既是敘事也是生活，這種方式既是一種創造性的又是毀滅性的。用虛假的方式求眞是文學的本性使然，在眞實的存在中尋求虛假的方式也不妨視為這個崇尚物質主義世界的一種必然。用前者昭示後者，用後者蔑視前者，結果都是給感覺至上論開闢了道路，除了感官之外沒有任何東西是眞實的和除了金錢之外沒有任何東西是眞實的，兩者在本質上是一致的。值得注意的是，虛構經常是一個干擾著正常思維活動的溫床。經常會不知不覺地移到倫理的領域。引導和引誘的界線是模糊不清的。認識之樹和蛇的誘惑的神話並不是簡單的二元對立，但在一些批評家眼中卻經常發生著莫名其妙的「轉變」。

作家利用作品說話，這涉及詩學正義的問題。而批評家則利用作品說話，而如何說則涉及詩學公正的問題。小說把虛構化爲現實，或者在模仿和想像中實現虛構。而批評則經常運用概念，須知概念是另一種虛構或幻覺，它在交流行爲中有效地起著作用，因此是一種不可或缺的支撐。在一次訪談中，哈貝馬斯談到了他的意圖，「不把眞理問題與正義問題或者趣味問題絞在一起。」（《作爲未來的過去——與著名哲學家哈貝馬斯對話》，浙江人民出版社二〇〇一年十二月版）反對關於這些領域的僵硬劃分所造成的傷害的同時，也須警惕審美把它的相鄰區域帝國化，我們在盛讚遲子建小說不放大命運的凶相時，千萬別讓自己陷入無限放大的溫情主義的泥潭之中。當一位加拿大朋友提出「王金堂往鍋裡給人家吐唾沫什麼的，在西方人看來，這個人的人性是非常惡的」（遲子建、郭力《現代文明的傷懷者》，載《南方文壇》二〇〇八年第一期）；當遲子建認爲：「我覺得把一種大惡放在唯美當中，它們衝擊力可能更大」，而與其對話的周景雷則說：「但往往有欺騙性，你把一些讀者給騙了」（遲子建、周景雷《文學的第三地》，載《當代作家評論》二〇〇六年四期）時，我感到無言以對，因爲這是把不同的問題放在一起了。

詩學的正義主張是對世界的評判不僅僅是倫理的，而且更應是美學的。敘事倫理無法擺脫道德判斷，但必須夾帶著敘事的自律。從某種意義上說，善也是從惡中提取的，就像活力產生於倦怠一樣。倘若善良離開邪惡就不成其爲善，倘若上帝最偉大的事蹟在於他那用邪惡創造了善字，那就存在著這兩種狀態的互相依存。用輕鬆自在地簡化二元神話的做法，取代更爲恰當的辯證視角所做出的複雜和含混的判斷，這也許是令人痛心地不諳世事。推崇善與惡的二元法則，惡成了一種被丟棄、勿聽勿視的東西，而認識「自我」與認知「他人」則時常失蹤，到頭來都是「我」的無法丟棄的影子在其中飄來蕩去。在《額爾古納河右岸》中，當我們想到伊萬用「兩張水獺皮、一張猞猁皮和十幾張灰鼠皮，在人口販子換來娜杰什卡」時，恐怕不會簡單地聯繫到把人當作物來交易的那個令人憎惡的制度。還有小說不時出現以獻身來訴求神靈，以替罪羔羊的獻祭來獲得救贖。我們都很難以簡單善惡二元論來做出判斷。

溫暖對遲子建而言是放大了的世界觀、審美觀，它既是審視世界的眼睛，又是理解世界的觀念；它既是善的取暖器，又是對惡的不滿和排斥，既是批判的武器又是武器的批判。在這個世界上，溫暖不僅僅是人對自身的信念，人與人的關係圖，而且也是維繫人對自然、對天地、對動物乃至對物件的信念。溫暖在遲子建的小說世界中占據著特殊的地位，也是運用最爲廣泛的命題。這種命題的困難之處不在於我們是否同意它們，而在於我們幾乎看不出不同意有什麼意義。遲子建的溫暖還體現在不把惡人惡行推向極端，不給惡以相稱的懲罰，這是對悲劇的拒絕。但就是在這種「不施於人」的善意邏輯的空隙之中，偷偷地溜進來的則是寬恕。寬恕破壞針鋒相對的輪迴，中斷了因果報應的機制，它以一種烏托邦的姿態廢止了正義的絕對交換價值，拒不以牙還牙。從這個意義上說，遲子建的溫暖又是一種小說的仁慈。有著悲天憫人的慈悲，有著普渡眾生的情懷。有些評論，用普世價值，近乎宗教的信息來應對遲子建的溫暖，也許不無道理。另外，我們應當注意的是，用道德鼓舞的名義，善的施捨在中國是有其歷史淵源的，這對我們從另一個側面理解遲子建的溫暖或許是有幫助的。道德秩序之所以可靠，其意義在於它最終驅除了邪惡，但別忘了有時我們只有借助對善良的一種悲劇性消費，才能達到這一目的。

美好的回憶是使人成熟的一個不可或缺的心理源泉。潛在的集體記憶是家園感的支柱，這種意識並非源於書本，凡儀式的操演、婚喪嫁娶、四季輪迴的慶典狂歡，行爲的規則和身體的語言、薩滿的神靈、對自然的敬畏和獻祭等，都是它的表述。童年記憶既是遠離家園的鄉愁，也是無家可歸的傷痛。故鄉的敘事不止是遲子建溫暖地看待世界的根源，也是其藝術觀的源泉。依據遲子建的敘事倫理，美德不是源於某種沉重的義務，而是源於對同類的自然情感。這裡的「同類」可以繼續延伸，包括天地自然。對大自然的熱愛和敬畏是遲子建的「宗教」，是她放行人道主義的通行證。也因此她小說中那些美好的比喻、象徵、隱喻都和自然景物休戚相關。

微風就像太極拳一樣，慢悠悠地飄來蕩去，它的拳腳所落之處，帶來的波動是不一樣的。比如落在草上的風，就把草弄折了腰，落在黃泥上的風，則將縷縷花香給偷出來，隨便地送給過路的鳥或蝴蝶了。——《一匹馬兩個人》

伴隨著溥儀焦慮不安的心情是雷聲，「雷聲轟隆隆地再次炸響，玻璃被震得嘩啦嘩啦響，就像許多風車搖動的聲音。閃電時隱時現，室內也忽明忽暗著。」——《僞滿洲國》

霧氣的敵人一定是太陽了。中午時候，太陽終於撕破了陰雲的臉。如果說霧氣是一群遊走的白象的話，那麼陽光就是一支支鋒利的箭，它們一旦射出來，霧氣沒有不被擊中的，它很快就被陽光所俘虜，消失蹤影。——《額爾古納河右岸》

遲子建的景物描寫富有想像力且充滿著靈性，在敘事作品中占據很大的比例。猶如手中的針線活，在篇章結構中經常起著起承轉合的作用。最重要的是，大自然寄託著作者的審美情感與理想。

「大自然親切的觸摸使我漸漸地對文字有了興趣。我寫作的動力往往來自它們給我的感動。」「我對文學和人生的思考，與我的故鄉、與我的童年、與我所熱愛的大自然是緊密相連的。」「面對壯闊的大自然的時候，我一方面獲得了靈魂的安寧，又一方面覺得人是那麼的渺小和卑瑣，只要我離大自然遠了一段日子，我就會有一種失落感。」（遲子建《假如魚也生有翅膀》，湖南文藝出版社二○○五年一月版）這些話的所有出處，都可以在遲子建的作品中尋找到。

5

文章寫到這裡，總覺得疏漏了許多關鍵字，比如滄桑感、傷懷之美、蕭紅等。遲子建小說經常反覆出現的現象，也未加以一一的分析，比如遲子建的小說經常寫到死亡，《霧月牛欄》中的繼父、《親親土豆》中的秦傑、《秧歌》中的小梳妝等；比如經常在小說出現的器物，《北極村童話》中的項鍊、《日落碗窯》中的大澡盆、《踏著月光的行板》中的鬧鐘、《逝川》中的漁網、《僞滿洲國》中的銅鏡等；比如小說中經常出現的報應和輪迴，《沒有夏天了》中幾十年前偷挖別人金子，致使金主夫婦雙雙死亡，幾十年後眞相大白後又被人掐死的靖伯伯，《岸上的美奴》中將母親推入水中溺死的少女，《青草如歌的正午》中溺死自己傻兒子而嫁禍於人的父親等；又比如小說中經常會寫到缺臂斷腿的形象，《世界上所有的夜晚》中的獨臂人老張、《第三地晚餐》中的獨臂人俄媽、《額爾古納河右岸》中獨腿老人達西、《僞滿洲國》中獨臂王小二、被剁了雙手的李進財。還有許多眾所周知的作品也未加以分析。這些疏漏也只能另外行文再加以彌補。

此文的主旨主要想探討遲子建二十多年小說創作的文本脈絡，不止關注其創作的特色，我更關心的是其創作上的探索、發展與變化。將遲子建的創作看成一成不變的文本是站不住腳的，將遲子建的小說單單歸之於傳統是值得商榷的。

探索並不是一種搖旗吶喊，而是創作中內心的訴求，是個性的張揚，是被支撐對於支撐的厚望。它抵制的是趨炎附勢的人云亦云，拒絕參加摩登時尚的遊行。現代主義對現在感到不安，他們力圖拒絕離現在主要是與時間和歷史的一種古怪而且苦惱的爭吵。邁克爾·伍德認爲：「現代主義最近的過去，以及導向這個過去的線性時間；他們喜歡把遙遠的過去作爲模範的論據。」他甚至斷言，「時間本身就是一種墮落；通過對文化記憶做縝密的篩選就有了重回天堂的一半希望。」（〔英〕邁克爾·伍德《沉默之子》，三聯書店二〇〇三年八月版）這是一位當代優秀的批評家面對加西亞·瑪律克斯小說中模仿某種懷舊，優雅地將各種老調譜寫成一首交響樂的感嘆。頗具意味的是，遲子建的小說同樣是攙雜著多種成分，諸如童話、傳奇、寓言、神祕奇幻、浪漫、詩的手段，散文化傾向乃至寫實都有。說到底遲子建的創作是雜交型的，這正體現文學中的探索精神，也是對創作自由的追尋。別的不說，光遲子建那魂繫彼岸的詩學正義，如何在此岸的世俗中安營紮寨，其間就經歷著漫長的探索之路。

彼岸是一種遙遠的寄託，是那種我們夢寐以求的失去具象的境界。而不是解決世俗煩惱瑣事的萬應靈藥。寬恕既是猥瑣精神的昇華，又是一種救贖的途徑，但弄不好也是對生活複雜眞相的掩飾。總是在結尾處用一種類似手法滿足讀者的情感期待，恐怕是過於傳統的老套了。要求小說應該獎賞德行高尙者、懲罰道德敗壞者，這確實是一種頭腦簡單的道德論。小說的殘酷方式在於我們不能有效地消除歷史的夢魘，改造現世的醜陋。早在一八八四年，亨利·詹姆斯便發表了他那篇在西方小說理論史上影響深遠的文論《小說的藝術》。他說：「一部小說之所以存在，其唯一的理由就是它確實試圖表現生活。」然而對詹姆斯而言，「人性是無邊無際的，而真實也有著無數形式。」（〔美〕亨利・詹姆斯《小說的藝術》，上海譯文出版社二〇〇一年五月版）一方面要求作家反映現實生活，另一方面又指出現實的不確定性。表明了詹姆斯一隻腳在十九世紀，另一隻腳在二十世紀。詹姆斯的話距今已一百二十五年，我們今天面臨著又一次的跨世紀，而中國現實也面臨著跨越兩個時代的書寫。魂繫彼岸如何成就扎根此岸的敘事，堅持個性特色而又不失之單調和自我模仿；堅持人性的底線又如何不失其無邊無際、多種多樣的不確定性；不隨意放大惡的凶相，又要時刻警惕金玉其外的善。這不能不說是所有作家所面臨的難題。

在品評遲子建小說的這段時間裡，花費我閱讀時間最多的另一位作家是方方。從文章中得知遲子建與方方是好友，但閱讀經驗告訴我，她們的小說文體是那麼的截然不同。文風一熱一冷、心腸一軟一硬；一個好用第一人稱敘述，一個則基本不用；一個崇尚蒼天有眼、天地有情，一個則深信人心叵測、人生無涯；遲子建信奉溫情的詩意、善的規勸，「我們所做的，就是在這個蒼涼的世界多給自己和他人一點溫暖。」（遲子建、郭力《現代文明的傷懷者》，載《南方文壇》二〇〇八年第一期）方方則是懷疑論者，「人世有多麼複雜、人生有多麼曲折、人心有多麼幽微，有時候我們自己並不知道。」（方方《水在時間之下》，上海文藝出版社二〇〇八年十二月版）遲子建和方方的文體區別很像中醫和西醫的不同：前者講究的是通神通性，人體的脈絡各機能與天地呼吸、與日月星辰相應，有的是靈魂的神祕，是脈、氣、穴位和陰陽的循環；後者則崇尚理性和科學的解剖術，撕開皮相，切入骨裡，不懈地尋找病灶，毫不留情地切除腐爛之「器官」，有著一種切膚之痛。方方的許多小說都是尖銳之書，搜索甜蜜中的寒光，遲子建則是溫情之書，在蒼涼與苦難中提取暖意。

總之，方方和遲子建的差異是一面雙方都能找到自己的鏡子，映襯出各自原創的觀點和無法模仿的聲音，提醒彼此作品中都可能被語言簡化或遺漏的東西。當作家（或他們的代言人）聲稱自己的作品已找回那「失去的天堂」，說他們的人物有了自己的生命，敘事已昭示出人性的眞相時，我們想知道他們的意圖何在，他們爲什麼使用以及如何使用這個隱喻。聲稱我們是敘事的動物，等於用一隻手將敘事絕對化，同時用另一隻手將世界相對化。想像的確不難，但是要想得對這就很難了。我們這些歷經磨練的敘事者經常在小說結尾時明白了這一點，但下一次的開頭又陷入了麻煩。或者相反，總是在開頭時自以爲明白，但到了結尾時又陷入了疑惑。敘事是一種磨難，煉獄般的循環往復，以致我們想到的只能是白天與黑夜、天堂和地獄。

二〇〇九年五月十日於上海

原載《上海文學》二〇〇九年第八期

文中所涉遲子建作品

《遲子建作品精選》，長江文藝出版社二〇〇六年九月版

《遲子建中篇小說集》一至四卷，上海人民出版社二〇〇八年五月版

《僞滿洲國》，載《長篇小說選刊》二〇〇五年第一期、第三期

《額爾古納河右岸》，載《收穫》二〇〇五年第六期

地獄與天堂背後的多副面孔

——對劉恆二十年前舊文本的新閱讀

在薄薄的紙頁上可以蓋天堂，也可以搭地獄，而且隨時都可以找到摧毀它們或使它們不朽的理由。——劉恆

寫小說是件快樂的事情。寫小說是件痛苦的乃至絕望的事情。——劉恆

我給大哥寄去了十幾個名字。名字固然不少，在大哥選擇之前，卻無非是一些沒有生命的漢字而已。——劉恆《教育詩》

劉恆這些警句式的小說觀、語言觀是深思熟慮的產物，還是隨便說說，我們大可不必爲其最終的答案而煞費苦心，因爲決定小說家命運的並不是宣言，而是實實在在的文本。不過，喜好闡釋自己的創作倒是劉恆創作的一大特色。不僅《虛證》後有作者附記，《伏羲伏羲》後有「無關語錄三則」，還兼帶著「代跋兼對一名詞的考證」等注釋性副標題；還有那部應《鍾山》雜誌「新寫實大聯展」之約的長篇《逍遙頌》之外的「正文外五章」，更是用了委婉曲折卻又語氣強硬的話語道出了自己對小說的見解和主張。二十多年過去了，劉恆在其最新的話劇劇本《窩頭會館》問世後，故技重演地又加上了「編劇的話」及注。不同的是，此次的闡釋簡單明白，在談及劇本主題時，他明白告知：「直白的說法是一個字——錢！文謅謅的說法是——困境。」在注釋中，他對這種直白又文謅謅的說法感到既茫然又釋然，因爲「事後觀望一下，發現說了等於白說。人們在劇中看到的是他們想看的或不想看的東西，與我愚蠢的指引毫無關係」（《人民文學》二〇一〇年第一期）。

闡釋是一種權力，況且其民主的進程這幾十年如同我們的經濟發展一樣，一如既往地快速且充滿著變數。劉恆既茫然又釋然的注釋，無論如何都表明了對寫作的「神話」和閱讀的「神話」的尊重與無奈，以及幾乎無法同時理解它們的可能。經過那麼多年，現在似乎也不會有人反對這樣的一種觀點：即閱讀也是一種創作，闡釋不止是一種權力，同時也是小說的共同創造者，沒有接受者，小說也將不會存在。寫作者對自身作品的闡釋僅僅是無數闡釋中的一種，何況小說文本自身也是一種「潛意識」，它不受創作者的控制。劉恆的小說一旦落地，文本也就自成一體，事先預設的主題很可能失去了其主權和地位。米蘭・昆德拉也經常講主題，他認爲：「主題是邊界，事物越界便失去本身的意義。我們的生活在最接近邊界的地方展開，我們隨時都冒著穿越它的危險。」（《米蘭・昆德拉訪談錄——小說的藝術八十一號》，載《大家》二〇〇九年第六期）米蘭・昆德拉這裡是從創作的角度說作品，他把這種危險稱之爲一種「主題的變奏」。對某些人而言，主題和意義都是凝固的頑石，問題是它們在那裡，我們的任務只是尋找。而米蘭・昆德拉則把它稱之爲邊界，閱讀所要探尋的，正是無聲的力量和清晰的意義之間的契合點。主題和意義作爲形式和內容之間的繁忙的十字路上的話語，經常表現爲不可思議的倒置：形式倒置成所指，所指倒置成內容。把主題安頓於作品之中，而意義則撒落於文本之外；我們只能透過一面朦朧的話語的螢幕，其中上演的不止是它與生活的感覺聯絡和大量體驗的新聞短片，還有思維和願望糾纏在一起的複雜過程。劉恆的茫然是對「主題變奏」的尊重，其釋然又是對文本意義無限可能性的理解。自上個世紀九〇年代初，劉恆幾乎停止了其小說的創作，至今長達二十年。對其二十年前舊文本的重新閱讀不可能不受到時間的干擾，時間將改變閱讀的趣味和標準，是攝取和排泄的辯證法。二十年前我們極爲敏感的東西，今天可能因其司空見慣而變得淡漠了；二十年前大家覺得神神祕祕的東西而今早已是家常便飯了；也有可能二十年前忽略不見的東西卻是今日非同尋常的課題……

舊文本新閱讀會產生諸多變異，那是因爲一方面，委託給非人的印刷媒介的文本經歷一種持久的、物質性的存在；經歷一系列再版、被人引用，而且是一系列不以書寫者意志爲轉移的方式被人利用。比如說「文學史」，二十年前的閱讀和批評不見得有什麼「文學史」的意識。而今不同了，「文學史」因學院教學的需求已步入學術的殿堂，「文學史」意識已成爲我們評介、闡釋和取捨作品的「超驗的能指」。另一方面，就文本的意思而言，也不是固定單一不變的，意思是許多能指的一種綜合的、相互作用的結果，是能指潛在的、無休止的相互作用的副產品。意思是多元的、可修正補充的，一個意思把我們帶到另一個意思，前面的意思不斷被後面的意思所修正，而且隨著時間的推移，經常會有第三種、第四種意思的插足，而不斷閃現新的意思。從某種意義上說，時間是能指之所以飄浮的催化劑。今天重讀劉恆二十年前的舊文本，試圖捕捉這「飄浮的能指」，闡釋其諸多副面孔，有些面孔進入文學史已久都屬老生常談，有些則從來是面目不清至今仍難以記起，有些經過時間撩撥而漸漸地浮出水面，而有些則可能是自以爲是的幻覺，其實未必是劉恆的面目……無論如何，重新闡釋的一個基本事實還是劉恆文本本身的豐富性，原來屬於作品本身意思那蜘蛛網般的複雜性。

2

應當承認，就是今天回過來看，劉恆小說的基本面目依然是生存的困境。關於這點，作者本人在一次談話中說得很清楚，「《狗日的糧食》、《伏羲伏羲》、《力氣》包括《蒼河白日夢》的前身，是我對少年時代生活的農村中困苦處境的某種總結性的思索。比如『糧食』是農民維持生存的基本要素；『性』是使生命得以延續的不可缺少的條件；再有一個是『力氣』，作爲農民，有智慧是沒有用的，他必須有力氣去耕作、去生活；還有一個就是『夢想』，對農民來說，如果沒有夢想，沒有那些所謂的迷信和虛妄的美好的生活、幻影支撐著的話，現實的痛苦會讓他們無法忍受。夢想使他們安分守己。」（林舟《生命的擺渡——中國當代作家訪談錄》，海天出版社一九九八年五月版）說其是基本面，還有就是它們和文學史敘述的不謀而合。除了《力氣》之外，《狗日的糧食》和《伏羲伏羲》已成了幾乎所有的當代文學必備的「教材」。如陳思和主編的《中國當代文學史教程》中略有貶意地指出：「至於劉恆的小說如《狗日的糧食》、《伏羲伏羲》等，更進一步消除了人性中精神性的因素，把全部筆墨都集中於對『食色』的描寫上。」（陳思和主編《中國當代文學史教程》，復旦大學出版社一九九九年九月版）而洪子誠著的《中國當代文學史》則更多褒意，認爲這些作品「對於人的生存條件和基本欲望（食、性、權力等）有連續的關注。與嚴酷的自然、歷史文化環境相關的生存困窘和壓抑所導致的人性扭曲、變態和卑微化現象，有令人印象深刻的揭示。」（洪子誠《中國當代文學史》，北京大學出版社二〇〇七年六月修訂版）相較之下，陳曉明在新近出版的《中國當代文學主潮》對劉恆的此類小說則另有一說，他從「尋根」小說出發，認爲「劉恆的《伏羲伏羲》雖然還可看到『尋根』的流風餘韻，但實際上，它帶著明顯的『反尋根』的傾向。劉恆未必是一個明確的新寫實派，但卻是率先掙脫『尋根』的寫手」（陳曉明《中國當代文學主潮》，北京大學出版社二〇〇九年四月版）。看來，文學史也不是那麼「一律」的。不管怎麼說，劉恆本質上是一位頭腦裡長有「反骨」的作家，無論是從形式還是內容。他既不滿跟風跟潮，反對別人，同時反對自己。五卷本的《劉恆自選集》中收有早期作品六篇，據《中國當代文學主潮》中有關劉恆的注釋介紹，一九七七年發表的《小石磨》是其處女作，而這六篇早期作品很可能是這一時期的作品。早期作品大都以稚嫩的思維構築心靈的溫暖，其中誤會法、先進和後進的矛盾轉換、皆大歡喜和雨過天青的結局是其基本模式。劉恆自己把此類作品歸之爲「寫一些粉色的跟青春有關的東西，而且想當然是對生活理想的想像」（張英《人性的守望者——劉恆訪談錄》，載《北京文學》二〇〇〇年第二期）。一九八六年發表的《狗日的糧食》是劉恆創作中構造性的轉折，是一次文學觀、世界觀的轉折，是一次針對自身創作的洗心革面。一九八八年對劉恆小說創作來說是最為重要的年頭，幾乎所有重要的中篇小說都發表在這一年。

也許，我們今天還能回憶起當年那場「尋根」運動的硝煙，那縈繞在「尋根」上空的無所不在的「文化」意味。所謂文化，暗示著障礙、距離和不可翻譯性。我們現在也無法斷言八〇年代的文學尋根舉文化之旗，就是對「現代化」的一次抗議集會，何況，那個年代，各人口中的「文化」，其含義和用意都不盡相同。所謂文化，又是個難以明確的術語，它可微不足道，也可意義重大。在這個意義上說，《伏羲伏羲》關於「男根」的書寫也是一種「尋根」。奇怪的是，在一個解決溫飽的時代裡，劉恆那些關於溫飽處於困境的小說怎麼就掉入了食與色的陷阱之中了。糧食、力氣、性欲本能，這些最低綱領看似微小，卻是澄清事實、想像與象徵之間混亂的一張王牌。我們的生存確有堅實的基礎，而且還因為這些基礎曾被敘事粗暴地一腳踢開而震驚不已。相信苦難本身是寶貴的，認為儘管痛苦通常被人們當作邪惡而躲避，但卻存在著得與失奇怪地結伴而行的種種苦惱。劉恆的小說即便和「文化尋根」有連續性，那也是一種充斥著危機的連續；即便和「新寫實」有瓜葛，那也是時間上的巧合和「新寫實」概念本身的「虛無性」在作祟。概而言之，上個世紀八〇年代後半期，劉恆小說的敘事動因基本上是：在死亡和困境上大做文章，在人性、普遍性和基本價值問題上揪住不放。饑餓、生存、生命的延續等問題，既是我們日常必須面對但又很容易忽略不見的。如何在不言而喻、一目了然之處生出疑慮之心，這是劉恆小說的難處，也是其無法擺脫的藝術衝動。

在劉恆小說的批評史中，成名作《狗日的糧食》無疑是批評過剩的產物。值得一提的是，似乎人人都不滿癭袋獲取食物的不擇手段，罵人言語的骯髒。二〇一〇年二月（上半月）的《文藝爭鳴》上，刊載崔志遠《重整現實主義的理論武庫》一文中寫道：「劉恆《狗日的糧食》中的癭袋因偷了鄰居的葫蘆與之對罵，罵的武器便是『吃』和『性』。」貶斥之意溢於言表。卻又很少提及瘻袋作爲「糧食」受害者的存在。楊天寬用二百斤穀子換來了一個瘻袋的女人，經歷了三十年的溫飽與饑餓的折磨，最終因糧證丟失了而痛心疾首地死去。這是一段殘酷生活的敘事，也可以說是一段生活的殘酷敘事。那個名叫曹杏花（她的名字幾乎被人遺忘）的瘻袋女人和那狗日的糧食都成了生存的隱喻：前者是後者的依附，又是其對立面的詛咒者；後者既是前者賴以生存的口中之食，也是可以把它作爲商品買賣的貨幣，一種彼此可以變換的關係。如果說《狗日的糧食》是一個關於溫飽與饑餓的故事，那麼，《伏羲伏羲》講的則是關於褻瀆與懲罰的故事。小說《伏羲伏羲》因電影《菊豆》而爲人熟知，同時也容易造成對小說的誤讀。從小說到電影，男女主角的轉換雖提升了社會內涵，但也遮蔽了小說文本對欲望敘述的鋒芒。認爲小說講的只是一個通姦的故事，是一種再膚淺不過的歸納，因爲這種歸納傾向於道德評判，它們的立場就是道德禁令的立場。楊天青和王菊豆所經歷的情和欲是對公認的倫理秩序的顛覆，對自以爲是的道德觀念的褻瀆。一方面本能運載騷動，是一個處於身體和心理之間的概念，其本身充滿著「神祕性」和「不確定性」；另一方面，對楊金山來說，是侄兒與娘兒們的造孽，他們的情欲之路所積累的只能是罪惡。而村子裡的每一個眼光和可能的閒言碎語無意間結成了同盟，對他們進行監視並隨時準備尋找把柄和證據。道德對楊天青和王菊豆來說，總體上不是品德而是一系列沉重的禁令。

楊天青和菊豆的情欲過程除了激情的愉悅外，還伴隨著焦慮、不安、恐懼和恍惚。這是一種雙重的刺激，激情既在恐懼中實現，又在恐懼中消亡，身體既是自己的又是他者的；性欲既是反抗的越界又是罪惡的犯禁，既是欲望的意志又是「意志」的工具；陽具既是驕傲的展示又是羞愧的藏匿，既是生命的延續又是閹割的悲劇。《伏羲伏羲》中最強有力的描寫再現了我們或可稱之爲扭曲的悖論：性欲成了一種犯忌和越界的反抗方式，對倫理秩序的冒犯成了另一種幸福的表達方式；殺死襁褓中的生命以免淪爲道德的犧牲品，既可以理解又不可原諒，既是生存的保全又是對生命的殺戮；和嬸子偷情多少有點像苟且之事，把自己的兒子認爲弟弟這似乎亂倫的稱謂，讓我們陷入了無法解讀之謎，也道出了潛在的殺父者的本能，這無疑是中國式的斯芬克斯之謎。通過深刻地描述此類扭曲——激情、恐懼、暴力、欲望的扭曲，劉恆做到了一方面毫不留情地記下了傳統、文化、輿論的斜眼，另一方面又不至於讓受壓抑的欲望看上去只是受害者無所顧忌的釋放，或者如壓迫性斜眼，喜歡把他們想像成那種被動的低等動物。

《白渦》繼續了一個情欲的故事，不同的是地點從農村搬到了城市，過程則演繹爲誘惑的功用和良心的體驗。誘惑在前，良心在後，一前一後構築一次轉變。中醫研究院研究員美男子周兆路與一個比自己小八歲的女人建立了曖昧關係，陷入意外的情愛中不能自拔。於是穩定而看似幸福的家庭進入風險期，偷吃禁果的周兆路面臨抉擇，忍受著痛苦的折磨。「誘惑」是一種衝突狀態，在這種狀態中，善雖然自覺地居於優勢，但卻受到被壓抑的向惡之力的騷擾和阻礙。「良心」也是一種衝突狀態，在這種狀態中，惡自覺地居於優勢，但卻受到被壓抑的善的干擾和遏制。從情欲的過程來看，周兆路的故事是前一種衝突狀態向後一種衝突狀態的發展。但「誘惑」始終是存在的，從這個意義上說，周兆路的故事又是從一種誘惑過渡到另一種誘惑，比如學術地位、升遷副院長等等，今天重讀《白渦》，總覺得此類故事了無新意，總有似曾相識之感。況且敘事者爲了便於我們指責周兆路而設置的各種附件，也都過於皮相了。要求小說應該獎賞德行高尚者，懲罰道德敗壞者，這確實是一種頭腦簡單的道德論。《白渦》的好處在於處理這一轉變過程中，敘事對於「向內轉」所做的努力。其實，欲望並不是什麼個人的東西，它是在一開始就埋伏著等待我們的一種痛苦，一種我們幾乎一出生就被捲入其中的墮落。它們就像魔鏡一樣，讓我們窺見半隱半現的自我，並經歷認識自我的震撼。

值得一提的是《力氣》，因爲很少有人提及這部小說。這是關於一個人的「力氣」編年史，楊天臣八十七歲的人生，加上死後二十年輪迴的想像，整整一百多年的歷史。歷史是一種輪迴，生命是一種延續。「楊天臣那老傢伙八十七年前險些勾銷了自己。」小說開頭第一句話，現在過去式。「傢伙！力氣楞壯！」出生後獲得的第一句評語。「這讚美又像個回音，從第一天悠到最後一天，中間留著不大不小的空兒，楊天臣一輩子滿滿地塞在裡面了。」敘事語調海闊天空、來去自如、無拘無束。「這讚美發自世紀初，一九〇〇年。一群大鼻子洋豬正在午門裡溜達。洪水山谷一片太平，做活的總在做活，生養依舊生養。楊家添了一條漢子，日子似乎出現些許轉機。」喜歡把時間、地點、背景交代得一清二楚的劉恆此次依然如故，不同的是此次的筆觸多了些元素，比如漫畫與諷刺。這是一篇經過精心布局的小說。直到生命最後，「鋼骨老人滿懷羞辱，把麻繩繞幾股到脖子上，插進筷子狠絞而死。」生於「力氣」，死於「力氣」，而「力氣楞壯」的感嘆則應勢重複出現，自有其一唱三嘆之奇效。作爲小說的《力氣》落點具體卻又氣勢恢宏，寫一位普通農民的一生又不失英雄史詩的瑰麗。小說大量運用中國傳統敘事手法，包括史傳、筆記等，章法上大開大合又不失戲劇性場面。但和中國傳統小說的人物一樣，從出生到去世，人物性格的基本面都是一成不變的。類似這樣的人物儘管命運多舛，但其本身卻是單一的，他們都是以特徵取勝。單一的特徵因世事的多變而豐富，因生活的困苦而高大，它是無情世界的避風港，艱難時代中的心理性抗藥成分，是對付悲劇性人生的一副解毒劑。可以聯繫起來的是，從《狗日的糧食》到《伏羲伏羲》似乎從一種溫飽轉到另一種溫飽，人有兩個腹部，從胃的饑餓到性的饑餓都需一種「溫飽」，以維繫生命和生命的延續；從《伏羲伏羲》到《力氣》似乎又是一種身體的轉移，從欲望的身體到勞動的身體，無論如何，它們都是因匱乏和缺失所產生的敘事。劉恆的作品告訴我們，我們必須轉向最低限度的事物，轉向最低限度的反抗，從而保護精神的生命乃至人類的生命。

3

《虛證》是篇得意之作，不僅作者滿意，旁人也有很高的評價。孫郁文斷言，「如果要眞正體味劉恆的世界，不可不讀《虛證》。」（孫郁文《劉恆和他的文化隱喻》，載《當代作家評論》一九九四年第三期）其實，每個作家都有其固定的模式，這個模式也是作家本人逃脫不了的宿命。越是重要的作品，越是在深層意義體現這一宿命。劉恆幾乎所有的作品都涉及死亡，像癭袋是吃苦杏仁死的、楊天臣死於自勒、楊天青死於自溺，《四條漢子》中父親老伍奎被食道癌奪走了生命，《東西南北風》講的是一個他殺的謎團、《冬之門》則更是一連串的他殺……死亡是劉恆敘事難以擺脫的陰影。人既非天使又非動物，人既是生理性的肉體，又擁有自我意識因文化而生成符號的自我，因生命中注定要直面死亡、恐懼死亡。不同於其他小說總把死亡作爲情節結構中的終點，《虛證》倒行逆施，將死亡作爲開局，作爲一個謎而開始了一系列的求證、調查、猜測和推理。死亡是使我們淪爲完全沒有意義的東西，但對於郭普雲自殺的疑惑，既折磨著敘事者也折磨著我們的閱讀。對死趨之若鶩，並認爲世界不值得留戀，既是郭普雲的行爲，同時也是深藏於我們內心對於死亡的恐懼。悲劇可以從中派生出惡作劇，郭普雲可以被人認定爲「精神上是個不可救藥的人」，一個「心胸不大開闊的人」。但不管怎樣，「自殺終究是一個實踐的課題，而不是一個空想的項目，任何一位主動接近死亡的人，既是大部隊裡怯懦的逃兵，又是英勇果敢的孤軍奮戰者。」「把自殺者奉為一尊神，其意不在膜拜，而在於展示某種不可知，提醒你注意客觀的無限可能和主觀悲哀的局限性。那裡似乎正是生存和死亡的共同基礎。」敘事者在小說中對郭普雲之死做了如此的分析和解讀。這幾乎是一個沒有原因的原因，不是答案的答案。

我們可以為郭普雲的自殺找出許多原由：生在一個不和睦的家庭，後母不尋常的冷淡態度，敏感，過度的自愛與自卑，天生的軟弱性格，內心矛盾重重，經常誇大自己的不幸，自怨自艾；他善於反省，但又過於依賴自己的判斷，遇事態度認眞，但對榮譽過於敏感，長期的精神壓力，為自娛付出的代價比別人更慘重，拒絕和異性接觸的時間太長了，被自己的欲望搞得無地自容。他是一個渴望擺脫壓力而不得不陷入自身的混亂、沉醉在詩歌裡而又注定會失敗的人。《虛證》力圖證實一種被稱之為抑鬱性自殺的東西，它與通常的極度沮喪和誇大了的憂鬱結成了神聖的同盟。郭普雲「迴避戀愛話題，卻熱情從容地跟女同學接觸，完全不像愛心淡漠的人」，他「嘮嘮叨叨提到死，又繼續一場無望的戀愛」，在連接人與人、人與周圍事物的紐帶處左右搖擺，最終，過度的自戀和虛無感誘使其放棄了對世界的眷戀。對郭普雲而言，快樂是轉瞬即逝的，而莫名的痛則是綿綿無期的。在某種意義上，郭普雲的自殺是命中注定的，在另外意義上又是十分偶然的。如果人不能把自己的渺小轉換成盡可能高級的意義，如果人不能向自己的虛無感塡充實實在在的內容，人就不可能忍受自己的渺小和虛無。自殺儘管是一種自我毀棄，但仍是一種自我表現，它是強加於自我的痛苦，是為尋求補過或解脫的唯一可行方式。郭普雲是不可救藥的，他的錯誤是不知道問題出在哪裡，他的方向在於沒有方向，他的人生只能立足於結局而不是立足於開始，他的一生被無關緊要的事情壓垮，終日埋藏在沒有意義但無法抗拒的要求之下。在這一時刻，有關他的敘事既是一場夢，又不僅僅像一場夢。套用佛洛依德的一些行話，死亡既是一個人的最終命運，也是潛伏在我們內心深處，無法擺脫的本能敘事，哪怕是我們淪爲商品，依然是死亡的諷諭。死亡恐懼永遠存在於我們的精神活動之中。

《黑的雪》是劉恆的第一部長篇，小說講述了勞教釋放者無法重回社會，陷入生存困境的遭遇。因打架鬥毆強勞三年提前兩個月釋放的李慧泉，經歷種種渴望和絕望，希望融入社會又被生活拒之門外，故事在行爲和精神上來回周旋，筆觸在向外和向內中跋涉。這很像李慧泉本人的精神狀況，「他想的是一些亂七八糟、互不連續的事。回憶、夢境、現實的思考等等片斷，像從車上卸下來的白薯一樣四處亂滾。」敘事者讓李慧泉思考的還是那個老問題：生活爲什麼沒有意思？生活到底有沒有意思？難道只有他像沒頭蒼蠅一樣爲此而苦惱？事實上讓李慧泉這樣一個人物去思考這樣的問題，甚至有點沒完沒了，多少有點違背「現實」的邏輯，不過，這倒是頑強地表現了敘事者的意圖。上個世紀八〇年代末，文學界的各種主義、思潮和創新日新月異，小說中對形而上的訴求也是見怪不怪的事。許多的評論文章指出《黑的雪》受存在主義哲學思潮的影響，也是可以理解的。問題是作爲二十世紀極具影響力的存在主義，就其本身而言也是名目繁多、流派各異，更何況小說創作的過程也不是單靠一點理性思辨所能解決的。在陳舊的發展小說中，一個故事的過程就是人尋找適合於他位置的過程，這個過程既是情感過程也是情節過程。如大多數作品所示，其重心幾乎總是在個人困惑和最終理想目標的適應性上。當個人追求順應了理想所需，適應了社會所求時，小說便告終了。劉恆不同，其小說不同凡響之處在於力圖擺脫這一陳舊模式。陳舊模式的認識論在於我們是如何改變困境的束縛，而劉恆強調的則是困境是如何操縱我們的存在。恰如劉恆本人所指出的，是「人的困境本身逼迫人做出一些人並不希望看到的事情」（林舟《生命的擺渡——中國當代作家訪談錄》，海天出版社一九九八年五月版）。

不管怎麼努力，李慧泉「對周圍的人有一種格格不入的感覺。他斷定自己跟他們不一樣。他再怎麼努力也不能消除那種差別。他不如他們，他是一個無依無靠」的東西，「沒有目標、沒有事做、腦袋也空空蕩蕩，連傷心也沒有。」李慧泉是企圖進入生活的被驅逐者，他生活於難以生存的困境之中，整日沉溺於與「死亡」的想像關係之中而不能自拔，拒絕與社會話語合流，把自己轉換成純粹自我指涉的符號。自戀是空虛的守護神，自虐又是自我封閉的牢籠。毀滅的衝動既自戀又自虐。當居委會推薦他爲先進個體勞動者，他在表格上塡上自己的名字時，感覺李慧泉三個字像是別人的名字。這時的他已經在創傷、絕境和意義終極消亡的基礎上彼此遭遇，想要突破孤獨的種種努力到頭來只剩下孤獨。小說結尾處，李慧泉喝醉酒回家路上，終於被人搶劫，讓刀捅死。「一輛孤獨的卡車隆隆地開過去了。發動機很寂寞，讓車拉得老遠還在沙沙地哭泣。」「城市的肚子裡傳出沉重的腳步聲，正一步一步地走到地面上來。他不動聲色地聽著。」這是死亡的腳步聲，失去了角色而無從行事，失去了心而無從判斷，失去了心儀的女人而無從牽掛，李慧泉活著的形式已然是一種死亡的方式。

4

劉恆的諸多小說都是由死亡啓動的。對劉恆來說，死亡並不是地獄，而是和活著結伴而行的恐懼陰影。假如死亡是一個難捉摸的話題，可以說，不僅因爲它是我們最後才能體驗的事情，而且因爲它發生在意義與無意義、價值與事實的結合點，挑動閱讀從無意義中找出意義、從自以爲有意義的地方找出無意義來。人類總是癡迷於意義，人的尊嚴在於他對付毫無意義現實的能力。有時候，我們會無拘無束地接受這種能力，並且嘲笑它，但更多的時候則是無奈，並且不時地抱有幻想。幻想和希望不同，前者含有判斷和結果，而希望則永遠不包括結局，它永遠是未來時段。幻想和「命運」有關，它指出了我們想逃脫但又逃不脫的含義。更多的時候，我們都無法杜絕對現實的誤解，幻覺又很容易滑入爲錯覺。在結束了那種只相信生活是爲了奮鬥，而奮鬥不是爲了生活的歲月之後，經濟發展挾帶著金錢無所不在的意志進入生活，成就了現實中的現實，敘事中的敘事。生活現實和想像虛構一同進入圍城之中，已是那個時代的一個普遍焦慮。在諸如《殺》、《蘿蔔套》、《龍戲》、《狼窩》、《連環套》等作品中，寫的都是村裡煤窯的故事，這些小說不僅都充滿了殺氣、爾虞我詐和唯利是圖，而且這種爭奪還是經濟發展初級階段，城鄉各自爲政的相持階段。一個貧窮的村落，僅煤窯這麼點資源，它既是改變一個生存地位的資源，也是人與人彼此爭奪廝殺的目標。正如《蘿蔔套》中的韓德培「裝傻充愣，偷奸耍滑足有十幾年，直到蘿蔔套煤窯承包，他才正眼看人。可那眼裡卻明明射出殺氣」。也如《龍戲》那喝醉酒的窯主張廣仁所經歷的那心生恐懼的夜晚，黑暗中充滿的殺氣，「黑漆漆的門道闊開了一張張大嘴。」那是因爲，「眾人或許眞想撕破他的皮，看他如何濺出一攤黑血。不爲別的，就爲他穩當當凶暴暴做了三年窯主，把自己養成了一隻蟲。」

今天，關於煤窯、煤礦和煤的傳說和神話已經進入更爲廣泛的公眾視野。但遙想當年，此類題材也不乏是對生活的銳敏反應。印象之中，當年比較早觸及此類題材的北京有二劉，即劉慶邦和劉恆，對劉慶邦而言，「煤窯」是其宿命般的場景，難以擺脫的敘事天地；而對劉恆來說，「煤窯」則是一種寓言和象徵，在這種意義上，它和「狗日的糧食」與欲望都是一樣的東西。雖不涉及煤窯但又和此類小說差不多的，還有《陡坡》、《兩塊心》、《四條漢子》、《東西南北風》和《冬之門》。總的來說，這些作品檢討的都是人性中的惡，包括恐懼、創傷、欲念甚至凶殘。有人指出，在這些悲劇性的小說最後，「在寫到死亡到來的時候，我總感到你的筆底生出一些柔軟的東西，一些近乎溫柔的意味。」（林舟《生命的擺渡——中國當代作家訪談錄》，海天出版社一九九八年五月版）我認爲，即便是有這些柔軟的東西和溫情的意味，也是言外之意的含混不清，恰似空中輕微震撼的幽靈或是幾乎聽不見的沉默。倘若眞的存在某種寬慰和希望，那也是一種完全不可挽回的事物中產生的希望，人性的弱點已經不可能撤銷已發生事物的可怕之處，唯有完全地消除它，我們才能獲得某種寬慰，而富有成果的悲劇藝術正是誕生於完全絕望與絕不承認絕望爲定論的張力之間。

《兩塊心》是劉恆小說中屬於中下游的作品，不過，它倒是一篇越界之作，劉恆的作品中似乎唯有此篇涉足農村和城鎮，莊稼漢與打工者之間的糾葛。當喬文政經歷各種虛妄的念頭，忍受無數說不清的折磨後，敘事者說道：「人世在喬文政的腦海裡留下了爆炸般的破碎景象。這一幕與他無意識的人生哲學沒有關係。但他當時至少明白了一點，郭尙眞是靠不住的，人都是靠不住的。人什麼都幹得出來。人爲了幹他想幹的事什麼事都肯做。人是沒有指望的。人所能指望的只有自己。」這自然是一個在過激情緒支撐下的偏執念頭。我們沒有什麼可較眞的。問題是那看似不錯的結局給喬文政出了一口惡氣時，作爲藝術的小說敘事反倒有點靠不住了。値得深思的是，更多的時候自己也是靠不住的。《東西南北風》講述賭徒趙洪生的故事，就是一個地地道道的關於自己是如何靠不住的故事。「性情寂寞，高傲地待人處事，喜歡獨處，喜歡沉思，偶爾在紙上也寫點什麼」的趙洪生，迷上賭桌，成了一個四處欠債的人，賭錢、戒賭、欠債、還債、賴債成了他生活的節奏和難以度過的日子。結果是「趙洪生滿眼都是凶猛的仇人。仇人充塞了整整一個世界，只給他剩了幾多傷感和卑微」。當殺害朱福根的眞兇被抓捕以後，精神恍惚的趙洪生依然陶醉於虛擬的殺人過程中。眞正兇手的口供像是敘述如何碾死一隻螞蟻，而趙洪生的招供才眞正具備了殺人所必需的那種冷冰冰的心理和陰森森的恐懼氣氛。《東西南北風》和劉恆的另外一篇小說《冬之門》，就是今天看來也不失經典的品質。此類小說自始至終都有一種令人窒息的氛圍，其中折磨無疑成了關鍵字，敘事者和閱讀者都在備受折磨中，意識到我們可能忽略的各種痛苦。欲望並不是什麼個人的東西，它是在開始時就埋伏著等待我們的一種痛苦。自己之所以不可靠，是因爲它不是單一的而是分裂並充滿著矛盾和各種可能性的「神經症動物」。

5

我們繼續留意劉恆的另外兩部長篇《蒼河白日夢》和《逍遙頌》。這兩部長篇都涉及歷史，前者是長長的百年史，而後者是一段特定歷史的聚焦。《蒼河白日夢》是對劉恆二十年創作的一次重播，也是一次總結，而《逍遙頌》則是一次非常特殊的個案，其特殊性包括了其形式和內容。或許這段歷史離我們今天太近，以致我們無法以超然的態度重新講述。但由於這段歷史又經歷了太多的變故，今天重溫又似乎覺得離我們太遠，又很難身臨其境的複述呈現其客觀性。無論「太近」或「太遠」，都迫使這兩部長篇走上了荒謬不經、虛妄倒錯的敘述之途。敘事者想揭示一個祕密，而揭示的結果卻成了一個「眞正的祕密」；作者想將祕密從歷史中拯救出來，而到頭來祕密卻四散在歷史各個不起眼的角落裡。想想《逍遙頌》中的那些對話：大便泄得舒服，肚子餓了需要巧克力，等來的回答一連串的「說夢話」；還有那出去巡邏的後勤部長和副司令員討論夜餐時的敘述：

「『你要果仁，還是要果醬的？』副司令員問，雪白的三角褲衩顯得溫情脈脈。後勤部長用手電筒瞄著他秀氣的屁股說：『我要果醬，給夾一小塊鹹菜好嗎？』」這究竟是歷史的敘事，還是白日之夢語？我們始終難以選擇。這可眞是應了《蒼河白日夢》那位既不諳世事又歷經滄桑的敘事者經常嘮叨的胡言亂語：「我不想裝傻都不行了。聽別人的話，半天才弄明白話裡的意思。自己想說話，一個詞也找不著，一邊找一邊張著嘴等著。」「我想幹什麼？我不想幹什麼。我只是身不由己地成了密謀的一部分了。」翟業軍最近有論《逍遙頌》的文章問世（翟業軍《波譎雲詭的革命頌歌》，載《上海文化》二〇〇九年第六期），一破對該小說過於長久的沉默。此評論開宗明義地引用曹雪芹的詩句：「滿紙荒唐言，一把辛酸淚。」綱舉目張，高屋建瓴地撩開《逍遙頌》的面紗。我想說的是「滿紙荒唐言」是毫無疑問的，關於是否「一把辛酸淚」，難說。二十多年前讀該小說和今天的幾番重讀，「誰解其中味」對我而言，始終是個問題，而不是答案。須知作品的含義既不刻在石頭上，也不是放任自流。客觀性並不意味著不帶立場的評判。相反，只有身處可能瞭解的局面，你才知道局面的眞相。只有站在現象的某個角度，你才可能會領悟現實。《逍遙頌》寫於一九八九年，而幾乎同時汪政、曉華發表在一九九〇年初的文章中，就指出了《逍遙頌》在敘述上的晦澀「作品那怪異的與我們現在的話語方式天懸地殊的語言事實」，對讀者來說實在是一種壓迫（曉華、汪政《現代寓言作品——〈蠅王〉與〈逍遙頌〉的比較閱讀》，載《小說評論》一九九〇年第二期）。這無疑是眞切的閱讀感受。當然，晦澀不是含義的判斷，而是通往含義的障礙和攔路虎。王鴻生曾在評閻連科的《受活》時，用了一個很有意思的題目「反烏托邦的烏托邦敘事」，「文革」無疑是一場以烏托邦爲名義的浩劫，但願《逍遙頌》的晦澀不要成爲一次反烏托邦的敘事烏托邦。或許，我們應當考慮到創作《逍遙頌》時所面臨的種種禁忌，或許，正是這種禁忌的作用和文學隱喻使命神奇的結合，才造就了《逍遙頌》雙重的難以言說，使其既有下筆如有神的晦澀，又有下筆如有神的荒唐之諷諭。値得指出的是，小說中最爲一針見血、最爲朦朧殘酷的時刻，便是衛生部長的父親被人打死，她和兇手做愛那一段，它混合了靠譜和最不靠譜的東西，既是眼前的荒唐現實，又是那個年代人性遭遇自殘的高度隱喻，敘事者饒有興味地讓人的行爲來反咬自己一口。

烏托邦向來是一種模糊的空想，它鼓勵某些人拚命實現這種不可能的「理想」，並反覆使其他人確信這種永遠的不可能。而反烏托邦敘事則抵制災難性的空想機制，正視承受苦難與死亡的身體，不排除人際關係中一切無法解決的事。如果說劉恆眞的具有什麼寫實神韻，那顯然是和其反烏托邦的敘事有關。同樣一個百年敘事，《力氣》可說是《蒼河白日夢》的前身和雛形，當然兩者聚焦的對象不同，前者的敘事對象是作爲一個人編年史的「我」，而後者則是以「我」作爲敘事的視角出發。《蒼河白日夢》既有著切合敘事者「我」的實際人生，不切實際的眞實白日夢，也有諷諭和象徵性的白日夢敘事。它試圖讓我們相信偶然的人生和必然的啓示錄的含義是如何撮合在一起，政治的烏托邦和普遍的人性是如何相互印證、彼此衝突、糾纏一起而又無法整合於一體。在描寫上，小說類似狂歡式的廟會趕集，凡日常生活、想像世界、噩夢體驗、記憶回顧一應俱全，或抽象或瑣碎、或恐懼或荒謬、或情或欲、或悲或喜、或明或暗、或清或濁，無奇不有。《蒼河白日夢》是一部記憶之書，又是歷史與今日、左派和右派、空想與現實的荒唐言說，「人是怪東西，眼皮子前邊的事記不住了，腳後跟踩爛的事倒一件也忘不了。」作爲敘事者的我，鄉下來的僕人，榆鎮曹如器老爺家的奴才，名爲耳朵的「我把自己當個人兒，到頭來不過是曹家府裡一條餓不著的狗罷了」。小說中類似這樣自嘲、嬉戲的語調俯拾皆是。

劉恆的許多作品讓我們看到的是窮人如何死於短缺，唯有《蒼河白日夢》是個補充，讓我們見識了富人是如何死於盈餘。老爺那亂七八糟的養生之道，整天琢磨如何沏滑石粉吃，吃蚯蚓、蟾蜍、孫子的胎盤，喝沒結過婚女人的經血和童子尿……而整日吃齋念佛的太太「在禪房裡是個只能想到自己的人，她把這看著肉麻的佛請來做什麼用呢？我覺得太太是把這佛當個粉棍兒弄到身邊，指望她來做自己做不成的種種善事呢！」「還有那一大堆聖賢書中混雜著的春宮畫和那忠誠繼承家道而又回天無力的大少爺。」這是一個死氣沉沉、糜爛垂死、氣息奄奄的沒落家庭。唯有二少爺曹光漢是這個家族的叛逆。這個從小喜歡躲躲藏藏，一個永遠無法擺脫吃奶狀態的大小孩，自從在法蘭西留學接受新思想回來後，在其他人眼裡是個中了邪、不被人理解的瘋子或癡子。辦火柴廠挑選的工人皆是癱子、傻子、身有疥毒、動不動上吊的人。把工廠起名爲公社，意思是家的意思。主張人生來是平等的，只要工作愛你周圍的人，我們就是幸福的人。在性生活上他是個有著自虐和施虐傾向的怪癖者，在行爲上他又是革命黨藍巾會的積極參與者，整日躲在屋裡調配各種藥來製造炸彈，投身於暗殺而遭殺害。曹光漢的形象無疑是劉恆小說創作中的一個重要收穫，在煥發了其叛逆的革命性之後，逐漸獲得一種令人身心交瘁的迷失品質；在經歷了一系列顛覆政權而又無法登上歷史舞台的失敗、嘗試了無數次空想的實驗而又不被世人所認同的挫折之後，其結局只能落入一種被邊緣化而身心不甘的極端主義和盲目崇拜之中。曹光漢這個人物難以捉摸而又無所不存，他成功的方式就是自行毀滅，與社會格格不入而分明又是其產物，是這個現代性的陰影又是其出生證明。作爲形象，曹光漢既是小說形式，又是它的提綱。二少奶奶經由和曹光漢的婚姻而步入這個家庭，這位上過洋學堂、不裹小腳的新女性，因不甘寂寞和洋人大路萌生愛意，行爲出軌而產下「雜種」，演繹了一場情愛悲劇。劉恆的死亡敘事再次證明了，其筆下的人物都是經受死亡的誘惑而與死亡打交道的人，死亡是其小說創作永恆的主題。而這次曹光漢的死亡形式確與其他形象不同，他是唯一次爲主義而犧牲的人。犧牲並不是與放棄你覺得無價值有關的問題，而是與自由地出讓你認爲符合他人利益之物有關的問題。這就是自殺、他殺與烈士之間差別的標誌。

6

普魯斯特深信，具體的地點和位置涉及文學技巧，這個技巧就是藝術家領會宇宙並將它射出身外的方式。和劉恆其他的小說不同，他的很多小說都是首先確定對象的聚焦之處，而後固定無所不知視角的有限性。例如「力氣」與生存法則、自戀與毀滅、性與生命延續、「錢」與改朝換代等等。《蒼河白日夢》多少有點例外，以第一人稱不諳世事的「我」來敘述百年時間跨度的往事，「我」以一種白日夢式的視角，始終有著與其知性不般配的類似歪打正著的成熟，不合時宜的好奇心，無法彌合其語言與其歷史現狀的眞相，以及由此帶來的差異和陷阱。「我」的視線被誇張、被放大、被重疊了，還有那蛇的隱喻、像幽靈的我在夜間的「夢遊」。作爲敘述者的「我」彷彿擁有巨大的情報網，他知道太多他不應該也無法知道和理解的事，於是就有了種種補充和替代：白日夢、偷窺、傻話、莫名的感覺、事後的回憶和幽靈般的通道。同時，他又必須始終維持一種無知的狀態，而這一點正是敘述的樂趣所在。《蒼河白日夢》的敘述方式具有深刻的自戀性，未成年的男孩運用夢幻般的狂亂、白日夢式的夜遊去應對急遽動盪的社會衝突，這既是一個不可思議的矛盾體，又是一次迷惘的漫遊。蒼河水吞下了無數的夢，美麗而又殘酷的夢，終於也帶走了故事中的人物。實際上，這個故事並不完全是一個十六歲男孩的視角，與其重疊的還有百歲老人的記憶。一個身臨其境的現場，一個則是百年後的回憶記錄。兩者之間既互補又衝突、既彌合又分裂、既有聯繫又有隔膜，如此進進出出構成了這部長篇非常獨特的視界。須知，一個百歲老人的記憶回顧和一個十幾歲男孩的現場感受，是完全不同的視角，他們的認知、感悟、情感和同一言語的所指和能指都是不同的，哪怕這兩個「我」是同一名字、同一個人。《蒼河白日夢》寫成於一九九二年九月，這部從內容到形式都極爲豐富且複雜的長篇，成了劉恆小說創作的告別性「演出」。劉恆從此步入了令其更具「收穫」的影視業寫作。

時隔近二十年回顧劉恆二十餘年的小說創作，令人感慨的是變與不變都是緣之於時間的種子。烏托邦敘事寄希望於永遠無法臨近的未來，而反烏托邦敘事則依賴對沉重歷史的記憶和反思，這也是爲什麼「反思」這個詞在八〇年代反覆提起的緣故。劉恆關於人性困境、生存處境、欲望本能和死亡陰影的敘事，都是源於反烏托邦的思考。我們都無法選擇非歷史的生活：歷史和死亡一樣，都是我們的命運，瑪律羅用「命運」這個詞來指所有我們想逃脫但又逃不脫的東西，由於我們所有的行爲都用來對抗不可避免的東西，所以，它們是「荒誕」的，因爲我們感到了這種荒誕，所以經歷了痛苦。從今天的閱讀立場來說，劉恆小說所涉及的那段歷史，對一部分人來說是可回憶的，而對更多的人來說則是記憶的空白。對前者而言，記憶和痛苦是一種聯繫；對後者來說，痛苦能否修復空白的記憶還是個問題。不管怎麼說，文本中的受難者貢獻給世界的只剩下嘲諷和荒誕，他們的生活是一種既莊嚴又令人啼笑皆非的史詩。除此之外，這些文本讓我們多少也明白了，在這個疲憊不堪、世俗化了的世界中，有著一種被稱之爲驚世駭俗的敘事。

劉恆的興趣在於讓我們意識到已經被忽略許久的各種基本生存困境，通過小說語言的模式，讓我們共同分享那稍縱即逝的片刻時光，以及我們難以認清而又無法擺脫的欲望。劉恆是那樣一種小說家，他善於敏銳地發現那些面臨危險，被忙碌進步的世界所埋沒、所忽略、所放逐的角落，哪怕這些角落是陰暗、卑微不值得依戀，爲世人倫理所不齒的。他小說中最令人難忘的特點，就是人物角色的那種不可歸納，難以分類的怪癖特徵。劉恆的敘事又都是折磨人的絕境書寫，處於絕境之中的故事折磨著我們，而如何演繹一步步陷入絕境的敘述的同時又折磨著敘事者。對寫作和閱讀來說，折磨都是彼此之間的，正如劉恆所認爲的，這種折磨稱之爲上天堂入地獄的痛苦和快樂。總之，劉恆是直面生存困境、熟諳心理折騰的分析師，是精於推理、猜測、設置迷局的行家，是欲望敘事、敢於描寫「殘酷」的高手，是關於烏托邦的解構者和懷疑論者。除了情欲，劉恆小說中的男女之愛，更多地總是表現爲暗戀或自戀，想像自我爲保護和擴展自身的幻想的東西。可惜的是，那些個「玩弄心理的樂器」，應付男性總勝於應付女性，從這個意義上說，英雄氣概，女兒情短，這可說是劉恆的長處也是短處。

就色彩而論，劉恆的創作可稱得上小說領域中的黑白藝術家，他的小說猶如水墨畫和黑白電影。但他又不是簡單地停留在黑與白的差別和對比，而是追求黑與白的混搭，就像他那個長篇的名字「黑的雪」。他的故事經常和冬天、黑夜、下雪有關。比如《四條漢子》中「大年三十下了一天雪，世界變得乾淨。因爲風，乾淨的世界添了點冷酷」；《蘿蔔套》中，「風硬起來。不久就有了雪花。天頓時黑去，傍晚的山谷黑遊著陰森的雪聲」；《冬之門》中，「雪花下著，除了地哪兒都黑成一片，他的腳在淡淡地映著一塊白」，「積雪融黑了道路」，關於這條道路的描寫在小說中反覆出現，層層遞進。這哪裡是條一般的路，它簡直是隱喻著谷世財是如何走上一條萬劫不復的路。不止於此，整篇小說中，雪是白的，強烈的雪光是白的，谷世財整日磨的豆漿，做的豆腐菜也是白的；與此對應的：夜是黑的，寒夜是黑的，那地獄般的牢舍也是黑的。黑與白是那樣的一種心理空間，白晝黑夜以及白晝與一切光明消失於黑夜的運動。黑夜是白晝的一束光亮，而白晝則是對黑夜的闡釋。所謂夢幻、恐懼、瘋狂、極限、時間的混亂、回歸或模糊的記憶，都是黑白藝術的辯證法。另外，劉恆的小說總是把時間、地點、人物的年齡說得一清二楚，對話簡短，總是一句接一句，一句答一句。而時代社會的背景則是明確而遙不可及的，活動環境又有著相對的封閉性。這種「劇場」性的寫作是否預示了其日後「影視」寫作之路。當然，這只是一種缺乏「證據」的聯想。什麼時候，「狗日的」成了劉恆敘事的註冊商標，一句「狗日的……」在小說中反覆出現顯示了能指的彈性。例如《力氣》中，當楊天臣的兒子明德在老八團當了排長，老人聽「有傷兵傳話，槍打不準，刺刀拚得卻好。人呆氣，不懼死，因而不躲，見了冒煙的手雷就躥上去拾，一撇便不知響哪兒去了」時，隨口便出「你這個小狗日的」，慈父之愛溢於言表。又比如《狗日的糧食》中，當楊天寬那個仁義的老伴兒臨終前那脆響的話傳來：「狗日的……糧食」，這分明又是一種魔鬼般的詛咒。當然，這一註冊商標還是指的農村敘事，劉恆的小說創作的另一類是城市敘事。記得王朔曾表示過，若論寫城市，他的對手只有劉恆一個。且不論此說的眞假及意圖（這句話記錄在好多年前筆者的一本筆記本，因爲當時沒有記下出處，故現在無法注出其出處），我之所以感興趣，是因爲劉恆的小說以農村題材居多，而王朔爲什麼特別關注其城市敘事的潛能。現在想想，其中一個重要的原由，可能出於劉恆的創作重點在於人性的困境。我們的困境在人性本身而不是題材，人類的一切不幸只有一個根源：不能無所事事地待在一間屋子裡，本質上是無家可歸。正如特里·伊格爾頓在其《理論之後》中所說：「爲了瞭解我們自己，瞭解我們的本性，我們必須努力思考；其結果是，幾個世紀以來，我們只是得出了和人的眞正意義到底是什麼有關的一連串令人疑惑的說法。」（見商務印書館二〇〇九年七月版）

總之，探討劉恆小說創作的多副面孔，既是爲了表明劉恆的複雜性和多樣性，又是爲了維護闡釋的權力。其實，無論從什麼角度，我們都無法眞正理解劉恆，那個在二十年前曾經以三部長篇七個中篇若干短篇構築小說家地位的劉恆。除非我們完全理解他有意在文本中撒落的意圖，除非我們能完全記起他和他所書寫的對象那種若即若離忽明忽暗的關聯，以及他無意中遺漏在言詞之外的反諷和隱喻。想像力對一個小說家而言是一個方法，是一種用來對付以致對抗外部世界的方式，是用來思考多樣性和可能性的武器。凡潛在的和假設的東西，說出的和不曾說出的東西，難以言說和無法言說的東西，可能存在和不存在的東西，記憶中和忘卻了的東西，都是其旅途中的目標，或者是尋找目標中的旅途。二十年過去了，那些文本隨著時間的推移長歲數了，新文本已然成了舊文本。而我們呢？曾經是、今天依然是一位新的讀者，時間不會使閱讀老去，對有意思的作品來說，時間永遠都是新闡釋的同謀。最後，不妨也戲仿一下劉恆小說的敘事模式，爲本文加上一段注釋性的補充或者是題外話。在此文將要完成之際，電視台正在播出據《蒼河白日夢》改編的電視連續劇《中國往事》，其播出與重播的時間爲晚上很晚和早晨很早。一頭沉浸在小說夢境之中的我，睜大眼睛去一睹芳容，得來的卻是乘興與掃興的大逆轉。我無意在這裡談論電視劇的成敗得失，痛心和惋惜的只是我心目中的小說已面目全非了。這使我想起了哲學家胡塞爾的一則軼事：「胡塞爾曾經帶著孤寂的神情回憶自己的幼小時代，小時候，別人給了一把小刀。因爲刀鋒不快，就反反覆覆地磨了好多次。在拚命想要把刀磨得更快的過程中，竟對磨刀這件事本身入了迷。等到察覺，小刀已經完全捲刃，什麼也切不了啦。」（〔日〕鷲田清一《梅洛龐蒂：認識論的割斷》，河北教育出版社二○○一年十一月版）很多時候，從小說到電視劇，故事好像還是那個故事，就像那把完全捲刃的刀還是那把刀，但刀鋒已不復存在了。失望的我關上電視，感嘆之餘，那句經常縈繞在我腦中的話又一下子冒了出來：小說之所以存在的理由就是其死亡的方式。

二〇一〇年五月九日於上海

原載《上海文化》二〇一〇年第五期

文中所涉劉恆作品

均見《劉恆自選集》一至四卷，作家出版社一九九三年十月版。

難以言說的言說
——二〇〇九年的呂志清小說

不清楚批評業的專家學者是如何評說呂志清的小說。是無法認同還是不屑一顧，是無法言說還是無需言說？問了一些熟悉行情的朋友，依然是不甚了了。二〇〇九年的《鍾山》雜誌試圖打破僵局，不僅一年之中兩次頭條發表呂志清的小說，而且執行主編賈夢瑋親自執行並請人操刀，連續在《小說評論》上發表推薦文章。今年，呂志清總共發表三個中篇，除了《鍾山》上的以外，還有就是發表在《山花》上的《蛇蹤》。粗略地統計一下，這些年發表呂志清小說最勤快的，非《山花》雜誌莫屬。即便如此，在評價上依然是沉默。文章寫完時，見到《山花》雜誌二〇〇九年十二期上發表的饒向陽的評論文章：《哲性的拷問與詩性的解答——呂志清創作瑣論》。也不清楚有多少人閱讀或喜歡閱讀呂志清的小說，我的估計不會太多。如同呂志清本人也不怎麼閱讀中國小說一樣，都是一種拒絕對方的不期而遇。呂志清曾在一篇關於《老五》的創作談中說：「大概有十多年了，

我基本不太看中國的當代作品。」（見《中篇小說選刊》二〇〇七年第六期）

這樣一種作品與閱讀、小說與批評間不明不白的關係，很像今年呂志清小說的所有開頭：

禹斌覺得，他和章彥的關係似乎一直都有點古怪：同學不像同學，戀人不像戀人。究竟算是怎麼一回事，他似乎一直也沒怎麼明白。

——《一九三七年的情節劇》

小馮和小奚屬於那種「閃婚」族，與小布希和蘿拉的情況一樣，相識三個月就結了婚。

——《蛇蹤》

何莉莉每週有三個晚上去臧醫生那裡。週一、週三、週五。何莉莉下了班就直接去臧醫生家。現在，何莉莉仍然管臧醫生叫臧醫生，但他們之間已不再是心理醫生和救助者的關係了，而是一種新型的關係……

——《黑暗中的帽子》

三部小說三個開頭：設問、肯定、陳述中的轉變，講的都是人與人的關係。問題在於，人與人的關係是無處不在的東西，並不只是在我們探討它的時候才會存在。當呂志清以其假定的敘事方式探討這樣或那樣的關係時，究竟是拒絕了無處不在的直觀世界，還是進入了一種與直觀世界相類似的無限的不確定性之中？批評作爲探討的探討很容易地進入了無法言說，難以抉擇的困境之中。認同是進入角色的方式，而關於認同的認同很可能也是退出角色的方式。我們更多的時候是一種混合性的角色，這些角色表面上能滿足我們的認知欲望，實則與我們的認知欲望相對立。需要認清的是，生活很可能不再是身體力行的運動場所，更多形態的日常生活往往發生在翻閱報刊雜誌打開電視之際，在電腦前隨意瀏覽、和陌生人隨意聊天之中。當我們竭力地去獲取這個世界的有關信息，而作爲信息的世界已經順利誕生了。只要你有思辨的頭腦，只要你有發問的能力，而想像呢，很可能是尾隨其後的東西。激進的現代派曾試圖抹平藝術和生活的差別。現在看來，生活爲他們做到了這一點。讀呂志清的小說，我們彷彿坐落於書齋之中，沉陷於思辨的困境，同時又沉迷於一套獨特而富有魅力的敘事圈套，難以自拔。這些符號化的世界很明確是內心和隱喻性的，但也被表現爲具有頑強的物質性——那空洞而又無處不在的「關係」。我的身分處於別人的保管之中，儘管這個別人是由他們自己的利益和欲望組成，儘管這種保管永遠不會安全。我的自我監護人正是他人，正如梅洛龐蒂所說的「我從他人那裡借來了我自己」（〔法〕莫里斯．梅洛龐蒂《符號》，商務印書館二○○三年九月版）。

1

《黑暗中的帽子》圍繞著心理醫生與不同患者之間演繹其敘事。所謂黑暗，與恐懼有關；所謂帽子，與控制有關。何莉莉婚後與丈夫小魯無法交流，從言語無法交流發展到肢體衝突，暴力生活前，何莉莉心生恐懼，頗似受虐狂。「什麼是恐懼症呢？害怕不該害怕的，或者，對不存在的恐懼感到恐懼。」何莉莉的疑似恐懼症在臧醫生處得到這樣的解答。我們需要顧及自己，部分原因就是恐懼。而來自於別人信任的這種信任，則是我們能戰勝恐懼的希望。對何莉莉而言，是眞實的恐懼還是疑似的恐懼症已經不重要了。重要的是，她與臧醫生的關係由信任到依賴的過程中獲得一絲慰藉，產生了忘卻或抵禦恐懼的「藥方」。「藥方」產生心理醫生的「價值中立」：把自己當他人，把他人當自己，把自己當自己。就像臧醫生診所裡掛著的那幅心理學經典圖，那兩個男人頭像，表面上看起來是兩個，其實只是一個。一個明朗、一個陰森；一個和藹如春，一個卻猙獰可怖。每一個裡面都藏著另一個，彼此包藏。在呂志清的筆下，關係是一種存在的狀態，是一種爲了瞭解現實而做出的努力。人們爲什麼期待交心呢？因爲「心」是人的內在奧祕，不瞭解它就不瞭解人。人們爲什麼害怕以心交心呢？因爲互相交底就意味著互相控制，祕密也是一種權力。問題還在於，我們都未必清楚內心的奧祕，未必知道也未必說得清楚心在何處。

對臧醫生而言，信奉「價值中立」其實只是精神分析的「醫術」而已。所謂不偏不倚包藏的卻是不明不白。湯瑪斯・曼曾一針見血地說過，佛洛依德的偉大在於他有這樣的見解，即我們稱之爲「病的東西實際上是人們做的某種事，而不是他們遇到的某種事。在這些問題上佛洛依德採取騎牆的態度，他怎麼會屢戰屢勝呢？」的確，臧醫生是屢戰屢勝的。那個學生家長沈潔的「社會恐懼症」與「赤面恐懼症」，經由臧醫生的「系統脫敏療法」，迅速地有了變化。還有那個常常在網上與臧醫生打來打去、鬥來鬥去、殺來殺去的「十步芳草」，也神奇地走上了逃亡之路。沈潔的突然轉身，由社交恐懼症轉爲過度參與的社交狂熱病症，正是應驗了精神分析的格言：人所希望，人亦害怕；人所害怕，人亦希望。變化中的沈潔，「既有點期盼又有點恐懼。她對這期盼感到恐懼，對恐懼感到期盼。在這種期盼的恐懼或恐懼的期盼中，她感到有點惶惶不安。」惶恐並不是「患者」才有，臧醫生也不例外。無休止地陷入別人的問題和麻煩中！陷入自己的職業角色裡！沒有誰會站在他的角度想想他的問題和他的麻煩。當我們沉浸於臧醫生的醫術之中沾沾自喜時，很容易忽略操弄這醫術的也是人，也有著這樣或那樣的麻煩和問題。在敘事者自鳴得意的敘述之中，恐怕最得意的莫過於這一洞見。臧醫生想從所有患者中獲得駕馭的自主，以滿足自身的權力欲。醫治了她的疾病就等於失去了控制的權力。何莉莉的不滿和疑惑、沈潔的走向反面，還有那范彬彬無休止的逃跑，都是一種對「控制欲」的懲罰，控制與反控制是一根藤上的苦瓜和甜瓜，它們之間在某種程度上是一種共謀的關係。至少，在呂志清的小說中是如此。

其實，「中立價值」並非無價值，至少人類數千年追求正義公平的理想與實踐，都來之於中立性的標準。孔子的「己所不欲，勿施於人」，《聖經》中的「你希望別人怎麼對待你，你就怎麼待別人」，這些普世性的正義準則都是源出「中立價值」。問題是如今這個「中立價值」成了醫術，成了精神病醫生和患者的「關係學」。在諮詢師與救助者之間，除了職業關係，誰能保證不再有任何其他關係。在「中立價值」的指導下，臧醫生和何莉莉的關係轉而成為一種新型的同居關係，「這種關係介於朋友和情人之間，比朋友略多，比情人略少，結構也比較鬆散。」於是，有了維護這種不偏不倚關係的「黑暗中的帽子」，「黑暗中的帽子」成了「中立價值」的符號，成了無形中的戒律，成了防範何莉莉進一步追求私人完美的「律法」，何莉莉只能陷入無以言說的困惑之中。在解決精神問題時忘卻身體，在解決肉體問題時丟棄精神，臧醫生也隱隱約約地露出其兩個男人頭像的眞面目。一個人的眞實面目是難以自我認知的，當你達到自知之明時，你就會遭遇一個殘片的自己。當小說通過沈潔的講述，終於明白、終於認清臧醫生的眞面目和騙術時，至多也只是表現了敘事者的精心安排和一廂情願。我們生活在符號秩序中的客觀處與自己的想像性觀念之間，對他者來說我所是的一切與我對自己來說我所是的一切之間，存在著差距。原來憑藉著這種差距才是我們擁有的一切。控制是一種偏執的意願，反控制也是一種片面的行徑。也許在控制和反控制之間，我們才能強烈地體味那無法言說的言說。所謂外星人，無非也是一種權力控制無所不在的想像，是一種替代型的符號。「控制的勢力無處不在，它操縱你的思想，甚至操縱你的肉體。哪怕是隔著遙遠的距離，它都可以隨心所欲地玩你於股掌之間。你要是一不小心被它抓住了，就等於是陷入了萬劫不復之地。」對薩特來說，自由的哲學就是人處在不斷逃亡之中，而對「網名十步芳草」的范彬彬來說，逃亡僅僅只是恐懼被控制的絕望，這既是一種精神病症，也是一種常態的抽象。這裡同樣包藏著敘事者對於抽象含義的急功近利，為了突出一點而不及其餘的敘事偏頗。實際上，我們有時很難區分本源意義上的二重性，抵制權力控制還是與權力合謀，施虐與受虐的彼此依存在實際經驗中並不是涇渭分明的。權力之所以生生不滅的一個重要原因，那是因為權力與受害者身上的某種東西沆瀣一氣。敘事者自以為看得清楚明白的東西，很可能實際存在的是相反的他途。

心理諮詢並不簡單地提供了醫師和病人之間的依附關係，他們的關係要複雜得多，中立、不表態都是幌子，與其說是維繫一種單一並不存在的關係，倒不如說試圖遮掩更為錯綜糾纏、模稜兩可的相互依賴，彼此都在借助對方而表現自我的機會。借助對方的心理病症而更好地表現自己的病症，或者借助自己的病兆來掩飾他人的病兆。在《馬克白》中，當馬克白問三女巫「你們是什麼？」時，她們在答覆中對他說了他將會成為什麼樣的人。這很像是臧醫生和何莉莉、沈潔、范彬彬的關係，也很像是臧醫生在患者面前的自我呈現。健康的關係無疑存在，但通往健康的道路卻是病態。我們必須聆聽一個個反諷的故事，內容是健康如何產生於反面，如何在各種各樣的關係中經歷不明不白、各類恐懼病症、控制與反控制、施虐和受虐、統一與分歧等無謂的嘗試、死胡同，所有這些涉及故事過程的東西以及病態中的真實人性。只有不斷地檢討病態，才能最終認識健康，完全脫離病態的健康恐怕只剩虛無，只有審視各種似乎是病態的一切，形形色色的「帽子」和「口罩」，一個明白易懂、連貫的文本才會呈現。為了回歸自我而落入世俗的王國，為了尋求健康而不惜陷入病態的糾纏。

《黑暗中的帽子》是一部控制與反控制文本，小說製造的恐懼症一個接一個，擺脫舊的恐懼，新的恐懼接踵而來。作爲心理諮詢，表面是治療和幫助別人擺脫心理病症的糾纏和控制，實際上又是以一種新的控制來擺脫舊的控制，牢籠始終存在，牢籠無處不在。說到底，心理諮詢又是一種黑暗中的誅心之術。沈潔怕到公共場所，害怕上街，害怕進商場、超市和菜市，雖說她就是在這個城市裡長大的，但卻常找不到東南西北，走著走著就迷了路。逃無可逃，這個世界不是爲了她這一類人準備的。她、她這一類人，只是一些蜷縮在某個角落的多餘人；在臧醫生看來，范彬彬「幾乎是某種權力——知識、權力——眞理的犧牲品。或者是這個社會製造的一個規範化的標準件。她僵化的頭腦中裝了太多的現存觀念。這些觀念無疑來自灌輸——幾乎她一出生就開始了的灌輸。結果，她不僅對自己毫無自知之明，還以爲眞理在握」。結果，不斷地逃亡，又無功而返。加上那何莉，她們都感到被困在自己狹隘的地平線上，需要自己待定的彼岸，然而又害怕經歷這一彼岸，就像你把所有的蛋都放進了籃子，你又必須爲了生活而攥緊籃子。一個人想獲取整個世界，卻用單一的對象和單一的恐懼來容納。說到底控制與被控制就是那黑暗的帽子，臧醫生的診所並不是那麼具體的，它既是一種延伸又是一種隱喻，權力、社會、公共關係弄得不好就是一個偌大的診所。

2

呂志清的小說總是從兩個人的關係入手，是敘事舞台上的「二人轉」。身分問題、人的境遇、人的精神狀況，還有那人與生活的分離性都是其探詢的對象。自以爲理解的那種不理解，自以爲溝通的那種無法溝通；在沒有矛盾的地方引進矛盾，在常識通常稱之爲有矛盾的地方不引進矛盾，這些都是呂志清敘事的慣用手法。既是呂志清的對象又是他的方法，既是他的形式又是他的內容。呂志清的著眼點是關係種種：不確定的關係、變化中的關係、過早明確但又虛幻的關係。敘事過程總是一種關係引入另一種關係，而兩個人的關係演變爲三個、四個甚至更多人的關係。對呂志清而言，關係不是地點，也算不上時間，而是一種可能性、一種存在、一種徵兆、一種猜測、一種似是而非的假設。正因爲人與人的關係經常是極爲傷腦筋的、模糊的、意義不明確的，才會有對故事的探尋、詢問、疑問和追問。對許多作家而言，局外人、多餘人的生活促進了思想的深度與視角的敏銳，呂志清不然，他更多是在深陷其中的苦惱與快樂之間左顧右盼；對大多數人來說，暫時中止活動、變形和擁有多重身分，將會是一種令人愉悅的放鬆，呂志清不然，他固執地讓其敘事者陷入單一的身分，讓其在說不清理還亂的困境中自生自滅。一句話，呂志清自成一體的敘事特色，在於他很少理會人們業已習慣了的敘事情節和促進因素，他刻意地將其小說演繹成一種符號交換台，通過它，編碼被倒著解讀，信息又總是被攪亂成對立面。因此，他的小說缺乏可比性，難以歸類，無法貼上「主義」、「流派」的標籤。這讓熱中於類比、沉浸於「連續性」的批評作業經常陷入難以言說的困愕之中。

二〇〇九年發表的《蛇蹤》是個既新又舊的故事。說其新，那是因爲在關注當下現實社會問題如此急功但並不一定近利的敘事，在呂志清的小說中尙屬少見。小說中凡鄉村選舉、競選縣人大代表、進城打工、房地產開發、強行拆遷、託朋友走門路、新舊現象、時尙寵物、環境污染、三農問題……都有所涉足。說其舊，那是因爲《蛇蹤》和作者以往的小說有點似曾相識。故事圍繞著那到過房中的蛇，不見蹤影的蛇，留下痕跡的蛇，因蛇而引發的心病，因蛇蹤而引起的對蛇的依賴——

不管它是眞蛇還是假蛇，直至關於小奚的心病而引發的脫敏療法而循序漸進。呂志清的小說都是圍繞著一個物體和事件而展開，諸如《老五》中那頭正在慢慢死去的老黃牛、《闖入者》中的牙齒、《愛智者的晚年》中那陽台上的牽牛花等等。

追蹤無疑是我在這個世界存在的連鎖反應，但是，對於一條蛇所留下痕跡的追蹤，便形成了我試圖從莫名的他物中回收到自我心中對恐懼的留戀。有點神經質的小奚，不時地把幻想和現實混淆起來，經常會有一種神神道道或疑神疑鬼的神情。詭祕、隱蔽、鬼鬼祟祟，這些詞都成了小奚的代言名詞。這些自以爲明白的確切性實際上正昭示著某種無法明白的焦慮。佛洛依德晚年在很大程度上，把焦慮視爲一個對普遍的孤弱、遺棄以及不可逃避之宿命的反應。這裡，又一次出現了我們業已熟悉的脫敏療法。「小奚的那個脫敏療法，不是在虛擬和想像中進行的那種，而是活生生的、實打實的方式。是在活生生的景象中，實打實地接近那個引起恐懼的恐懼對象，目的當然是爲了擺脫它。這也就是說，不管是她還是他，那東西如今已成了他生活的一種必需品了。」實際上，那留下蹤影的蛇是否曾經出現、是否能再次出現，已經不重要了，重要的是，我們必須依賴它以對付它的存在與不存在。如果小奚經歷的是虛幻走向現實的過程，那個遠在鄉村的董大奎則是反其道而行之。不安分的農民董大奎，因揭發了村幹部向地產商出賣土地、出租土地的非法行徑而嶄露頭角，競選縣人大代表而一舉成名，選舉村主任成功而準備大施拳腳時，不如意的現實種種卻迫使其遠離他鄉。我們終於明白，接近是一種擺脫，遠離又何嘗不是一種擺脫。小奚是對不現實之物的過度接近，而董大奎則是對現實的過度參與。

當然，當我們說明白時，那個慣於行使反諷之意的敘事者一定會在某個角落裡露出其不以爲然的笑意。呂志清非常留意不明不白的行爲、狀況和關係。實際上，諸多不明不白很可能是明明白白的生活與現狀，是我們每日與之相處的境遇。這很像唐吉訶德，他是個瘋子，他東顚西跑，把風車看作是人，把小店當作城堡，總是把實際存在的事物搞錯。結果到頭來，人們發現這才是隱藏在表象背後的眞實生活。呂志清的激情在於提問、設問，而不是回答；呂志清的興趣在於分析，一個分析接著一個分析，一個分析又套著一個分析，而不是結果。問題是自以爲分析的方法能夠解決那些困擾我們的問題，其結果往往是問題和方法都彼此忽略對方。意思經常是我們希望的某種東西，它是一種精神的、無聲的思想活動。而《蛇蹤》這部小說讓我們看到的恰恰是這種感覺的反面，它以詭異的一致性展示了沒有意思的活動能量。於是，董小小做了有關蛇的夢，當他想知道是個什麼意思時，小馮說，「也一定有什麼意思。夢只是夢，夢是腦袋的萬花筒。拿手一抖，就變出了一個花樣。至於誰在抖著這個萬花筒，那就不知道了。」難怪結尾處，小馮調回娛樂版，閒來無事連編帶寫的文章，在老總看來卻是很有意思。也難怪小說在未必合符敘事邏輯的地方，冒出了董小小給阿姨講的那兩隻老鼠的故事，當被問到它們之間是什麼關係時，無數的猜測之中答案竟然是沒有關係，幹嘛一定有什麼關係呢！這可眞是應了那句著名的發問：我們爲什麼非得讓有而不讓無坦然存在呢！

3

《一九三七年的情節劇》是一部有關虛構中的虛構文本，他涉及小說的劇情，劇情中的小說，兩個時代的青春熱情，甚至是三個年代青春故事間的犬牙交錯。高舞台與低舞台，不同時期的共同性、同一時期的差異性相互纏繞，理清了，說說就亂了；說不清的，慢慢又理出了其內在的紋路。

試圖在舞台上表現的東西與閱讀者之間的眞空是如此令人難以捉摸，以致我們經常被捲入劇情的謎團之中，這個謎團試圖在夢想與現實、行動與冥想的鴻溝上架起一座時隱時現的橋梁。應當承認，僅憑劇情試圖重新找回自己是不可能的，唯有觀看者的夢境是眞實的。試圖表現一種存在的感覺和感覺的存在中間，有著漫長的過渡期。《一九三七年的情節劇》既是一系列事件的戲劇，他敘述了不同時期眾多人物的命運和經歷；同時它又是一種處境的戲劇，表現著一個人的基本處境。禹斌和何磊都是行動主義者，何磊朝外走，渴望各種活動，熱中選擇，希冀擔當，這個行動失敗的人，最終以成功的姿態坐了下來；禹斌則是向內走，沉迷於自己的內心，沉溺於某種冥想，整日泡在那個誰也不要的劇本裡日行千里地往回走。當然，他們同時又都是冥想者，何磊是行動的冥想者，而禹斌則是冥想的行動者。冥想是他們的共通之處，不然的話，敘事者就不會在第十一章節設計那麼多說辭。總之，《一九三七年的情節劇》既是互爲舞台的劇情，又是互爲劇情的舞台，整個結構是內部場景和外部世界、校內與校外經常交替，互爲鏡像，不斷地走向反面。

《一九三七年的情節劇》又是一部關於青春的情節劇，「青春總是出人意料的：歷史的青春，人的青春，它們的性質和期盼是共同的，血氣方剛、激情滿懷、豪氣沖天、暴烈的壯舉、革命的抒情性、憧憬嚮往、狂想，甚至連苦難也飽含著甘甜。」我們眞不知道青春有如此神奇的共鳴性，它果眞能包容歷史、稟承差異、消除個性嗎？無論是渴望成功者章彥，一個懂得精緻生活的人，還是孤僻者禹斌，一個學業上懶惰、生活上懶散、整日沉迷於冥想的陌生人；無論活動家何磊，一個從來不用跟誰穿連襠褲、單槍匹馬來單槍匹馬去的校園名人，還是活躍人物朱晶晶，一個在「校園中不時看見她兩條美腿一上一下地活動著」的時尚人物。他們果眞都因青春的烈焰而散發著一致的光芒嗎？事過境遷，回首往事，對我這樣一個青春已然逝去久遠的人來說，對青春的感受和經驗只能依賴完全不靠譜的殘存記憶，在遠處對其眺望一下而已。除此之外，只剩下懷疑了。這使我想起小說中何磊在出任社長後，將辯論協會改名爲「宰我」協會的理由：「宰我」是個懷疑論者。人的自由正是從懷疑中來。「宰我」正好是這樣一個存在意義的自由人。青春是明白且易燃燒耗盡的，而存在則不然，存在是主客體相聚時的「空白地帶」或領域，既非主體，亦非客體，但也似乎可說是它們彼此之間的自然效應。青春又是激情的代言人，它和自由是一種說不清理還亂的關係。激情以一種「執迷」的方式，把我們從溫溫暾暾行屍走肉般的生活中拯救出來。和青春不同，自由終究會自己轉化爲宿命，這就好像自以爲理解的自由在實際生活中會經常擺脫我們的意志，形成一個由不知名力量所控制的場所，而我們再也不能在其中認出自己被充公的主體性。青春會成爲過去，而自由則經常會消失在令人沮喪的含混之中。這就是爲什麼我們會在低舞台區那不斷轉換的場景，高舞台區那不斷轉換的角色，還有那後面的歌聲和口號聲中，看到了不同時代間的同一性和差異性，感受到兩個時代相互的鏡像和彼此間的反諷。在已知生活的反面，必然會有另一種生活，因爲愛，才能不愛。從來沒有去過延安的禹斌那年輕的大伯，什麼時候開始變成了有關延安的代言人；曾經有過一段共同的難忘經歷的人，卻成了告發者和被告發者；一個散發著強大內心引力的守護天使，轉眼成爲幫人跑腿買東西，在圖書館和自修室幫人占占座兒，還兼帶著爲某些公司推銷隨身聽、磁帶、化妝品、隱形眼鏡、電話卡什麼的推銷員；還是那高度警惕被象徵化、符號化的何磊，最後還是被徹底地象徵化了。恢復信任有時比加深懷疑還要困難。青春熱情迅速燃燒的歲月和付出的盲目代價，並不是以後那漫長的日子所能輕易償還的。青春總是無視衰老的，相反的，衰老則對青春依依不捨、充滿著記憶和留戀。

文學對象徵、反諷、隱喻有著永恆的需求，而何磊偏偏說，「有了這盞燈，第歐根尼就把他的實在生活轉變成了一種象徵，而他的所有失敗很可能就在於這種轉變。」何磊繼續提醒自己，「他現在最需要警惕的就是象徵，他不能讓他自己或別的什麼人，把他的生活、把他在那小村裡的生活搞一個什麼象徵。」儘管如此，何磊和他那個小山村最終難逃象徵的宿命。兩種象徵同詞不同義。前者追求的是難以言說的言說，無法表述的講述。後者指的則是剝奪個人、存在、自由的社會化，是米蘭·昆德拉經常提到並爲之憎惡的媚俗化的闡釋，「這是來自集體無意識的一種誘惑；是形而上的提台詞人的一種命令；是一種永恆的社會需求。」「它向現實時刻扔去老生常談的面紗，使得眞實的面貌消失得無影無蹤。」無論是學校的權力意志，還是促成何磊和那個小山村被象徵化的活躍人物朱晶晶，他們都是這種力量的符號化變身。符號是我們觀看世界的現象。它將世界分節化了，斷片化了，從這個意義上說，它是對活生生的東西進行抽筋剝皮的手術。小說創作的一個必要條件，是要想像其他人的生活，是要爲自我構思一個可能的人類情境。正是因爲它是作者的世界，筆鋒一轉就可更改，所以它看起來更像雄辯勝於事實，思想高於經驗。《一九三七年的情節劇》中的許多場景幾乎都是不眞實的，但卻跟我們的世界有著驚人的相似之處，而且可以經由我們的世界到達。

禹斌既是小說敘事的對象，但他的重要性又使他成爲校園生活的敘事者。生活在這校園中，他始終又是一個陌生人，他和所有人既是同學又是一個名副其實的逃亡者，是個局外人，一個精神上的流放者。校園即青春，禹斌的大學生活，因雙重劇情的需要，自然又追溯到了另一群大學生的生活，「一點與一二·九運動有關的人和事。」在這兩個時代相互疊影的青春歲月中，又穿插了既是晚輩又是父輩的故事，一九六六年十一月，七個紅衛兵小將從他們那個小城出發，去北京串聯途中的糾葛。呂志清的小說很少涉足歷史，其中原由可能正如小說中人物何磊所言：「對於這個叫歷史的東西，始終保持警惕。尤其是不要害怕被甩到歷史的縫隙中。」這是一種典型的局外人話語。對敘述者來說，局外人就是局外人，但他們並不是講述所能說得出的歷史的一部分。正好相反，對他來說他們沒有眞實的歷史，他們的歷史正是他失去的東西。《一九三七年的情節劇》是呂志清小說的例外，它涉足歷史，但不爲歷史所困。「想從已逝的歲月中抓點什麼。然而，抓住了什麼嗎？也許，只是抓住了講述？」頗具嘲諷意味的是，眼下的這部小說也是講述的文本，「從它們當中生長出了什麼嗎？」無並不是什麼可怕的東西，阿多諾曾寫道：「存在的事物都是和可能的不存在相比而被感知。僅僅這一點就使它完全成爲一種財產。」（轉引自〔英〕特里・伊格爾頓《理論之後》，商務印書館二〇〇九年七月版）何磊既是小說中的人物形象，但他的思辨性、他的沉思又使他成爲敘事者的智庫，是敘事者在小說中不可或缺的思想代言人。他時不時地站出來發表種種議論，即便是遠離校園，繼續以來信的方式大段大段地發表見解和對生活的思考。對於禹斌的劇本，何磊在信中說：「他感到禹斌是想表現與行動、冥想、講述等有關的什麼主題。」這何止是對劇本的看法，簡直就是敘事者自己忍不住藉何磊之口表述對小說的看法。何磊發表了太多對於人及世界的議論，議論對小說藝術來說有沒有必要，這都是些仁者見仁、智者見智的問題。何磊就是這樣一個行動的冥想者，對他而言，要瞭解現實就必須信任我們的理解力而非感官，但需要警惕的是，在概念上擁有世界因此就意味著在感覺上失去它，結果抓住的只不過是眞實事物沒有氣味沒有顏色的幽靈。如同禹斌是校園生活的陌生人一樣，何磊也只是一九三七年劇情的旁觀者。他們一方面與生活（青春和歷史）不可分離；另一方面又表現了與之飄移不定或異己的味道。警惕與疏離那種廣闊的非自我一致性，同時又難以擺脫現實之網的羈絆，在兩種力量的拉扯之下，陌生人和旁觀者有時很可能是入門的絕佳視角。呂志清渴望那種知性應享有的小說，這也許正是其與眾不同的魅力所在。

其實，《一九三七年的情節劇》中，除禹斌創作的無人理睬也無法上演的劇本之外，還有一個早已上演並已成爲經典的劇本，那就是貝克特的《等待戈多》。兩個劇本自然不可同日而語，但它們在小說中又是如何掛鉤的？這是我們的閱讀想知道的。小說前後有三個人物接近《等待戈多》：對章彥而言，《等待戈多》是經典，是一種知識的炫耀，她熟知的也只是一個劇本梗概；對禹斌來說，是閱讀後的激動，「激動到了憂鬱的程度，還有那始終不肯離去的所有死掉了的聲音，沙沙響」；而何磊讀《等待戈多》，注意的則是那個「藏骸所」，「一個沒有覺醒的人無疑是待在存在意義上的『藏骸所』裡，而且他自身也構成了一個『藏骸所』，在他自身的『藏骸所』裡囚禁著的自我，取決於他什麼時候開始思想和行動。」三個人各取所需，從各個不同的角度攝取這個荒誕派經典戲劇的養料、感受和功用。同時在小說結構上，《等待戈多》又是禹斌創作「一九三七年的情節劇」的催生劑和藥引子。禹斌的創作過程無疑是小說的主線，這個被審評組認定沒有情節的「情節劇」，則是構成小說核心情節；這個被審評組判斷爲「很難看出作者想明確表達什麼」的內涵，卻是小說敘事明明白白的訴求。有意思的是，貝克特生前也經常被此類問題所困擾，當艾倫・施奈德要執導《等待戈多》在美國的首演時，他問貝克特，戈多是誰或是什麼意思，他得到的回答是，「要是我知道，我就會在劇中說出來了。」

《等待戈多》要傳達的，正是作者在正視人類生存狀態時的神祕困惑和焦慮之感，以及他無法找到生存意義時的絕望。愛斯特拉岡和弗拉季米爾正是那失去意義的空蕩蕩大門的崗哨和門衛。不確定、不明白本身就是劇作的實質。但是，我們並不因此而把《等待戈多》和《一九三七年的情節劇》等同起來，認爲後者是前者的移植性模仿。比如前者講的是等待，等待就是體驗時間的作用，而時間是不斷變化的。然而因爲等待，這種變化開始變得無用和失效。事物越是變化，它們就越是相同。這就是世界可怕的穩定性；而後者講的是行動（準確地說是青春的行動），行動是時間的流逝、是青春的消耗。「自由就在行動之中！除了行動，我什麼都不是。」關鍵時刻，何磊又出來解讀了。也許，敘事者正是意識到這一點，正是想刻意區別這種不同，才特意讓何磊說了一番中西戲劇的不同和比較。明確告知「一九三七年的情節劇」具有中國特色的抒情性。

《一九三七年的情節劇》不是貝克特式的荒誕派戲劇和小說。貝克特把他的人物交給孤獨，它征服的不是時間，而是記憶的痛苦和一個死去但不饒人的想像力的殘酷；貝克特對多餘的話和修飾的言詞懷有一種天生的敵意，他推崇沉默之中的聲音，當沒有人的時候，聽見有人在說「沒有人在這裡」，在看上去無人的黑暗中有身體的殘餘、閃爍的光線；貝克特式的人物，他們總是在重要的環節忘記台詞，在不能令人激動的場合發出歡呼……所有這些在呂志清的小說和小說中的劇本裡都是消弭的。更多的時候則是相反，呂志清更傾心於慢條斯理、喋喋不休的敘事，即便是陷入話語的牢籠也在所不惜，這位敘事者是多話但並不饒舌的冥想者，是熱中於行動但有著明確訴求的講述者。他是一位熱愛生活、熱愛青春，同時又強烈地體驗自己的存在是如何被自己生活在其中的秩序所遮蔽、所淹沒的懷疑論者。

4

二〇〇九年對呂志清小說創作是個重要的年份，《一九三七年的情節劇》對二〇〇九年的呂志清小說來說，又是最爲重要的作品。至少，我是這麼認爲的。《黑暗中的帽子》是對空間的著迷和抵禦，這空間既是心理的又是社會的，既是向內走的執著迷戀，又是有著向外延伸的熱切渴望。

《一九三七年的情節劇》是對時間的著迷和抵禦，這時間既是歷史的流動又是當下的靜止，既是不同年代的青春際會，又是不同青春的互爲鏡像。在某種意義上說，故事讓我們成爲時間的奴隸，在另一種意義上，它讓我們能夠重播甚至收回時間，邀請我們重新整理、重新詮釋我們做過的事以及發生在我們身上的事。正如蘇珊・桑塔格所說的，「小說家的工作是使時間有生氣，如同他的工作使空間有活力。」（蘇珊・桑塔格《同時——隨筆和演講》，上海譯文出版社二〇〇九年一月版）呂志清努力放棄的那些情節主義，甚至是細節主義的陳舊手段，似乎也很少依附純粹心理學的東西。當然，他這樣做是有意放棄還是無能爲力，我們不得而知。但有一點是可以肯定的，他和這些人們早已習慣，至今很多敘事者仍然以此作爲生存手段的敘事模式斷絕來往後，自創一套敘事風格，並且我行我素，依然給人以有滋有味的感覺。反情節主義並不是完全的丟棄情節，呂志清小說的情節因素，更多的是來之於思辨、分析和困惑中的謎團；反細節主義並不是一概無視細節，呂志清小說中細節的描摹並不是僅僅停留於對環境和人物的服務需求，更多的時候，它們是經由象徵和隱喻的途徑走得更遠、來得更爲抽象，同時又混雜著小心翼翼的嘲諷，既是病毒又是疫苗，既是毒藥又是以毒攻毒的解毒劑，很像是小說經常提到的脫敏療法所產生和依賴的對象。諸如那黑暗中飄來飄去的帽子，表示沉默與抗爭的不斷變化中的口罩；那始終不肯放過他倆的聲音，是死掉了的聲音，像翅膀像羽毛像灰燼像樹一樣的聲音，沙沙響；還有那條誰也沒有見過的蛇所留下的蹤跡，經過後在床上留下了某種體液或分泌物等等。莫名之物，可能不存在的東西，類似隱藏的恐懼和受壓抑的侵犯性，都是連接呂志清文本的鈕扣。諸如《黑暗中的帽子》中的黑暗中的帽子、飛碟外星人，《蛇蹤》中的蛇蹤，《一九三七年的情節劇》中的「藏骸所」等。我們既不應該把不存在的存在當成現實的一部分來接受，也不應該簡單地把它們化約爲心理挫折的投影。但無論如何，它們又都是這虛構文本中不可或缺的存在，是呂志清設計小說中可圈可點的環節。這些悖論提醒我們，對經驗的每一種解釋都要受到相反經驗的檢驗，每一個命題都是以一個與之相反的命題作爲支撐。從某種意義上說，存在與不存在都是理解呂志清小說的不二法門。

說呂志清的敘事是自創一套，那是因爲他的小說很少有我們常見的語調和用語，在該莊重的地方他總是無所事事，凡敘事的起點、轉折、高潮和落點，他從不遵循理所當然的規矩。而在激情即將降臨、衝突即將爆發的地方，他總是轉身他去，行文則平靜如水，似乎沒有注意到什麼不對勁的事情。他的敘事從不拒絕議論，相反，喜好獨白式的議論是他的特點。小說中敘事者自己或者借用人物之口，經常發表對世界及存在的看法，從這個意義上說，呂志清又是一個獨白主義者，獨白主義是一種無所不包的世界觀。同時，這位敘事者又是一位心理諮詢師，懂得與敘事對象保持距離又能進入其內在的心理，一種既冷又熱的敘述方式像魔鏡似的，讓閱讀經常能在不經意中窺見半隱半現的自我，並經歷認識自我的震撼。扭曲的成分存在於已經發生過和一直在發生的事情裡，而富有想像力的虛構領域的糾偏又能發揮多少作用呢？以分析代替情感撫慰的敘事究竟能給我們帶來什麼？小說中的思考爲的是加深懷疑，而不是尋求確定性的判決。懷疑是一種探詢，是加深理解的通道，是多樣性和可能性的福音。我說過，呂志清是一位多話的敘事者，可在他洋洋灑灑的字裡行間中卻隱含無歸屬感的寂寞，寂寞不是缺乏親友相伴，而是內心深處的流動得不到回應。我也說過，呂志清的冥想追求的是難以言說的言說，無法表達的講述，但其穿著的外衣卻是不厭其煩、神神叨叨的話語編織而成的。理解呂志清，很多時候是經由事物的反面才能抵達，而這個目的地不是明白無誤而充滿著變數的。他的精彩之處往往是停留於上下文間遺漏的反諷，在表面敘述背後所隱含著的那種不露聲色的指責和諷刺。說世界自有其敘事結構，不等於說你能夠以一個小故事就把它說得清清楚楚，不等於說世上有現成的表現技巧可供人調遣。同樣，重視矛盾並不意味著矛盾是看得見摸得著的東西。呂志清的敘述經常在個人主體和存在本身之間遊移，而在你意料不到的時候轉向又是其習慣性調度，我們經常以敏感的轉向來瞭解事物並從中獲得一絲慰藉。

寫到這裡，文章該結尾了。呂志清的許多小說都是以不確定的調子結尾，既沒有和諧也沒有衝突的結束。一切都歸於平靜，歸於人們習以爲常的姿態，格格不入的東西被剔除了，剩下的只是不可改變的東西，所有的冥想都進入了夢中，唯有現實落實在身體上。呂志清小說的結尾追求的是一種未完成性，或者說進入的是另一種狀態的開始。世界絕不是我們可置身其外並反過來與之對抗的某種對象，它總是捲入我們所處的具體環境，儘管我們心有不甘總想超越這種環境，環境是我們離開它將一籌莫展、面對它又同樣無計可施的東西。《一九三七年的情節劇》進入了它的尾聲，禹斌離開了與青春相伴的校園，「經過三個月的折騰，他終於進了一家中外合資企業」，「一週以後，他穿了這家公司的工作服。工作服是綠色的。穿在身上，看上去酷似一隻大青蛙。一隻生活在鋼筋水泥中，或者，生活在那個宇宙湧流裡的大青蛙。」和他結婚的朱晶晶，那個時尚的領軍人物「也進了一家公司。只不過，穿著一身藏青色的西服套裙，完全是一副職業女性的裝扮」。青春和激情都是可燃燒的間歇，如今一切「都就此別過」。生活常常是一種扭曲的悖論，我們越想現實，結果往往是越不現實；我們越希望永恆，結果往往是轉眼一瞬間。在那鋼筋水泥製造的湧流中，流淌著形形色色的公共符號。我們都是標籤式的符號，酒瓶上的標籤既不能醉人也不能解渴。這使我想起黑格爾在他去世前不久第一次來到巴黎時，他給他妻子寫的信中說到：「當我沿街道散步時，人們看上去同在柏林的一樣：他們穿著同樣的衣服，面孔也差不多相同——同樣的外表，但卻是大群的。」（《啓迪——本雅明文選》，三聯書店二〇〇八年九月版）大群的一樣正是公共符號的一律。

符號秩序被一種根本什麼都不是的眞實所支撐，符號的出現總是一種扭曲，一次位移。在公共語言日益膨脹、私人言語則幾乎化爲沉寂的時代，生活終於進入了它的重讀階段，無休止地追尋熟悉的階段，無休止地追尋熟悉的經驗，無窮盡的複製作品，一個永不結束的故事，無論這個故事反反覆覆講了多少遍。對禹斌們來說，唯有在夢中出現的那些星星點點、零零碎碎的情境才是例外。

該落幕了，劇情中那高低舞台終於成了「高低落差」的性愛遊戲，勃發的青春和生命之泉也終於化爲不斷變動中的軀體。唯有那「夢境中的預示似乎開始變得明白起來，只有觀看者能夠意識清醒地面對他的處境」。當然，閱讀的問題不在於我們身在何處，而在於我們對之作何感想。批評總是對文本提出這樣或那樣的問題，而什麼時候讓自己也接受它的質詢。好的作品對我們來說都有其鏡像的意義，佛洛依德曾面對鏡子中的佛洛依德發問，「你是誰？」我們的感嘆是，原來這就是我。

二〇一〇年一月十二日於上海

原載《鍾山》雜誌二〇一〇年第二期

文中所涉呂志清作品

《黑暗中的帽子》，載《鍾山》二〇〇九年第一期

《一九三七年的情節劇》，載《鍾山》二〇〇九年第五期

《蛇蹤》，載《山花》二〇〇九年第十期

《老五》，載《中國作家》二〇〇七年第九期

《愛智者的晚年》，載《山花》二〇〇八年第六期

《闖入者》，載《山花》二〇〇七年第九期

方的就是方的
——論方方小說的敘事鋒芒

方方的小說是尖銳的。好像方方自己也喜好「尖銳」一詞，在準備寫作長篇小說《水在時間之下》之前，作者帶著對人世、人生、人心的疑惑和追問，堅定地寫下了一句話：「這是一本尖銳的書。」這既是一部小說的立言，也是方方全部小說的所指。這也使我們想起中國當代小說的現狀，「論尖銳」，女性作家似乎要比男性作家多一些。金仁順在十多年前有過這麼一段話，「像刀一樣插進現實生活中，這是很多七〇年代作家寫作時呈現出來的面貌（或許對於男作家要用另外一句話來形容，他們用刀子玩出各種各樣的花活兒），這代人與現實生活的關係從一開始就顯得格格不入。女作家的寫作大多數是從『私生活』的角度出發，刀子就是她本身，狹窄然而鋒利。有時候對於她手下切出來的現實的切面，對於從那些切面裡流淌出來的眼淚和鮮血、愛與絕望，她們自己也會受到驚嚇。」「七〇年代作家」是一種習慣性說法，指的是七〇年代出生的作家，也有人說「七〇後」（金仁順《之所以是我們》，見林建法、徐連源主編《中國當代作家面面觀》，春風文藝出版社二○○三年四月版）。當然，方方並不屬於「七○年代作家」，就是女性作家的尖銳也各不相同互有差異。

就詞義而言，尖銳一詞是豐富的。物體有鋒芒，容易刺破他物是鋒利，認識客體的敏銳和深刻、聲音刺耳不同凡響、言詞激烈爭鬥不息等等。「尖銳」一詞還具有這樣的意思，即鋒芒必須先於對象而存在，可是同樣不容置疑的是它只有依賴對應物的動作才能產生。從這個意義上說，它是相比較的存在，是運作中的後期效應。要明白尖銳的存在，我們必須有一個原則上與他人聯繫起來的符號系統。絕對的尖銳將會是一種令人討厭的不可理喻狀態，如同無盾之矛，它將會是經驗的死亡。對方方而言，尖銳是鋒利的刀和劍，只有在舞動中才能顯現出其光和影的姿態。因此尖銳又是一種美學鋒芒，既是隱形作者隱藏其身且不可動搖的目光，是敘事刀鋒，又是投擲社會與歷史的骰子。它傾心於突如其來的禍事、刻骨銘心的仇恨、難以忍受的擠壓、迅速的懲罰、突然偏向其對立面的行爲，一整套殘酷無情的邏輯。它關注的似乎是否定性情感，其中包括氣憤、不滿、痛苦、攻擊性、敵意、內疚、焦慮和恐懼等。說到底，尖銳是這位小說家與虛構世界打交道的武器，也是一種骨子裡的氣勢。這頗有點像《祖父在父親心中》的「祖父」，想像中「一個瘦小的其貌不揚的男人，一臉書卷之氣」，向來主張「寧爲玉碎，不爲瓦全」的人格論。

1

方方小說在中國當代文學的命運即使談不上離奇，也可稱得上曲折。她幾十年的多方探索而又一以貫之的追求，和批評界的斜眼是那麼的不相稱，她認知世界那不留情面的直率，和中國傳統崇尚的迂迴曲折，是一種抵觸式的際會，她那追求眞相的悲劇性故事是那麼的不合時宜，甚至她小說的題材都是有悖於當代文學那強勢的審美主體。除了個別的作品外，方方的小說基本上不屬於鄉土敘事。關於知識分子遭遇的悲慟之聲、關於城市市民故事的冷酷敘述、關於眞正愛情難以如期而至的令人扼腕的訴說，這些都很難進入習慣分類作業的文學史。《風景》是例外，它誤打誤撞地進入「新寫實」的潮流，而又以一種包辦婚姻的方式成爲領軍人物。別的不說，單以《風景》那亡靈的敘事視角（儘管今天看來，這一敘事視角有著諸多牽強附會的破綻），就根本和寫實手法劃清了界線。關於新寫實有多種闡釋，有時被稱爲現實主義的「回歸」，有時被歸納爲屬於自然主義的品質，有人稱這是底層生活的「零度」敘述，有人又稱其不做主觀預設地呈現生活「原始」狀貌等等。被引用最多的，是一九八九年三月《鍾山》新寫實小說大聯展欄目的卷首語，其中說道：「這些新寫實小說的創作方法以寫實爲主要特徵，但特別注重現實生活原生狀態的還原、眞誠直面現實、直面人生。」其實，「新寫實」既是中國當代文學的眞實存在，又是一個僞命題，它和歷史上出現的「無邊的現實主義」有異曲同工之妙，排斥其他流派又想相容其他所有手法，是其立於不敗之地的方法論。

與《風景》幾乎同時問世的還有一部小說《閒聊宦子榻》。深入江漢平原的鄉土，探究民間傳統的生存狀態，偏愛方言民歌的《閒聊宦子榻》是方方創作難得的一次例外，作者格外重視的一次探索遭到不應有的冷遇，多少有點遺憾。在接受葉立文的訪談中，方方說：「寫完這篇小說後，我又寫了另兩個中篇《船的沉沒》和《白霧》，但《風景》發表在最後，這是一九八七年，是我進行文學創作以來，發表作品最多的一年，除了上面提到的三篇以外，另還有一篇《閒聊宦子榻》發表在《花城》上。這四部中篇從題材到風格都是那麼的截然不同，它們一直都是我自己比較喜歡的作品。只是因爲另三篇未被轉載，看到它們的人較少，以至於沒有什麼人注意到它們，尤其是我格外偏愛的《閒聊宦子榻》。」（見陳駿濤主編《精神之旅》，廣西師範大學出版社二〇〇四年十二月版）《閒聊宦子榻》在「尋根文學」中的地位可能是另外的話題。在我看來，這篇小說的敘述恰恰是對尋根的否定，努力揭示胡鄉爹爹那無法吐露的眞相才是敘事者的隱含之意。作爲采風對象的鄉村，田七爹爹是個異數，在其日日面對荊河邊的水，「通靈如木瓜可以在水中看到自己想看的一切，一般芸芸眾生還是看水似水。」這既是明語也是暗語。故事中的故事從不言而喻、一目了然之處生出疑慮之心，歷史眞相的存在看似明白其實疑竇叢生，陌生客所記錄的田七爹爹所唱的疑似革命民歌，一不小心卻洩漏了那早已被人遺忘的眞相。瞭解眞相是組成《閒聊宦子榻》的一部分，而現在對它的重讀卻包括了瞭解關於「眞相」的眞相。說到底，尋根是個問題，而不是解決問題的方法。尋根文學和新寫實作爲一前一後的思潮，《閒聊宦子榻》往前靠成了尾聲，《風景》則成了向後移的發軔之作。兩者的無形迷失和在過度闡釋上都有點冤假錯案的味道。問題在於你是向前體驗它還是向後閱讀它。

除了以上兩部中篇外，一九八七年作者還有另外兩部中篇《白霧》和《船的沉沒》。對方方而言，這是一個不尋常的年頭，不是因爲創作數量的多少，而是其創作上探索各種寫法的活躍。四部小說凡生死越界、眞假之相、詩情與實證、民俗與世俗、歷史與現狀等都有所涉足，手法上無論表現上的眞實，還是幽默、調侃和諷刺，莊諧並舉，各種不同敘事視角都有所嘗試，語言上凡民俗、口語、書面語言甚至語句的長短皆成了各路英雄。需要說明的是，在這次重讀方方的作品時，因資料有限，《船的沉沒》沒能找到。在二〇〇八年九月版的《方方自選集》中，作者從自己創作上的四十篇中篇小說選了十二篇，其中一九八七年的就占了三篇。尤其是《白霧》的開頭幾段，在運用長句上，綿延流暢而不失活躍，恰如其分地創造了一種獨特的氛圍，表面的玩世不恭包藏著骨子裡的嚴肅。《白霧》前有《白夢》後有《白駒》，「三白」是一種辛辣痛快的文學，多少有一點「短平快」操作的味道，是對八〇年代後期社會的現場攝錄和尖銳時評，作者銳敏地意識到方方面面的懷疑論：形式主義猖獗、物質主義抬頭、媒介的作用無奇不有、官商勾結、時尚流行暢銷、利己主義的盛行，乃至代溝、改革、辭職、個體戶、賭錢、第三者等等。無法認同的心態驅趕著其諷諭的快意。對現場的迷戀、對現形的執著是此類小說的本源性。今天看來，和這個崇尚短期合同、準點快遞、時尚隔夜就變、投資追求獲利、能源快速消耗、身兼數職、多用途生產的世界，在方法論和目的論上頗有些相似之處。即便如此，我們還應當看到，正是這些文本顯露出方方過人的敘事智慧和能力。

一般而言，對方方創作的研究多少有點冷漠。一反常態的是對《風景》的議論卻多如牛毛。被稱之為「赤裸裸地描寫了都市貧民家庭中粗鄙的生活狀況」的《風景》（陳思和主編《中國當代文學史教程》，復旦大學出版社一九九九年九月版），由於其生存景觀的慘澹、敘述的冷漠而每每被提及，恰如死去亡靈的敘述：「我寧靜地看著我的哥哥姊姊們生活和成長，在困厄中掙扎和彼此間毆鬥……我對他們那個世界由衷地感到不寒而慄……我以十分冷靜的目光，一滴不漏地看他們勞碌奔波，看著他們的艱辛和悽惶。」十分冷靜的目光取之亡靈的角色，生存的冷漠殘酷並不等同於認識世界的態度。在我看來，方方骨子裡是個理想主義者，無論其敘述的世界是如何地困厄，對神祕莫測的人世浮沉感到不解，對人心險惡的迷惑，都是因為那難以融入世俗的理想在作祟。二十年後，作者在寫作其長篇小說《水在時間之下》中，藉主人翁水滴之口明白告示，「如果這世界是污穢，我這滴水就是最乾淨的；如果這世界是潔淨的，我這滴水就是最骯髒的。總而言之，我不能跟這世界同流。」這不是一個具體場景下的偶然獨白，而是方方的敘事態度的自白，一種敘事鋒芒的指涉，一種否定哲學的簡易表白，一種不妥協的姿態，一次關於自身小說的悲劇觀表露。可以說，絕境書寫是方方小說的風景，而抵禦絕境正是這道風景的隱喻性景色，是風景背後沒有言說也是無法言說的風景，也是這風景的天與地，理想的方式被深埋在地下，難以覺察而又始終存在，理想之光遠在天上，能觀望卻永遠摸不著。更多的小說產生於妥協，方方不然，抵制妥協是其一貫的主張，方的就是方的，沒有任何迴旋的餘地。

2

方方的悲劇性敘事是可以挑剔的，因爲悲劇的衰亡才是小說的興起。小說是悲劇的一副解毒劑，那是因爲小說本質是一種自由的形式，是中心消解的對話方式，結尾開放的。如何將小說那如日常生活拖拖拉拉的連續性和充滿突然變故劇情的絕境書寫結合在一起，既是方方的難處，也是成就方方藝術個性的特殊之處。發表於二〇〇九年的《琴斷口》是這方面的代表之作。讀《琴斷口》，彷彿是敘事者催著我們趕路似的，前面的事還未交代清楚，三個人的情感糾葛和變故還未展開，事故便接踵而至。一道傷口還未縫合，另一道傷口又被撕裂。冷眼旁觀的敘述、冷峻的情感分析是方方的拿手好戲，傷感柔情之事總被鐵石心腸的口吻所遮掩，閱讀沉浸於這樣一種不同凡響的語氣之中，一旦複述味道就全變了。小說讓我們看到的是女主角的懷疑，還有她的信任，甚至包括難以割捨分開的愛意情仇。死人的事是經常發生的，但正是這節骨眼上的死亡，成就了方方小說的悲情性元素，一幕幕心理劇由此而延伸。緊湊而不失流暢、冷酷而又柔情似水是其恰到好處的結構。我們渴望眞實客觀的合情合理，但卻又深陷於我們所生長的心理土壤而不能自拔。

從不輕言幸福與自由、不相信會有眞正的愛情是方方的情感悲劇觀。悲劇有時會在生活的秩序中發掘一種曲解或蠻橫的不和諧，從普通人的生活中提取某種純粹的危急時刻而踏上敘事的旅途。經歷了二十年的冤案，林可從勞改農場回到學校的頭一天，看風景看得眼睛都直了，「除了校園同二十年相比像是換了一整套衣裝外，來來去去的大學生們摩登豪華、神氣活現得叫他目瞪口呆。」資本主義復辟了？國家已部分進入了共產主義？喜劇性地回到現實，卻又悲劇性地無法擺脫昨日的陰影。「外面的世界變成了什麼樣子，林可也稀裡糊塗地弄不清楚」，「他已習慣了不自由、習慣了壓迫，而對到手的解放和自由卻萬般地不習慣起來。」作爲代價與悲劇性苦難最終還是在這種意義上匯聚，自以爲是的幸福，我們遭遇到的卻是一種悲哀。當林可沉浸在圓滿的自知之明時，我們遭遇到的卻是作爲一個殘片的自我。小說《幸福之人》講述的正是「幸福」的悲劇。同樣，《言午》講的也是在大獄待了十三年後刑滿釋放後的言午，是如何在害怕甦醒和希望甦醒之間無所適從，他被卡在精神官能症狀態和回歸實際經驗的精神創傷之間，難以掙脫。

很多年以前，讀中篇小說《樹樹皆秋色》，感嘆作者何以能把並沒有什麼劇情的小說寫得像一首哀婉的詩一般。單身女教授華蓉和那個叫老五的——從未謀面的男人之間情感糾葛，一波三折，跌宕起伏，處理得合情合理。一顆孤獨且驕傲的心，充滿著熱烈的渴望，卻又困在「拒絕」的牢籠之中難以脫身。一種烏托邦的情感危機在於，它誘使我們渴望沒用的東西，嚮往又是一種可以欲望但不可實現的未來，未來顚倒現狀，爲我們提供決定論的某些標誌，在必然和必需之間經常地顧此失彼。老五那快樂且爽朗樂觀的聲音讓華蓉的心發熱又繼而發涼，在經歷了一番折騰之後，華蓉重歸舊日生活，拒絕塵世、婚姻和交往，繼續地與秋色爲伴，「這秋色染透了華蓉的心。」最愉快的日子，也是人生最倒楣的事。就實際生活來說，這算怎麼回事，而小說就不同了，它可以從意象、象徵、隱喻甚至詩情畫意的暗示，尋求其理想天國的價值和意義。愛情因過於完美想像的支撐餘絲尚存，但終究會隨它一同逝去，佛洛依德曾譏諷地稱陷入戀愛的狀態是「過高地評價對象」。敘述者彷彿深知此中奧祕，如同《有愛無愛都銘心刻骨》中瑤琴所想的，「激情這東西是紙做的，燒起來很旺，滅下去也很容易。一日日瑣碎的生活彷彿都帶有水分，不必刻意在火頭上燒水，那些水分悄然之間就浸濕了紙、滅掉了火。」生活是徒勞的激情，悲劇性則是時隱時現的掩體。問題在於，方方的情感敘事能穿越愛情激情的圈套，超越了希望的殘酷譏笑，卻難以超越覺醒的幻影。

不是沒有眞正的愛情，而是因爲愛是極其脆弱、過於短暫而難以持久的。更多的時候，愛是處於危機之中，瀕臨崩潰，讓人陷入癡狂，就像《水隨天去》中的水下，小說第一句話「少年水下騎著自行車在江堤上瘋一樣地往前衝」，形象地道出水下的命運。愛是一種奇特的隱喻，就像《暗示》中的暗示，無法擺脫的輪迴與宿命。愛的記憶牽涉到一種超乎性欲的興奮。身分不明，言詞含糊，與此同時，愛的內涵和外延的精確也開始變得模糊不清。類似《隨意表白》、《在我的開始是我的結束》等作品，都是由愛出發涉足非愛的領域：個人命運的不濟、職業的挫折、情感的創傷、歷史的夢魘、局外人的沮喪、孤獨者的自戀與煎熬、無法認同的苦惱，都可以在關於過去和現在的故事之中搜索。方方的尖銳講述偷走了我們那也許並不切合實際的快樂，而在這被偷走的快樂中，一小段痛苦的眞相卻被說了出來。痛苦和快樂是同一事物的不同方面，同一問題的不同視角。痛苦與快樂不完全相同，甚至相反，但一方必然導致另一方。快樂是痛苦的麻醉劑，痛苦也許更是快樂的毒藥。

劇性因素，當我們問，決定方方的小說有那麼多中國式的成因，而其塗抹於上的色彩又和許多人心目中的中國式小說迥然有別時，有目的的追索和非故意的殘餘總是糾纏不清。不同的文學史給予了方方幾乎一致的段落，是出於創作思潮流派的需求，而非出於對方方個人文學史的研究。如果文學史僅僅只是出於爲我所需的挑選和歸納，那麼學術上的悲劇性終會呈現出其劇情。

4

我們的確需要享受在大相徑庭的思想情感之間左右爲難的恩惠，尤其是在它們之間的距離看似沒有盡頭的時候。因太執著的理想主義而埋下悲觀的種子。命中注定的失望與絕望卻滋生美好的詩情畫意，因爲不切實際、過於炙熱的愛而產生的恨與仇。因公平公正而培育的倦怠與不合時宜……這些都統領著方方小說的趣味。恰如作者自己在談及《水在時間之下》這部長篇時所說，這部尖銳之書，這部書寫仇恨的悲劇之書「是獻給我生活的城市武漢的。我在這裡生活了半個世紀，只有自己知道我有多麼熱愛它」。愛即是恨，恨即是抗爭，理想是悲劇的舞台，源之於不甘和對抗的悲劇意識成爲方方的小說向人們的持續懇求。無論是其書中寫出的令人無奈的悲嘆，還是其未寫出的那無法泯滅的憧憬，他們都會隨著故事的死亡而死亡，隨著故事的存在而生還，這讓人悲哀的事實可能成爲記憶和持續的情感方式，成爲一種在生活中只看見垃圾的地方保存珍惜立場的方式。

有一種尖銳，那就是時間，「這世上最柔軟也是最無情的利刀便是時間。時間能將一切雄偉堅硬的東西消解和風化。時間可以埋沒一切，比墳墓的厚土埋沒得更深更沉。又何談人心，脆弱的人心只需要時間之手輕輕一彈，天大的誓言瞬間成爲粉末，連風都不需要，便四散得無影無蹤。」

還有一種更厲害的，專與時間作對的東西，那就是像是石頭做的水滴：「埋在時間下面，就是不乾。」從這個意義說，方方的敘事是另一種「石頭」記。水滴是仇恨的化身，這仇恨是與生俱來的，是前世埋下的種子。「她一出世就開始發芽，現在已經長成了一棵樹。這棵大樹伸展著枝椏，在暗夜裡露出猙獰的面目。」人們關係中存在著某種自我妨礙或不可想像之物。苦難是一種可以共用的非常強大的語言，一種許多不同的生命形態可以用來建立對話的語言。想一下水上燈經歷的苦難，「她跟著父親下河，她被水家毆打……她到上字科班學藝，她的父親被水家人打傷，她到處奔走借不到錢，她父親的死亡，她插草籤賣身葬父，她走江湖的生涯，她被劉家老頭強姦，她的逃跑，她的被抓回，她被余天嘯救下，她跟著余天嘯學藝，她的走紅，她在漢口淪陷時逃難。」她的婚姻——「嫁人結果做了小，這還不說，接下來又當了寡婦……」，這一生厄運賴上了她，伴隨她的是磨難，無論是戲中的人生，還是人生中的戲，演繹的都是人世的艱難和命運的無常。《水在時間之下》探討的是一顆仇恨的種子，是如何從個人移向社會，又是如何從舞台生涯進入歷史的長河之中。

如同一部描寫快樂的小說並不一定給人帶來快樂，一部書寫絕望的作品也未必給人以最終的絕望。文學的嚴肅性告訴我們，悲劇性的出路並不是簡單地爲我們輸送一種悲觀的情緒。事情有時剛好相反，它經常讓我們想起在目睹其毀滅的一幕中所珍視的一切。悲劇可以向我們表明價值如何在自身毀滅的行動中得以釋放，以便我們在一件事物的毀滅之時品嘗其豐富性。自然，我們探討方方小說中的悲劇性因素並不等同悲劇，把小說等同悲劇那注定是小說的悲劇。方方的尖銳，她的不妥協，與命運的對抗，多少有點固執的懷疑和置疑，多少有點冷酷的絕望與希望，多少有點偏執的抵禦和追求，和指導我們如何存活於人世的傳統性教誨，就算不是格格不入，至少也是不合時宜的。

褻瀆是危險的，但有時不敬也是一種很好的興奮劑。以至於面對有人說方方的許多小說是否過於悲觀和虛無時，作者只用一句反問作答：「對人太失望。難道你們都不曾失望？」失望並不是可怕的東西，它經常是一種客觀的存在，無法去除的經驗，只有對失望視而不見者，對失望採取易容術的健忘症，才是可怕的，這讓我們想起莎士比亞戲劇《李爾王》中的幾句旁白，「也許我們還要碰到更不幸的命運；當我們能夠說『這是最不幸的事』的時候，那還不是最不幸的。」方方小說中所流露出對人心的不滿和懷疑，這一點很可能是使我最爲滿意和值得肯定的地方。正如雷蒙・威廉斯在其《現代悲劇》一開始說及悲劇與經驗時指出，在平凡人經驗的事實中，「我看到了令人恐懼的人與人，甚至是父子之間的聯繫的失落。但這種失落是一個特殊的社會和歷史事實：一個存在於人的願望和他的忍耐力，以及這二者與社會生活所能爲他提供的目的和意義之間的不容忽視的距離。」

（〔英〕雷蒙・威廉斯《現代悲劇》，譯林出版社二〇〇七年一月版）

文學文本頻繁地涉及認知命題，但是文學文本並不以此爲主旨。當我們得知方方小說的產生是和武漢這座城市有著千絲萬縷的聯繫時，當然不會在閱讀過程中索取一張城市地圖那麼簡單。即便是現實主義的命題，即使是「新寫實」的主張，將情感水平滑到了僞參照性之下，我們依然無法將一座城市照搬到身體力行的複雜編碼中去。審美實際上是與接受可能出現的誤解相關的一種意識清醒的交流方式。從接受者的回饋中瞭解自身是一種途徑，從寫作中想像接受不妨也是一種途徑。但感受與浮誇的推論是不相容的。不停變化的歷史以看不見的手參與重建工程，文學文本被褻瀆、熔煉、逆其道而解讀，命該如此也是一種命不該絕。當方方說，寫作《水在時間之下》，書寫類似復仇女神水滴的一生經歷，是爲了表達對這座自己生活了半個世紀的城市的愛時，我們既無法去否定這種說法，也無需在這兩者之間畫上一個等號。我們可能走得更遠，從中瞭解不止一座城市，而是無數座同樣的城市乃至整個中國的「懷舊」，在失憶的世界裡，銘記鐫刻過往的歷史和事件，回溯不同人群不同時期的遭遇。我們也可以以一種倒退的姿態出發，忘卻一座城市，記取的只是不同人群的命運，知識分子遭受的洗腦壓迫，市民階層是如何忍受物質與精神的雙重擠壓，無法獲取眞正愛情的創傷，一往情深的歧途……

把一個一大堆虛構文本的製造者和一座歷史名城聯繫起來，對我而言幾乎是不可能的。我對武漢一無所知，僅有的一點印象也是從虛構的文本中來，還有就是方方的非虛構文本《閱讀武漢》和《漢口的滄桑往事》。方方倒是寫過一篇文章《一個人和一座城市》，講的是張之洞和武漢，不止於此，書中還寫了好多位歷史名人，這才是靠譜的事。方方也不是武漢人，從《烏泥湖年譜》記事的一九五七年起，方方才隨父母由南京溯水而上抵達武漢，那時「我還只是一個未滿兩歲並且沒有任何記憶的孩子，爲此，長存我記憶中的一切——最令人懷念的童年和青年時代，滿滿都是武漢的烙印」（《在漢口和武昌跳來跳去》，見《閱讀「武漢」》，南方日報出版社二〇〇二年十月版）。雖然在武漢生活了半個世紀，但方方也表示從來不敢稱自己是眞正的武漢人。但這不妨礙方方和這座城市無法割捨的聯繫。至少，方方幾乎所有創作都是和這座城市有關。她的小說中有一部多少有點「離譜」的作品《武昌城》，寫的就是一九二七年北伐軍的圍城之戰。作者在附記中這樣說：我寫這部小說「最簡單的目的，就是想告訴大家，在我們居住的地方，曾經有過這樣的往事。這是我們應該記住的事情」。

除此之外，我還能寫些什麼呢。從方方的文字中瞭解了武漢這座城市的來龍去脈、歷史變遷、人文地理、世態人情、地域特色、好惡習慣。方方的文字是武漢這座城市的廣告詞、說明書、不可多得的教材、形象的歷史等等，好像也說明不了什麼問題。從這座城市的特性和方方的小說之間做些聯想，比如，武漢作爲城市的興起是和漢水分不開的。「漢口的人煙因了小河和小河邊肥沃的沖積土地，漸次興旺起來」，「漢口人的出行和生活來源，靠的是行船走水。」聯想方方許多小說的名字，諸如《船的沉沒》、《一波三折》、《行雲流水》、《水隨天去》、《水在時間之下》等，以及小說中許多人名也和水有關，包括關於水的議論和思考；比如方方概括武漢這座城市時說：「武漢自古是個商埠，從來沒有做過國都，商業城市就是重利輕義，加上整個文化層不高，久而久之就形成一種風格：俗。」（與李騫、曾軍對話《世俗化時代的人文操守》，見《方方讀本》，花山文藝出版社二〇〇二年一月版）於是推斷，在方方小說中的市民家庭的矛盾糾葛，居多是因市民俗氣、講究實惠、目光短淺而起的；又比如武漢人說話一向乾脆、簡潔，和方方敘述的語句特色明快、利索的關係，武漢人性格直爽、麻利、急躁，喜歡情節進展較快的劇情，和方方小說結構的勤於分段，人物行爲風裡來火裡去，情節變故的急速之間的瓜葛是分不開的等等，還可以舉出很多很多，但這種分析是如此的不靠譜，又缺乏價值。總之，一座城市對個人來說可能是重要的，它是生存的土壤，賴以寄託的故鄉。而相反的一個人對一座城市的作用更多的是微乎其微，甚至可有可無。一座城市的意義和力量存在於他們自己的矛盾之中，而一個人對一座城市的認識如同對世界的認識，只能從生活裡撕下他的咀嚼和消化的東西，人生只能攝取世界的片斷，把世界部分化。

無論是方方的尖銳，還是其對完美的執著，無論是其對人性的悲觀，還是對這座城市的愛，攝取的只能是這座城市的片斷。對於那些過度幸福的小說而言，方方那悲劇性的尖銳無疑是一帖解毒劑，但是她的悲劇性的鋒芒，也多少損傷了生活本身所應有的「更微妙的成長」（福斯特語）。正如韋恩．布斯在其爲米哈伊爾．巴赫金的《陀思妥耶夫斯基詩學問題》所寫的前言中指出的：「爲了使事情簡單化，爲了統治世界，作者都普遍體驗過一種無法抵擋的誘惑，將獨白性的統一強加於他們的作品之上。」（韋恩・C・布斯《修辭的復興——韋恩・布斯精粹》，譯林出版社二〇〇九年五月版）如同我們無法擺脫將世界部分化的局限，我們也無法抵擋在認知上試圖「統治世界」的誘惑。文學是這種模稜兩可情況最爲明顯的領域。一方面要努力超越局限而不是龜縮，另一方面又要抵禦誘惑不至於走向惡性膨脹，小說便成了夾縫中的生存，在左右爲難的境地探尋出路，尋求藝術的自由。

其實，創作中這種尷尬的境地、左支右絀的情況，比我們想像的還要多。在這疲憊不堪、世俗化了的世界中，如何讓烏托邦的詞語不時地閃爍其中，自有其難言之處；勇於揭露假象，敢於面對冷酷的現實和經常性忽略細節委婉曲折的調節之間，自然有著難以克服的裂縫；小說自然是諸多文體中最具開放性的，但一味地溺愛悲劇性的衝突、困境、轉變和結局，一味地尖銳有時也會刺破小說的特性；眞愛情的難以如期，有時是因爲受到人自己欲望的阻截，而不是我對他、他對我的欲望，和自己過不去經常是我們認清別處的厚網；用可讀性、故事性強之類已經是血肉模糊的面紗給方方的小說罩上，演繹的無非是對功利世界的順從和小心翼翼，其遮掩的只能是方方的桀驁不馴，抹殺的是其尖銳的敘事鋒芒。人文主義世俗化並不能演繹方方的美學歷程，相反的，這兩者間有著太多魔性般的糾纏和碰撞，以及它們彼此間的鏡像倒是懸浮於文本之上，潛伏於話語之中。意識到在現實之中有著太多並不現實的難處，現實之中的不現實成爲方方小說的命運，意識到在理想之中有著太多並不理想的破綻，理想之中的不理想成就的是其小說中的死亡意識，人在難處面前想保持孤獨，在破綻面前又想突破孤獨。這使我們想起作者所喜愛的波德賴爾，波德賴爾所深諳的城市的誘惑力，或許就是在於彙集一切的同時，也毫無止境地分離一切，使一切走向其反面：荒涼、孤寂、黑夜。還是本雅明的那句名言，「令城市人欣喜若狂的並不是第一縷而是最後一縷目光中蘊含但如果將來講今晚的故事，有可能會很豐富、生動，如他們今晚講過去的故事那樣。

——摘自《我想說愛》

此話不是我從小說中的摘錄，而是作者自己的摘錄用來放在小說前面作爲題辭。故事的存放都是時過境遷，敘事的現在進行式說到底也是一種過去式，但是否因此會變得豐富和生動，難說。這裡多少包含著理論的武斷，但也可以從中看出作者樂此不疲的愉悅，一種沉冥於往事的自慰。《往事》是典型一說，「想起我魂繫夢迴的那個故鄉」，「它已經存在於我的目力之外，隱身於我所熟識的那些物體中，使它們變成另一種存在。」一封情書、一次兩性的愛慕、初次萌發的暗戀，都會像瘟疫般古怪地孤立於公眾之外，四處是毛骨悚然的反應。敘事者內心敏感地捕捉著每一微小的信息，勞心傷神地想像那噩夢般的往事。變態的環境和教育使性的常態變形放大，恐懼和震顫的力量才得以進入敘事的譜系。輿論一律的力量、社會環境的權力、意識形態的制約是滲透性、彌漫性的，即便是個人主觀中最私有的部分，都因此而轉變成一種感傷、悵惘、孤寂、懷舊和瑣碎的東西；即便是張旻自許的「私人日記」式的小說也將難逃這一厄運。暗影無處不在，尤其是當我們回首那充滿禁忌的年代和歲月。

律法並不是欲望的對立面，而是產生欲望的禁忌。張旻九〇年代敘事的背景，從講述昨天故事的時間算，我們可以追溯到八〇年代甚至更遠。清教時代既是禁忌的時代，同時也是律法貧困的時代。道德律雖然絕對不是康德哲學中的概念，但依然以權威的姿態表現出令人敬畏的全部威嚴，崇高神聖的恐怖。我們最持久的欲望之一便是對戒律本身的一種欲望，對自我苦惱的一種激情。假如越界和冒犯是眞實，它所輕視的戒律也一定是，這意味著越界和冒犯無法不肯定它違背的清規戒律那無所不存的權力。從這個意義上說，他的小說名字出現類似「情幻」「情戒」「犯戒」等就不難理解了。自然的情欲既是一種欲望，又經常表現爲禁忌的破壞。自相矛盾的是，只有通過戒律，我們才能認識它所禁止的欲望，因爲禁止乃是我對它的最初瞭解。

彷彿是和簡化的背景作對似的，張旻的情欲敘述都是繁複的。迷醉於感官，津津樂道於情色的分析，爲主流社會格格不入的私密性尋求話語的出路。不厭其煩的身體訴求，捕捉兩性間夢幻般的種種情緒。這些東西在張旻所有的作品中回響，絮絮叨叨地纏繞不去，既充滿著誘惑又令人心生厭煩。張旻反對愛情的理想化，婚姻的道德訴求，追求兩性關係的世俗和日常生存之狀。甚至在「愛情」和「情愛」含義並無多大差別的字詞中，他都寧願選擇後者。在一些「司空見慣的鄙俗內容」中，掩飾得「最意味深長的，令人想像和體味其中怵目驚心的、蘊藉豐富的人性內容」。這些話意在表示作者的藝術追求，但聽起來卻多少有點自我推銷的味道。佛洛依德在其《精神分析學綱要》中，有著類似玄奧但卻簡潔得多的說法。他認爲本能是「肉體對精神的需要」。據說，王朔曾經認爲，張旻對人與人間的關係剖析到了盪氣迴腸的地步（《答張英》，載《作家》二〇〇一年第二期）。此話值得懷疑，首先我們並不清楚王朔是在什麼情況下、針對什麼具體作品說這番話的，其次，嚴格意義上說，張旻的故事並不是人與人的關係的剖析，而都是有關「自我」的故事：「我」的情、「我」的欲和「我」的戀。而其他都是「我」的影子的延伸和變形。當然，這裡說的張旻作品指的還是九〇年代的書寫。還是李劼在論述張旻小說中所講的：「作者始終在朝著一個方向敘述」，「始終在講述同一個故事、在尋找同一個意象。」（《情戒》，上海文藝出版社一九九六年一月版）朝著一個方向敘述，這個說法可以從不同角度理解，單調，沒什麼變化，堅持個性，有獨特的追求等等，似乎都可以。問題在於，這同一個方向、同一個故事和同一個意象，是否就抓住了張旻這二十年小說創作的文本脈絡，說清了張旻文本的沒有變化與變化。

2

張旻追求兩性世界如此執著、癡迷，以致綿延長達近二十年，在這如同死胡同般的探索掘進中，事實與意義、形式和內容互相毒化、腐蝕、傷殘、羞辱對方。一方面小說訴諸世俗瑣碎的情愛，另一方面敘述者又堅持一種邏輯推理的方式，絲絲入扣乃至神神叨叨；一方面愛是具體的，從皮膚接觸開始，光是摸異性的手在小說中就經常出現，占據了不少篇幅，另一方面愛又是一種奇妙的隱喻，愛的記憶牽涉到一種超乎尋常的興奮。當愛的自我把一個理想化了的對象作爲一面自我觀察、自我欣賞的鏡子，它就會不由自主地突出自己、美化自己，不然，就好像自己會被肢解、被淹沒似的。但這種愛又從未杜絕對現實的誤解。從錯覺到敘述幻覺，其中不乏苦惱、憂鬱、悲痛、欺騙以至扼殺。《情幻》、《愛情與墮落》、《了結三章》等都是前者的典型；《生存的意味》、《顧梅的故事》等則是後者的例證。一方面是鄙俗內容的舞台，另一方面又是唯美意象的登台表演，想像在象徵和眞實之間拉拉扯扯。無論是《生存的意味》中兩代人的宿命，《尋常日子》中的逃避和自辯，還是《告別崇高的職業》中愛的障礙；無論是《了結三章》中的感傷，《不要太感動》中無法忘卻的記憶，還是《往事》中像噩夢般的往事等等。張旻筆下的男人似乎都是徒勞地接近各種女性，然後又是莫名的逃避，無盡的煩惱。敘述者像是個好事之徒，在兩性的接近中享受愉悅，在逃避之中沉醉於夢幻的牽腸掛肚。在旅遊的途中、在舞會、餐桌、在課堂、在校宿，幽會總是因禁忌而顯得神祕和恐懼。在事後的藕斷絲連中沉湎於沾沾自喜的孤獨的牢籠。對張旻來說，敘事的藝術不是擴展，而是不斷的重複與不斷向內收縮，藝術就是對獨處的留戀。

激情不僅意味著一種不顧一切的投入和執迷不悟，而且也意味著對審慎的有原則的拒斥。張旻的小說大致可以分爲兩個階段，一個是禁忌時代的情欲記憶和書寫，這是一個好像懼怕可惡的罪行或者致命的傳染病似的害怕欲望的時代。兩性間的種種關係在秩序的核心存在某種不適當的東西，所謂外在的私密性，一種受壓抑的欲望。這是關於陰影的兩性書寫。「人在社會過程中社會性被不斷強化，戴上面具，本性則受到了壓抑，以至於麻木。這或許是人存在的悲哀。」作者甚至感嘆道：「對我來說，寫作好像是更眞實的。」（《生命的擺渡——中國當代作家訪談錄》，海天出版社一九九八年五月版）沉醉於想像的眞實，相信書寫符號的可信與可靠，即是對外在眞實世界的懷疑，也是對虛幻世界的過度依賴。在雅克・拉康看來，身體用符號表達自己，結果卻發現符號背叛了自己。過度信任文本的物質性，到頭來是一場身體學和符號學的交易。我們既被故事的世界所支撐，又同時被它壓垮。兩性之間的種種情愛並不只是一個眞實的對象，更是一種對眞實的渴望，渴望知道兩性之間的生活被我們碰巧弄得瑣碎和混沌之後，可能是或者應該是什麼樣子。

《顧梅的故事》發表於一九九六年，小說雖不起眼，但就張旻兩性敘事的轉變來說，卻是不可忽略的。《顧梅的故事》是那麼的通俗，現實且充滿著暴力。在閱讀之餘，就是今天我們也感覺到那可讀性消費對文學敘事的影響力。什麼時候，我們突然發現這個世界商品成了主宰，那無處不在、神奇而法定的交換原則進入了我們的生活。貨幣是強力的仲介，穿梭於世俗和想像之中。一切都可以用作交換，顧梅爲了得到童車廠的處理廢料，用身體與僉廠長作爲交換，「這可是一筆大買賣，賺頭是很大的，你想都想不到。」不是想的問題，而是如何付諸實踐的問題，他們甚至用互寫保證書的形式作爲交易的契約。交易的原則用身體的砝碼貫穿全篇，往前移顧梅十八歲進入盛家也是爲得交易，「我的這個想法一點也不算過分，就算我把自己賣給他，也該有個身價」；往後那爲了平息傷風敗俗引來的非議，連互睡對方老婆的遊戲也粉墨登場了。我們終於看到了性的需求和欲望現在成了商品，和別的商品成爲共同體，相互串通彼此兌換。

《顧梅的故事》是一道分水嶺。以前那沉醉於自我，注重敘事向內轉，強調個人生活經驗，留意日常世俗的情欲悄悄地發生了變化。禁忌的解除，兩性間神祕的面紗已經揭開，性欲在獲得人性的自由的同時，又不可避免地落入商品的交換原則。在關於情欲的話語中，我們的內心生活從以前的吵吵嚷嚷轉爲空空蕩蕩，相反的，我們生活的外在形式則從空空蕩蕩轉向了吵吵嚷嚷。性欲的暗流變爲物欲的橫流，我們的摹仿性書寫不得不經歷一次背景與舞台變化了的考驗。我們終於發現，敘述者稱呼的世界，不啻是敘述者爲著「自由」進行僞裝的一種形式，它所有的關係都會是爲了維繫在自我陶醉與幻想之間，小說的主體是一種幾近瘋狂的造物，它在挪用對象的自然時也挪用了自己的客觀性。在《黃玉萍的婚後生活》中，我們窺視了生活中的物質力量，優裕從容的生活成了幕後的黑手，性欲開始被符號化，而物欲則被生活化了。眞相只能埋在心中無法被敘述。而在《破綻》中兩性關係成了傳聞，成了匿名信的材料，成了人與人之間爭權奪利的輿論工具，情欲本身則演繹成了殺手。

3

張旻小說的前期是這樣一種版圖，其中陰影和冒犯被認爲是審美的顚覆性，而柔情和肯定則是不露聲色的造反和扭曲的文本。自我反諷的自戀者要麼完全鄙視外部世界，要麼就把外部世界僅僅當作他奇思怪想的可塑性材料對待。自我在這裡是個戰場，戒律和欲望在這個戰場上展開可怕的戰鬥，卻又時常結成欺詐性，不穩當的、充滿矛盾的同盟。兩性書寫被陰影和禁忌所支撐，冒犯有著存在的理由。張旻小說的後期又是另一種版圖，其中彷彿財富是一種權力強大的敘事，我們只有嘲弄地接受它所說的一切，才能保護自己不受它的支配。《誰在西亭說了算》是作者最近的一部長篇小說，一位在西亭飛揚跋扈的老闆被人大白天勒死在自己辦公室，現場留下的一張畫上，寫著死者家喻戶曉的名言，「誰在西亭說了算」。圍繞著兇殺案，兩性間的情感糾葛再次浮出水面。《誰在西亭說了算》無疑是《顧梅的故事》的放大，情欲和兇殺繼續著敘事時空的支撐，所不同的是前者有些嘲諷，後者則試圖演繹眞情在兩性間的撲朔迷離、在物欲世界中的風雨飄搖。在經歷過無數風波曲折之後，文昕和我的結婚終於走向敘事的終點。文昕卻在句號後面拋出了問號：

> 不瞞你說，我很想問你，你有罪惡感嗎？你現在這樣對我，是出於什麼動力？愛情、情欲、憐憫、贖罪心理？
>
> 這幾年我感覺自己彷彿一再被一雙不可抗拒的手拋起來，生命失去重心，不知道我是怎麼走過來的。現在你告訴我，我們走到今天這一步，是「有情人終成眷屬」。我理解這話你說可以，但是請原諒我想都不敢想。

張旻兩性書寫近二十年了，很少有從女性立場提出關於性、情、愛的質疑，由於其小說大都是男性角度的敘事，很多故事都重在一個男性和幾個女性間的關係，而此次寫的卻是一個女性和三個男性間的關係。雖然此次第一人稱的敘事依然是男性；雖然迷惑、越界、彼此誤解產生相反結果的敘事策略依舊。但讓女性作爲敘事主軸，從女性角度對兩性關係提出問題，這尚屬少見。

張旻的敘事變化也從側面給予我們啓示，物的權力日益興盛，作爲壓抑的外在因素正在發生著巨大變化，作爲昔日藐視道德規範的秩序正在持續衰弱。現在身體是空虛的，世俗正在變異，一種局外的冷漠，與世無爭的心態，彷彿都在講述著無關痛癢的故事。物欲窒息了無數個美麗的故事，被投入妄想症的境遇也難以使其再生。當清教主義逐漸淡出舞台時，冒犯的書寫自然地失去了其對象和動力。激進主義喪失了激情和行爲能力，超我演變爲放縱主義和僞叛逆的誘惑，媒介、網路、廣告和娛樂業已成了潛移默化的導師，成爲新興道德觀念的護衛者。兩性世界的神祕和恐懼感在文本書寫中已失去了原有的魅力。張旻的兩性世界彷彿是經歷了兩個時代的書寫，這既是時代的轉型，也是寫作的轉型。對張旻來說，面對轉型，那種好鑽牛角尖的寫作似乎是走到了盡頭，寫作的轉型既是一種痛苦，也是一種對原先冒犯書寫的冒犯。長篇小說《對你始終如一》就是面對兩個世界的嘗試。「林越和萬志萍之間有過一段上世紀八〇年代的戀愛，這也許是我們這代人都非常懷念的純粹、浪漫的愛情。進入九〇年代以後，特別是當他們之間出現了一個微妙的『第三者』陳中之後，三人間的關係在各方面都處於一種『邊界』狀態，也就是『可接受的極限狀態』。在最後的變化到來之前，這一『邊界』似乎在他們腳下無限地擴張，這一狀態充滿複雜性。」（《答文學報記者問》，載《文學報》二〇〇六年七月二十日）這是作者對小說的自我闡釋。反對將小說變成道德譴責的意圖很明確，似乎也是其一貫的主張。追求人際關係中微妙複雜的局面，「邊界」也罷，「可接受的極限狀態」也罷，無非是此一追求的換一種說辭。創作中事與願違的事情是經常發生的，敘事者努力追求複雜的局面，結果卻是走了一條簡單的線路。說感情上「對你始終如一」，令人難以置信（事實上是否始終如一並不重要）。一方面是始終如一，一方面又是撲朔迷離、眞假難辨。一種左右為難的敘述始終是此部小說的頑症。我們終於發現，日益貧困的利益驅使正在逐漸抬頭並開始規劃著兩性間的情感曲線；苦修的虔誠作家和世俗的愛情詩人在使用激情這個詞時，意義是如此不同。在這個意義上說，「身體是錯誤的話題，它算不上話題，或者也許幾乎是所有的話題。」張旻後期小說的一個症候就是，或許你解決了一種困窘，但走出困窘的敘事仍然令人難忘地更加貧窮。

4

張旻屬於那種虔誠相信自我的人，他在冒犯那些不人性的禁忌時，努力地尋找自我，探尋兩性世界作為人性的基本含義和外在的豐富性，一心恢復自我的本能，兩性間基本的欲望。但就是尋找自我的努力也很容易造成敘事的龜縮，兩性世界的無限放大的同時也是對眞實社會的縮小。過度信任內心的自我，丟棄的很可能是自我缺乏的我，是那不能在自我中停留的我，一個缺乏他者目光的我。從這個意義上說，張旻文本對第一人稱視角的過度依賴既是其特色，又是其局限。自稱為第三種狀態寫作的人，結果卻經常沉湎於簡單的二元對立的敘事裡面不能自拔，這不能不說是一種自我冒犯的悲哀。

張旻的敘事又是一種抵禦性敘事，他的兩性世界反抗宏大的社會意義，試圖剔除愛情故事的浪漫成分，迴避道德判斷決定敘事的命運，尤其是避免道德主義的誘惑。但是敘事意圖是一回事，閱讀倫理又是一回事。張旻小說引起批評界的闡釋少，而同時記者的訪談又很多，這一奇怪的現象至少說明了敘事和閱讀間的隔膜，就是記者的提問又從來都抓住道德問題不放。我注意到張旻創作全盛期中的小說《情幻》經常被轉載、選載，其意圖全在引起爭鳴的可能性和市場份額，而非一廂情願的文學性肯定。張旻的小說的審美價值在那「身體寫作」的年代既被兜售又隨即被吞沒。

在情欲的敘事上，應該明白的是，沒有多少東西比冷峻更煽情，風格上的麻木超越了內容卑劣的煽情主義。對張旻這樣一個天生敏感、好講邏輯、喜歡有條不紊的人來說，用冷色調來處理情欲無疑是拿手好戲。凡別人喜歡熱鬧的地方，他都喜歡刪去，而別人不經意的地方，容易忽略的空白和盲點他總是大書特寫，甚至沒完沒了。整部《情戒》都是這樣，應該發展的故事從不發展，閱讀期待所渴望的東西總不現身於話語中。整個一部讓人摸不著頭腦的長篇敘事，難怪李劼長長的序言從不提及故事的內容，說的只是意象。主人公章勇自視清高，外表冷淡，內心則燃燒著性欲萌動的引誘幻想，幻想是欲望的表演，其中主體雖然一起在場，而我們卻永遠無法確定其身在何處。幽靈般的章勇唯有在對象出現時才現身，身陷此岸而不能自拔，彼岸是否存在並不重要，故事的內容及其發展並不重要，唯有奇幻的意象行走自如。幻想本質上又是虛構的，能否通過再一次虛構讓其成爲事實，這是《情戒》的敘事難題。而小說的行文則平靜如水，一意孤行，似乎沒有注意到任何不對勁的事情。《情戒》的敘事猶如單行道，從不考慮回來的路徑。

張旻的兩性書寫，既有冒犯的一面，又有著循規蹈矩的另一面。他在時間順序上基本上是順民，人與人的交往接觸總是順序道來，開始怎樣，幾天、幾個月、幾年後怎麼怎麼的，即便是描繪心理活動也是依序而行。但在結構布局上他又是刁民，經常因爲一個看似多餘的引子，意外的結尾都有著意料之外的餘韻和耐人尋味的施捨。《情幻》發表於一九九四年，就是今天看來，它在張旻的創作歷程占據著不可忽略的重要地位。當代文學的探索浪潮在這一年幾近尾聲，《情幻》既是張旻小說探索走得最遠的一部作品，也是這一文學浪潮的餘音和回響。《情幻》是一部欲望之書，小說中無論是劉忠的故事，還是余宏在小說中正在書寫的故事；無論是余宏和前妻小嵐記憶中的故事，還是小說中記錄下的同樣事件截然相反的陳述；無論是虛構的眞實事件，還是事發過程的幻覺和無法證實的謊言。一會兒在文學的詩意中尋找生活，一會兒在生活中尋找文學的詩意；一會兒在眞實中尋找虛構，一會兒在虛構中尋找眞實；神祕的「那個」一再出現，我們卻又始終無法知道他是誰。兇手是誰？敘事者也許假裝不知道，也許眞的不知道，我們在等待著明白，結果卻是不明白在折磨著我們。一切都充滿著欲望的悖論。欲望既擁有美好的瞬間，又是易變和無法捕捉的流動，無法辨認眞僞的變異性。欲望是敘事的製造者，張旻小說中出現最多的字詞是「匪夷所思」，其實他故事中的情節未必匪夷所思，唯有欲望一旦作祟的「奇談怪論」才是匪夷所思。欲望又是敘事的搗亂者，當我們需要一個結局，渴望一個解釋和一種勝利，它總是「限制我們得到完全的滿足」（佛洛依德語）。欲望是這樣的國度，那裡擁有一種非個人秩序的無名，釋放出一種難以駕馭、無法無天的力量，造訪這個國度有一種恐懼的愉悅，令人著迷，又給人帶來淫穢意義的愉悅。欲望是危險的，就像爵士樂一樣，但它的危險正是它的迷人之處。《情幻》基本上是一部完美之作，除了有些段落有著自然主義模仿的笨拙之外，其他都是無可挑剔的。

總的來說，張旻近二十年的小說，後期的作品不如前期，這裡指的不是創作的退步，而是這種「不如」和當代創作總體退化是息息相關的。就個人而言，一種冒犯的書寫，一種背負「陰影」的寫作，一旦冒犯的對象銷聲匿跡，冒犯也就無從說起，這是社會轉型時期的共同難題。許多與張旻同時期或不同時期的作家都遠離了小說創作，除了生活中有更大的選擇和更多的誘惑之外，恐怕也是和無法跨越兩個時代的寫作有關。從這個意義上說，張旻的堅守是值得尊重的。反映現實和超越現實都是文學的理想，問題是當我們超越現實時，千萬別自認爲瞭解時代，結果卻是根本不知今夕是何夕；當我們反映現實時，卻根本忘了文學爲何物。這使我想起齊澤克在其書中提到過一個頗具意味的故事，「講的是芝加哥警察局裡的兩名偵探。其中一個是幼稚的現實主義者，全然相信再現的理論範本。另一個是世故的非現實主義者，相信再現的相對性和隨意性。兩位偵探似乎都要被警察局解雇。理由是，如果已經有了嫌疑犯照片，現實主義者就看不到任何逮捕嫌疑犯的必要；而非現實主義者一旦有了嫌疑犯的照片，就開始逮捕見到的每一個人。」這個故事並不是簡單地提醒我們，現在到處充斥的幼稚的現實主義和世故的非現實主義這一事實。是否幼稚、世故與否並不存在著涇渭分明、清晰可辨的界線。它們經常潛伏於我們的意識之中，蟄伏在我們的內心中，時隱時現於作品的某個角落。就張旻的小說而言，也不例外。我的意思是，對經歷二十年創作生涯，目睹兩個時代的巨變，身陷兩性關係的密室而又努力追隨當下生活的張旻來說，這既是財富，也是難以丟掉的包袱。兩性世界中恪守男性爲主的主觀視角既是一種特色也是一種局限，弄得不好更是一個陷阱，張旻的兩性世界如果換個角度，那些堅持女性主義的觀點該不知如何評說。冒犯的藝術眞諦在於對事物一成不變的拒斥，是對壓抑和禁忌人性豐富性的抵禦和反抗，它所授予的當然不是「現實」，而是認識「現實」的概念如何強加於我們的方法。一旦冒犯失去了對象，對自身的冒犯便會提到議事日程，這個問題可能會伴隨張旻更長的時間，也許會超過以往的二十年。

二〇〇九年四月二十三日於上海

原載《上海文化》二〇〇九年第四期

文中所涉張旻作品

《情幻》，北京華藝出版社一九九五年一月版
《犯戒》，北京華僑出版社一九九六年一月版
《愛情與墮落》，陝西師範大學出版社二〇〇〇年十月版
《我想說愛》，長江文藝出版社二〇〇〇年十月版
《良家婦女》，中國文聯出版社二〇〇四年八月版
《情戒》，上海文藝出版社一九九六年一月版
《對你始終如一》，北京十月出版社二〇〇六年四月版
《誰在西亭說了算》，載《收穫》增刊二〇〇八年秋冬卷

當敘事遭遇詩

——葛水平小說長短論

一年多前，我在同樣的《上海文學》中有一段話如此評價葛水平：「這是一位非常有才氣的作家，她以前寫過詩歌、散文，編過劇本。多年磨練，一寫小說便不同凡響，她的作品清白而亮麗，剛勁的線條多少有些冷峻，同時也不乏皮影戲之美學趣味。寫到妙處，她的筆墨之吝嗇，斟字還需要酌句，短短的幾百字便勾勒出人物一生的滄桑。尤其是其敘述一涉及人和自然的關係時，其優美、蒼涼的音調便開始遠行，一位行文多姿多采的詩人就露面了。她很少進入人的意識深處，只要一遇到複雜的內心矛盾，筆觸總在周圍遊蕩，結結巴巴，力不從心，甚至顧左右而言他。葛水平一寫就是中篇小說，不寫短篇。篇幅基本上和劇本差不多，分段也是七八不離九。她和女權寫作不一定有關係，但其筆下女性的一生命運非常感人。葛水平一出名，其小說所登刊物開始『進京』了，作品要發表在重要刊物，重要刊物自然有重要刊物的要求，比如說反映生活啦。她去體驗生活，據說是山西的煤礦。現在煤礦是人人關心的東西，又是山西特色。關於煤礦她寫了幾篇作品。一開始還不錯，這不錯不一定和煤礦有關。到了今年讀到她發表的《黑脈》，感覺越來越差，敘述才能在衰退。爲了急於寫出礦主如何黑心地盤剝礦工，如何不顧礦工死活。報告文學的語言開始進入小說語言了。」

這是我對葛水平小說的總體看法和評價，就是今日也沒有什麼變化。此篇評論的所作所爲，無非是將這些評價具體化。有些問題須進一步闡明，有些則須做些解釋、補充，有些說法則可以做些修訂。我承認，在品評葛水平小說時，在某種程度上發揮的是我自己的空間。儘管我想努力地揭示葛水平小說的文本自我的全貌，但始終也無法擺脫我的趣味和印象這一干擾體系。

1

我喜歡小說中有詩，這也是爲什麼三十年前我的第一篇評論習作選擇的是賈平凹的小說。順便說一下，此文也發表在《上海文學》上。讀書有母校，對我的習作來說，《上海文學》可稱作爲「母刊」。三十年過去了，審美上的陋習難改。記得八〇年代，我曾十分喜歡我的朋友何立偉的小說，特別是他那以中國傳統留有「空白的藝術」來爲小說謀篇，而今年讀他的小說，在空白之處布滿言語，覺得不忍卒讀，當然這也是我的陋習在作祟。

詩是什麼，一種情緒、頓悟、憤怒、冥思、靈性、意境。海德格爾說詩是「世界和大地的言語，是世界和大地相衝突的舞台的言語，因而也是諸神的親近與疏遠場所的言語……是本原的無蔽性的言語」。當然，嚴格的詩還必須是分行的韻文。

葛水平小說裡有詩，除了分行的韻文外，其他我們多少都能找到點例證。賀紹俊早在他的第一品評中就聰明地說道：「寫當下農村生活是葛水平的強項，在她的精神世界裡，充滿著鄉村田園的詩意。」說詩意固然好，但不能無限擴大到「詩學」的範疇。

「霧從腳跟升騰起來，在眼前繞來繞去，把鋪向山凹的秋葉弄得潮濕而親切。」「蒼白的雲懶散地走過空虛而沒聲息的田野。」「月霧相融一色，滿世界一片白茫。陽光從疏密不一的高粱葉子空隙漏下來，空氣裡浮游著細碎的金點子，地上山菊花發出濕軟的沙沙聲，她看到大鳥俯衝下來，幾朵彩雲如棉花一樣開放，她聞到了青草香味，野菊花香味，泥土香味。」（《甩鞭》）這些一如詩的描寫充滿著靈性，自然景色和筆下人物此情此欲此景有著緊張而貼切的交流。我們再讀《喊山》的尾聲：「秋雨開始下了，綿綿密密地下個不停。泥腳、牆根、屋子裡淤滿霉味和潮濕，天晴的時候，屋外有陽光照進來，啞巴不啞巴了叫紅霞，現在紅霞看到的陽光是金色的。」一個備受壓抑、折磨的故事。一個由裝啞巴到「喊山」的過程就這樣落下了帷幕。

從小，母親把葛水平許給一個石碾滾做乾女兒。莊稼人把自己的孩子許給一個沒有語言的東西，然而「語言」卻給了她更多的燦爛，「語言」卻成了她從溫情與哀絕、惆悵與眷念中默默地紡織出來的東西。「雪以一種姿態降生消解在鄉村，瞎子抬起頭看了看天空，他在灰黑中眨了眨眼，臉上就落滿了白色的雪。」（《瞎子》）瞎子不能看見什麼，但他無限的感覺卻是不一樣的。「每一次，驀然間都會有如夢如幻的傷感和恍惚；每一次，群峰出現在我的視野，河水流動、百鳥合鳴，無端地我會為大自然這宗從不含糊的專制而心生出異常的況味。」（《守望》後記）對自然，作者作如是感覺。還是在比較葛水平和楊少衡的小說創作時，我對葛水平的自然觀有著進一步的說法：「她喜歡把人物放逐於天地山水間，人之性與天地交融，人之情與山水呼應，向自然傾訴的同時也應自然之傾聽。她的小說天生就和自然有著種種默契，默契中散發著詩意，預言了人的七情六欲，暗示著種種可遇不可求的啓示。」

細心的讀者一定會發現，葛水平的小說十有八九都會寫到死，就連眼下這篇《比風來得早》雖沒有直接寫人之死，但還是有著吳玉宇給已故母親上墳和妻子生病而死的交代。作者寫死最爲精彩的筆墨還是和天地自然有關。比如《連翹》中寫到尋紅的娘被雷劈死：「這一聲雷乾裂裂的，像天空放下的一個大雷管，它的頭是照地下來的，跟著一道閃電，尋紅看到娘身子骨軟了，軟得像一隻鳥，身上的衣褲都炸了起來，娘像是要飛走，只一刹那，地上的草就湮沒了娘。」又比如《黑雪球》說到屋裡九旬老人伍叔之死：「二〇〇三年霜降時，天地清涼澄明，屋脊上掛下來的冰柱子，因了陽光的浸泡，往下滴滴答答落水，水聲哽咽，收盡了老屋裡一個九旬老人微弱的熱氣與呼吸。」一個抗日英雄的自然之死，卻因天地爲之動容而格外莊嚴肅穆。

美麗的山水，神奇的天地有著自身的魅力。而一旦其和人的感情與心靈有著呼應和交流時，言語便產生了詩的魅力，如今它進入了葛水平的小說天地，對我們這個嘈雜的敘述世界不啻是一種提醒，一種刺激，一種不需要投票的反對。很多方面，葛水平都是成功地、有創造性地讓詩的本領進入了敘述的領地，並承受多種功能。

2

問題在於，我們現在面對的是小說，我們可以讚賞小說中的詩，但詩並不能代表小說，有時弄不好對詩的酷愛會破壞敘述應有的軌跡。明眼人看得出《守望》和《比風來得早》在謀篇上應稱得上姊妹篇，至少在結尾處分別用上了畫意詩情。《守望》寫一位叫米秋水的農村婦女，帶著小孩跟著丈夫進城，屢遭挫折，為生計所逼而賣身，嫖客也不是壞人，而是因長期在城裡打工缺乏性生活，為欲所迫。彼此因為在做愛的方式上有分歧，因緊張誤會導致米秋水最終被掐死。本來很簡單的事件，因作者用盡了道德上的預設而使敘述走過了漫長的道路，殘酷的現實生活走到了盡頭，而結尾處又多了一段。米秋水死在一片麻田上，這麻田又是城裡一個叫武明遠的畫家買下準備修花園的。小說寫道，畫家清晨來到麻田，看到地邊上靠著一個睡熟的女人，便自然畫完了他心目中的「春到深處的景致」。「他畫得很完整、很幸福，也很覺得種這塊麻田有價值，他看的是錢，賣幾幅畫就賺回來他付出的成本了。畫好了，他想著她做了自己的模特，總得付她一些錢吧，他一邊掏錢一邊想：這女人在溫暖的陽光下睡得好踏實。」結尾是隱語，用意我們也能感覺。可惜的是，敘述因此而斷裂。對女性葛水平付出了一個作家必不可少的仁慈與愛，小說中反覆訴說的所有鋪墊再現了或可稱之為扭曲的悖論：賣身成了一種愛的拯救方式，而多餘的結尾則是為著「深刻」隱語而下降人世。

記得幾年前讀過一篇評論，作者為琬琦，其文開門見山寫道：「初讀《甩鞭》，我幾乎以為是個男作家寫的。因為其語言沒有慣常女作家有意無意流露出來的瑣碎，反而乾淨利落，極有個性，人物語言亦極合身分，透著一種適量加工過了的生活化。而且在描寫一些諸如甩鞭的充滿力與美的場面，亦駕馭得很有分寸，幾乎透著一股丈夫氣。整個小說充滿了畫面感，光、影、聲，一幕一幕，人物的活動就像是在一個宏大的黑幕前展開，像皮影戲，一個個動作雖然推動著自己的故事，但幕後卻是另有無法擺脫的手在控制。」幾句話品評地道，顯露出簡約的智慧。《甩鞭》是葛水平小說的開山之作，成名之作，是詩的才氣和敘述才能結合得最好的一部作品。就是今天看來，也是葛水平其他小說所未能取代的。《甩鞭》之後有過一篇《天殤》，講的也是歷史陰影之下女人的一生，但終因沉湎於善惡因果的糾纏，缺乏第三、第四敘述力的牽制和推動，未登上新的高度。

我的興趣還在於琬琦作者一點看法：「《甩鞭》裡唯一讓我感到遺憾的，還是作者所擅長的散文化的場景的描寫。這種描寫我以爲不能太多，有兩三個就可以了，如果多了，就顯得有點繁複拖沓，秀技斜逸。而且，作者還喜歡在這種描寫裡揉雜人物的心理活動，有一些揉雜也刻意了。」直接明白的看法，堅定地站在敘述的立場上，體現了很高的小說美學的素養。

3

在小說史上，敘述、講故事的地位已幾經起落，自福樓拜提出小說家的「不介入」原則，亨利・詹姆斯表明他「喜歡故事就是故事」，這種故事有別於它可能包含的任何公開的觀念性意圖，作者要保持客觀、冷靜態度的信條，實際上已支配了現代小說很長一段時間了。而伴隨著這種支配的懷疑則走過了更長的時間。本雅明在其著名的那篇關於講故事人的文章中已談到，「講故事的藝術已經奄奄一息」，此文寫於一九三六年，距今已七十年。當然，中國自有其特色。故事依然繁榮昌盛，和其他龐大製造業一樣，我們也是小說敘述業的大國，遺憾的是藝術含量太低。我們暫且可以棄文學史於不顧，也不必像有些批評家喜好做的那樣，把作家趕上水泊梁山，就座次問題忙個不停。我們也可以把現當代的敘述時尚擱在一邊，以更務實的態度對待葛水平的小說，回到敘述，回到「講故事」。

還是在那篇關於講故事人的文章，本雅明說：「許多天生的故事講述者的特性」就是「關注實際的利益」。他說，故事能明確或隱祕地包含「某種有用的東西」，它們有「忠告要給」。對此，葛水平有自己的闡釋，她說：「千百年來，農民在泱泱大國的土地上本分厚道地生活，就像浮生的塵土」，「他們已經融入了這種記憶所抵達的無法不面對的現實。」我雖然不太喜歡作家那些深入煤礦生活的小說，但也必須承認這些爲我們嚴峻的現實生活提供了並非無用的「證詞」，有時候，它們在我們特殊的國情中也會起到特殊的作用。同樣題材非凡，我更偏愛葛水平那幾篇抗戰的故事，作者冷峻的筆墨不止是倖存者的記憶書寫，也爲我們這些記憶空白的後來者亮起了不可或缺的警世燈。像《道格拉斯／China》中的王廣茂，雖有點患得患失，斤斤計較，但在日本鬼子的屠刀下面依然挺身而出。同樣寫抗戰，《黑雪球》則要複雜得多，在雕塑伍海濤這位抗日英雄一生時，還多了些沉重的考量。山上著火時，螞蟻抱成一個團逃，整個從山上往下滾，火一層一層燒得螞蟻只剩下一點點一個小球的時候，它們也會在逃出火海後集體排隊去找一個適合生存的地方。小說的題目源於此，也是一種隱語、轉義和反諷，反思中對民族的自省也包含強烈的願望。與《黑雪球》不同，《狗狗狗》更是一首熱烈謳歌的詩，小說講述在日本人的屠殺中活下的女人，因爲丈夫不會生育，撫養了一個孩子，其目的是將他撫養大和他生兒育女，她覺得不能讓日本人把幾個村子都絕了，她要讓人口繁衍起來，以示中國人是殺不絕的。一種特殊的抗戰精神和行爲，讓我們陷入沉思之中難以自拔，所有的詮釋都停止了。就其本質而言，葛水平小說中的他們都是無名的和集體的。對葛水平來說，他們的生活和生活中的他們都是自己書寫記憶必須面對的現象。對我們來說，恐懼的是從虛構世界到「眞實世界」，從一個公園到另一個公園是那麼容易。理查・吉爾曼在討論敘述時，他說：「正是小說的這個要素迫使小說降格爲只是生活的一個替代物，像生活，當然稍好一點，一個夢（或一個還算頂用的噩夢），一條出路，一種補償，一張藍圖，一個教訓。」（引自

〔美〕萊昂納爾・特里林《誠與眞》，江蘇教育出版社二〇〇六年版）偏偏小說社會理論又喜歡停留在證明各種各樣的相似性的水準，這很容易使我們誤入遠離敘述藝術的他途。

葛水平認爲：「農民以土地作爲抵押，作家以作品作爲抵押，我寫他們，不幸福中有我的大幸福。」我確信此話說得沒錯，這不僅是一份眞誠、一種權力，也包含著某種文學信仰的捲土重來。把小說創作理解成我寫什麼，「我」是操盤手、旁觀者、記錄員？這樣的理解有點過於草率，過於簡單。迫使複雜的問題降格爲簡單，結果往往是更爲複雜。說到簡單，沈從文也有個簡單的說法：「一個偉大作家的經驗和夢想，即不超越世俗甚遠，經驗和夢想所組成的世界，自然就恰與普通人所謂『天堂』和『地獄』鼎足而立，代表了『人間』，卻正是平常人所不能到的地方。」（引自《沈從文研究資料（下）》，天津人民出版社二〇〇六年版）這說法，簡單得有點繞。但就其強調代表了「人間」，卻正是平常人所不能到的地方，也是値得我們今日重溫的。

4

語調是重要的，有些人喜歡堅守語調的始終如一，猶如信徒；有些人則愛好嘗試不同的口味，四面出擊，加上實驗挑釁。單純和複雜的語調各自爲政，這裡似乎沒有什麼優劣之分。葛水平有時候單純，尤其是她那對自然、山水的描摹，而有時候她又忍不住想嘗試不同題材，不同寫法，這在敘事上尤爲突出。我們有時能從葛水平的語調聽出那些無法模仿的聲音，但有時分明能辨認出其努力追隨當下敘述時尚的腳印。這自然是一種崇高的追隨，我們不能也無法給予此舉以莫須有的判斷。當代文學也有太多的例子，印證了歌德稱之爲「反覆出現的青春期」，這是一個美麗的反諷。

有一篇報導中曾這樣寫：「葛水平創作的作品大都是具有太行山風格的，她覺得太行山從遠古到現在，走過的歷史是非常厚重的。太行山水不是江南那種很娟秀的形態，它給人一種很壯觀、很滄桑的感覺；而她生活的村子那些民間故事、傳說，是別的地方不會有的。這些事情不用把它們提升到一定的藝術高度，單是把這些事情紀實地羅列出來，就很有意思，出生於太行山的葛水平認爲，這塊大地很値得記錄，而現在關於它的記錄又很少，所以她作品中出現的山肯定是太行山，水肯定是沁河水，今後的作品也不會改變這種風格。她覺得自己的作品不一定流傳下來，但如果一旦有人看到她的作品會記住太行山、沁河水，她就很滿足了。」這是一些大白話，我們不必對其遣詞用字做什麼推敲，記者的報導有時會失之片面，強調爲我所用的時候。這不是問題，根據我這幾年讀葛水平小說的經驗，這裡傳遞出的信息應該不假。

葛水平小說有時候很像是一次邀請，到這裡來去走走看看，變成了一句口頭禪。證明那塊土地上的貧困，認識一些善良的人們，那純樸而掙扎的心，尤其是女性，無疑是邀請書上的話語。沉默是當代小說一個重要特徵，葛水平說不，她爲故鄉所不平，爲此她要搭台唱戲，主調依然是「溫情與哀絕，惆悵和眷念」。問題是不要把哀絕僅限於生活的貧困，溫情又僅用於對貧困生活的撫摸，惆悵也不應只是對「做城裡人」心存疑慮的種種不幸，眷念只是守住鄉土而無法走出。一如《連翅》中的尋紅，天災人禍奪走了十八歲姑娘母親的命和弟弟的腿，父親悲痛欲絕，心目中的戀人也險些變成了植物人，唯有尋紅以非同尋常的努力，不辭勞苦，堅忍不拔，溫情與善良改變了所有人的命運。天使般的形象，幸福的大結局固然也是人之渴望。但如果這僅僅是爲給不幸生活抹上些彩色的話，那麼其剝落下來的日子也不會太遠。而《甩鞭》並沒有直接訴說物質生活的貧困，它從另外的角度丈量人的生存狀態，也沒有什麼溫情的結局，這倒讓我禁不住想起華萊士・史蒂文斯那充滿激情的詩篇：

最大的貧困不是生活
在一個物理的世界，而是感覺到人的欲望
難以在絕望中傾訴。

留意身邊的生活，爲養育自己的這片天地付出凝視，關注其生存和發展，無論如何都是眞理，至少是我們認識眞理的途徑。對認識眞理來說也是種鏡像式反映，但對小說創造而言，這只是部分眞理。很簡單，小說創造至少還包括著想像力的創造，即佛洛依德早在九十九年前寫的那篇《詩人與白日夢》中推測的，所有的審美快樂都是一種前快樂，一種「額外刺激」或「自戀式的幻想」，文學最難滿足來自心理緊張的放鬆。用現代學者的說法，想像力眞理「既提供一幅心靈地圖，也想提供一個有效利用那心靈地圖的深刻信念」。和生活一樣，家鄉並不完全是一種蹲守，正如普魯斯特所說的眞正的天堂是失去的天堂。薩義德曾引述了十二世紀一位僧侶的話，後者認爲對家鄉的愛應該讓位於對「所有土地」的愛，而這位已經變得「完美」的人，看來應該讓位於一種「整個世界都是異國他鄉」的感覺。薩義德對這段話如此評說：「有家鄉在，有對它的愛以及眞正的歸屬感，才會有流亡。關於流亡的普遍眞理是，不是你失去了愛或家，而是這兩者天生具有意料之外和不受歡迎的失落感，因此對經驗要像對待馬上就將消失的東西。」

不幸應是對天堂無懈可擊的反駁，倘若我們在嘗試用天堂，用天堂恩賜的浪漫、溫柔、仁慈來遮蔽不幸的話，其結果很可能是一種蹩腳的轉義。

5

從近兩年葛水平的小說來看，作者大有從人與自然的緊密關係中進行轉移和挪位的跡象，那種確信小說應是自然詩篇的敘述信仰漸漸地退讓給人與人、人與事件的敘述欲望。選擇的對象似乎也有了種種變化。什麼時候，山村這個主角也開始不安分了，生活中那種古老的、昨日的秩序業已被打破，平衡業已轉爲晃動，於是日趨困惑的生活也有了諸多重新選擇。「想做一個徹頭徹尾的城裡人」不是一句空話、一個口號，而是一種實在的想法、念頭、欲望和心存疑慮的行動。《比風來得早》可謂是其中最爲典型的一例。在這裡，我們幾乎讀不到敘述中的詩，詩和敘述表示了一種決裂。儘管主人公吳玉亭早年希望和經歷了一系列官場失意後的回歸依然是做一個詩人。小說從吳玉亭在縣政府任勞任怨，戰戰兢兢幾十年，現在好不容易熬到副科轉正（這個轉正還是個可靠的傳說），終於可以回鄉給已經故去的母親上墳，吳玉亭熬到頭了，要了車，聯繫了演出隊。小說的敘述分兩股道走，一是風光還鄉，給家鄉燃起了種種希望，大到未來瓦窯溝修路撥款水泥、支持學校辦學、投資隊部活動室、敬老院、戲台，小到跑運輸的車在縣城被交警扣了，平良德老漢家二畝地苗囤被村裡修路占用了等等。另一股道則是從請演出隊受挫到請電影落空幾起幾落的等待之中。敘述者借用吳玉亭的心理活動，和父親的交談回顧中，從側面演繹了一幅官場之圖。兩股道交相輝映，「現實主義」再次睜大其雙眼。當然，一次又一次落空，最後連轉正科都落空之後，吳玉亭卻迎來了陳小苗的演出隊。陳小苗是他心目中的女人，當他抱怨其因「勢」而不會來時，演出隊卻因「詩」而來。寫詩成了避「惡」的生存狀態？成了另一種理想生活的符號、象徵？成了抗爭現世的反諷？成了我們講故事必不可少的「忠告」？我們能想像種種出路和解讀，但無論如何，它很難進入我們審美的消化系統。

不管怎樣，《比風來得早》都是葛水平小說中寫現實最爲複雜的作品，她不僅努力揭示對象的複雜，也嘗試著如何複雜地揭示對象。如何進入人的意識深處，如何在敘述中不忘自我審視。這些葛水平敘述意識最爲薄弱而致命的環節上，我們都看到了作者可貴的努力和探索。關於人的內在意識，我曾指出這是葛水平的短處，有人並不同意我的看法，甚至舉出葛水平第一部小說《甩鞭》中的第一句話：「麻五早上被農會的人帶走，到現在沒有回來。坐在炕頭的王引蘭心裡有點抓撓得慌。」就涉及人的心理活動。此話不假，我們甚至可以找出幾乎通篇都涉及人的心裡活動的篇章，比如，《道格拉斯／China》。問題是這些心理活動僅僅只是敘述對象的境遇矛盾、抉擇困難、內心疑惑之類。而所謂人的內心深處、意識深處是指黑格爾說的「分裂的意識」，佛洛依德所言自我與超我的彼此依賴、糾纏，相互攻擊轉化，文學中所言「不合時宜」的幻想，撕下面具的寫作等等，而絕非一般意義上心理活動的描寫，更不是簡單的寫作技巧問題。萊昂納爾·特里林在捍衛心理學在小說中的地位時說：「我們知道我們有心靈，因爲它們給我們製造麻煩，我們之所以大多數時候能不斷地、可靠地意識到自我，就是因爲我們體驗到了這種麻煩。我們相信，小說的特徵就在於它描繪的是這樣一些人，他們有著與我們相似的自我。」

在這裡，我們不妨將須一瓜和葛水平比較一下，這兩位在二〇〇三年前後相繼出現的女性作家，許多人在讀她們的作品之初，都驚嘆無法從作品中判斷其性別，而在品評她們的小說時，也都不約而同地用了一個「冷」字。據說，這兩位早些年都不同程度地寫過一點短小說，以後葛水平在詩歌、散文、戲劇謀求發展，而須一瓜則陷入眞正紀實的領域、記者的行業不能自拔。現今各自又以其中篇處女秀一炮走紅。葛水平的小說有著強烈的地域特色，有根有源，記憶、土地山水、鄉土鄉親都成了她創作的據點和出發點。她在時間上可以走得更遠，地理上至多因生計所迫走到縣鎮爲止。須一瓜無根無源，一座移民城市成了記憶，一個報社、一個記者專跑公檢法線，隨欲望走動，跟罪惡行走，觀命運之變異，感人性之詭異。地理上能走多遠則走多遠。在這「故事」捲土重來的歲月裡，她的小說被看重的理由自然又離不開「故事」，這並不奇怪。奇怪的是，同樣是「故事」，葛水平和須一瓜又是那樣的不同。葛水平筆下的地域性如同古老的大家族，本身就是一種敘述機制，它代表著過去，也代表著過去至現在難以改變的特色，諸多開始包括生活在這裡的人都有一個故事，而這些故事如本雅明所言的，包含著「某種有用的東西」，它們「有忠告要給」。這種「忠告」假定生活是可以理解的，因此是能夠控制的。在葛水平的大部分小說寫苦難、貧困、生死甚至戰爭，我們依然分明都能聽到這種善意的忠告。須一瓜則不然，同樣的「故事」取勝（就是這一說法也值得懷疑），須一瓜的敘述更像不動聲色的手術刀，實施一種主宰讀者的敘述口吻並迫使後者就範。她喜好「顛覆」，處處展現現實關係的彼此顛覆以達到彼此的「拯救」，她捕捉不易察覺的人生破綻卻依然保留著「溫情」，書寫人性微妙的玄色顆粒，但絲毫不放棄那容易被忽略的明亮。總之，須一瓜的「故事」告訴我們的是，生活是不容易理解，人性是難測的，她敘述的「忠告」恰恰是生活無法控制的。須一瓜的敘述雖沒有很多心理描寫的成分，但其「故事」卻經常直抵人的內心深處，閱讀須一瓜的小說，我們經常感悟到那些似曾相識的自我，那些給我們每個人製造麻煩的自我。

6

虛構是一種越界行爲，我們唯有小心翼翼且敏銳地感覺一個作家在其敘述行爲的種種越界之舉，才能進入小說的地界。全身心地投入於生活的活生生，沉湎於此而不能自拔，猶如旅行、投宿，猶如攝像、複印、拷貝，缺乏越雷池的勇氣，失去越界的能力，才是敘事藝術所忌諱的。所有的小說都有生活的烙印，但小說是不需也不應該被生活化。當有人自以爲其言語來自生活的眞相時，生活往往並不把眞相回贈。也許，蒙田那句興之所致的話：「當我與貓玩耍時，有誰知道是貓在逗我還是我在逗貓？」在此時方能更顯現出其意味深長。視角無疑是小說藝術的關鍵，但誰又能否認，超越「視角主義」也是一種視角。同樣，批評亦如此，我們總以爲自己的判斷來自文本的眞相，結果也可能適得其反。在「總體把握」、「絕對命令」逐漸淡出市場的今日，我們已很難在「達成共識」的互換之中完成什麼交易。生活曾是小說批評中被最廣爲兜售的一個詞，一個許諾要涵蓋所有東西的詞。如今，它早已陷入一團糾纏不清的敘事亂麻。給葛水平的小說做如此評論，是否也應驗了我原先早已有過的擔心，批評最終的自欺在於，爲創作中種種豐富的偶然性穿上了術語的緊身衣。

如同一開始所言，我對葛水平的小說創作始終有些擔憂，當其小說的詩開始淡化時，其敘述能力是否開始衰退了。儘管最近幾部小說中，我們看得出作者所做的努力，擔憂卻依然存在。直到今年偶然的機會讀到那篇短小說《瞎子》，才恍然有所悟。瞎子說書人桀驁而不失尊嚴的一生，短短一千六百字披露無遺，小說充滿了戲仿和幻影，一半是散文，一半是詩，但它給予我們的實實在在是一部小說，它的生動來自瞎子說書人飽經滄桑的英雄氣概。一輩子說英雄武松，胸中自有武松，英雄之魂彼此輝映，你我難忘，武松中有我，我中有武松。哪怕被女人稍縱即逝的撫摸，一生中唯一的一次體面，也使生命的一切從此光輝燦爛，平添出許多色彩，色彩依然是武松的，武松依然是瞎子說書人的生命，哪怕直至盡頭，依然是色彩的。

讀《瞎子》我爲之動容，才知強力作家的強力敘述竟是如此強力，原先的一切擔憂爲之煙消雲散。這一點上，我願意修正我的批評。葛水平的敘述能力難以估量。

二〇〇七年七月

原載《上海文學》二〇〇七年第九期

文中所涉葛水平作品

《甩鞭》，載《黃河》二〇〇四年第一期
《地氣》，載《黃河》二〇〇四年第一期
《天殤》，載《黃河》二〇〇四年第三期
《狗狗狗》，載《小說月報・原創版》二〇〇四年第五期
《喊山》，載《人民文學》二〇〇四年第十一期
《黑雪球》，載《人民文學》二〇〇五年第八期
《黑口》，載《中國作家》二〇〇五年第五期

《浮生》，載《黃河》二〇〇五年第五期

《黑脈》，載《人民文學》二〇〇六年第一期

《守望》，載《中國作家》二〇〇六年第三期

《連翹》，載《芳草》二〇〇六年創刊號

《涼哇哇的雪》，載《芙蓉》二〇〇六年第三期

《道格拉斯／China》，載《上海文學》二〇〇七年第三期

《瞎子》，載《特區文學》二〇〇七年第三期

《比風來得早》，載《上海文學》二〇〇七年第九期

正視斜視審視凝視

——須一瓜的敘事之鏡

關於視覺，在《回憶一個陌生的城市》中有一段精彩的描述：「那邊。郵差並不看我，也不指明他說的那邊是哪邊。他收起他的薄本子就走了，消失在這個連體別墅的青磚圍牆外。我不好意思跟出去看，一方面我知道我自己疑惑的瑣碎，一方面，我感覺到郵差已經看穿了我的問題啊，他憂傷的面孔像是有備而來。此外，手裡的郵件也給了我新的疑惑。在我的記憶裡，這一輩子我都沒有收到任何掛號郵件。」這裡郵差不看，是因爲我看；我不好意思看，是因爲對方已看穿了我，不看也是一種看，看其實是不看。消失因看而生，不看因疑惑而起。掛號郵件激起新的疑惑，失憶的我開始走上了「回憶一個陌生的城市」的旅途。疑惑是一個重要的角色，如同幽靈般地在須一瓜小說中徘徊，不招即來，揮之不去，可視與不可視終於難分難解，模糊伴隨著清晰，清晰亦伴隨著模糊。恰如「周巧惠和那個傻瓜終於雙目對視，志同道合地討論起來。『檔案的眞實性』一詞也一再出現。我則視力模糊腦力渙散」。

差不多的說法「可見與不可見」，是法國哲學家梅洛龐蒂未盡之遺作的標題。遺著出版之際，拉康正在撰寫其重要的論文《論凝視作爲小對形》，文中提到《可見與不可見》，並稱其爲知音。這裡的困惑之處在於，可見與不可見不應有共通之處。但不幸的是它們之間確實是有的。它們的共通之處就在於其互爲依存的難以分割。在拉康的言說中，其共通之處還要複雜得多。對一個失憶的人來說，熟悉的過去和事件是不可見的，封存的記憶一旦被打開，銘記鐫刻一件件煤氣爆炸及伴隨著主流文化侵襲的創作，也隨之顯現可見了。「我盯著那個電話，像盯著一個眞相的路口。我現在才意識到，其實我已經相當不願意進入了。在這個失去記憶的城市，我恍惚在有罪和無辜之間。不管我是不是殺過人，現在，清白無辜的輕快感覺，正在艱難地恢復和建立中。如果我進入了，我還有退路嗎？」於是懼怕眞相的我再次伸出其罪惡之手，不可見的謊言再次露出可見的眞相。

現實一旦以這種特殊的方式向我們展示，我們就繼續以這種方式來正視它。

——恩斯特・卡西諾

眞相果眞在路口那裡等著我嗎？不是說這種情況沒有，尤其是涉及某個事件的某個缺口、懸疑即將臨近尾聲時，但更多的情況遠不是這樣，眞相散落在四處，隱匿於彼此斷斷續續的聯絡之中，在眞相的表象之上包裹一層又一層的僞裝，僞裝經常吸引我們注視，而唯其眞相卻喜歡和忽視、無視打交道，眞相也不是一種被動的存在，它或許生來就不喜歡被辨認，假象是其永久穿著的外衣，外衣內可能有眞相，也可能什麼都沒有。

《西風的話》講述琴聲氤氳、樂浪滔滔的美之島，一樁稀罕的兇殺案，被害人老渡輪，殺人嫌疑人梁祥以及九個間接的目擊證人進入了我們的視線。故事自然使我們聯想起黑澤明根據芥川龍之介的小說《筱竹叢中》和《羅生門》改編拍攝的著名電影《羅生門》。所不同的是，《羅生門》描寫的是「不加虛飾就活不下去的人的本性」（《黑澤明自傳》，中國電影出版社一九八七版）。《西風的話》講述的則是追求眞相之中如何遭遇假象，而種種假象又呈現出另一番眞相。兇殺案的眞相不見天日，但那「慢慢地恢復了昔日美好的生活」，葉青芝沒有遺書只有「遺畫」的投海自殺，以及那梁祥「非常流利的口哨」，讓我在不見眞相之餘似乎又看到了什麼。同樣是寫兇殺案件，《西風的話》和《回憶一個陌生的城市》在視覺感受上是不同的。前者從案件現場出發，破案過程因眞相無法顯現而日益模糊，日漸淡忘，視線上是由近走向遠；後者則是事隔二十年後，一個失去記憶的作案人如何恢復記憶，去調查、追尋當年作案的眞實現狀，視線上是由遠走向近。

在須一瓜的視覺之中，我們終於會驚異地發現，許多自以爲熟悉的東西，結果往往變得陌生而難以辨認，人人都以爲自己早已克服了這些弊端，實際還在左右著我們的日常生活，《一次用心籌備的邂逅》竟然是一場空白，語言的親近熟知和身體的陌生抗拒竟然是一回事。《少許是多少》不止是對做可樂雞塊配料的疑問，更是對難以把握正確的審視。笛卡爾因爲偏重看的思想而放棄了視覺，所以背棄了可見的事物。這種支配自己思想的力量是難以估量的。所謂視而不見的寫作依然活躍在四處便是一例。一部部中國當代文學史只要翻翻那目錄標題，便可知其是一部「偏重看的思想」的文學史。

須一瓜的書寫經歷有點意思。她八〇年代寫過幾年小說，以後便十幾年不寫，不爲別的，「對語言藝術的退潮感，也是個重要的因素」。「語言藝術的退潮感」，意思並不很明確，但大致還是透露出作者的追求，寫是一種追求，不寫也可能是一種追求。十幾年的不寫，須一瓜成了非小說的寫作者，一位專跑公檢法專線的記者。政法記者的生活，須一瓜坦言：「事情特別多，白天採訪，晚上寫稿，很忙。很多朋友都擔心我會把筆寫壞，成天的『殺人、放火、走私、強姦、搶劫』，大家說我是全廈門最無聊的人，我覺得也對。但我知道，這期間，活生生、沉甸甸的生活元素，讓我看見和感悟著一般人不一定看見的東西。」關鍵是看見，政法記者何止千萬，為什麼「我」看見了一般人不一定看見的東西。小說家的眼力總充滿了貪婪的好奇心和感受力，哪怕這視界是意外、厄運、犯罪、暴力、死亡的流放地，充滿著伯格曼所稱的「負面印跡」；哪怕所有這些元素都沁滲著幽深莫測的色彩，彷彿是寂然無聲的迷宮，須一瓜總能讓優雅的敘事映入我們的眼簾。同樣的經歷，同樣的看，結果卻是不一樣的。為了再現一個已經破譯的眞實，是一種看；而瞄準一個總是模糊、尚待破譯的眞實，也是一種看。須一瓜的寫作給我的印象是傾向於後者。唯後者這束目光是對一切既定秩序提出挑戰，它化自信為懷疑，「出手捕捉的是一般人看不到的人生破綻和被遮蔽、被忽略的人生尷尬。」（姜廣平《與須一瓜對話》）

那雙漂亮的眼睛一隻睜著，另一隻眼睛夾著……

——《尾條記者》

《尾條記者》並不是須一瓜小說的上乘之作，但對審視須一瓜的書寫則有舉足輕重的地位。我們甚至在字裡行間都能感受到那傾瀉的快意。「那雙漂亮的眼睛」說的是記者陳啓杰，小說一開始便是「啓杰死了」。

沒有靈堂的啓杰充滿陽光和音樂，在啓杰的笑臉裡，張雨生帶有童聲的嗓子，在縱情歌頌生活。

我有一顆

比任何人都要狂熱的心

願意接受任何一種更不平凡的邀請

這是三十歲的陳啓杰生前自己布置的靈堂，大家在這裡不知和他父母說什麼好，幾個淚眼婆娑的女記者，捧著啓杰照片，叫帶相機的爲她們合影一張，好像全是生前知己。一隻眼睛睜著，一隻眼睛夾著的啓杰的笑臉充滿了輕狂灑脫。

根據死者的遺囑，敘述者做如此書寫。不知怎麼，在閱讀須一瓜小說的日子裡，這段文字總在我的記憶中縈迴不去。明明白白的話，讀來如吟如唱，殘酷的陰影，充滿疑惑的死亡，灑落的卻是陽光。那充滿輕狂灑脫的笑臉，分明是敘事者不時流露的眼神，或者我們批評的言說許久不提的風格二字。什麼是風格？記得杜魯門．卡波特回答說，這個「什麼」就像禪宗的心印：「一隻手拍出的聲音是什麼？」說不清道不明的東西，可遇而不可求。《尾條記者》無疑從文學角度聲援了職業記者對生活的正視，自然更多的情況是正視現實的記錄支撐了文學的偏見與斜視，伸張了文學的想像和意識。這些記錄在須一瓜的小說中俯拾皆是，但我在記住它的時候，已不再是關於記錄的記錄了。那種登上報紙的尾條新聞都是從隱祕複雜的社會故事中產生的，而那種將不尋常、突兀或苦澀的暴力兇殺與流暢的敘述和謎語般的人性奧祕連接在一起的故事，則經常是須一瓜作爲小說家處理的題材。前者可以簡短格式加以陳述。後者則麻煩得多，我們須頗費周折，經過耐心思考和諸多闡釋之後，或許可能眞正理解的東西。

須一瓜是獨特的，我們幾乎很難把她和另外一個作家聯想起來。硬要扯上一個，那遙遠的哈謝克？也不像。就題材、素材、地域、類別而言，在歸類問題上須一瓜都難以就範。在闡釋自己的創作時，「顚覆」是其常用詞。在和姜廣平的對話中，須一瓜曾用戲仿的口吻答道，自己的寫作是被生活所干預。這話有點粗暴，在強調某一側面差異時，多少降低了文學的作用。更重要的是，生活與文學並不單純是此岸與彼岸的關係。虛構的活靈活現像眞的一樣，說的僅僅是文學？生活無奇不有像小說一樣，說的僅僅是生活？假作眞時眞亦假，眞作假時假亦眞，這可能更接近文學的居所。差不多的意思，羅蘭·巴特在其《寫作的零度》中這樣說：「小說是一種死亡，它把生命變成一種命運，把記憶變成一種有用的行爲，把延續變成一種有方向有意義的時間。」人類生活發展至今，生活早已不是能遺棄文學而獨立的存在。對此，略薩說得更明白：「在心理學家和心理分析學家存在之前，甚至在巫師和魔法師出現之前，虛構就已經幫助人類（他們毫無察覺）共同生活，幫助人類適應那些來自人類內心深處的某些幽靈，以便讓人們生活複雜化，讓生活充滿難以企及具有破壞力的欲望。」（《謊言中的眞實》，雲南人民出版社一九九七版）其實，生活和虛構並不是那麼容易區分的。在這種情形中，問題並不在於虛構是不是等同事實，而在於我們的生活和虛構無法分離。這一點，我們只要重溫一下須一瓜小說世界中的生活：比如《尾條記者》的日常生活；《我的索菲婭公主號》一個進城農民工希望不斷演繹失望的故事；《我的蘭花一樣的流水啊》中夢所帶來的麻煩事；《有一種樹春天葉兒紅》中陳陽里那種理想主義的活法與死法；《地瓜一樣的大海》中十二歲的「我」如何幽靈般地進入和告別城市……令人恐懼的是，從「謊言」世界到「眞實」世界就像「從一個公園到另一個公園那麼容易」。當我們對「謊言世界」布滿了我們的評說和詮釋時，自信自然會伴隨著可視的「眞實」世界；但文學畢竟始終是一種許諾而非實際，當他在追求一種可望而不可即的目標時，懷疑自然也會跟隨著不可視的「謊言世界」。

陳啓杰死後，實習生記者張禾開始其對於眞相的追逐，生活也開始展示出一團解不開的亂麻。自以爲接近眞相的張禾突然發現，眞相轉眼間離他遠去。開局和結尾是意味深長的對照。如同張禾去看守所探視那眞正的所長時：「兩人互相看著，一點聲音也沒有，這樣的時間竟然持續了三分多鐘……所長的表情已經明白無誤地告訴他，他在承受他應該承受的。張禾覺得心裡空蕩蕩的安靜。他事後甚至懷疑是雙方都在珍惜那種無言的相對。」死者的陽光和活著的陰影是一種無聲的對視，或許，這裡用無情更爲確切。我們已經習慣了戴著面具的事實，可一旦面具被撕破，一種苦澀則會刺痛我們的雙眼，哪怕「另一隻眼是夾著的」。

不是誰都能看到淡綠色的月亮的。——《淡綠色的月亮》

相對擁擠不堪、忙忙碌碌、噪音嘈雜的都市生活，須一瓜的文字總讓人感到一種靜謐的力量。纖毫必至的觀察讓奧祕難以置信地深藏著，一種暗藏的目標總能穿越其敘述，從遠處隱祕地浮現出，猶如這「淡綠色的月亮」。存在經常被可見物掩蓋著，「不是誰都能看到」，「不是什麼時候都能看到」，原由出自遮掩，還是出自忽視與無視，差之毫釐和失之千里可能是一回事。一件發生在眼前的持刀入室搶劫案，案破之日是一種結果，但那個暗藏著危機的故事卻才剛剛開始。在日常的夫妻生活中，丈夫橋北充滿創意，「比如，做愛。近期，橋北在玩一種花生粗細的紅緞繩。芥子叫它中國結，橋北不厭其煩地糾正說，叫愛結。紅緞繩繞過芥子的漂亮脖頸，再分別繞過芥子美麗的乳房底線，能在胸口打上一個絲花一樣的結，然後一長一短地垂向腹深處。橋北給全裸的芥子編繞愛結的過程，也是他們雙方激情燃燒的美妙過程。芥子喜歡這個遊戲。」這種遊戲近乎於判斷式的介紹，讀來猶如廣告片斷。敘述者刻意推出甜蜜愛意的創意，實則是其蓄意製造的鋪墊。當半夜那次入室搶劫演繹時，創意在劫匪手中便成了一種玩意。這裡聚合了歹徒、橋北、芥子，圍繞著紅緞繩的多重視角，歹徒是單向的，而橋北和芥子是多重來回的。當然，或許更重要的是敘述者和閱讀者的視角，不然，「意義」何從潛入和呈現。愛結終於成了死結，幸福的遊戲僅僅只是遊戲的幸福。無畏和無為可能是一枚硬幣的正面和反面，我們能讓正面和反面相互注視嗎？猴子看到沙漠石頭下的蛇，應該暈倒，抑或應該快樂地跳躍過去。生活在遮蔽之中，與揭示遮蔽的生活，誰離幸福更近？這是須一瓜，或者說是須一瓜小說中那隱含的作者試圖回答的。試圖回答是一回事，能不能回答又是一回事。如同閱讀免不了從中尋求意思和忠告，其危險的結局很可能「是一種心理上的自殺」；如同批評中被米蘭・昆德拉戲稱的那種「媚俗化的闡釋」，總是「向現在時刻扔去老生常談的面紗，使得眞實的面貌消失得無影無蹤」。

二〇〇三年誕生的小說《淡綠色的月亮》，受到普遍的歡迎和眾多的好評。這自然歸功於講故事的非凡技巧，還有潛藏在故事深處的形而上的轟鳴。抵制明白無誤的理解，抗拒黑白分明的人性界線，或許是須一瓜追求的理解和界線。其結果很容易讓誤解和難分難解經常降臨我們的頭上。對於排他性的信守，須一瓜甚至用了「絕對」兩字。這裡的排他性並非是一種思想和忠告的排他性，更多成分指的是一種可視的角度，一種為感官世界敞開通道而做出的努力，一種尊重欲望的寫作態度。讀《海瓜子・薄殼兒的海瓜子》，我們能感受到人性的摩擦、折騰與逆行的種種姿態，而沉默、孤獨又是如何與溫馨作伴。但解讀與判斷呢，我們只能在徘徊猶豫中難以自拔。讀《在水仙花心起舞》，我們能處處感覺到那言語之中飄落的快樂音符，似童話般的音樂，但心中那沉重的壓抑卻無法抹去。《SS7號導彈空越十二朵紅菇》中，一對難以生育的夫妻尋求偏方的鬧劇，一系列的偏方導致一系列的誤會。鬧劇向荒唐靠攏，所有的誤會都認證了主體的欲望就是他者的欲望。幻想的瘟疫像刀一樣刺向「公共的語言」，而真相則深深陷入虛僞面具的泥淖。《夢想：城市親人》則是對都市化生活的質詢。公共話語的塗抹所渲染的都市神話與燦爛畫面，作者打上的是一個問號。問題不在於我們的城市如何都市化，而是這種生活已漸漸失去以往生活的意義和特色。「公共生活領域與私人生活的相互關係已被擾亂。這並非由於在城市中人成爲失去個性的芸芸眾生，而主要是因爲城市越來越像是人人準備棄之而去的一片弱肉強食的莽莽叢林。」（哈貝馬斯語）

就個人的閱讀而言，我更欣賞須一瓜小說中像《蛇宮》、《夢想：城市親人》、《地瓜一樣的大海》、《求證：我和我奶奶同用一種血》、《乘著歌聲的翅膀》一類作品，此類小說具有更多的不可替代性。從《蛇宮》到《乘著歌聲的翅膀》，敘述都強調一種拼貼的在場，在充斥寓言的蛇宮內外，印秋和那個人都彼此離不開對方，一種對視，一種互爲需求的傾訴與傾聽；來自農村的和生活在城裡的彼此相遇、攙雜、共同生存；罪犯之心因生命之拯救來到另一個軀體，兩顆心在冥冥之中的奇遇……這也許都是巧合，巧合在日常生活中隨處可見，但在小說中是不可能發生的，只能被模仿。當巧合被很好地模仿、被拼貼而呈現出一個問號時，平時所不起眼的、熟視無睹的巧合就會變得意味深長。在《地瓜一樣的大海》中，十二歲的「我」，一個孤兒早早地流浪於這「花樣年華的美麗地方」。混跡於「城市最金迷紙醉，妖人混雜的風花雪月中」這是我們所謂的巧合。但是現在它出現在須一瓜的小說世界中，這巧合就是一個隱喻。農村孩子是沒有童話，吃地瓜的孩子沒有童話，而我們分明見到了一個城市「流浪漢」的童話。這童話不是爲人物而設置，它讓我體驗一種有序和無序的存在，或許是城市的特徵，或許是命運的特徵。再孤獨的人都會尋找合作的夥伴以擺脫孤獨，這是埋藏在意識深處的焦慮，「我有一個祕密的東西，只有我知道。它是我最大的，和愛彌爾都不說的祕密。它是一個眞正的神。它是住在我血管裡的親人……」拼貼是一種隱語，是一種反諷，好的拼貼也是一種撕裂，它讓我們帶著審美的愉悅接近我們討厭的東西，它也讓我們的「討厭」去窺視「不是任何人在任何時候都能看到淡綠色的月亮」。

看著看著，焦距就透到她眼睛後面什麼遙遠的地方去了。——《蛇宮》

如果說《淡綠色的月亮》的敘述視角無所不能的作爲讓我們多少感到有點遺憾的話，那麼《地瓜一樣的大海》的視角則令人爲之讚嘆。十二歲的「我」，一個特殊的仲介型的視角，幽靈般來回於鄉村和城市、成人與未成人、謊言與眞實的世界。這是個謊言世界中的眞實故事，又是個眞實生活中關於謊言的故事。讀這篇小說，自然使我們想起本雅明提出的關於城市流浪漢的說法，這是關於身分認同的一個重要且影響深遠的概念。小說中說得更爲直接簡單，「城市和農村怎麼會靠一盤炒地瓜葉變成一樣的呢？它們永遠也不一樣，農村人永遠破譯不了城市的祕密，除非他變成了城裡人。」

「孤兒院的兩週生活，是我這輩子最快樂的時光，也許沒人相信。這沒關係，本來這句話就是我和我自己說的。」這樣典型的敘述話語在須一瓜的小說中比比皆是，同樣一句普通的話語，甚至可以說是漫不經心的交代，我們都可以讀出那些隱含在表層故事中的故事，那些沒有說出來的故事。自己和自己敘說的快樂，不止是要和自己說，而是只能和自己說。一種強制性的孤獨、被遺棄的孤獨流於字裡行間，對十二歲的「我」來說，竟轉變爲一種自我言談的快樂。孤兒院生活中諸多快樂事件中的典型案例竟是這樣的，「一個小傻逼竟然用我藏在櫃子中心愛的報紙去包她親戚送的舊皮鞋。」小傻逼最終受到的懲罰是被人把眼睛蒙起來，對「我」做全身的「瞎子按摩」。這裡，「瞎子按摩」成了連接詞，一頭牽掛著「我」在城市「內臟」流竄的日子，一頭又連接著眼下不可思議的惡作劇，更搞笑的是，從未進入過按摩院的院長在處理這一惡作劇的過程中，因不解、因好奇，自己被按摩的舒適感所眩暈，「臉上浮上天使一樣的光輝。」我們很少見到如此詭異的敘述，惡作劇、厭惡、謊言、早熟都成了抵禦現世的武器。他提醒我們，心理生活中唯一有價值的是情緒。所有的心理力量只是通過其激發情緒的傾向才變得有意義。《地瓜一樣的大海》之類的敘述潛藏著一種快感。很可能，欲望也會帶來相反的走勢，偶爾會做出自我誇飾，記錄下我們感到內疚卻要表現得品行端正時所採取的種種姿態。

《蛇宮》便是這鏡像世界中的另一種姿態。小說的取材，被人總結得很有意思，「江湖女郎，與蛇共舞，吉尼斯記錄，汪洋大盜……還有矗立在滾滾紅塵中的那個既透明又有礙、既封閉又開放、既隔絕又浸透的玻璃房。」一個固定的舞台，印秋、曉菌與那人，蛇宮內外的審視與話語成了固定難變的視線，每個人都是對象的鏡子，欲望的需求，自我的幻象，都彷彿在遙遠的地方進行著意義微妙的旅行。在這場注視和討論的世界中，不止是我們能經常擁有的焦躁不安，它還多了一份詭詐，每一次談話都微妙地有點偏，影子是歪斜的，目不轉睛的注視失去了其自信，斜視的地位有所抬頭。預期的光源並不如期出現，熟悉的東西依然熟悉，卻無法進入我們的記憶，而其產生的多少有點陌生的效果，則深深吸引了我們的視線。

我們可以用不同方式來閱讀《蛇宮》。可以把它當作一個當代的寓言故事，在腦海中盡情地享用其隱語的豐富，能指的多種出路。我們也可以把它當作生活中完全可能發生的事件，如同一段錄音的重放，聆聽欣賞其迷人的敘述。一波三折的懸疑之言，如同中國式套盒一樣，我們甚至還可以繼續追尋其故事中的故事，那個神祕的別處的、未敘述過的、散落在詞語之外的故事，那浪費掉的或至今仍未找到的人生。一個完整的事件或故事，無論是眞實抑或虛構，記憶和詞語的複述總要件隨遺留，它只能運用其視角的藝術選擇其部分。「少許是多少」，少許是那些，這個曾經被須一瓜用作小說題目的問題總會糾纏我們不放。遊兵的疑惑是一切敘述者開口說話前的疑惑。《蛇宮》既是敘述意義上對當下社會的抽象模擬，又是運用中國套盒手法的那種迷宮式的生動敘事，關於謎團、不解之謎，隱隱約約的可猜測之謎，猶如鬼魂附體般地追隨始終，讓人欲罷不能。謎團的本質是一種過渡，而過渡恰恰是敘事不可缺少的重要一環。讓書寫飽受折磨，讓閱讀深陷愉悅的必經之途。

我所看見的根本不是我希望看見的……

——雅克・拉康

到此爲止，我們對文本的視線使用的只是一種「解釋學」，觀察的視線僅限於物鏡式的層面。被注視的注視有時應翻譯爲被書寫的寫作者。我們可以說，須一瓜的小說沒有背負歷史的腳手架，父母親情基本上是空白，我們龐大的農村家族式的資源也是空缺的等等，即便這種判斷是準確的，文本也是作爲外界的注視物。

凝視可不是這樣。「凝視」被認爲是自我和他者之間的某種「鏡像」關係，「凝視」不是字面上所呈現的被他人看到或注視別人的意思，而是指被他人視野所影響。拉康認爲，在想像的關係之下，自我如何被置放在他人的視覺領域之中，以及自我如何看待自己的立身處境，是經由他人如何看待自我的眼光折射而成的。對薩特來說，凝視是一件使主體明白他人也是一個主體的事情。薩特還強調，在凝視中至關重要的東西絕不是他人的眼睛。《海瓜子．薄殼兒的海瓜子》講的是晚娥，老公阿青和公公的故事，故事起因於小說中不斷重複出現的一句話，「沒有那天就好了。」那天的事件就是出現了我、你、他的注視，公公為缺乏維繫的難以遏制的欲望所驅使，當他在窺視晚娥洗澡時，被阿青發現，於是窺視的快感立即被一種羞恥感壓倒，窺視的主體在第三者的凝視下被客觀化為了一個對象。其實，即使沒有那天，第三者的注視還是存在的，凝視關注的是不在場的注視對主體的影響，主體又是如何被撕裂、被異化、被置換。

我們剛才講過，須一瓜小說不見我們慣常所見的「歷史」劇、「情感」劇，她的小說十有八九離不開案件與死亡，但也絕非是「懸疑」劇。她身在城市，緊緊抓住的是「移民」，她人處中心，牢牢盯住的是「邊緣」，她出入高樓，落筆的總是高樓的陰影。關於眞實，她慣於打破的是，把不眞實當作眞實加以接受的眞實。人不是影子，不管他們對生活的把握多麼閃爍不定，但你可能得進入眞正的影子世界才能發現這一點。邊緣人是不會習慣把自己看作是充分自決的中心，但只有中心的「凝視」之下才能享受這種不習慣。

《乘著歌聲的翅膀》是最近的小說，名字和其他小說名字一樣，怪怪的，初看離題萬里，最終又想用隱語和含義把它抓回來。講的是換心臟的故事，先天性心臟病的少年金河，在社會的幫助下，換上薛淦的心，一個被槍斃的殺人犯薛淦的心。換了心的金河，終日迷戀於鏡像，夢見的是殺人的場景，「異常的目光，眼睛充滿了驚奇，夢見了血，牆上寫字的血嘶嘶響，它噴向雪白的牆。」換了心後金河那奇異的執迷不悟，連行醫四十年，給無數同類病人做過手術的教授都被攪亂了心，「打動了教授不輕易被引發的惻隱之心。」因此，我們是處在實現了的幻想的幻覺世界裡，通常所謂的「將心比心」這類道德審視的換位思考，在這裡實現了它的字面意義。金河換上了罪犯薛淦的心，此心不止於生命意義的跳動，他還是一種「良心」，連帶著可思維的大腦。缺席之身和缺席之心都以其缺席證明了他者的在場。「被割裂的思維」、「兩副面孔的幻想」使我們看見了紛至沓來又倏而遠逝的種種情形。於是，換了心的金河成了分裂的主體，原本之心被抹去，成了缺席的在場，被換入的薛淦的心不死，成了在場的缺席。在無形的大他者的凝視之下，金河不可言說，一說就錯。心的置換成「心」的顛覆，那早已根深柢固的單一主體、同一性主體受到了挑戰，遇上挫折。人們發現原本認可的金河有時會隱去，而被槍斃的薛淦陰影不時顯現，那被注定不能發射的飛去來器神奇般地再次發射。它出現於金河的沉默，出現於始終無法抹去的一次又一次的噩夢，夢魘的驚叫。

「前半個月，夢境是零亂的，東一鱗西一爪。柔軟的被子，人體和被子微溫的芳香，一個長頸的女孩的後腦，頭髮一直黏手。雪白的牆上突然飆成樹枝的紅色。冰冷的床架，眼淚在手上澀澀地搓不開，開了一半的鞋盒子……散發著紫煙光的半球穹窿。」

換了心的金河從一開始，都是在一個異化的方向進行，各自都以隱去和顯現的兩顆彼此糾纏相互替代之心，在異化的道路上與現世主體有更大的摩擦，更多的誤認，於是驚訝之聲不絕於耳，不解之容四處可見，不止是給金河做手術的教授心被攪亂，那象徵「慈善」的心也露出了並不慈善的眞相。耐人尋味的裂縫、空隙，和須一瓜小說中諸多結尾一樣，金河最終還是攜帶著身分認同的幻象離開了這座「城市」。直截了當、簡練的開頭和不怎麼明確而意味深長的結尾，對須一瓜的敘事之鏡來說，這也許又是一次奇異的「拼貼」，也應驗了金河換心的奇詭變數，「也許，我們換掉了一顆苦難的舊心，卻變生了一個更受煎熬更絕望的心……」

綜觀須一瓜的小說，給我們留下最深的印象莫過於那雙「眼睛」，其魅力在於犀利的穿越之力，細察散落於四處的眞相，不忘卻那作爲剩餘之物的溫情。作爲藝術家，尤其是作爲小說家的藝術才能，她不缺正視、斜視，關於審視，她始終保留著對「他者」的權利，而關於自我的審視，似乎是一個弱項。還好，對於凝視，對於作爲第三者的不是觀看的觀看，對於「大他者」的視覺能力，她又能無師自通。須一瓜的小說經常用「我」作爲視角的觀看方式，但其小說確實又很少有「我」的地位，很可能，對於「你」和「他」的觀看之中，也包含著「作爲欲望對象的他者對主體的注視，是主體的看和他者的注視的一種相互作用」。相互作用很重要，比如一個小說家的優勢和弱勢，長處和短處都有相互的作用。有人喜歡指出作家的局限以顯其批評的鋒芒。從某種意義上，藝術都有局限，哪怕後現代那無處不在的「碎片」。局限是藝術賴以生存的必不可少的條件，是個美妙的東西。如同我們一開始講的，可見與不可見的鏡像關係。

二〇〇七年十月二十日於上海

原載《上海文學》二〇〇八年第一期

文中所涉須一瓜作品

《地瓜一樣的大海》、《海瓜子・薄殼兒的海瓜子》、《蛇宮》、《我的索菲婭公主號》、《淡綠色的月亮》、《04：22分誰打出了電話》、《求證：我和我奶奶同用一種血》、《尾條記者》均見小說集《蛇

宮》，華藝出版社二〇〇五年一月版
《夢想：城市親人》，載《朔方》二〇〇四年第十期
《有一種樹春天葉兒紅》，載《收穫》二〇〇五年第二期
《回憶一個陌生的城市》，載《收穫》二〇〇六年第三期
《在水仙花心起舞》，載《人民文學》二〇〇五年第六期
《門內的保母家外的人》，載《小說月報·原創版》二〇〇六年第六期
《我的蘭花一樣的流水》，載《鍾山》二〇〇五年第二期
《提拉米酥》，載《人民文學》二〇〇六年第二期
《老的人、黑的狗》，載《作家》二〇〇六年第一期
《SS7號導彈空越十二朵紅菇》，載《中國作家》二〇〇五年第五期
《西風的話》，載《人民文學》二〇〇六年第一期
《一次用心籌備的邂逅》，載《上海文學》二〇〇七年第一期
《少許是多少》，載《收穫》二〇〇七年第四期
《乘著歌聲的翅膀》，載《山花》二〇〇七年第八期

對白天來說，黑夜很可能是它的一束光照

——由孫甘露引發對先鋒小說的思考

討論孫甘露與先鋒小說，那是對八〇年代的記憶，今天已是二〇〇七年歲末。對二十年前的記憶，不可能不夾帶著今日的思想、情緒、觀點、立場，某種多少有些功利的價值判斷。這二十年間社會所經歷的變化與劇烈動盪無須多言，因爲這已是我們在座大多數人的切身體驗和親身經歷。曾幾何時，革命的宏大構想曾對資本進行了整體收購和贖買，而如今，改革的幻象卻再一次以其不可阻擋的現代性步伐，讓資本對我們以往所有的一切，進行再一次的整體性的反收購。

就拿先鋒小說而言，二十多年前它是一次勇敢的嘗試，是一種反叛的姿態，純文學、文學本體論的口號蘊含著諸多意識形態的無形資產。因爲先鋒小說在當時的走紅，它也延伸出許多副業，比如它會變得時尚，導致模仿，以至於模仿的模仿，甚至抄襲等等。不管怎樣，八〇年代後期的先鋒小說的核心價值，在於其探索精神和反叛性。

先鋒小說的時間不長，就那麼幾年工夫，自八〇年代末開始，它便流落街頭、無人理睬、隱姓埋名、遭人唾棄，正如有人所說，先鋒總是以失敗作爲它的勝利。最近有一篇創作談，題爲《先鋒小說完蛋的幾個理由》，寫得很有意思。這是一篇以唱輓歌的形式爲先鋒小說搖旗吶喊的文章，充滿著文學性的智慧。文章說到，先鋒小說家們「孤獨求敗的勇氣和唐吉訶德式的周旋，爲文學扯出了一面風一樣的大纛」。

小說的功能經常是把過去變成現在的記錄，把死亡變成有生命的記憶，把記憶變成一種有用的行爲，把延續變成有意義的時間。今日的討論會何嘗不是這樣呢。對阿多諾來說，先鋒藝術就成了晚期資本主義社會僅有的眞誠的藝術。對我們來說，八〇年代中後期的先鋒小說又何嘗不是晚期革命運動年代最後一次爲小說藝術付出的眞誠和激情呢。

說到孫甘露，討論八〇年代的先鋒運動，我們自然繞不開孫甘露的小說。同樣我們今天討論孫甘露，自然而然地會涉及先鋒年代的孫甘露小說。但先鋒小說中的孫甘露又是一個非常特別的案例，相比莫言、馬原、余華等作家來說，孫甘露的批評研究文章就特別少，被人關注的程度遠遠不及同時代的其他作家。

我注意到謝有順於二〇〇四年十月在台灣師範大學上的講演《敘事也是一種權力》，其中大量篇幅講到先鋒小說，而涉及孫甘露的也就是一句話：「數年如一日地在極端的語言實驗裡流連忘返。」

我也注意到郜元寶所寫的《二十二今人志》，其中有孫甘露一節，評價的也是「孫甘露的語言遊戲」，當然作者也明白「語言遊戲」這個術語其實也很曖昧不清。

陳思和主編的《中國當代文學史教程》有專門的章節論述孫甘露，稱孫甘露是「在語言實驗上走得最極端的」。孫甘露的極端讓寫史的人在線性的連續性頗感為難，於是「最接近超現實主義詩歌與繪畫」的聯想自然成了一種說法。

當然陳曉明在其《無邊的挑戰——中國先鋒文學的後現代性》中，對孫甘露試圖做出更為詳盡、更為全面的評價。此書的修訂本獲魯迅文學獎，其實他的初版寫得更早，是時代文藝出版社一九九三年五月版。在充滿激情地使用一系列評語，諸如「語言的迷宮、含混而純淨的咒語、遠古的呼喚和明媚的夢想、病弱的詩性、破敗的歷史、貧困的哲學等等」之後，作者無不憂慮地指出：「孫甘露的語言實驗打破了舊有小說語言範式，毫無疑問向它提示了一種新型的閱讀經驗，但是，當這種『新經驗』以及實驗的革命性消失之後，孫甘露的敘述文體還剩下什麼呢？這是值得憂慮的。」憂慮之後，作者更明確地說：「創造一個遠離世俗的，並且否定生活世界常規秩序的語言幻想世界，這是孫甘露的夢想，這也是整個先鋒小說家的夢想，只不過孫甘露斷然拒絕了一切世俗生活的規範，作為我們這個時代最孤獨的語言夢遊症患者，孫甘露無可救藥、毫無障礙地走向小說墓地。」

先鋒小說已經成為昨天，成了我們記憶的一個組成部分。

簡單回顧對孫甘露小說的評價之後，談一點個人重讀的感受。總的來說，孫甘露的小說始終保持對時間和情節的高度敵意，並讓故事在彷彿根本不是故事的情況下發揮比較大的作用。「我愛的是語言，敘事只是附帶而已」（這是英國小說家溫特森的追求，也可以看作是孫甘露的）。重讀孫甘露的小說，我們依然可以感受到的是，他始終在用其前後移動、顛三倒四、移花接木、重新組合的語言，對詩、音樂、圖畫做出反應，在反應中清理出孫甘露小說可以生根的空間。有意義的是故事則經常未被邀請加入其中。

在其長篇小說《呼吸》中，隨便翻閱，你就能感受到那種密不透風，紙上密密麻麻，許多章節很少換行，長的段落可多達一千五百字以上，長句子長達三十個字以上的不在少數，此中的意味和效用今天仍然值得玩味。他的小說既是書寫者，又是閱讀者，語言實驗製造的障礙對兩者都是存在的，他的故事脫離世俗，但卻讓我們進入的是廣闊的俗世，即無時無刻都在伴隨我們個人的意識和夢幻的世界。創造一個語言的世界，是爲了擺脫或者拒絕現實的世界，語言的不及物，明明白白的自我指涉實際是排他性的。所以晦澀和難以相處是必然的。語言的世界眞的可能存在嗎？要麼他是隱語、象徵，否則我們很難進入，如果我們很容易地進入了，很明白地領會了，孫甘露小說的意義便會蕩然無存了。難以進入和到達的去處並不一定複雜，比如伊甸園、天堂，人人都會在不經意之時一閃而過的那個別處等。這些在當代小說不時會出現的世界。在某種意義上說，孫甘露小說的意義並不只是語言的實驗，對語言世界的情有獨鍾和一頭扎入，正是對之外的物質世界的排斥和拒絕。所以嘗試用現世的精神去解讀孫甘露小說，就等於進入了永遠無法擺脫的陷阱和泥潭之中。我們不可能一個腳踩在現世，另一個腳卻在「呼吸」之中，那是一種永遠無法行動，而只能撕裂身體的舉措。

孫甘露的先鋒小說是一種離經叛道，充滿著暴力傾向，但他的書寫又是那麼的儒雅，充滿著書卷氣。我讀他的小說，甚至有時感到自己就是一個鄉巴佬。他以全面的而又非比尋常的視角推動著小說「向內轉」，而不是只停留在拙劣的意識的流動，夢的書寫。

愛情是一種疾病，文明是一種病痛，語言又何嘗不是這樣呢。「語言總是背著我們。」（還是溫特森的話）「我們想撒謊時它說實話，我們非常希望精確時它卻亂七八糟。」這種雙重的背叛也許正意味著我們難以精確表達的小說的概念，小說對眞眞假假，難以言說，無時不在的諾言欲望卻做出了回應。

還是在一九八九年初，先鋒小說作爲運動臨近其尾聲時，孫甘露寫下了一篇短文，名爲《一堵牆向另一堵牆說什麼？》這篇意味深長的短文一改孫甘露的儒雅之風，語調依舊，但其對文學現狀的不滿、諷刺、失望乃至溫文爾雅的憤怒，是顯而易見的。不管怎樣，八〇年代的先鋒小說已經成爲昨天、前天或者是更遙遠的過去，成了我們記憶的一個組成部分。

這種記憶讓我想起這樣一個故事，也許不足爲信。講一個罐頭廠的一名工人，他每天的工作就是每隔幾秒鐘扳動一下槓桿。日後發現，幾十年來這個槓桿不跟任何機械相連接。聽到這事，這名工人的精神嚴重崩潰。這名工人的精神狀態並不重要，最讓人難受的一點是它溫和的滑稽性，或者我們經常講的「有沒有搞錯」。佛洛依德毫不費力地如此論證原因，我們之所以微笑，是因爲從我的精神能量的節省與工人過度精神的投入之間的反差迷宮中得到快感。

孫甘露八〇年代的先鋒小說，或者說八〇年代先鋒小說最激進的先鋒孫甘露，爲晚期革命運動年代的文學所付出的最後的激情和眞誠，或許在今天的某些眼光看來是一場空白，一文不值。這種反差還包含著另一層意思，孫甘露的小說肯定不是我們現在的生活（包括精神）所需要的，但它絕對又是我們所缺乏的那一部分。這是悖論，又是一種極大的反差，它使我想起陳曉明文章中所提到的臨界感和墓地效應。我們將從這二十年前後的反差獲取快感，一種溫和的幽默，即便是墓地也沒什麼，我們每年都要去，它的名字叫清明。因爲對白天來說，黑夜很可能是它的一束光照。

二〇〇七年十二月十八日於上海

原載《文學報》二〇〇八年一月三十一日

距離與欲望的「關係學」

——魯敏小說的敘事支柱

面具：暗示隱藏著暗示

從發表作品的時間上算，魯敏的創作已進入第九個年頭。誰都清楚這八年中魯敏寫了什麼作品，不清楚的只是這些作品意味著什麼，那被蓄意隱藏、無意包裹的東西是什麼。可信與同樣不可信的還有那創作談。魯敏的小說經常被選載，也許爲了啓發和明白，被選的小說背後總有個創作談。魯敏大大小小的創作談也不少。天性撒謊的小說和使命眞實的創作談放在一起，總讓人感到彆扭。

在一次訪談中，魯敏把自己多產且富於變化的小說大致分爲三類。一類是「與敘述內容和氣氛相合拍」，語言風格是非常接近當下口語的。此類「現代人」的小說爲的是「與小說主題相貼」；還有一類爲東壩系列，語言風格「帶有一定的地域特色」，「淡的、靜的、拙的」，這些是作者比較「中意」和「講究」的作品；最後就是「寫人性中比較幽暗的那一塊」，此類作品「使用了一種相對純粹一些的書面語，冷淡、精準、克制，略有弔詭」。雖說以語言風格爲標準，但分類應大致不差。問題是將語言降格爲適應不同題材、主旨的工具是否有本末倒置之嫌。工具之說眞的那麼馴服。口語、地方語、書面語眞的就那麼像庫存之物一樣在那裡等著我們去取用！記得九〇年代圍繞著汪曾祺小說有過一次關於漢語寫作的議論。「我以爲語言有內容性，語言是小說的本體，不是外部的，不只是形式，是技巧。」汪曾祺先生的話不約而同爲許多論者所引用、所贊同、所闡發。魯敏那種分類法在嚴密的闡釋之下可能會站不住腳，但能幫助說明問題。一部小說的誕生總是來之於多股力量、多種因素的拉拉扯扯、推推搡搡之間。魯敏的小說之所以呈現多種姿態，無非是於這拉扯推搡的糾纏之中，某股力量在某部作品中略占上風而已。八〇年代曾有「兩把刷子」之說，我想魯敏的小說可歸之此類。

相對「歸類」和「刷子」之說，我寧肯信「面具」之說，作家可有多副面具，也可有多種「變臉」之術，所謂類型，無非是權衡取捨，與之所至的面具選擇罷了。以面具取「貌」，卻不知「貌」在何處。你以爲你是誰？這是面具所無法擺脫的質疑，由於控制而依賴他人，臣服於另一種意志，這是面具的自我認同抑或是非自主性的命名，其中間的差距才是我所感興趣的。令人不安的是自以爲是摘下面具，結果見到的又是一層面具。魯敏的小說既有新式的敘事，那些受到某批評家不屑一顧的所謂對「現代小說」的模仿痕跡；也不缺老式的喋喋不休的故事，那些同樣受到某些批評家高度讚揚的關於人性關懷、關於善、幸福快樂的敘述。魯敏對難以言說的生理器官和心理隱情那饒有興趣的自圓其說，其精彩程度常常令我們難以置信；還有那對一個個有趣情境與場景，人與人、人與物的暗戀與自戀都不乏生動的描述，比如《風月剪》中的宋師傅那寄情於欲的生死旗袍剪，《紙醉》中那寄情人生與夢幻的剪紙……有些令人神往的片段甚至經常出現在其不怎麼成功的長篇之中。透過層層面具，我們從中聆聽一個個關於人生的故事，但卻陰差陽錯地感受了其他的人生，我們也從一個個彼此相錯、難以接近的交往之中，感受到每個人都難以避免的「牢籠」，每一次的旅行線路中都隱藏著另一次旅行，我們從中記取了一些從未發生過的「事」，而常常忘記了經常發生的也是司空見慣的「物」，那些個「童年記憶」似曾相識，而今聽來又是如此陌生。《方向盤》和《沒有方向的盤》都曾爲魯敏小說的名字，名字不重要，重要的是其意義相反的糾纏，卻道出了我對魯敏小說那難以一下子道明的複雜感受。這是一種難以取捨的距離和差異。它不斷地向我們暗示，在一個角度看顯得不重要的東西，如何從另一個角度看顯得至關重要，在一個需要不斷加強、呈現的地方，又是如何神奇般地出現於空白之地。就像《致郵差的情書》和《小徑分岔的死亡》中，那些沒有結果的單相思行徑總能給我們帶來意外的收穫。無論是M那自以爲唾手可得的相思，還是女司機那自知無望的暗戀，都能在平淡世事之中驚現難以逾越的鴻溝，在相差無幾的面具背後上演的，總是難以預料的驚愕一幕。

「父親」：缺席催生著在場

「父親長年不在家，這只是一個小小的背景，但可能正是它，決定了我生活的許多細節與走向，你接下來會知道，背景其實往往也是未來的前景。」這是小說《盤尼西林》中「我」的敘述，

「盤尼西林」這個在五〇年代初期尚屬於都市的藥名，隨著大規模的改造運動和一位神祕的妓女一同來到了這不起眼的村落，和幼年的「我」成了鄰居。童年視角的故事顯然並不適合喜歡分析、議論的魯敏，於是那個多年以後成人化的「我」又不時地跳出來指東道西。還有更明確的說法：「成年以後，我常常注意到環境和故事的反差，反差其實是另一種更有力量的激素。」「類似『渾不搭』才具有眞正的激情，才是生活所要贈予我們的珍品。」故事可以想像，落難之人回到了生存的起點，因人性的驅使，陌路人如何走向同道以致難捨難分。作爲小說，《盤尼西林》並不起眼，事實上它也似乎被許多批評家所遺忘。但正因爲其故事簡短，反而爲我們提供了清晰的魯敏的創作地圖，小說中諸多元素，諸如不在場的父親、不露聲色的背景、「渾不搭」的人物關係等等。

《盤尼西林》中的「我」甚至明白地說：「我明確地感受到那種不和諧，並爲之激動不已，好像這正是我所喜歡的落差，所中意的氣氛，所嚮往的場景。」這不像小說中的人物語言，倒有點像自我圖解的創作談。不和諧的落差，類似「渾不搭」的距離，這些非理論性的表達，卻正是魯敏小說敘事的重要的理論表述。距離一詞既普通又無處不在，距離是時空、是差異又是聯繫；距離造成觀察與關注、造就認識與反省；距離又是能動與互動，它可漸行漸遠、又可日益臨近；天壤之別、判若兩人是一種距離，近在咫尺彼此依存又是一種距離；不同看法、水火不容是一種距離，心心相印、英雄所見略同也是一種距離。距離多姿多采且自有其運行軌道，看看魯敏小說的題目「轉瞬即逝」、「冷風拂面」、「小徑分叉的死亡」是一種由近趨遠的距離；「親吻整個世界」、「逝者的恩澤」、「牆上的父親」、「和陌生人說話」則是一種由遠而近的距離。

距離經常挑撥雙方的爭鬥，差距的拉長和融合爲的都是刺痛或安撫雙方的不安。《白圍脖》記敘一個並不在場的父親的故事，不過此次不在場表現強烈的在場，成了爭端中的一方。「父親突然而至的死訊讓憶寧在吃驚、傷心之餘大大鬆了一口氣。」《白圍脖》中開頭實際上是一句反語，因爲事情並未因此而「畫上句號」，好戲還在後頭。有關父親那「與眾不同的不良經歷」，那憶寧最喜歡的一條白圍脖，那和記憶有關的、記錄某些眞相的兩本日記，將伴隨反感、不解、疑惑一起向我們走來。如同父親那「牆上的照片」、風月之中的剪旗袍、窺視之中的「鏡頭」、神奇的「紙醉」之剪、「盤尼西林」之中那神奇女人手中帶有神祕香味的點心……這些都可以說是魯敏小說中的物質性記憶，它主要不是回到過去，而是走向那亂成一團，難以捉摸而又無法擺脫的現在，這個現在似乎不那麼清晰，但依稀可辨，某種意義上說，這些故事又都是過去現在式。

「好了，別繞了。憶寧，其實我早就發現了，只不過不願意去想。要知道你本來不是一個複雜的人。你的狀態和心事別人其實很容易看出來的。我或許還在你媽之前就有數了呢。你知道嗎，你說的夢話太清楚啦，夢裡都在接崔波的電話。」

這裡講的是《白圍脖》臨近尾聲之時的一場大白話，指出本來並不複雜的眞相，但對憶寧來說，一旦並不複雜的心事被揭示，就如同「密封的袋子被提前撕破了，危險和不安像毒氣一樣地散發出來」。原來恐懼只是來源於日積月累的不願面對，複雜只是爲掩飾並不複雜眞相的埋單。很多人都非常讚賞小說的結尾處：「憶寧像孩子一樣放聲大哭起來：爸爸，我想你。」理解和明白終於走到了故事的結尾。事實是，理解是否眞的是一種明白呢！當我們在聽一個她與他之間關於理解的故事：而這個理解又是事隔多年，彼此遭遇了相似的處境，那麼沒有經歷相同處境的我、你、他呢？理解不再是一種共同的理解，我們能夠體味一種同病相憐的理解和溫暖，但是否也意味著我們沒有同病也就不能相憐。我們都是有病的人，但此病與那病並不相同，從另一個角度講，是否可能我們都因爲不完全的健康而處於相憐的處境呢！不理解的對立才給予理解一個機會，但理解的結局又常常是不理解的開端，距離是一種雖死猶生的東西，它既是敘事的欲望之火，又是消除欲望的水。作爲病態的發燒發熱，常態的反映反而是冷的感覺。敘事者最大的問題是，在本人看來非常清楚，在別人看來則頗有問題。千萬別放縱可讀性的「潛意識」，人物只是情節的囚徒。我們所能做的只是注釋別人的台詞。

「父親」並不是情節的囚徒，如同東壩也並不是故事的背景。這些年，許多年輕作家的小說出現關於「父親」的寫作，其原因可能複雜也同樣簡單，通過記憶來修復歷史的長度，跨越「代溝」，是心理分析日益擴大的影響在作祟？是想像力插上翅膀，或者是「體驗」的貧血綜合症？可能與不可能的原因都在粉墨登場。魯敏的一個玩笑，自比爲反常的煎雞蛋，「外嫩內焦」，生理年齡與內在的心理年齡的巨大落差。記憶和體驗「是從我爺爺奶奶、父親母親那裡慢慢延下來的」。在某種意義上說，「父親」不是一個具體的形象，缺席的父親總伴隨著記憶。其實缺席也是一種在場，如同無法擺脫的陰影，如影隨形，爲了記憶的忘卻。想想魯敏筆下的父親形象：《暗疾》中父親那有點自卑的東壩口音，《白圍脖》中父親突然而至的死訊，《鏡中姊妹》中的父親，一個性格內向、喜愛古文的語言老師，《盤尼西林》中長年不在家的父親，《牆上的父親》中，「父親眉清目秀，三七分的頭髮梳得鋥亮，脖子裡是半長的藏青圍巾，前面一搭，後面一搭，相當文藝了……」

不在場恰恰是另一種在場，一種被隱藏的魅力，一種被披上面紗的隱祕，不在場所具有的能力往往會把我們引向另一種能力，對被遮掩的空間的好奇，牽掛那達不到的地方，我們的目光被激起欲望和想像所蠱惑。缺席的「父親」成了想像的詮釋之地，欲望的寄託之所。父親這個在一般意義上被認爲是連結家庭與外界的紐帶，在魯敏的小說之中同樣一般地表現爲紐帶的斷裂，於是生活窘困、不安，精神乃至心理、生理的跳動不安，都成了敘事中盤旋不去的支撐。

「暗疾」：反諷纏繞著反諷

在魯敏的虛擬家族成員身上，經常會出現這樣那樣的怪癖、嗜好、暗疾甚至趨於病態的症候，其實在一個作家筆下反覆出現和頑強表現的症候也是一種「暗疾」。暗疾不是一時衝動，它來自多年的積累，來自不明其因的習慣性行爲。爲明白意識的常規所不認同、所排斥。爲世俗所不容的東西恰恰來自世俗的眼光，誇張和些許荒誕不是單方面的炮製，而是誕生於這樣的距離和反差之中。《暗疾》的故事降臨於此，圍繞著梅小梅的婚姻糾葛、愛過與被愛的極其普通的流逝，卻遭遇了父親、母親與姨婆各自癖好的層層阻擊，故事雖波瀾不驚，卻不失妙趣橫生，自尋煩惱最終換來了解脫與宣泄。魯敏許多故事結尾都是長嘆與大叫，雖有雷同之處，卻也不失爲種種暗疾的出路和目的地。

暗疾對世俗眼光來說是種過分的表現，但其卻夾帶著快感，快感緣於簡單的好奇心，生活中的說三道四莫不由此而發生。虛構是一種刻意的「說三道四」，「刻意」正是從這個意義上獲得快樂理論的基礎。對小說而言，形式經常是從不可能中扯下一面引人入勝的旗幟。《穿過黑暗的玻璃》就是一篇爲器官張目的敘事，小說雖爲第一人稱，但因賦予耳朵和鼻子特異的功能，「我」成了全智全能型的，「像劃過流水的刀鋒，穿過玻璃的光線。」作爲視角的特殊通道，爲雜亂無章的秩序提供意料之外的布局，《穿越黑暗的玻璃》自有其獨到之處。問題是AB男女的「性」貪婪，當紅二把手的D和D的女人貪婪財物的醜陋，還有那憤怒老年的史老頭對社區垃圾筒的鑽營。以揪出「蛀蟲」爲己任的窺視欲所提示的是一個了無生趣的世界，於是，那毫無創意的結局也是可以想像了。「不可能」作爲視角的出發點和作爲視角的對象是相反的運行，和《穿越黑暗的玻璃》不同，《牆上的父親》則是還原「世欲」的視角，讓「不可能」粉墨登場，植根於日常生活的土壤之上，物質之匱乏猶如陰影一般無所不在，命中注定的婚姻、關懷、情感、友愛、親情都成了交換的對象，「怪癖」成了一再出現的意象，我們讀得輕鬆，好奇心依然不滅，驚喜留在閱讀之外。好奇心提供了書寫和閱讀的一種契機，它既是愉悅驚喜的「打火機」，而處理得不好，也可能是快感的「滅火器」。

對魯敏而言，怪癖、暗疾之類的東西並不是怪誕、荒謬、誇張存在的理由，而是其誕生的基礎。爲的模仿、爲的伸張某種主義和風格，那自然是一種扭曲的哀悼，倘若眞是這樣的話，想像力破壞的則是它自己，鎖上的只是自己的大門，污染的只是自己的視界。在魯敏的許多小說中出現類似神經性嘔吐、記帳癖、購物狂、退貨強迫症之類的日常生活病態，在與人的關係中的確是一種折磨，《暗疾》、《牆上的父親》一類的敘事何嘗不是在這樣的折磨之中進行的。問題是，所謂暗疾既是對人的折磨，更是對自身的折磨，癖好和強迫症實際指的都是對自身的壓力，對他人則是一種延伸而已。我不明白，人的陰影爲什麼是先鋒的「專營」，爲什麼就是一種「舶來品」。我們這個綿延幾千年歷史的文化那麼重視「面子的裝飾」，我們這幾十年那麼講究「一律的教化」，人的「暗疾」不應該更嚴重嗎？怪癖和病態可能還是一種更容易認知和表現的東西。也許更值得重視的是人格中未知的陰影，它通常以黑暗的形式降臨自我。我們經常面對的是，如何對付C・G・榮格所稱的「我們不想使之成爲自己一部分的那一部分」，我們對善良的認同，使我們一直存在著負疚感和欺詐感。因爲在某種程度上，我們都知道自己並沒有達到我們的追求，也不是我們所自詡的那樣。

「人與人之間的關係是富有顛覆性的。」這是小說《祕書之書》中的一句話，用以表達祕書與領導之間、祕書與祕書之間的官場糾葛。官場空缺、領導位移和種種鉤心鬥角、機關算盡、不露聲色中的驚心動魄、大肆宣揚之下的暗度陳倉。應當承認，作者此類作品寫得一般。實際生活很可能比我們的故事要豐富得多，我們的想像力要與之相比恐怕也是凶多吉少。但這句話卻啓發我們想像更多的東西，比如敘事的關係也同樣地富有顛覆性。描寫人的陰影，確如《取景器》中唐冠所言：「我需要一下子發現拍攝對象與眾不同的東西，那隱藏著的缺陷、那克制著的情緒、那遮罩著的陰影部分！」但這是說的「寫什麼」，那麼「怎麼寫」呢！說話聽聲，鑼鼓聽音，敘事是一種態度，其聲調猶如作家的旋律，它蘊含著悲歡離合，同樣的七情六欲。描寫陰影，魯敏的調子不失明朗，猶如黑暗中的玩耍，讓不愉快和充滿智慧的調皮和睦相處，這或許就是魯敏的詭異之處。

視角作爲主體是敘述的統治者，但也是順從自己的奴僕。制約乃是視角的組成部分，而非僅僅是對它的限制，一個無法控制的視角將會毀掉敘述的前程，而一個有自知之明的視角卻能轉危爲安，化腐朽爲神奇，眼睛不能在視野中注意自己，但如果懂得借助鏡像的作用，這種不可能就產生了顛覆。這樣的一種顛覆經常邀請我們去體會一種快感，即壓抑和陰影是如何換取微妙的快感和愉悅。《牆上的父親》中，依然是早已過世的父親，只是照片掛在牆上，伴隨著捉襟見肘、日趨窘迫的生活，是母親那永不休止的抱怨，敘述者這樣敘述：「這活像瓶蓋子，一擰，舊日子陳醋一般，飄散開來。接下來的一個時辰，母親總會老生常談，說起父親去世以後的這些年，她怎樣的含辛茹苦——如同技藝高超的剪輯師，她即興式截取各個黯淡的生活片段，那些拮据與自憐，被指指戳戳，被侵害被鄙視……對往事的追憶，如同差學生的功課，幾乎每隔上一段時間，都要溫故而知新。」除了讀者，小說中還有兩個聽眾：「通常的，王薔與王薇姊妹兩個總木著臉，並不搭腔。好在母親並不需要呼應，她其實也只是說說，打發時間而已——那些曾經滲出血絲的日子，似乎是別人的。」這樣一種談論式的口氣，混合著敘事者的調侃，家庭生活逼眞的氣氛，還有那不知什麼時候流露出的兩個女兒習以爲常、不以爲然的態度，有種說不出的味道。揭示庸常沉悶的壓抑之中自有一份自得其樂，黑暗之中分明有幾分動人的舞姿。敘事者的態度和劇中人事混雜相處，難以分辨的敘述在魯敏小說中隨處可見，它是一種反諷又不完全是，沉浸在記憶之中又不時地被議論、比喻所騷擾，像是旁觀者的點評又似當事者的心情流露，不動聲色之中又有些調侃，一個比喻將我們帶進情景，又一個比喻將我們拉扯出來。有時，對魯敏的敘述話語眞不能簡單的肯定和否定，就常態而言，經常犯忌，有時甚至到了無所顧忌的地步，但就是這些容易出錯的地方，她經常能顯山露水，出人意料地讓自己的敘述才華如魚得水。你能說她沒有反諷嗎？一不小心它正是反諷繞纏著反諷。

「單邊主義」的命運

魯敏的一些重要作品，例如《思無邪》、《逝者的恩澤》、《紙醉》等，以理想化的方式豎起美德的旗幟，這裡，人與人之間的融合，快樂和理解，寬容和滿足得以伸展自如，利他主義有著單邊行動的自由。利己主義，人性之陰暗和無意識之惡行作爲支撐美德的對立因素被擱置，處於被遺棄的地步，似乎我們信奉一種順勢療法，一切都是爲了淨化，非善的劑量受到嚴格控制。《逝者的恩澤》整個故事源之於爲他人著想的接力：「陳寅冬以一命之捨，換來供親人們生養的『經濟』，紅嫂的『寬容』之心，換來最爲根本的『和美』，古麗又以對『愛』的捨棄而保全少女菁菁的幻夢，小達吾提放棄他的眼睛，從而換來通靈的嗅覺……」一個個都以利他向善的行爲接力而畫出一條漂亮的弧線。以求福祉爲目的的社區及生活，有點像污染四起的環境之中僅存的綠色地帶，它之所以受到贊許，是因爲這是「理想」的旅遊休閒之處。作爲一種補充的美學，其很容易申請到「合法」的牌照。但是，這種或許可以稱之爲單邊主義的美學，很容易製造的是一個無菌的病房，很像是一個人爲了保存體力而長期臥床一樣。美德即是幸福的祕訣，又是一種使我們自己在無道德的地方易受攻擊的途徑。將理想的「福祉」封閉起來免受傷害，到頭來很可能是以埋葬它們爲代價。用善良把我們的每種散漫的生活姿態遮蔽起來，在它的下面流動著我們的爭吵、煩惱與不安，就像一種沉默、破碎的超文字一樣。評論家汪政在其評論《逝者的恩澤》的短文中，用了一個意味深長的題目，「只要信，善就是眞的。」這是一句肯定句，卻包含著選擇的前提，問題不在信與不信，而是我們能夠相信獨「善」其身嗎！與世隔絕的道德王國總有兩張面孔，幻影和陷阱，製造融合的共同感覺和製造「信」的奴役的雙重味道。虛構的假面世界和揭示世界的假面有著巨大的裂縫，用世界的「假面」去否定虛構的假面世界，無疑是一種常識錯誤。我不太喜歡魯敏小說中這些我稱之爲「單邊主義」的作品，但願我不要犯這樣的常識錯誤。

無需置疑，所有的人都需要溫暖、友善與關愛，而且爲了別人的需要，不可避免地需要付出與犧牲，忘卻自身的需要。《逝者的恩澤》製造了這樣的需要，它的悖論在於利己的實現依靠另一種利他，每一個人的利他的實現都包括另一種利己，如此循環，最終只剩死者陳寅冬了。死者成仙成佛，他不在，他無處不在。無需提醒，所有的人都需要溫飽、休息和住所，而且也不可避免地需要勞動和性的各種社會聯繫以及規則。《思無邪》處處散發著單純之美，有著一種基本的人性的自然之美。《思無邪》僅僅專注於思無邪的詮釋：三十七歲的惠蘭、一個無法自理的癡癱者和才十七歲的聾啞人來寶，爲了休息和住所最終走到一起，性的行爲在這個無邪的社區裡終於擺脫各種社會聯繫和規則，成就了一番最初的本能的欲望衝動。當來寶有邪的行爲最終以其思無邪順利擺脫法律、倫理道德的追究時，我們自然會記取米蘭·昆德拉的說教：「懸置道德審判並非小說的不道德，而是它的道德。」小說自然並不履行社會實踐中的法律和倫理準則，但換個角度，我們還是可以從中看出倫理與美學、虛構的善良願望和社會實踐的冷酷之間的一種衝突和相互攻擊。

凡夫俗子按習慣生活，但必須相信人世不僅止於此，小說家生來爲的證明人世不僅止於此，但他必須熟知生活中習以爲常的東西，必須見容於現實生活。虛構的悖論是，它似乎是爲了拯救得到培養，但卻不能得以實現。虛構賦予想像至高無上的權威，沒有邊疆的天地，但是它又像一個流亡君王一樣，沒有眞正的王國可以統治。普通人的道德經驗幾乎與勝利無關，同樣，小說中再眞實、再有說服力的敘述幾乎與現實無關。不可取的是道德說教與自鳴得意的憤世嫉俗。與《牆上的父親》同時發表的《紙醉》（如果可以讀爲紙上的陶醉），連名字都有異曲同工之妙。但其書寫卻是那麼的不同，前者是物質匱乏的時代之手所策劃的實用主義人生，後者是那麼飄渺的精神至上；前者是物質壓抑的寫實，後者又是精神支撐的幻象。如果說《牆上的父親》是白日掙扎的寫成，那麼《紙醉》簡直就像是夢中的揮就。

生活之布、歲月之剪、記憶之線

總的來說，魯敏創造了一種可行的敘事模式，此種模式「老」「新」相宜，不可能中尋求可能，繁瑣之中不乏簡約的構圖，縈繞不去的種種幻想之中也時有陳規俗套，一葉障目的心理分析不時表現出辛辣詼諧的機趣，她的作品好在有一股引人入勝、敘述上無所顧忌的勃勃生機，好在不修邊幅，有時自說自話也能化爲誘人的樂感。更多的時候，魯敏小說體現了一種折射的美景，只有角度技巧才通向那裡，它既是疑問又是解脫，我們通過敘述者的「眼睛」來認識這莊重而又有點荒謬的「世界」，從雙重玻璃的折射中窺視囚室的出口。魯敏有妥協並經常地自得其樂，但不難看出的是她似乎更珍愛其越軌、犯忌與褻瀆的東西。有經驗的作家應有同樣的體會，她的構思很多時候提供了寫作「不可能」性。總有些難以逾越的障礙，我們很難想像一個癡癱和一個聾啞人是如何走到一起的；難以想像一個單相思的故事是如何敘述的（《小徑分岔的死亡》）……也許，這種難度正如長篇小說《家書》所寫：「人與人的關係就是這樣，跟用火柴棍搭房子似的，火柴棍越少，相互的重要性與依賴性就越大。」也許魯敏所追求的敘事藝術，很像是長篇小說《博情書》中林雨那停在半空中的手「撫摸過一個並不存在的肉體」。

從來不喜歡把什麼都說得清清楚楚、也很少接受訪談的美國作家約翰·厄普代克，在一次難得接受的訪談中說起一件事：「最近跟一個搞生物化學的朋友談起，他不僅強調性的化學成分，而且還強調它的結構，在人類之間，它的重要性不僅體現在分子構成上，還體現在彼此的依附上。口唇接觸顯得如此重要，我感到很震驚。談到泛義上的性，我們暫且把它嚴格限制在小說中來談論，它的細節程度取決於需要，但必須眞實，尤其是社會和心理關係的眞實。」魯敏很少讓男女肌膚進行親密接觸，她喜歡有距離感的欲望書寫，嗅覺、聽覺等器官和做旗袍、剪紙、攝影取景等技巧，都是其妙不可言的移情之書。距離能產生敘事的欲望，用魯敏的話來說就是要有「隔」的感覺，無論時間還是空間都要點「隔」。生活之布需要存放，需要經過歲月的「裁剪」，需要記憶之「線」的穿引，才會有「一個穩妥的基石，一個從容的相對恆定的氣氛」……這種「隔」特別會帶有某種調子，恰好是我比較傾心的調子……

《風月剪》之所以引人注目，就在於其恰到好處地處理了一個陳舊的故事。被扭曲的愛依然不失愛的溫度，宋師傅的命運或許有著作者過去經歷中依稀可辨的痕跡，或許對我們來說是陌生的，但我們依然可以尋找到那無法泯滅的人性的相遇點。宋師傅是孤獨的，他的孤獨與我們那潛在孤獨相遇，讓我們在不知不覺中走出那沾沾自喜的孤單的牢籠。身體當然是我們進入世界的途徑，宋師傅卻輕視、壓制甚至作踐自己的「身體」，這就爲這個世界提供了一個拒絕的聲音。宋師傅並不是清教徒，但其愛的激情被扭曲和轉移了，對人的愛化爲一種物戀，正常的欲望化爲「病態」的解脫，他脫離現實地尋求崇高的玫瑰，讓我們感受一種冷酷的遺棄，並享受一種殘酷的移情術。一個似懂非懂的孩子爲我們提供了一個美妙的視角，這讓我們想起作者另一篇以視角作爲主題的小說《取景器》。

《取景器》的男女故事都和攝影有關，小說中有很多段落都是描繪攝影。「而今，我終於可以心平氣和地回憶我的女攝影師，用一種一往情深的語調。」又是一個與記憶有關的故事，又是一段經過歲月沉澱和「剪輯」的往事。婚外之情欲在魯敏的小說中經常作爲背景處理，這一次它走到前台來了。相同的是，每一次越軌總有其「拒絕簽證」的理由，諸如《白圍脖》中父親的精神攀附，《逝者的恩澤》中陳寅冬長年在外「欲」的缺失，《百惱匯》中姜宣那長期壓抑的宣泄……不同的是，《取景器》難得直面男女之間的肌膚之愛，諸如「一定先親她微笑的腮」，「可以貼緊一顆抑鬱症患者的心臟」，「我們的第一次擁抱就僅僅隔著皮膚」，「我們長久地親吻，慢條斯理地進入，像是孩子品嘗他們的第一塊水果硬糖」……不管其寫得怎麼樣，如剛才提到的，此類敘述在魯敏的小說中實屬罕見。當然這也是和小說本身樂於探討愛意和情欲的距離是分不開的，和約翰・厄普代克的看法不同，魯敏式的愛對「肉體」是有抵觸的，「更大的裂縫果然接踵而來。現在回想起來，我懷疑那跟肉體有關。」魯敏的懷疑是堅定的，重心理重精神無疑是其一貫的主張。哪怕她取景的對象是「物質主義」的世俗世界，而心理的激流和迂迴依然是其敘述之源。《取景器》是一篇「欲望」之書，窺視之欲是其不可或缺的角色。欲望能使人彼此走近，也可以使人彼此隔膜，「事情就是那麼奇怪，悲觀主義與樂觀主義，會偶然收穫到相反的結果。」我們每個人都會這樣生活在歲月之剪中，成為「一個尷尬的角色」。「欲望」還是《取景器》的書眼，它卓有成效讓各種互有距離、彼此反差的元素揉合一處，表面和隱含的敘事彼此滲透，被講述的故事和有待推斷的故事關係融洽。真正的愛可能是短暫的，一旦其經由記憶之線的穿引將會是長存的。這讓我想起湯瑪斯・曼所講的「過去之井很深」。作者最近的短篇《離歌》不但寫得精彩，而且在神韻上也和《取景器》相似，連接河東河西的唯一一座木橋被連夜暴雨沖坍了，三爺和彭老人只能隔著河對話，為著怎樣搭一座橋。小說充滿著隱喻，此岸彼岸河東河西作用各不同，兩位老人談話雖為橋，橋實際是隱喻，是距離如何產生聯繫、溝通的暗示象徵。離歌唱的是「離」，年已七十三的彭老人面臨著人生的終點，因年輕時那段美好的隔河之戀，對岸自然成了他十分嚮往的去處。「往返兩岸，如是一夜。水在夜色中黑亮黑亮，那樣澄明，像是通到天邊的深處。」對記憶來說，失去的愛才是真正的愛，它會讓今生來世都讓位於這失去的「珍藏」。《離歌》雖極為短小，但其敘述極其委婉舒展，極為細緻微妙。

寫到這裡，我很想總的談一下對魯敏小說的印象，但又覺得一下子說不清楚。她的創作總有點龐雜，不像其他一些相對優秀的作家那麼執著、攻其一點不及其餘。她好像什麼都想寫，什麼都敢寫。敘事又有點不那麼正規，但上了擂台也未必輸。應該說，她是「胃口」很好的作家。這裡「胃口」只是一個比喻，巧的是最近讀到王安憶和張新穎的對話，其中王安憶講到理想的作家應該有好的胃口（大意），這裡的胃口可不是什麼比喻，而是指生活中的食欲。此說有點奇談，但未必是怪論。食欲中也是「欲」，欲望往往是書寫的動因。「胃口」好的人常常正在經歷其創作的旺盛期。

二〇〇八年八月於上海

原載《上海文學》二〇〇八年第十期

文中所涉魯敏作品

《白圍脖》，載《人民文學》二〇〇二年第三期
《小徑分岔的死亡》，載《人民文學》二〇〇五年第四期
《穿過黑暗的玻璃》，載《現代小說》二〇〇六年第六期
《跟陌生人說話》，載《花城》二〇〇七年第一期
《逝者的恩澤》，載《芳草》二〇〇七年第二期
《取景器》，載《花城》二〇〇七年第三期
《風月剪》，載《鍾山》二〇〇七年第四期
《思無邪》，載《人民文學》二〇〇七年第八期
《盤尼西林》，載《作家》二〇〇七年第二期

《暗疾》，載《大家》二〇〇七年第三期
《紙醉》，載《人民文學》二〇〇八年第一期
《牆上的父親》，載《鍾山》二〇〇八年第一期
《離歌》，載《鍾山》二〇〇八年第三期
《百惱匯》，載《小說月報》原創版長篇增刊二〇〇五年
《方向盤》，載《人民文學》二〇〇五年第八期
《沒有方向的盤》，載《作家》二〇〇八年春季號
《家書》，載《小說月報》原創版二〇〇八年第三期
《祕書之書》，載《小說月報》原創版二〇〇七年第五期
《致郵差的情書》，載《人民文學》二〇〇七年第四期

甜蜜的「懷疑論者」

——金仁順的七個短篇

金仁順的短篇不說攝魄，但總有勾魂的魅力。幾年時間，七個短篇外加一篇議論艾偉長篇小說《愛人有罪》的短文。這是我所能尋找到的文字。相較於這些年小說界又長又濫的姿態，金仁順無疑是一種逆向的行駛。這方面，產品的品質終於和資本脫離了原本難以擺脫的瓜葛。時間之於金仁順的寫作，占著如何的比例，是主項還是業餘中的業餘，這一點我不是很清楚。不管怎樣，能做到又短又少又好這一點實屬不易。金仁順的短篇之所以寫得好，全在於那心思縝密的敘述思維，不止是懂得該說什麼，什麼不該說，更重要的是，她懂得省略和刪除也是一種必不可少的敘述和表達。

金仁順的小說似乎也不怎麼廣闊，就機械複製而論，無非是飲食加男女，咖啡館是他或她經常去的地方。《桔梗謠》寫的是忠赫、春吉和秀茶之間以往農村生活的情愛往事，《霰雪》寫的是廉建軍和周曉南作為高中同學的一次聚會、一陣回首。喝咖啡依然不能省略，不同的是前者出現在開篇，後者則出現在結尾。《桃花》的篇幅更長些，事情進展也更曲折，於是飲食便成了一個重要的「角色」，夏蕙和母親季蓮心的關係因父親老夏意外逝世而變得陌生。但往來依舊，「沒有演出看的日子，季蓮心帶著夏蕙去喝咖啡。她總能找到新開的咖啡館。有五星級的咖啡館，有會員俱樂部，也有幾次是在小巷裡頭，開車左彎右繞的折騰了半天，最後在黑暗中看到一串閃耀的霓虹燈，廉價的彩色珠子似的，在夜色裡歡快地跳躍著。」喝咖啡成了小說中人與人產生聯繫的不可或缺的場地。很容易使我們這樣的讀者聯想起，那過去電影中經常出現的地下交通站和聯絡點。

飲食是生活之必需，男女自然也是生活之日常。金仁順似乎堅定地向男男女女傾斜，向日常生活中庸常的一面致敬，但又能以過人的膽識悄悄地對它們進行改寫，從訴說飲食男女那最不經意的疏漏中找尋意義，而人們津津樂道的愛情意義之中她使用否決權，摒棄那先入爲主的關於幸福的預設。她那種對細節細緻入微地解讀的另一面包藏著一種普遍的「懷疑論」。懷疑與肯定拉開距離，但與否定又不站在同一立場，懷疑是一種不信任，一種質詢，一種對缺口的尋覓。是一次遠離其曾經信任過的目的地的旅程。工於心計、擅長玩弄的安次，最終讓趙蓮的身體實實在在進入臂彎，但「心卻空落落的」（《愛情詩》）；那不屑於世俗最終被世俗所算計的夏蕙（《桃花》）；還有那閒散的夢想與一個虛榮的世界彼此遊戲，又是如何走向自我戲仿的陷阱（《雲雀》）。沒有最好的結果，也沒有最壞的結果，有的是沒有結果。男人女人都走在路上，相對東西南北，順行與逆行都是同時的存在。關於男女之關係，我們總能從其布局、令人失望遺憾的結局中找出其懷疑的目光。對金仁順來說，懷疑是愛情、理想婚姻的解毒劑，心存愛意，但圓滿的實現總在遙遠的別處。

說是從疏漏中收拾點意義，其實能有多少意義？九〇年代始，文學彷彿在一瞬間被突然剝奪了意義，轉向娛樂性成了疏離意義的手段。有一種說法，將意義太多和意義太少分別命爲天使和魔性。天使過分塡充意義，對意義的態度過於嚴肅認眞；魔性反其道而行之，對意義採取玩世不恭的態度，傾向進入虛無主義。佛洛依德認爲，無意義處在意義的根部。這實際是一條線，這是一條我們每次張嘴都會跨過的線。創作心存懷疑，疏離意義，而批評則對飄浮的能指施以一往情深的追逐。天使與魔性成了彼此的需求。創作不屑於批評，和批評對創作心存失望，其實說的都是一回事。

金仁順的小說有著短篇藝術的節制與和諧之美，但其文本所散發的意義之聲卻不總是和諧的。得到的卻空落落的，好不容易出走最後又一次回到原地，經歷曲折的再次婚姻卻又是前次婚姻的重複……不錯，也有和諧之音的尾聲，比如《彷彿依稀》，比如《桔梗謠》，但那是經過漫長的對抗、分離、抵觸之後抵達的和諧之地，其和諧之音也是以諒解、原諒、憐憫、同情來作爲交換之物的。他告訴我們的無非也只是「最好待在原處的信念」。彼此都認可了不和諧的現狀，以內在性的付出達到某種妥協；以換取和諧，從而在某種程度上損傷懷疑論的精神作爲代價。最終的和諧、理解、彼此的呼應並不重要，重要的是暫時中斷懷疑的進程。

除了這些犧牲之外，金仁順的小說更多的是植根於「懷疑論的土壤」。懷疑始終是它固執的母題。與其說是理想之愛的失落，還不如說它從未出現過。懷疑或許是一種破壞性的進取、或許也是面對自我的一種迷失、或許更是一種對曾經擁有的迷戀產生了不信任。金仁順的筆墨注重經營的是關係學，而且很多時候做的都是男人女人的單項營生。《雲雀》可以看作《玩偶之家》的當代生活版。它改寫的地方在於，出走往往意味著更可怕的「回家」，家的意義和出走的意義同時出現在意料之外的變更。身處籠中，沒想到走出籠中便進入了一個更大的陷阱。這裡沒有譴責，也沒有意義上的出路。當然，帶著某種自責回到原地也是一種出路，甚至沒有出路也是一種小說意味上的出路。金仁順的小說都是對人們早已習慣了的或閱讀期待早已輕車熟路的那套圓滿之情，持有一種懷疑的立場，那溫情脈脈的有色之鏡被掀掉了幻覺的面紗，露出的裂縫塞進了問號，如同《愛情詩》的結尾處：「安次輕輕把趙蓮從懷裡推開，轉過身，把花灑插回到牆上那個酷似半個手銬的卡子裡。」眞實情境，行爲動作，寓意象徵，微風拂面似的反諷、嘲弄都堵塞在一個窄門之口，讓人欲吐爲快，卻又有口難言。這很像其同時期的作家葉彌的《馬德里的白襯衫》中馬德里那一開始的心情：「他長長吸了一口氣，彷彿是惆悵的，又是欣喜的，心裡裝著的幸福好像是滿滿的，一轉念又空了。」

根據拉康的觀點，女人是男人的症狀。事實上男人又何嘗不是女人的症狀，人都是他人的症狀。對金仁順來說，他人未必是地獄。但也有例外，夏蕙這樣一位表面上極其傲慢，多少有點冷漠，而實際掩蓋著其無法擺脫的自卑。她多少有點戀父的情緒，因父親過早地因車禍而去，在母親季蓮心的身上發生了情緒性的顚覆。結果《桃花》演繹的是一場母女間的對抗，兩個女性間爲爭奪第三者的心理之戰。也可以說，這是一部因莫名而無法掃除的嫉妒之心引發妄想症的故事。這是故事也是精神分析的一個案例。此故事敘述的跌宕起伏、波瀾不斷，日常生活因心理變故而變得不同尋常，以致最後那濃墨重彩的凶兆也有點不像金仁順所爲。如果說《桃花》通過反襯、如影隨形般的手法道出女兒對父親的情感，那麼《彷彿依稀》則是一場直面的敘述了——早熟善良懂事脾氣倔的新容和清高儒雅從容脫俗的父親蘇啓智的情感故事。從小新容就崇拜信任父親，「爲他是她的父親自豪。」後因父親的婚外戀而傷了父女間的感情，更因父親和母親黃勵離婚，娶了學生輩的徐文靜後，中斷了父女間的來往。這是一次創傷性遭遇，改變了這新舊家庭中每個人的生活。不過，這些經歷和故事在小說中都成了斷斷續續的插入和不時湧入心頭的記憶。小說的現在時態卻是因爲父親得了晚期胃癌，父女間的重逢。一頭是生命即將走到終點，一頭是裂縫得到修復，父女間的情感又回到了起點。《彷彿依稀》在《作家》雜誌上發表時，被列為不常見說情「小中篇」，我似乎有一個大膽的猜測，此一段時間的作者是否有著長篇的作業在進行？一個寫短篇的高手，猛然進入長篇的敘事思維，這無疑是一種精神折磨。

還是拉康關於愛情的說法：「愛情表現出來時很少是眞的，就像我們每個人都知道的，愛情只會維持一段時間。」婚姻如果指的是家庭契約的話，那麼愛情則經常表現為解除契約的危險。愛情這種最為理想的情感方式，在現實生活往往又是以相當脆弱之物開始的。《彼此》作為短篇佳作，無疑是二〇〇七年短篇藝術的代表作。我有點不敢相信，在短篇這種文學樣式不斷衰敗的歲月裡，竟然還會有這樣的精心之作出現。《彼此》故事很簡單，作為醫生的男人和女人各自的家庭，「丈夫有外遇了，或者自己有外遇了；不再相信愛情，或者開始相信愛情。」一個文靜、優雅的女人，女人中間的另類，寡言少語的「大理石美人」黎亞非，讓四十五歲的主刀大夫周祥生再次演繹了關於愛情不信任中獲取了信任的故事。愛情無疑是存在的，但通往愛情的道路經常是錯誤的。我們現在必須聆聽一個個反諷的故事，內容是愛情如何產生出其反面，如何在過程中包括曲折、分歧、無謂的嘗試、沒有餘地的死胡同。我們似乎只有在檢討這個過去，才能最終認識到愛情在不知不覺被遺漏了。「女人是玫瑰，漂亮的花朵，還有那些刺——千萬別忘記那些刺」，《彼此》中周祥生那頗有男子沙文主義的想法，自然令我們想起佛洛依德那具有同樣性質的格言，「女人實在令人難以忍受，是永恆麻煩的源泉，但她們依然是我們所擁有的那一種類中最好的事物，沒有她們情形會更糟。」金仁順將無謂的嘗試寫得那麼有滋有味，把甜蜜的瞬間寫得那麼令人神往，而那周而復始的死胡同，連同那周祥生和黎亞非的再次新婚卻寫得冰涼冰涼的。不露聲色、輕鬆流暢的敘述和難以釋放的重負，多少讓有點窒息的結尾成了彼此的鏡像。冷酷是這一代諸多優秀作家的特徵，單一個冷酷的問題就簡單了，麻煩在於冷酷還包裹著諸多與冷酷並不相容的東西，對甜蜜的回憶多少是對甜蜜存在的證明，但對甜蜜的懷疑則是甜蜜另一種存在的推論。鑑於愛情只有借助失去自我的線索才能顯現自我的面目，爲了回歸這一理想的自我而落入「懷疑論」的世俗土壤，從認識論的角度來看，這多少是一個悲劇性的結構。

事實上並不是情感生活和話題只和理想和圓滿有關，它完全可能存活於另一種藝術譜系，庸常與妥協、簡單與消耗、疑惑與宿命。畢竟，小說僅僅是虛構，它所被准予運用代理的權力都是我們可以容忍的。我們自己在實在世界所受的壓抑，在這並不實在世界中或許會得到巧妙的緩和與舒展，也或許這是無奈和必需的並存。我們在審美領域得以一瞥的東西並非驚世駭俗的新天地，有時恰恰是與我們熟視無睹的現世生活的重逢與巧遇。世俗的甜蜜並不那麼生離死別，並不那麼理想，但卻必須是我們大多數人能夠觸摸的，能夠企及的情感才能加以接受。雖然平凡的生活是那麼瑣屑，其周而復始的圓圈在更高層面的認知上同樣招致另一種懷疑論，那生活在其中的男人女人還是不能公然放棄這個世界。那麼文學呢，放棄這樣的世界成就一種理想主義，還是緊追不捨而成就一種現實主義？金仁順大部分屬於後者，值得慶幸的是，她還有「懷疑論」，多少夾帶著前者的剩餘之物。《雲雀》是值得商榷的。它究竟是指涉一個包著二奶無可奈何的終極命運，還是隱語著一個年輕的女子，在一個擁有穩定社會地位和富裕物質生活的中年男子的懷抱中會獲取更多的利益呢？是否作者還想走第三條路，揭示出甜蜜生活那溫情面紗下的殘酷和無奈？故事整個就是反諷。也許，作者什麼想法都沒有，她只是敘述一個多少有點意味的狀態，僅此而已，所有這些歧義都是那些坐在安樂椅上、無事可做的批評家們的想入非非。同樣，《彼此》是可以質疑的，倘若說金仁順慣於在甜蜜的俗世中進行敘事旅程的話，那個兩次婚前所出現偶爾性「告密性」的舉報，作爲一種多少有點宿命的破壞性符號的插入，卻是非世俗和日常的，鄭昊前女友得意洋洋的告密性敘說和周祥生無法訴說，默默等候的那備受煎熬的一整夜，無疑都是有目的的精心布置，這些小玩意猶如定時炸彈令人忐忑不安，令劇中甜蜜幸福之人頃刻性進入他途，也令劇外人在閱讀現場領受一張紅牌一樣被逐出場外。宿命般的懲戒這樣一張王牌究竟歸屬於意料之外還是意料之中，不同的人可以各取所需。但是，這種「精心」既作爲這篇優秀之作不可或缺的組成部分的同時，多少也露出了和金仁順慣於經營的甜蜜世界難以彌補的裂縫。愛確實是一種疾病，它是我們本能中最邪乎，最不穩定，最容易出錯，而且其神聖與褻瀆方面如同精神與物質一樣不可區分。相反的，從某種身心的角度解讀，疾病可能是經過轉化的愛，作爲一種可以辨認的症候，是否經常性表現爲這同一類型的裂縫呢！

在過去相當長的時間，我們經歷過思想的機械複製的時代，其代價失去的是思想本身；而今，我們同樣在經歷著類似的書寫的機械複製的年代，大多數都在商品生產中拚命趕工，長篇是緊俏商品，短篇創作趨於被淘汰的境地。很多短篇創作都是長篇創作的剩餘之物，甚至是殘渣餘孽。金仁順則是爲數不多的短篇守望者。倘若是以寫作爲生的話，金仁順很可能會掉落至「生活的底層」。但其懷疑的精神卻是富裕而活躍的，敢於將「甜蜜」從理想的國度中拉入世俗的土壤之中，讓其結出日常的「幻象」之果，可謂是一種妙不可言的鏡中之像，盜用並重複作者的小說書名來說，眞是「彼此彼此」。

二〇〇八年元月八日於上海

原載《作家》二〇〇八年七月號

文中所涉金仁順作品

《彼此》，載《收穫》二〇〇七年第二期
《彷彿依稀》，載《作家》二〇〇六年第十一期
《桃花》，載《作家》二〇〇五年第十一期
《雲雀》，載《花城》二〇〇七年第五期
《霰雪》，載《人民文學》二〇〇四年第十期
《桔梗謠》，載《作家》二〇〇七年第十一期
《愛情詩》，載《收穫》二〇〇四年第一期

「熟悉」與「陌生」的對峙

——戴來的三個短篇及其他

當老童和愛人陳菊花各自經歷社會人生的轉型之後，再次投入了家庭角色的互換，在這小小的臥室、客廳和衛生間中，處處留下了家庭角鬥的痕跡。老童終於在經歷了小小的挫折之後，在家庭之外被莫名的邂逅帶來同樣莫名的欣慰與情趣；陳菊花則是獲得小小的勝利後陷入失落之中，最終堅定而又茫然地離家而去。心情愉悅的老童陪著三個談笑風生的女人去超市的路上，偶遇擦肩而過的陳菊花時，「那個往西而去的背影讓他覺得又熟悉又陌生。」這是小說結尾處的情景。什麼意思呢，好像又沒有什麼意思，但又不像一點意思也沒有。戴來的短篇寫到妙處時經常給人以這樣的感覺。感覺有時很重要，千萬別因明白無誤的意義而丟棄它。《向黃昏》就是這樣一個短篇，瑣碎的夫妻生活摩擦，沒完沒了地滋生著厭煩的情緒，而作爲藝術的敘述又那麼精緻。短篇藝術需要精緻，而它所對峙的生活卻又是那麼冗長而綿延不斷。這種局面需要敘述者付出智慧的努力。表面上都是生活的日常呈現，而不露聲色背後卻又暗藏誅心之術。《向黃昏》全篇八千餘字，而開篇老童和陳菊花之間被窩捲內外的推推搡搡，那隻手不斷地進與退的折騰就足足寫了千餘字。多少有些無聊的日常糾葛，卻道出了這對夫妻邁向中老年生活所面臨的困惑、焦慮與不安。所謂轉型，不止講的是社會與時代，而且也是更具體的落實：下崗、退休，社會與家庭角色的互換，中年步入老年的更迭，生理對心理的暗箱操作。

一方面是我們渴望逃離瑣碎生活的折騰，另一方面我們也無法忍受逃離它的想法，也許後者是前者的原因，生活對我們來說意味著「把折騰進行到底」。哲學家一直試圖解釋世界，而凡夫俗子相反，要緊的是活得比世界更長久。投擲悲歡離合的骰子這遠不是戴來喜歡的行當。檢驗日常生活是否被賦予應有的地位，倒是作爲小說家戴來的營生。《向黃昏》告訴我們一對邁向老年生活的夫妻是如何應對角色互換的，日常的生活業已劍拔弩張，一觸即發，即使平常的觸摸都會引發「名存實亡」的明火。老童棄門而去，在老人圈卻呼吸另一種空氣，到頭來依然是自以爲有意思而很可能是沒什麼意思的折騰。小說將人之步入老年之後難以認同的心理「折騰」得惟妙惟肖，「硝煙」之後依然是靜如止水的生活之日常。

如果說《向黃昏》中如何敘述還是作爲一種手段，一種方法，生活中的雜色只是對象，那麼在《後來》中，敘述成了對象。整個小說就由一場少見的亢奮的敘述組成。戴來很少用第一人稱，就是不多的幾篇，雖用「我」的敘述，但依然是我眼中的他怎麼樣怎麼樣。這次不然，「我」不僅是重要角色，而且，故事的敘述和「我」的喋喋不休的敘述組成了一個疊影，不僅我在講故事，而且故事也在講我。由於在赴朋友老劉的飯局途中的意外發現，由於其他人遲遲不到的漫長等待，電話中同樣漫長的亢奮敘述也登台上演。「我」的敘述不斷被打斷，幾經周折，而另一個被隱匿、被敘述者蓄意埋伏的故事漸漸地浮出水面。亢奮的敘述像吹大的氣球被戳了一個洞，小說在走向它的高潮時，也走向了其尾聲。《後來》的結構表面上像獨腳戲，整體而言又很像中國式「盒子」，盒子中套著個盒子，但戴來演繹得卻更為精緻和巧妙。其妙不可言之處在於無法避免敘述的地方卻避免了敘述，在動人的敘述背後有著另一套更為重要的敘述在暗中運行，在不經意的敘述中卻潛伏著另一種精心布局的版本。當「我」津津樂道於對小舅子疑似同性戀的那場跟蹤時，電話那頭的愛人王馨卻在上演著另一番確切無疑的勾當。人心難測使我們感慨，而敘述那難以捉摸的智慧卻使我們不得不嘆服。小說的名字起得好，敘述並不僅僅停留在字面上，一切為了「後來」，重要的是那並不言語的後來。

戴來小說中出現最多的似乎是抽菸，那都是和人的習慣、心情和情景有關，《後來》中也有抽菸，但卻進化為小說中必不可少的伏筆。戴來的小說大都「以人為本」，確切地說以日常的人居生活為「臨摹」對象，也可稱之為「室內劇」。既然為「室內」，洗手間也就少不了了，《後來》中也寫到洗手間，但在這裡卻演繹了驚心動魄的一幕。用那老套的契訶夫說法，那掛在牆上的獵槍終於拿下來打響了。幾年前，戴來的小說還不時會出現一些不為容忍的議論，自以為是的妙語，而今則一掃而光，小說日趨成熟、完美。戴來還是那個戴來，但在熟悉之中，我們分明又見到了幾分陌生。瞬間的微言大義是戴來所青睞的，「亮了一下」、「閃了一下腰」無非講的是瞬間的魅力，也都是短篇藝術賴以生存的光照。老童那瞬間的感覺、陳菊花那瞬間的醒悟，還有「我」那瞬間的發現，都是構築敘事必不可少的支撐。

我們經常在表演，我們永遠在舞台上，社會學家經常會用這樣的比喻來表達對生活的認知，對「角色」的分析。日常接觸是一種遊戲，這遊戲的迷人之處在於必須借助一種顛倒的方式，在表面的日常顯現之中，戴來留意的是角色顚倒的魅力。《看我，在看我》中，下崗閒置家中的高遠無意之中的一句搪塞之語，糊裡糊塗地成了一名作家，身分認同的誤區，難以維繫的角色表演，讓高遠生活在危機四伏之中。莫名的作家身分使高遠在一定程度上獲得心理上的滿足，既激發其他人的傾訴與窺視之欲，也同樣地激發高遠對誤認的認同，一切都朝著無法確定的方向演變，不止是生活過於微妙、間接和含蓄，而且虛幻的角色同樣也是生活的一部分。一會是像實話的謊言，一會是像謊言的實話，《看我，在看我》的撲朔迷離之處，在於人們常常認爲的「寫作就是戴上面具扮演自己、假裝別人的一種方式」，在這裡卻演繹成了對生活中有趣情境的生動摘要。自我誤認和被別人稱謂，高遠的僞裝無法卸去，「將折騰進行下去」更名爲將僞裝進行下去。眞實的作家哥哥高瞻近在咫尺，成了模仿的對象，還有那編劇薛未，改稿改得近乎瘋狂，「滿腦子都是那個劇裡的場景和對話」，成了生活中陪同高遠進行的演練。事情就是這樣搞大的，但搞大的方式各有不同。非常嚴肅認眞講述一場虛構，而同時又帶著遊戲的口吻提及一下極爲眞實的東西，這可能是戴來把事情搞大的方式。當我們讀到那六十多歲的老男人完成了對作家高遠的人生講述時，「反正老張那邊已經開始設想這本書的各種細節了，字數、封面、裝幀。他老人家甚至拿了一本叫《受活》的書來找高遠，用一種深思熟慮後才得出結論的口吻對高遠說，我想我們的書以後差不多就是這個樣子。高遠翻到《受活》的最後一頁，天哪，整本書有三百七十一頁，三十萬字，定價五十五元。」讀到這裡，我想誰都會禁不住流露出一絲笑意。《看我，在看我》全篇在乎一個「誤」字，一個誤會演繹一個誤會，一個誤認接著一個誤認，一個眞實的誤解導致另一個誤解，甚至連最後的醒悟也很可能是高遠踏入更大的人生誤區。誤認和陌生是種同謀關係，原本的熟悉現在成了跳板，跳板的作用在於借用之後我們就會遠離它。當我們熟悉這個下崗賦閒的他被誤認爲、錯以爲是作家的高遠時，陌生感便降臨了。然而對閱讀來說，陌生經常又是借用的跳板，動人的小說最終又總是召喚熟悉的降臨。「又熟悉又陌生」原本是讀戴來三個短篇的題目，也是隨手從戴來的《向黃昏》中無意牽來的。現在想想，這「又熟悉又陌生」說法有含混不清之處。典型說曾借助這一點而建立批評的霸權地位，其背後除了意識形態的支撐外，含混不清也是其不戰而勝的意外收穫。這很像是眼下頗流行的對梅蘭芳的評說，舞台上比女人更像女人，生活中比男人更男人。此種奧妙的評說只能點到為止。如果要向透徹靠攏，除了到佛洛依德那部「詞典」中查詢注釋，別無他途。

熟悉和陌生是一種對峙、無法認同的敵對關係。對小說而言，當熟悉的生活被模仿、被複製時，作為敘事的語言是不甘心束手就擒的，而陌生便是其抗爭的手段之一。熟悉與陌生彼此對視，各個都虎視眈眈，意欲干擾甚至侵蝕對方，唯有在這種對立的關係中，我才能感覺到他們之間維持聯繫的細線。陌生既是視覺的盲點，又是人內在的「灰暗處」；熟悉既是認知的此岸，又是明白無誤的錯，自以為是的非。除了彼此對立外，熟悉與陌生又彼此誘惑、互為轉換。從某種意義上說，熟悉和陌生都是感知印象的簡單化表達，它容易忽略生活本身的含混性的東西。陌生在本質上又是對我們眼前熟悉物件的否定，反之亦然。雙方都是抽空對方的內涵而得以自身的延伸。「又熟悉又陌生」的狀況和感覺不是沒有，但更多的情況是自以為熟悉的東西實際上是陌生；自以為陌生的東西卻是熟悉的。「我想把臉塗上厚厚的泥巴，不讓人看到我的哀傷。」這是遲子建為人注目的中篇小說《世界上所有的夜晚》中的第一個句子。也可以看作又熟悉又陌生的寫照，而第一個出現的「我」可以無限擴展為信仰、教義、上帝、佛祖、權力意志、敬畏之神、歷史法則、傳統規訓、公共視野……我們經常因為異己的力量、那個無處不在的他者而塗上一層厚厚的泥土，這樣的臉隨處可見，為人熟知，但失卻的是那厚厚泥土遮掩的背後，那屬於自我的喜怒哀樂、七情六欲，結果本應熟悉的東西被陌生化了。熟悉經常躲在陌生的背後，同樣陌生也經常隱於熟悉深處。

戴來曾有過一個出了名的短篇《紅燒肉》，小說開始便從熟悉入手，「菜市場的早市，小軍媽最熟悉不過了。」然而由下崗導致的家境窘困，女兒小玲跳樓自殺未遂所造成的雪上加霜，這個普通家庭的關係日益惡化，彼此間變得互不相認，難以理解。最後，平日渴望吃的紅燒肉演繹了一家的死亡悲劇。這是一場典型的由熟悉走向陌生的敘事，唯其如此，才有震撼的發現。其實，熟悉和陌生往往流於表象的感知，它和眞實、眞相並無直接的關聯。生活中我們經常爲各種各樣的假象所包圍，假象挾帶著熟悉離我們近了，眞相自然裹著陌生離我們而去。文本中的陌生感確實也帶來了一種詭異和微小的刺激，彷彿我們無意間發現了一個我們從未懷疑、但又並不被我們所熟悉的狀況。戴來小說中的許多故事很可能已經爲我們所熟知，但仍然需要被找出來，而尋找本身是一個我們需要好好玩味一下的概念，其中「陌生」又扮演著重要的角色，戴來在日常生活中經常使用「好玩」這個詞，「好玩」在戴來的口中作用被放大了，可能作爲玩笑也可能作爲隱喻世界的延伸，不管怎樣，「嚴肅性」還是頑強地潛伏其中。這很像她的小說，經常有信手拈來，隨意使用日常生活中的細節、道具，有時也很「好玩」，但嚴肅依然是這個世界的永久性居民。

說來也巧，十年前《作家》雜誌曾推出一輯「七〇年代出生的女作家小說專號」。七〇年出生的魏微、金仁順、朱文穎挾帶著晚兩年出生的戴來一同亮相，今年恰逢十週年，《作家》如法炮製了紀念專號。「專號」值得紀念，那是和四位女作家十年的創作業績分不開的。俗話「十年育人」，多少隱含著人才培養的時間漫長而又不易的意思。而這十年在我今天看來恰如瞬間，如今她們都是個「文壇」不可或缺的「角色」。對她們的認知，恰與《紅燒肉》閱讀認知相反，是由陌生到了熟悉的過程。

這幾年，戴來的小說寫得越來越少，面對這多少有點懈怠的歲月，作者的解釋是「我想這和生活的局限性，視野的局限性有關」。在一向熟悉戴來言語方式的人可能會不習慣這種說法。而幾年前那個經常「以寫作的名義發呆下去，發呆下去」的戴來，同樣地使我們有點陌生。但有些情況依然如故，比如故事中極少有女主人，抽菸和關門還是這個舞台久久未撤的「道具」，男性的困窘難熬仍被審慎地觀察著，那曾經吸引我們，「遠遠看上一眼」的銳敏，「暗中觀察」的能力依舊。不過，今天這些中年男子行將邁向老年，隨著年齡的增長，戴來的小說也增添了些我們所陌生的東西，「把門關上」的寫作漸漸地走向把門打開，我們有理由希望看到更多地走出門的「室外劇」。讓我們的感知不妨再經歷一次由「熟悉」轉身爲「陌生」的旅途。

二〇〇八年九月二十五日一稿
二〇〇九年元月七日二稿
原載《上海文化》二〇〇九年第二期

置身波瀾不驚的詭祕心跡

——評楊少衡小說的講述策略

作者是什麼?作者之死!面對當代理論咄咄逼人的追問，我難以回應。既然我不能自由地享用闡釋的自由，選擇一種被認爲是陳舊的方法實屬必然。尤其現在面對楊少衡的小說創作，不僅作者存在並活著，我還十分關注其在一系列作品中的頑強表現，不斷重複的那部分，包括特點、個性、經常運用的手段、筆觸伸展的地域，甚至那無意的流露和刻意的迴避。

楊少衡這幾年寫的幾乎清一色的官場人物，有人戲稱爲「官人系列」。他的故事從不沉湎於想像中的邂逅豔遇，亦沒有盛氣凌人的歡笑與尖刻褻瀆的口吻。對人，他推崇善解人意，沒有大奸大惡；對描寫，他極其吝嗇，其中男女情愛尤爲突出，儘管他的作品有涉及男女之情，甚至不乏捉姦、強暴未遂之場景，但他依然堵絕情愛的「鏡頭」，甚至連接吻的「特寫」都不會出現；他似乎生來就知道善待女性，從不涉足「花」之惡，這一點我們只要想想《該你的時候》中的縣長吳悠、

《祝願你幸福平安》中的妻子許麗娜、《林老闆的槍》中的公關小姐宋惠雲即可。楊少衡對描寫的排斥性還可以推而廣之，凡自然風景、人物表情、環境居住擺設、衣著打扮等等，他都不好打量。作爲敘述者，與其說他像「組織部」裡出來的道聽塗說者，不如說其更像一位耽於內心生活的普通官員，不斷制止妄想的欲望、留意筆下人物的升遷史、觀察同事間的關係史，不好簡單的判斷，更傾心理解。他的小說基本不用第一人稱，故事人物設計幾乎清一色的二加一。我們甚至都不難發現「面面相覷」、「哈哈哈……」等字眼，都會出現在他的每一部作品中。

不錯，楊少衡是說故事的能手。幾句對話、一個人物的特徵介紹、人物的失蹤、突然發生的事情、睡覺之後突然聽到異常的響聲，都能構成其小說的開頭，截取故事過程中具有懸疑的片斷、開門見山、直截了當，頗具虎頭相。我們很快進入了作者講述的世界，伴隨著重重疑點、種種猜測、滿懷希望，最後略有失望地讀完其小說。在這崇尚故事性的年代裡，楊少衡的小說受到禮遇是應該的，幾乎所有重要的文學刊物、選刊都載有他的作品。但奇怪的是，幾乎所有重要的評論家也都沒有評論過他的作品。我和友人曾談起對楊少衡小說的興趣，結果招致一片反對聲。究其緣由，大意是說「太像故事了」。眞是成也故事敗也故事。

故事與小說的異同並不是什麼深奧的學問。而今奇談怪論卻塵土飛揚。說什麼小說應該回家、回到故事。彷彿小說創作如此迷惘，以致到了居無定所的地步。呼喚故事的吶喊聲，究竟是魂不附體還是借屍還魂，讓人百思不得其解。小說家王安憶曾出過一本理論集子，詳盡而深入地探討過小說和故事的關聯性。此書書名爲《故事和講故事》，出版於一九九一年，距今十五個年頭。書中的文章大都寫於一九八八年，距今十八個年頭。十八年前幾經深入的問題，而今莫名地又回到了起點。惆悵之餘，眞不堪回首。歷來小說家理論家都給小說下過很多注解，我最爲看重的是多義性。

略有不同的說法有多重含義、複調、隱語、反諷張力、互文等，海明威也有爲大家所熟知的冰山的比喻，直接地說就是「話裡有話」。楊少衡是一個長期在底層官場摸爬滾打而有著小說家眼光的敘述者。他講述的故事固然可讀，但這不是我所關心的，我所關心的是故事裡的小說。因爲我相信阿萊霍・卡彭鐵爾在回答巴爾加斯・略薩採訪時反覆闡述的那句名言：「小說之所以成爲小說是因爲它超越了故事。」

多義性來之於轉換機制，沒有轉換何來多義。在不經意中撕去人們早已習慣的官場之面紗，用酒後的鬼話，街談巷議之笑鬧去敲打緊繃的神經，以生活「無定形」的片斷去修補結構的缺陷，而並不優美的行文則被十分幹練的簡潔所遮掩，賞心悅目的背後有著居心叵測的眞相，並不精彩的情節卻讓可讀性大大受益，這都構成了楊少衡作品的轉換。曾有人總結小說創作「令人十分滿意的狀態是想像力沉入作品之中，而作者心中平靜如水，波瀾不驚」。而波瀾不驚，正是楊少衡小說時空隱語最富有特徵性的轉換。

波瀾是表象，用楊少衡小說題目來說叫「疑團重重」。《藍籌股》中賀亞江憑著敢想敢爲、能吃苦、敢碰硬的能力，聰明不失時機地頂撞莊猴子，冒死闖陣及時調解兩個村子的大規模械鬥，果敢地處理南大橋的爆炸事故。與此同時憑著他那套藍籌股的人生哲學，從縣文明辦副主任一路升遷至縣長。最終因製造一起兩人三命的重大交通事故，從此自人們的視線中消失。伴隨著講述者不時流露的同僚之傷，難以掩飾一種涼意。十年仕途一筆勾銷，買股論也隨著「自嘲」遠走高飛。斷斷續續的介紹、支離破碎的信息與敘說、不斷插入的分析、猜測與判斷，使得故事的講述猶如一幅「推理」的拼圖，疑團在重重推進中不斷地脫去外衣的同時，眼前之人物賀亞江也不斷披上影影綽綽的面紗，事件逐漸明朗與形象日益複雜且多樣在台上共舞。

如果說疑團重重是其波瀾的話，其不驚又常常地表現在疑團的解讀。習以爲常的慣性認爲，故事結尾是一種結局，人物的命運等到結局時才得以擺脫、拯救與超越，深刻與不深刻的題旨才得以昭示和揭穿。此類結局的全部努力在於一個「驚」字。楊少衡恰恰相反，他的敘述遵守了很多故事的慣常路線，而偏偏在結尾處以「不驚」爲落墨處。一如《祝願你幸福平安》的結尾，已不再是康鎮坤的貪污受賄如何結案。直到沉默的潰瘍終於暴露時，作爲妻子的許麗娜並不知情，執著而又難以擺脫的心理鏡像開始顯山露水了；一如《尼古丁》中的記者，用不足千字的一篇稿子保住了南方海邊的一片樹林，相應地讓一個規模浩大的塡海造地工程破局，同時他也毀了主管淺沙灣工程的那位縣長。小說不讓雙方的正確與錯誤、勝利與失敗的選擇作爲結局，而讓雙方從各自的認識、行爲、方法、效果等方向交叉運行，以致最後得知縣長等四人死於強颱風正面襲擊下的淺沙灣時，鍾路琳忍不住失聲痛哭。正是這種不以結局爲結局，以不驚爲驚的講述策略，才使我們獲得更大的想像與認識的空間。「有如一支點著的香菸，燃燒著植物枝梗葉脈，煙霧中彌漫著焦油，還有尼古丁，焦油有毒，而尼古丁讓人上癮產生依賴。」厄普代克所稱讚的「小說結尾時揉和的震撼，應該像兩扇對稱的翅膀在朦朧中振開時那最後的一顫」。在楊少衡的作品中，我們能略知一二。

楊少衡波瀾不驚的筆觸總能給我們以危機四伏、懸念迭起的閱讀效果，漫不經心的津津樂道邀請我們同行，讓閱讀在不自覺中接受預想、期待的鬼使神差，沉湎於偷窺所帶來的快樂，饒有興趣地行走道聽塗說，圍繞著楊少衡式的故事、情節、人物、細部進行著迷人的轉悠，但最終的情緒漩渦卻又變成了懸念的逃逸。過程和結果相去天壤。這很像《珠穆朗瑪營地》中，陳戈一路不斷充滿期待地接受連加峰的一連串「拐騙」，直至最後怒火從眼中騰起，失望之餘，無奈的旨意開始浮出水面。細察楊少衡這兩年的小說，前後還是有變化的。前一半的縣長故事，以同僚上下級關係爲主線，權力的運用與誘惑還是起著關鍵的作用，寫法上可以說是一種釣魚過程；後一半的作品，縣長的故事已延伸至家庭、倫理道德、兇殺腐敗等範圍，每個故事皆有一個案件（除極個別故事例外），以破案爲引線，而寫法上則更像是撒網過程。但不管怎樣，其波瀾不驚的講述策略依然不變。

一個有趣的現象是，這幾年楊少衡和葛水平的中篇同樣受到追捧，而這一南一北的兩位作家在小說寫法上可說是南轅北轍。葛水平的敘述充滿靈性，文體優美，她喜歡把人物放逐於天地山水間，人之性與天地交融，人之情與山水呼應，向自然傾訴同時也應自然之傾聽。她的小說天生就和自然有著種種默契，默契中散發著詩意，預言了人的七情六欲，暗示著種種可遇不可求的啓示。這一切，楊少衡的筆下都蕩然無存。楊少衡的小說，使我們自然想起左拉在論司湯達中的那段話：「他藐視人體的各種器官，他對人的生理因素及周圍環境的作用，保持緘默。總之一句話，他從來不對整個自然加以注意，不知道這些外在因素對他描寫的人物發生作用。」

葛水平和楊少衡的另外一個不同之處，還在於敘事如何進入人們的內在心理。我曾在另外一處談話中指出：葛水平「很少進入到意義深處，只要一遇到複雜的內心矛盾，筆觸總在周圍遊蕩，結結巴巴，力不從心，甚至顧左右而言他」。相反的，楊少衡卻在葛水平的空白處大展拳腳。不見放蕩不羈的狂熱，也沒有麻木不仁的愚鈍。楊少衡像筆下的人物一樣，克制、冷靜、表裡不一、內外有別。看看其官人系列：縣長林光輝這個人平時喜歡打哈哈，關鍵事情嘴很緊；新港區管委會主任康塡坤口氣特別大，講酒徒笑話，格外鎭定以掩飾心理的極度不安；縣長黃必壽嚴肅場合喜歡打哈哈，喜歡調侃、罵人、扯皮、官僚氣十足，但關鍵處又露出其「無比英明」；齊國棟縣長說話故意顯出輕鬆自然，骨子裡卻「是一個很沉重的話題」。作者分明偏愛人之其貌不揚的內秀。他的故事往往使敘述者成了一個茶餘酒後插科打諢的局外人，而他對官場人與人之間隱祕之處的深入窺視，又分明印證了其道中人的痕跡。有人說，其小說有很重的心理分析成分，此話不假。理解別人，包括善待自己，同樣，解剖自我也包括著善善待別人。觀察人與人之間微妙複雜錯位的關係，同樣包括著善解我們內心的衝突。這是楊少衡小說中的心理學，一種中國特色的倫理觀，也是楊少衡小說詭祕的敘事觀。

我們曾經注意到楊少衡小說的人際關係是簡單的，不是重點寫一個人捎帶一兩個，就是重點寫兩個捎帶一個。這裡包括著同事、上下級、男女、朋友等。綜觀官人系列，其場景、主題、事件、人物的相互交叉無疑組成了更大的系列文本，我們甚至可以將這些系列當作一部巨大的作品來審視。這種被認爲多樣的統一、統一的多樣的重複策略，古今中外優劣作品皆有之。無論是林老闆的槍論、馬越的「金粉」馬屁論、尼古丁的殺人不見血論、賀亞江的買股論，還是齊國棟的三條腿蝦蟆論、關之強的恭請牢記論，一旦他們組隊出場，便構成了官場人際關係的精彩紛呈的寓言。話止於此，我絕不是在暗示楊少衡已具備了上乘小說家的全部才華。我佩服的倒是他武藝不全卻擺弄得有聲有色。擺弄歸擺弄，武藝不全不時也會顯現其創作上「亞健康」狀況，對楊少衡來說，成問題的也許還不是作品間的人物相互之間有太多的疊影，而過分出現的有心戲擬讓他們集聚的話，不小心會露出雷同的尾巴；軟幽默可能是個特色，但最終化爲美學效果時，到底是軟化了幽默的力度，還是讓幽默有了更溫柔的親和力也是個問號；沉迷於講述的魅力是不錯，但如果一味沉迷而損傷了敘述的美學容貌呢！拒斥描寫是勇敢的，但如一味拒斥而導致小說這美麗的世界缺水缺氧呼吸困難呢！這些疑慮是多餘的，進取性的思考作者可能早已有之。誠如作者兩年前所言：「我想試著進行另外一種表述，同時也表達我的一種見解，我覺得生活很多樣，也不好只是一種模式。我在寫類似的小說時有一個想法，就是努力把人物當人寫，不要當符號寫。」當符號易，當人談何容易。認識生活之多樣只是止於認識，而將認識的多樣提升為表達的多義又談何容易。此中甘苦，寫作者自知，閱讀者想知也難。

最後補充幾句題外話。首先我寫評論的習慣一般都要讀完一個作家全部作品，這次由於條件局限，唯讀了楊少衡自發表《尼古丁》以來的十三個中篇，外加《那個除夕很冷》一個短篇。其次，「波瀾不驚」四字的評語，記得是李敬澤先生先用，這裡有挪用之嫌，特此說明。

二〇〇六年十一月十九日

原載《文學報》二〇〇六年十二月十四日

「鏡子」裡外都是「鏡子」

——鐵凝小說論

「大家都說：一部小說是一面鏡子。但是讀小說又是怎麼一回事呢？我以爲這是跳到鏡子裡面去。人們一下子就置身於鏡子的另一邊，與看上去很面熟的人和物待在一起。但是這些人和物只是似曾相識而已，實際上我們從來沒有見過它們。而我們自己的世界裡的事卻被趕出去變成反映了。」（薩特文《關於多斯・帕索斯和〈一九一九年〉》，見《薩特文論選》，人民文學出版社一九九一年四月版第八頁）這是薩特七十多年前一篇批評文字的開頭一段。薩特的許多文字晦澀玄妙，此段話則明白易懂。薩特斷定多斯・帕索斯主張小說是一面鏡子的古老觀點，這樣的開頭也就順理成章了。問題是讀小說果眞能一頭扎進這虛構的世界而把我們自己的世界趕出去變成反映嗎？這種對閱讀的理解也未免太古老了。我更願意相信，小說敘事和閱讀是兩面相對的鏡子，彼此照映，相互依存和對話。不是你卻不能沒有你，不是你重要而是失去你的重要。敘事不能自己說話，它需要閱讀代言，閱讀是替身，而替身又不是敘事本身。倘若閱讀眞能進入到鏡子裡面去，那鏡子倒成了一塊沒有鍍銀板的透明玻璃了。當然，薩特不會那麼簡單，在「《局外人》的詮釋」中，他假設作者意圖指出：加繆在讀者與他的人物之間插入了一塊玻璃，這層隔牆構建起來是爲了使得事物透明，而意義並不透明（這並非是薩特完整的原話，而是雷納・韋勒克的概括。見《近代文學批評史》第八卷，上海譯文出版社二〇〇六年十二月版第二二五頁）。意義是闡釋者煞費苦心，眾裡尋他千百度的東西，即便是其不明不白之處，也永遠潛伏著「意義」。回到鐵凝長達幾十年的創作和伴隨著無數閱讀的釋義，就是這樣一幅尋找的地形圖。這是一面充滿魔力的鏡子，它喚起我們進入的欲望，但這種進入又充滿著重重的障礙。這使我們想起莫泊桑那被人稱之爲最令人心驚的恐怖故事《奧爾拉》中，被梅毒附體的奧爾拉，有一回瞥了一眼鏡中的自己，卻看不見自己的影像，然後，他在鏡子的霧中看見自己。霧逐漸消退後，他才完全看清了自己。他大喊：「我看見他了！」這種看見可能指那霧或那阻擋視野的東西。

一

關於鏡子，恐怕數長篇小說《大浴女》出現得最多。唐菲教給尹小跳使劉海兒彎曲的辦法，她照著鏡子，感覺自己像兒時的洋娃娃，活潑而新鮮，內心充滿著喜悅。在認識唐菲之前，尹小跳在學校裡經常是孤單的，行爲舉止、衣著打扮都和尹小跳不同的唐菲，卻成了她生活、學習中的一面鏡子。前後出現的鏡子一實一虛，其折射的功能還是差不多的。同樣，在認識唐菲之前，尹小跳害怕孤單，希望得到同學的認同，梳了幾天她並不喜歡的「小鬧鐘」髮型，卻被母親章嫵拉到鏡子跟前說，你看看你像什麼樣子。鏡子還有批評指責的功能。當然，很多年以後，母女倆在鏡子面前的地位發生了大逆轉：經過整容後的章嫵照鏡子是煥然一新的興奮，而尹小跳卻拒絕看她的臉。鏡子的存在是因爲眼睛，看的欲望實際上是被看的欲望。目光就是侵犯，我們都是受到了迷惑的迷惑者。尹小跳的幾次照鏡子，都是爲了那左臉頰的淡紅色唇印。當尹小跳在美國和麥克狂歡了一天一夜，她「卻不覺得疲勞。她不想躺下，她站在鏡前觀察自己」。尹小跳也許是渴望尋找一個眞實的自我，唐菲可就不同了，身陷性病折磨的她爲了一個虛擬的健康，「我望著鏡子裡的我，發現我面頰的皮肉居然都有點兒下垂了。我左右開弓一連搧了自己好幾個嘴巴子。促進血液循環吧，讓我的臉鼓崢起來紅潤起來」。這一情景的敘述出現在第八章「肉麻」中。《大浴女》中有很多有意思的題目，唯獨這一章爲什麼取「肉麻」，不得其解。把瘋狂的肉欲視爲一種如同死亡般的疾病，是鐵凝富有說服力的想像，就是今天重讀唐菲之死的這一章，我也能感受那無處不在的死亡恐懼，這和肉麻相去甚遠。有評論者認爲：鐵凝小說很少寫到死，尤其是非正常的死（謝有順《發現人類生活中殘存的善》，見《中國當代作家面面觀——尋找文學的魂靈》，春風文藝出版社二〇〇三年版第六八六頁）。很少寫不等於不寫，鐵凝小說中像《玫瑰門》的姑爸及大黃貓之死可謂殘酷，莊坦之死可謂壓抑；《大浴女》中除唐菲外，唐醫生之死可謂驚心，還有幽靈般的尹小荃之死；甚至連《第十二夜》這樣的短篇小說的大姑之死，筆墨不多也令人難以釋懷……人並不總是臨死之時才面對死亡的，活著總是和死亡相伴，死亡是活著的一面鏡子，如影隨形般的，是我們與生俱來的恐懼陰影，如同書中的議論，「貓就是鏡子。它永遠在暗處睇著貌似困倦的眼，了無聲息地與人相依相偎又貌合神離」。

這裡議論的「貓」與「鏡」來自法國畫家巴爾蒂斯的具象畫系列「貓照鏡」，小說的敘述借尹小跳在陳在家中觀賞畫作時所發的藝術暢想。照鏡子的少女與貓的微妙關係，既是議論又是隱喻。「人是多麼愛照鏡子，誰又曾在鏡子裡見到過那個最眞實的自己呢」。所有照鏡子的人都有先入爲主的願望，這願望就是鏡中的自己應該是一張好看的臉。因爲這樣的觀照即是遮擋。「所有的觀照別人都是爲了遮擋自己。我們何時才能細看自己的心呢，幾乎我們每個人都不忍細看自己。細看會導致我們頭昏目眩腳步不穩，可是我們必須與他人相處，我們無處可逃，總有他人是我們的鏡子。我們越是害怕細看自己，就越是要急切地審視他人，以這審視，以審視出的他人的種種破綻來安撫我們自己那無法告人的心」。很少讀到鐵凝小說中能有如此狂放而無法遏制的言詞，就是其幾十年的創作也很少見。這樣的言詞維持了整整一節，我以爲這節是全書之綱，綱舉才能目張。《大浴女》無疑是一部酣暢淋漓的鏡前訴狀，既審視自己又被他人審視，既窺視他人又被他人窺視，鏡中萬象和鏡外百態是它妙不可言的舞姿。尹小跳和一系列不同人等的遭遇在某種意義上說，便是鏡前少女與貓的關係。通過自我重新闡述實現被監視對象的重建，這似乎是走出迷宮的唯一途徑。這等於說走出「鏡屋」就必須待在裡邊，或者如伍迪・艾倫的影片《安妮・霍爾》中的艾爾維・辛格，他眼裡的現實滿足於可怕的窺視和心理分析，自認爲唯一的解決方法，似乎就是自覺地活在他自己的幻想世界裡。當然，以此要求尹小跳可能有點以偏概全，但對尹小帆、唐菲及其同類萬美辰、俞大聲、唐醫生來說，是基本適用的。他們的人生都和「遮擋」密不可分。被隱藏的東西使人著迷。在遮掩和不在場之中，有一種奇特的力量，這種力量使精神轉向不可接近的東西，並且爲了占有它而犧牲自己擁有的一切。這種占有和犧牲是雙行道，無論正當與否都是可行的。

「貓照鏡」這一章又是全書的驛站，我們往回走便可接觸到全書最爲迷人的篇章。敘述者把這些篇章稱之爲尹小跳、唐菲和孟由由之間的祕密的盛宴。「那烤小雪球、那烏克蘭紅菜湯、那瀟灑的划船裝和神祕的『開羅之夜』，她們沉浸其中與世隔絕。尹小跳甚至以爲從此她再無煩惱，學校和家庭算什麼，她已經享有一個歡樂世界」。「尹小跳看看孟由由，再看看唐菲。啊，左邊一個美廚娘，右邊一個美少女，她在中間欣賞著美女品嘗著美味，她正好該是做那個講故事的人了」。更多的時候，尹小跳成爲敘事者鏡中的自我，陷入類似自戀的情境而難以自拔。這個小團夥的快樂，至少延伸了普魯斯特的說法，我們的個性是一支「雜牌軍」。對她們的成長敘述，既是一種回顧式的神往，也是一種記憶中殘存的嫉妒和羡慕。這是一段快樂的時光，儘管她們生活在並不快樂的時代。在這小團夥中，唐菲的形象最爲光彩奪目，「唐菲總是顯得非同一般，她就是非同一般。當尹小跳她們討論自己會吃醋的時候，她想的是讓別人吃她的醋；當尹小跳她們豔羡電影裡的生活，感嘆著要活得像電影一樣的時候，她對她們說：我就是電影」。個性張揚的唐菲喜歡「措手不及」的欣喜，茫然而又清明的快意，說不出的刺激放肆而又無恥；「喜歡街上收穫各種驚羡的、憎惡的或是不解的眼光」。一句話，唐菲就是那青春欲望的轉世，愛慕虛榮的名片，修改張揚的版本，無處宣泄的自我和無處塡充的非我的幽靈。唐菲的身影在二十世紀九〇年代自然成了「俗望」世界再普通不過的元素，但在一九七〇年代則是如此地不同凡俗和神采飛揚。唐菲是這個小團夥的一束奇異的光束，它照亮了孟由由，也映襯了尹小跳。尹小跳的人生光彩只有在唐菲的「沉淪」之後，孟由由的「沉默」之後，才得以獨自擴張。

與唐菲反差最大的人物無疑是孟由由，相比之下，孟由由則更加實用和凡俗。在她身上，我們的閱讀記憶最難忘的，莫過於永遠陰差陽錯地誤背了語錄的喜劇和在那食品短缺時代對美食的渴望。格格不入的說錯話卻無意之中說出了眞相，說錯話結果成了莊重的嘲諷，不敬有時是一種很好的興奮劑。關於對美食的渴望自然隨著物質富裕的降臨而演變成一種無望。當作爲人物的亮點隨時代的變化而銷聲匿跡，這既是孟由由的「性格悲劇」，也是那悲劇時代必然的喜劇效應。當那小團夥處於歡樂之時，我們的閱讀會走向莫名的悲哀，無論是一九六〇年代或一九七〇年代，這個被地域的偏執和特定意識形態的「莊重」所剔除的小團夥，總是和偌大的背景之網格格不入，她們是漏了網的規格異常之魚，是一塊塊放錯了地方的鏡子之碎片——不論是穿著上標新立異、舉止行爲上我行我素的唐菲，普通話太標準而缺乏地方口音的尹小跳，還是記憶太差背誦語錄永遠不著調的孟由由。但是只要她們三個人在一起，就永遠有著說不完的快樂和祕密。她們之間縮小的快樂都是對背景放大了的反諷，鏡子的作用總是相互的。機械的反映論者總是單向地認爲，我們在一種歷史或社會的背景之下總有統一的行爲，須知，有時不匹配的「雜牌軍」則是一面更爲美妙含蓄的「鏡子」，它會把偌大的背景反轉過來，成爲其審視和觀察的對象，從這個意義上說，小團夥的歡樂是充斥著審美的功能的，它以悖謬的方式給予我們小團夥以外的啓示。數次閱讀《大浴女》，關於小團夥的成長故事，無數瑣碎的記憶和無足輕重的愉悅給我留下難以磨損的留戀，也許，這種感覺正是佛洛依德反覆提到的：他的命運之所以如此打動我們，只是因爲這有可能就是我們自己的命運。

有一次，孟由由感慨書中的話：人生是追求完整的，而世界最完整的東西莫過於一顆破碎的心了。讓孟由由來做這番感慨多少有些牽強，那是因爲孟由由的人生過於凡俗，她不會覺得幸福，也不會覺得不幸福。世俗的生活有時和沉默是同居一室的詞語，尹小跳雖不討厭這些但也絕不甘於如此，她在修復一顆「破碎的心」的路上長途跋涉，與敘述者一起走完了這長篇敘述的心路歷程。唐菲和她的繼承者尹小帆也是不甘者，但她們不甘尋求的則是交換和安撫。世俗是失去話語權的人們不約而同的生活，安撫則是來自他者的給予，它所表現出的經常是你所擁有的一切反過來擁有你，讓你適應並不是你的本性，填補我們生存空間的東西只是流逝的時間。除此之外，她們還是某種程度上的自戀主義者，自戀主義從狹義上則是把世界看成是自己的一面鏡子，與其說是與自我欣賞，還不如說是與自我仇恨有更多的共同之處。《大浴女》的前半部分作爲一部成長小說來看，可以說，有著不同凡響的意義。我們的「文學史」，很少或者說基本上不總結「成長小說」的類別及其意義，儘管「成長小說」是小說作爲一門藝術的重要來源和組成部分。中國古代的四大名著也唯有《紅樓夢》和「成長小說」有著不解之緣。從《大浴女》一直可以追溯到《沒有鈕扣的紅襯衫》，鐵凝的許多敘事作品和段落都和「成長小說」有關，她在這個領域的貢獻有許多可圈可點之處。前不久，有學者從葛亮的長篇《朱雀》談起「成長小說」（或曰「教育小說」），數落了當代文學中的許多作家作品，獨獨漏了具有開創意義的鐵凝，這多少有點遺憾。小說的下半部，小團夥的盛宴已散，唐菲和孟由由已各自完成了小說的人生使命，剩下尹小跳，在方兢、尹小帆、陳在等人的陪伴和映襯下，繼續其心靈上的求索。下半部作爲「成長小說」的視域已然逝去，但兒時留下的陰影則難以泯滅。許多許多年前揚著兩隻小手撲進污水井的尹小荃，是尹小跳心中永遠的隱痛。由此而引發的自責和內疚，則是小說的另一條主線。

二

說敘事文本是生活和人性的一面鏡子大致也不會錯到哪裡。問題是當我走進鏡子裡面的時候，會發現鏡子裡面還有鏡子。我們被敘事者刻意爲之的計畫所控制，而人物則又爲自己的行爲所無法預見的後果所擺布。此類很像宿命和原罪的東西，形成了一個由不知名力量所構成的場所，充斥著一種含混不清的情形，其重要性不是如何恢復我們的記憶，過去也不可能被重新召回，更多的時候它表現爲一種心理自責和內疚的現在進行式。在意圖和效果之間沒有毫不偏離的軌道。尹小荃之死誰之過，不同的角度都有不同的自責和他責，同一意圖產生不同的效果，同一結果產生於不同的意圖，在一種角度顯得重要的地方，如果從另一個角度就顯得不那麼重要，以致失去一個生命的結果卻形成一種不同解的衝突。一種解釋的世界可能就是一個歪曲的世界。糾纏尹小跳很長時間的自責和內疚，更大程度來自於自己建立的法則，它像個詛咒一樣沉沉地壓在自我之上，一種冥冥之中的召喚，是一種擺脫了我們控制的領域，一種我們既不能完全負責又不能免除責任的「原罪」。作爲否定性情感的內疚或許更難以捉摸，就像小說中對尹小跳父母之間內疚情感的分析一樣：「內疚也不是由你對我錯而生，內疚之情是捉摸不定，它以不期而遇的方式走進我們的心。」內疚也是一面鏡中之鏡，尹亦尋「以爲他將終生掌握章嫵的內疚，他卻沒有想到，在以後的歲月裡越發顯得『渾不知事』的章嫵，竟也能激發起他的內疚」。相比之下，占據尹小跳心裡的內疚則表現爲自責的一往情深。

在尹小跳身上顯現的內疚式的自省，在唐菲身上則轉化爲欲望的放縱，她們身上分別占有了肯定和否定，一邊是禁忌的傳播一邊是欲望的表象。作爲良心之聲的懲戒和傳播——唐菲最後走向了自我厭惡和自我折磨，而尹小跳則進入了內心深處的花園。她們彼此都成了對方的鏡子，極度沮喪的沉淪和因寬宥而淨化的飛升，都是殊途同歸的去處，那是因爲在極端的狀態上，她們的歸宿對「正常的人」來說都是生活在別處。現實所提供的東西與在黑暗中追求的東西，猶如鏡子內外的不同之物，它們之間存在著一道不可彌合的裂縫，我們對於完滿的渴望只能存在於裂縫之中。「內心深處的花園」很容易使我們想起博爾赫斯那「小徑分岔的花園」，對博爾赫斯來說，世界就是一個猜想性的幻覺，或一個迷宮，或一面反映其他鏡子的鏡子。在談到《博爾赫斯和我》這個眾所周知的短篇時，博爾赫斯說：這「是我個人對《化身博士》的古老題目的重寫。只是在《化身博士》中對立的雙方是善和惡；而在我的小說中，對立的雙方是觀察者和被觀察者」（博爾赫斯《博爾赫斯文集——文論自述卷》，海南國際新聞出版中心一九九六年十一月版第一六一頁）。博爾赫斯的鏡子哲學或許和鐵凝不同，就像對「花園」的闡釋，但在強調觀察者和被觀察者的關係上，還是有許多共同點的。在《大浴女》寫作前後的許多名篇，如《第十二夜》、《對面》、《永遠有多遠》、《伊琳娜的禮帽》、《內科診室》等皆是明證。我以爲，與其說「內心深處的花園」是尹小跳最終安頓之處，還不如說它是爲整部小說注入一種氣氛：氣氛是一切藝術的靈魂，是維持一部作品生命的空氣，把它具體安頓於某處，和失去它的結果都是一樣的。文學是善的一種形式，但必須遵循含而不露、潛移默化的原則，那是因爲小說的敘事藝術是一種美學現象而不是道德現象，好的小說家總是懂得將美的、單純的希望如何演變爲我們下意識的願望，而不是停留在諄諄教導。

《大浴女》的重要性在於它的可參照性。如果說「貓照鏡」是《大浴女》的驛站，那麼《大浴女》同樣可以看作是鐵凝旅途中的驛站。《大浴女》寫於一九九〇年代末，而《玫瑰門》則誕生於一九八〇年代末，其間的十餘年既是鐵凝小說的快速成長期，也是其藝術探索的轉型期。如何克服以往敘事的局限，探索一個時代的反諷，觸摸人性的幽暗之處，如何將他人的審視轉化爲自身的觀察，又如何把自身的審視演繹爲他人的觀察；如何營造人物早期生活的背景，探視其內在心理的原創力，規避呆板的機械二元論，讓視角充分享用「第三性」的寬度（鐵凝曾多次在談話和創作體會中說到，甚至把它稱之爲畢生需要爲之努力的追求，在二〇〇四月十三日和傅光明的一次對話中還明確地指出：「一直希望努力獲得一種第三性的視角。」）；如何在凡俗和不經意之處留意別人往往看不到的東西，在看似簡單的東西中提示出深刻的微妙；不止善於讓某些人物進行自我複製和自我戲仿，也懂得在適當的時候在某人物中戲仿自己……這些探索和思考不僅囊括這時期大部分的重要作品，甚至在一些不怎麼成功的作品中也有所體現。時過境遷，我們無法忘記這些故事，因爲這也是我們的故事。

我同意賀紹俊的說法，寫於一九九三年的中篇小說《對面》，「對鐵凝來說應該是非常重要的作品」，甚至在其整個創作歷程中都有著獨特的意義（賀紹俊《作家鐵凝》，昆侖出版社二〇〇八年版第一八三、一八四頁，引文中的後半句和原文略有不同）。但我並不同意某些女性主義的批評，過多地糾纏於小說是對男人「窺視癖」嘴臉的揭露。運用男性第一人稱的視角對鐵凝來說是不常見的，偶爾用之，無非是想和「隱含作者」的價值取向拉開點距離，始作俑者還是來自作者不斷嘗試「第三性」視域的各種可能性（有人稱，寫作《小說修辭學》的作者韋恩·布思的主要遺產，是他對「靠敘述者」「可靠敘述者」區分，「靠敘述者」往往是第三人稱，接近「含作者」價值取向）。因爲《對面》以後作者所寫的另一部重要作品《青草垛》，也可以說是運用了「男性」敘事視角。何況，「窺視欲」並不是那麼一味的骯髒和有罪，也並不是男人的專利。闡釋是自由的，但對文本施以太多的「暴力」則是應當警惕的。《對面》之所以吸引我們的關鍵，在於其中暗含的情節有著無盡可能的廣度和濃度，而我們要抵達這一場景，我們必須先走過長長的想像之路，其中窺視是使這一場景保持沉默的密碼。那無言的場景唯一洩漏出來的信息是，那對擁有男女私情者是有身分的。它再次告訴我們，擁有身分者，也受到身分的控制。窺視欲是一種隱私的偷獵，一種焦灼不安的刺探，黑暗中所誕生的一種邪惡的快感。造就它來到這個世界上的原因可能有許多種，其中頗有說服力的一種可能正是小說中的感嘆，「原來人類之間是無法眞正面對面的」。當我們讀完了小說，那無語的場景依然不會離我們而去，不時地引誘我們去想像它的各種版本。果不其然，版本之一的

《無雨之城》在同一年誕生了。作爲偷窺的「對面」把隱蔽的視角踢開，自己從幕後走向前台，從黑暗之中走進光天化日之下做起故事情節的廣告。長鄴市常務副市長普運哲和女記者陶又佳，這一對波及第三者第四者命運的婚外私情終於放棄沉默，成爲自身故事的言說者。《無雨之城》的不成功是顯而易見的。一部作品如果首先感覺不到它身上跳動著隱祕的形式的生命，那麼，它的價值便會打上問號。長篇小說應該以諸多感覺，以眾多憂傷和歡樂使我們受傷，而《無雨之城》則把「眾多」的次數一減再減，那麼乘興而來的我們只能被掃興打道回府了。嚴格地說，此小說除了開頭部分和作爲市長夫人葛佩雲那備受折磨幾經恐嚇的心理波折有可圈可點之處外，其餘則不敢恭維。

正如生活是處在不斷變化中一樣，一個作家的創作也是變化的；如同生活本身是複雜的，充滿著盤根錯節難以描述的東西，文本經常也是個矛盾體，充斥著無窮意味和難以表明的無窮可能性。重視矛盾並不意味著總是看不見摸不著的東西，探討鐵凝幾十年創作的變與不變，也並不意味著其中充滿著必然性的聯繫。這是一個有限而無常的世界，一頭依賴記憶的意識和無意識，構築成自禁排外的單元；一頭則斡旋在主體和對象之間，觀察和被觀察之間，睜大雙眼認識生活中的確定事實和努力運用語言描摹世界的不確定之間，表現爲強烈反映外部世界的部分。讀者不問小說家：「你在這裡想說什麼？」而小說家也不能說：「你明白我的意思嗎？」一個例外的例子便是《青草垛》，表面上它和一九八〇年代作者所寫的《麥秸垛》、《棉花垛》連接爲鐵凝的連續性「三垛」，儘管在《青草垛》中一草和十三苓在青草垛裡過著遊戲般的男女生活，和《棉花垛》中喬、小臭子和老有三個十來歲的小人模仿大人，在炕上用棉花包和枕頭搭起了「家」的遊戲有相似性。儘管作者本人也表示「三垛」的完成是對物質注視下的人類景況的思考，但這兩點都不是決定性的。形式不僅僅是風格方面的選擇，它還含有一種必要性，不是信手拈來，而是煞費苦心才能達到。《青草垛》的奇特不止是男性敘事性的問題，關鍵在於它是一種幽靈敘事，這幾乎是鐵凝的小說創作中唯一的例外。作爲死者的「我」，無所不在，無時不有，記憶讓他回到現實敘述，但亡靈又使他四處出沒，以一種不存在的方式講述存在，以「來世」講述「今生」，以一種超越現實的視角來審視現實。這樣一來，習慣了的「鏡子」已經變形，敘事者舉起了一面破碎了的凹凸不平的鏡子，光怪陸離的影像則成了活生生現實的水中倒影。沒有什麼比黃米店的「黃米」和司機之間的「性」與「煤」的交易更爲現實的場景，但由於鬼魂視聽的參與而顯得無比的荒誕。只剩下靈魂的一草和只剩軀殼的十三苓在一起觀看雞下蛋的場景，給我們留下的印象如此深刻，那是因爲這裡深藏著無比酸辣的反諷。軀殼的喜悅和鬼魅的疑惑，軀殼對誰都藐視而亡靈則對誰都留戀。「我的結婚在三天之前。」這是典型的幽靈敘事，生前和死後是兩個角色，隱含的敘事者身兼兩者。敘事者是自由了，而我們的閱讀視線則在鏡子內外來回穿梭。無論如何，《青草垛》在敘事方面都做了有益的嘗試，儘管有這樣那樣的不足，也足以顯現其褻瀆陳規的能耐。所謂鬼魂敘事應竭盡全力來異化讀者，使他們不可能以小說中的人物自居。可惜的是，小說中那些脫離鬼魂的故事依然是這樣強大，以至於亡靈的視角與講述方式最終功虧一簣，很多時候成了徒有其表的擺設。這裡的教訓是，我們應該追求新奇但不能成爲夢遊者。鐵凝有個特點，在談論自己的創作時不事張揚，在宣揚自己的創作主張時也是溫文爾雅，很少鋒芒畢露，用郜元寶的話說有一種柔順之德。而創作實踐呢，則反其道而行之。不止一次她的作品讓一度喜愛她的讀者同行感到吃驚，而且是憂大於喜的吃驚，這是很有趣的現象。

三

《玫瑰門》就是這種有趣現象的典型案例，喜愛鐵凝早期作品的人在面對《玫瑰門》時，總有一種複雜而難以言說的滋味。不止於此，就是那些高度概括鐵凝創作精神的言辭，也總是和《玫瑰門》格格不入。比如寫於二〇〇六年的鐵凝論《紅色經典的隱祕遺產》中這樣總結：「作者對人性和歷史的寬容大度和永遠不變的柔美之情始終不變。實際上，這並非『家族小說』、『歷史小說』的主體風格，而是鐵凝創作一以貫之的精神主脈。」（郜元寶《不夠破碎》，吉林出版集團有限責任公司二〇〇九年版第八二、八三頁）。我想，寬容和仁慈對所有重要的作品都是不可或缺的。但從柔順之德引渡至柔順之美，並認爲鐵凝之所以寫出柔美之情的《笨花》，是因爲「她不願意像《大浴女》、《玫瑰門》那樣再次跳進蕪穢的漩渦去掙扎了」（同上）這是可以商榷的。郜元寶的論文無疑是迄今爲止關於鐵凝最爲雄辯有力的批評之一，但爲了立論而放棄《玫瑰門》一脈實在令人難以消受。

我注意到，許子東在其《當代小說與集體記憶》中的評語：「以平靜來敘述瘋狂，確是余華的個人特點，卻不僅僅是余華的個人追求。年輕女作家鐵凝在《玫瑰門》講述姑爸如何被造反派打傷，其慘不忍睹的程度，不在《一九八六》之下。」（許子東《當代小說與集體記憶——敘述文革》，麥田出版社二〇〇〇年版第一〇六頁）。我認同這一感受，話不多卻非常重要，其重要的程度不亞於《玫瑰門》在作者個人創作史上的重要性。如同鐵凝在二〇〇五年《長篇小說選刊》重新刊載《玫瑰門》時，所寫創作談中的第一句話：「《玫瑰門》是迄今爲止我最重要的一部小說。」

姑爸之死是《玫瑰門》中最令人難忘的場景，它既是一種強烈反諷的死亡。對活著已是生不如死的人來說，死亡不具有權威性。姑爸將自身變得不名一文的力量是對「神聖」的蔑視，表現出從毀滅的鼻子底下奪取價值的勇氣和無奈，以閹割自殘的方式無疑是對生活背景的隱喻性抗爭。但抗爭的聲音是變形的——那半夜「一聲尖細而淒厲的號叫」，那聲音嘶啞，言辭激烈且滔滔不絕；「一種狂躁的笑聲，它孤立無助、歇斯底里、接近於抽噎」。抗爭的聲音又是絕望的，能夠絕望即是我們的厄運，也是我們比不會思考的獸類強的地方。與姑爸相伴的大黃貓也許有牠們的問題，但陷入永恆的失望則不在其中。拒絕男性、拒絕世界的姑爸慘死之後，身邊留有一本《聖經》，「她願意瞭解宗教故事，她覺得《聖經》裡的故事比人間的故事要眞切，離人近」。這不失爲失望中的一絲希望，絕望之餘的一點嚮往，即使如此，此類希望還是蒼白的。可悲的還在於，「胡同裡都知道沒了姑爸，她的大黃也跟她一起走了。可誰也不去打聽姑爸的死因，誰都知道在羅大媽面前深究死因的不合時宜」。

迄今爲止，鐵凝共寫有四部長篇，與其他三部作品不同，《玫瑰門》的來龍去脈不是清晰可辨的，不像《笨花》等作品，我們都可以在其譜系中找出一脈相承的秩序。除了前面提到的以外，拿《笨花》來說，就可追溯到一九八〇年代的「三垛」以及一大批涉足冀中平原農村的短篇。當然，脈絡不清並不等於無跡可循。許多論者從《玫瑰門》聯想到鐵凝小時候被寄養在北京外婆家的那段經歷，也不是空穴來風。還有一點可供聯繫的就是，從《玫瑰門》始，鐵凝就非常推崇心理分析的敘述和對人的內在意識的掘挖。傾向心理分析的敘事總有個前提，他要講解「病人」，首先必須能爲自己的修辭學所說服。想要講述司綺紋那「滲入骨髓的尖酸疼痛的不悅」，你就要相信「它的延伸和發展便是仇恨」；想要瞭解「一個女人對看透了她的男人的仇恨」，那就一定會在鏡子裡面，同樣藏匿著「一個男人對看透了他的女人的仇恨」。再生是毀滅的產物也是其鏡像式的延伸，司綺紋的一言一行，所有的聰明才智，甚至包括「一派猥瑣、小氣和神經質」，都是一面破碎的魔鏡，其無數的碎片提供無數可視的詮釋。碎片的產生可能來自心理分析的敘事，但對碎片的詮釋卻不能僅限於心理分析。作爲敘事的心理分析的「病人」對象，有著「修辭學」上的自由，這體現於她在愚弄和報復他人時的敏感神經、百倍信心和魔鬼的面具。但作爲詮釋的批評不能只停留於乞求無意識的轉義，乞求一種稱之爲「原發過程」的東西。王一川那篇寫於新世紀初年的評論《探訪人的隱祕心靈》一文，無疑是鐵凝創作批評史上重要的文獻，他對小說的文體、象徵性器物的諸多分析令人信服，但文章最後把小說《大浴女》的最終目的，歸之爲「人的怨羨情緒的心理分析」，並進而延伸至鐵凝的大部分小說（王一川《探訪人的隱祕心靈》，見《中國當代作家面面觀——漢語寫作與世界文學》，春風文藝出版社二〇〇六年一月版第七六六頁），這是令人驚訝的。

司綺紋作爲一個否定的符號已多次地重複使用。無論是從歷史傳統、女性立場和現實處境來看，她都是一面「惡」的鏡子，「在毒水裡泡過的司綺紋，如同浸潤著毒汁的罌粟花在莊家盛開著」，從受虐走向施虐，她的一生過著煉獄般的生活。司綺紋無論是以怎樣的方式與環境妥協，最終都以報復收場。作爲否定道德的名義，她的右手是「屈從」的所指，那她的左手一定是復仇的能指。家族歷史或生存環境都是司綺紋的毒藥和瀉藥。就「大革命」時代而言，她始終是一個過氣又過時、邊緣又無足輕重，甚至是個沒有確切身分的小人物，然而她又分明是小說的主角，是這長篇敘事中承前啓後、左顧右盼的仲介。她的又一個名字叫「拒絕」，她的一生被生活拒絕，她的一生又是拒絕他人的一生。她的「拒絕」可以說到了不分青紅皀白的程度。當拒絕構成我的核心時，拒絕也就構成了我的世界。拒絕的絕對命令是每時每刻都做到讓你的行爲準則不受他人態度的左右，但對你卻有著無條件的拘束力。從這個意義上說，司綺紋的許多次「屈從」都爲了更有效地「拒絕」。就我的閱讀範圍而言，幾乎絕少讀到像司綺紋和蘇眉婆孫之間的「戰爭」，細膩稠密近乎棉裡藏針、不卑不亢猶如深謀遠慮、兵來將擋可謂針鋒相對而又無足輕重的人「鬼」糾纏。這種唯有在小說敘事才能留下的人際關係的微妙影像，是彌足珍貴的。婆孫倆相伴相爭、相生相剋的生活持續了七年，這是不平凡的七年，對尚未成年又在敘事身兼視鏡的蘇眉來說，除了茫然還是茫然。誠如本雅明相信的：在清醒中運用夢的因素是辯證思想的教科書的例證。

一切文本不論看起來多麼穩定，其中都固有地存在著亞文本，一種關於現實的笨拙謊言的流產。司綺紋的爭鬥史之中潛伏著毀滅的願望，但毀滅並不是她明白的意識。如同面對莊紹儉那虛張的蠻橫、勒索和幾分幸災樂禍，司綺紋表現出少有的平靜，她將在那婉約而又自豪的回味中收拾當今屬於她的日子。這是司綺紋人生中少有的歡樂，即便如此，也是一種攙雜悲劇意味的歡樂。更多的時候是面臨環境的拒絕、遺棄和愚弄，一次次被逼無奈的掙扎，是文化不斷遭受圍剿、人性不斷泯滅的過程，最後身體和肉欲成了唯一僅存的武器。司綺紋對公公的「誘姦」、對媳婦莊坦和大旗的捉姦，都成了挽回不利局面的「救命稻草」，「救命稻草」知道生活是毫無希望的希望，但對她來說也不失爲一種希望，要知道希望和絕望有時是「近親繁殖」的詞語。司綺紋的主動進攻，對通常理解的「爬灰」行爲是一種顚倒，他們所共有的是一種混亂。有時候讀這些文字，我們的想像和記憶受到了慫恿，設置在我們自己心中的是可怕殘忍的自我妨礙或不可想像之物。響勺胡同的命運牽掛著司綺紋的命運。「一切都能自圓其說，一切都不能自圓其說」。那是因爲她勒索他人的東西，結果償還債務的卻是自身的靈魂；貼著他人的標籤，結果揣的還是自己的名片。「從前的一切什麼都是，什麼都不是。」那是因爲追憶似水的年華對她而言不是神往而是嫉恨。司綺紋是小說的中心，是主線，無論我們在道德上的評價如何。在司綺紋身上集中了諸多否定性情感，那些處於極端矛盾狀況的情緒，經常在瞬間有著神奇的轉換。「大凡人都有一個共同的稟性吧，當你感到你是作爲一個笑料而存在的時候，才是最引起你怒火中燒的時刻。」她永遠無法擺脫這「執拗而荒唐的猜想，然而這種猜想卻使她悲憤、恐慌得不能自已」。還有在羅大媽前的幾分高興、幾分驚慌、幾分卑微和幾分惡。隨便打開這本書，你都可能置身於她與他者的交鋒之中，憤怒、嫉恨、惱怒、怨懟或反覆無常，但最終總要落入長大成人後的蘇眉式感嘆，「當她想到人間的故事總是要淒涼居多時，才覺得出這故事的幾分眞實」。

相比之下，《大浴女》是一部自治作品，很優美地把自己包圍起來。作者用一種修辭學的方法進行精神上的圈地活動，內心深處的花園說到底是一座精神圍城。而《玫瑰門》則是放縱型的，將自我異化，其靈魂放逐的腳步從不收斂，對他人的攻擊、算計和報復，到頭來是對自身的影子和鏡中幻象的殺戮。蘇眉「不僅僅是婆婆的十八歲，她連現在的婆婆都像」。這無疑是對這一殺戮的絕妙反諷。司綺紋的「殺戮」人生在漫長的時代幾經變化，她用幾乎清一色的手段回應變幻莫測的世界，她自身的獨特攝錄了恐懼年代和幸福歲月那轉瞬即逝的側面，委婉曲折的暗影和不易體察的底色。

四

敘事學中有條原則，那就是，敘述人的立場絕不會中立的，不偏不倚的率直單純是不存在的。作家處理現實的題材，總會受到自己看待自然和社會的基本哲學觀的影響，受到他考察自然和方法之影響。乍看之下，這似乎和鐵凝所追求的中性和第三性視角是矛盾的。這如同欲望只有在滿足的此岸和對愛的想像性要求的彼岸才能實現。現實所提供的東西與在黑暗中追求的東西之間不存在和諧，而是存在著一道不可彌合的裂縫，裂縫中生存的則是敘事的欲望。第三性敘事對鐵凝而言，不是概念而是一種形象性的表述，意在排斥敘事上的單一立場和簡單化作派，不願意爲視角的純眞而犧牲生活中複雜而微妙之處。鐵凝小說中有很多這樣複雜而微妙的角色，例如《無雨之城》中的市長夫人葛佩雲、《棉花垛》中的小臭子、《笨花》中的小襖子、《玫瑰門》中的司綺紋等，都是對這一追求的隱喻性實踐。生活於矛盾之中，那是因爲矛盾的雙方彼此對立而又相互依存，映射的關係經常表現爲沒有在對方中看到存在，反而在對方中看到自己本身。許多評論都高度評價《永遠有多遠》中的主人公白大省，認爲她善良、仁義、吃虧讓人和死心塌地的愛與失戀。作者卻提醒我們注意，白大省和胡同裡的美女西小玢的豔羨關係，她夢裡想成爲的人物和我們喜歡的那個白大省相去甚遠，那才是意味深長的地方（鐵凝《「關係」一詞在小說中》，見《中國當代作家面面觀——漢語寫作與世界文學》，春風文藝出版社二〇〇六年一月版第一九七頁）。從某種意義上說，白大省的作爲和閱讀的肯定中混雜著某些「自欺」，所謂「自欺」就是把事實上自願的行爲誤讀爲必需的行爲。「自欺」就是逃離自由，就是不誠實地逃避「選擇」的痛苦。人能夠生活在「自欺」的狀態中，僅僅是因爲他生活在自由中，卻不願意去面對自由。當然，我們也沒有理由去反對人們的喜愛，因爲這種喜愛本身就告訴了我們，這些美德在生活中的匱乏和缺失。有一個恰當的隱喻可以描述文本和閱讀的關係，即兩面相對的鏡子。這個隱喻之所以有用，是因爲它傳導了閱讀既是決定者又是其對象所決定的意義。

矛盾和裂縫都是產生願望的土壤，而鐵凝許多小說主題和人物都是願望版的化身，這些願望版大致可分成兩類：一種是成長中的願望，無論是《夜路》中的榮巧如何擺脫外界他人的支配；《哦，香雪》中十七歲的香雪走了三十里的山路，爲了一個嚮往已久的塑膠鉛筆盒；《村路帶我們回家》中的喬葉葉如何第一次有了自己的主見，還有《沒有鈕扣的紅襯衫》那表面上有著許多毛病的安然。包括前面已有所提及的更爲精彩的成長敘事。安然或者是安然們的煩惱，便是想從周遭的人對他們的描述中解脫出來，他們都不想成爲人們心目中所認爲的他，也不想凝固在他人觀點的照片相框中。我們如何看待自己，又如何被他人看待，究竟是選擇自己心目中的我，還是他人心目中的我，這似乎永遠是成長的疑惑。「願望版」的另一種類型表現爲城鄉之間，「世界是太小了，小得令人生畏。世上的人原本都出自鄉村，有人死守著，有人挪動了，太陽卻是一個」。渴望擺脫一成不變的生活和封閉狹隘的圈子，是鐵凝小說經常可遇的問題或主題，不管成敗與否，渴望總是持續的，無論是嫦娥的改嫁風波（《寂寞嫦娥》）、朱小芬的逃離之路（《遭遇禮拜八》）、安德列離開罐頭廠的念頭（《安德列的晚上》），還是何咪兒的棄人與白大省的被棄（《何咪兒尋愛記》、《永遠有多遠》），願望就如同院中那棵老棗樹，是永遠不變的。

有人認爲，短篇是一次性創傷的藝術。如果這種說法還是值得我們考慮的話，那麼考察一下鐵凝一九九〇年代寫下的許多短篇佳作，還是頗有意味的。在這個面臨轉型且快速變化的年月，城鄉之間不乏相互滲透而微妙之處，很像小說《樹下》老於害怕再次參加聚會的感受一樣，「受了傷似的，其實誰傷了他呢，他不知道」。安慰和譴責會一起向他湧來。這是一種微妙的時刻，我們最爲眞實的時刻正是傾向否定、矛盾和壓抑的時刻。敏銳的作家總能像獵手一樣落筆於微妙之處，而把揪心的感受留給閱讀。《安德列的晚上》之所以吸引人並不是出軌之夜成功與否，而是其充滿「合情合理」的誘惑又最終無法實現。它是司各特．菲茨傑拉德《了不起的蓋茨比》結尾處，所描寫的某些弄巧成拙的悲哀情形，當我們向前划向未來時，卻被潮流無情地推向過去。《第十二夜》也是這一時期的傑出之作，畫家們返鄉買房和農民進城打工在本質上是一樣，都是城市化進程的產物。作者在小說中所表現的隨機和超然，在其他同類作品都是不多見的。各取所需的強烈願望和交易原則一拍即合，但「死神」又成了中間的攔路虎。應該死去而遲遲不去的大姑成了交易的障礙，那等待死訊的漫長十二夜成了靈魂的煎熬，合理的東西向不合理產生了微妙的變化，不經意處的逆轉所造成的創傷成就了敘事的藝術。當小說寫到大姑，「她凝視著站在門口的我，又似乎對我視而不見」時，作者巧妙地將道德評判留在了無言和沉默中。只有無言的言說，沉默中的回響才像謎一樣地吸引我們，如同人生深處幾乎不爲人知的力量，它是你的處境中不是病理學的剩餘。倫理一旦審美化，就像藝術品一樣，既是絕對的，也是任意的，既有法可依，亦無跡可循。

鐵凝關於文學的無數次演講，給我留下最深印象的，莫過於在蘇州大學「小說家論壇」的演講《「關係」一詞在小說中》，在那次講演中，作者把短篇小說歸之爲「景象」，把中篇小說歸之爲「故事」，把長篇小說歸之爲「命運」。但若要眞的講這三者的關係時，我們不妨可以說，「命運」關聯著無處不在的「故事」和無數的「景象」，小說中的「景象」都是故事和命運的陰影，「故事」中也不乏命運的意味。無論如何「關係」一詞是重要的，它既是生活的辯證法，也是藝術的辯證法。賀紹俊曾經非常讚賞《棉花垛》裡的一段描述：「因爲棉花中有一種品種叫紫花，和土地顏色一樣織出的布不用再染，叫紫花布，做出來的棉袍叫紫花大襖。冬天，閒人穿起紫花大襖倚住土牆曬太陽，遠遠看去，牆根兒像沒有人，走近，才發現牆面有眼睛。」這裡的看似乎主客體的關係很明確，由遠而近的是主體。但是就同樣的事實，牆面上的眼睛也同樣是主體。依存關係還在，結果卻是不一樣的。二〇〇九年發表在《鍾山》上的《內科診室》，講述的就是費麗與女醫生之間一場主客顛倒、身分互換、相互診斷的故事。這裡生動地體現了一種被拉康稱爲鏡像的階段。視點並不僅僅是敘事者的專利，它應該享有多種多樣的生活。

鏡子加速了初次認同的體驗，但這不是停留在雙重意義而是我們想要的多重意義。那混淆了想像和現實所構成的「鏡像」體驗，才是值得我們關注的。與薩特同時代的拉康所用的「鏡子」一詞的含義雖晦澀難懂，但其引伸的含義則出沒於我們的閱讀，「轉換性」的情境是經常發生的，尤其是面對虛構性的陳述，面對鐵凝那充滿畫面性的敘事，那些充分利用具體器物的想像，以及那授權給語言的影像。缺席的在場是我們理解文本意義的必要想像。如果我們拒絕把虛擬之物暫時地視爲現實，那麼它們便毫無意義。但是如果我們永遠保持那種幻覺，文本也無法獲得它們作爲虛構之物的可靠地位。能指只有從能指作爲想像的地位來釋義，這才是「鏡子」的辯證法。不只是一次性的「但是」，不止於一次性的「否定」，如同鐵凝小說中眾多人物的命運，在自我迷失的同時又感受到自我強化的無窮魅力。

五

過去如此重要，那是因爲有人信奉歷史是今天的鏡子；「懷舊」不肯離我們而去，那是因爲我們內心深處總有著這樣的提示：失去的天堂才是眞正的天堂。歷史本身並不具有鏡子的作用，但重溫歷史可能會有這樣的作用。故事以其命運的外形，褻瀆我們現時生活的經驗，故事還是一種消逝了的社會和歷史存在形式的方式。故事不僅維繫著過去，還是一種紀念過去的心理方式，一種意識到自身的懷舊，一種根據記憶的豐富而對現時做出清醒的評判的懷疑。敘事如何心繫兩端，不止是時間而且也是空間的問題。長篇小說《笨花》在如何盡可能地駕馭時空的長度和寬度所做的努力，是顯而易見的。歷史風雲、軍閥戰亂和槍炮硝煙應對平凡歲月、世俗生活和農事風俗，恰如兩面漫長而又廣闊的互相對視而又相互映襯的「鏡子」，敘事者行走於兩者的縫隙中左顧右盼，一隻眼睛不時和前者風雲際會，另一隻眼睛死死盯住後者流連忘返。黑格爾曾把「精神的世俗化」說成是現代社會的一個主要特徵。鐵凝則把《笨花》的寫作情形命名爲「精神空間用世俗的煙火來表述」（鐵凝與王幹的對話《花非花　人是人　小說是小說——關於「笨花」的對話》，載《南方文壇》二○○六年第三期）。這說明其兩隻眼睛功用還是有所傾向。《笨花》的敘事方式崇尚節制、收斂、滯重和遲緩，一反鐵凝以往所擁有輕盈秀麗、明快甚至汪洋恣肆的風格，被一些評論稱之爲一種「慢」的藝術。所謂藝術中的「快」和「慢」並不是先天現存放在那裡任由你挑選的東西，形式選擇內容，內容也選擇形式。從某種意義上說，《大浴女》一類的作品也是一種「快」的藝術，無論是提示人性的善惡，陳述分析隱祕情感中的羨慕、嫉妒、愛情、欲望乃至怨恨，《大浴女》始終有著無拘無束的明快和釋放。《大浴女》是將自我放進去的作品，而《笨花》則是放逐自我的小說，前者兼顧更多的主觀性，鼓勵敘述走向人的內在意識，而後者則傾心於客觀的陳述，提倡不露聲色的含蓄。

其實，「快」和「慢」並不是截然對立的。就拿閱讀來說，短篇小說以省略作爲原則無疑是一種「快」的藝術，這就要求讀者必須刻意地慢下來，仔細分辨作者所迴避的東西，用內在的耳朵傾聽，用想像去填補其省略的豁口，深思他們暗含的意思，而與此相對的長篇，對於人們的前景或背景，向外的行爲和向內的心理，一切都如數家珍地慢慢道來，這就要求閱讀有一種快速綜合的能力。或許這也是爲什麼在當今日益講究快速的年代，閱讀的購買力反而捨短篇小說而一味地追逐長篇小說的緣故吧！我們這些生活在歷史中間階段的人總想在現實裡尋找表現滿足的東西，一旦現實發生了變化，這些協調性虛構就會跟著變化。問題經常發生在協調性有時不起作用，「令人滿足的東西」難以尋覓，時間的表述在「滴」和「嗒」之間產生了偏差。時間以其不可回轉性使我們的行為無法挽回。時間始終是一種威脅，一種流逝和消滅，然而，時間確實是我們所經歷的某種東西。「快」和「慢」充其量都是追憶和挽回時間的手段和努力。小說中的時間是一種已知的未知數，有著一種不完美的完美。人注定要廝守在時間的無限綿延之中，因此，他不能不棲息於「你」的世界，又不得不返還「它」的世界，你我之間是一種釋義，我和它之間也是一種釋義，不同的釋義之間是對視、質疑和討論，我們生活在無休止的「質疑」之中。就像一九九五年作者在其「自序五章」中，談及其早期小說《灶火的故事》對以後創作的重要性時所說：「在這個短篇裡，我初次有了『犯規』的意向，向主人公那一輩子生活在『原則』裡的生活提出質疑。」（見《鐵凝文集》第五卷，江蘇文藝出版社一九九六年版）

我有時候很懷疑，一個小說家所寫的小說能否做到一部比一部寫得更好，猶如一位拳擊手終其一生的搏擊，令人擊節的巔峰對決未必是其最後幾場比賽一樣。當然，這只是懷疑，何況寫小說和拳擊還是不同的兩回事。我想說的是，鐵凝延續三十幾年的寫作，如果她就如同眼下習慣所劃分的三個階段，一九八〇年代、一九九〇年代和新世紀十年的話，我似乎更看重中間一個階段，具體算的話，一九九〇年代還要包括一九八〇年代末的幾年。這是鐵凝創作的「轉型」期，寫作潛能的釋放期。期間一個強有力的轉身便走向人物的內心深處，包括意識和無意識、自我與超越，我們姑且把它稱之為「內走」識。包括成功和不怎麼成功的作品，都給我們留下了無數的人物、場景和細枝末節，許多描述又總是和心理分析、童年記憶、行為舉止評說糅合在一起，或交替出現，或互為替代和補充，擰成不拘一格的敘事繩索。

鐵凝小說的啓示在於，我們每個人心中總難以擺脫這個世界將會有意義的期望，而且倘若不是這樣的話，我們就會含糊地覺得受到欺騙。「愛情、生活、精神、心靈、無限、永恆……我們需要這些詞，否則它就不會存在，它們表現出了我們的需求。我們的匱乏。我們的困境。」（馬・瓦爾澤《情緒、知識、語言、自我意識》，載《世界文學》二〇〇九年第三期）德國當代著名作家馬・瓦爾澤在一篇談及語言的文章中如是說。他還有一句補充的話，認爲「詞語不應該僅僅描繪事物，而應該是某物。例如：神聖」。我也有句補充的介紹，這位作家還寫下過一部轟動一時的小說《批評家之死》。

鐵凝促使其敘事不斷地「向內走」，但絕不重蹈意識流的覆轍。她小說中的人物都是在成長之中的人物，訴諸感覺、印象和被摹仿之中，她們與世界依稀如夢的感覺，使得其自身的存在與感覺混淆了起來，這種混淆既是整體的又是斷裂的鏡片。作爲女性敘事的部分，鐵凝的小說確有很多地方流露出對男人的怨懣和不滿，但這和維護或削弱父權制沒有關係，無論男性和女性，「第三性」的敘述立場總會使她遠離「意識形態」的思考。但我們也應該看到，《玫瑰門》事實上也爲女性主義的闡釋提供了用武之地。鐵凝故事又告訴我們，我所擁有的最個人、最核心的東西，不在我身上而在你我相互作用之中，或在一個分裂的我之中。我們永遠處於關係中，永遠被他人包圍。

好了，這篇稍嫌冗長的批評也該走向它的終點。所謂冗長是相對而言，相對鐵凝幾十年好幾百萬字的敘事，它至多只是不相稱的濃縮型和省略版。何況，圍著「鏡子」做文章，自有其省略的鏡外之像。關於「鏡子」的故事最早可以追溯到幾千年前羅馬詩人奧維德關於那喀索斯神話中的講述，幾千年來鏡子問題就一直和文學有著不解之緣。記得在一九九〇年代末，還在蔡瀾先生的隨筆中讀到「蔡版」的鏡子故事：「水仙花神是那麼喜歡到湖邊去反映自己，看自己是那麼的美麗。水仙花神死後，嫉妒的女神對湖說道，『他不瞅不睬地在我們的身旁經過，但他卻找到了你。他躺在你的身邊，凝望著你，在水中的鏡子，照到他自己。』湖回答道：『但是我愛水仙花神，是因爲他躺在我的湖旁，每天凝望著我，在他的眼中的鏡子，照到我自己。』」這個故事讓我們再次領略了主客之間的顚倒和轉換。在拉康看來，身體用符號來表達自己，結果卻發現符號背叛了自己。本文所寫的一切，好像是對他人小說的釋義和評說，可一不小心其中流露出的是對自身的「影像」。

此類景況使我聯想起眼下自己正在讀的那本書《福樓拜的鸚鵡》，這是一本不是傳記勝似傳記、不是評論勝似評論、不是小說勝似小說的另類之書。書中朱利安．巴恩斯談到他正在閱讀莫里亞克寫於晚年的《內心回憶錄》，感嘆此「回憶錄」一掃類似作品中難以避免的晚年虛榮、最後的自我吹噓，總是「記錄下那些別人都不再記得的往事，自欺欺人地認爲它們珍貴無比」。「相反，莫里亞克告訴我們他讀過的那些書，他喜歡的畫家，他觀賞過的戲劇。他在審讀他人的作品中發現了他自己」。

「讀他的《回憶錄》，就如在火車上遇到一個人，而這個人說，『別看我，那會誤導你。如果你想知道我是怎樣的人，等到我們進入隧道，仔細端詳我在車窗裡的映射。』於是你等到那時看去，看到在移動的黑灰牆、電纜以及凸顯的磚頭建築映襯下的一張臉。透明的人影晃動著、跳躍著，總是相距幾英尺之遠。你習慣了這個映射的存在，並隨之晃動與跳躍；雖然你知道它的出現是有條件的，可你覺得它是永恆的。這時，頭頂上傳過來一聲呼嘯、一聲吼叫，湧現了大量的光線；那張臉永遠消失了」（朱利安．巴恩斯著、石雅芳譯《福樓拜的鸚鵡》，譯林出版社二〇一〇年五月版第一一九、一二〇頁）。

我爲作者的感嘆而感嘆。瞭解他人就是看清自己，這是感嘆中的感嘆，很像本文中一再談到的「鏡中之鏡」：我們渴望到鏡子裡邊去，沒想到「鏡中之鏡」卻闖入了我們的世界。

二〇一〇年九月至二〇一一年二月於上海

原載《上海文學》二〇一一年第五期

作品論

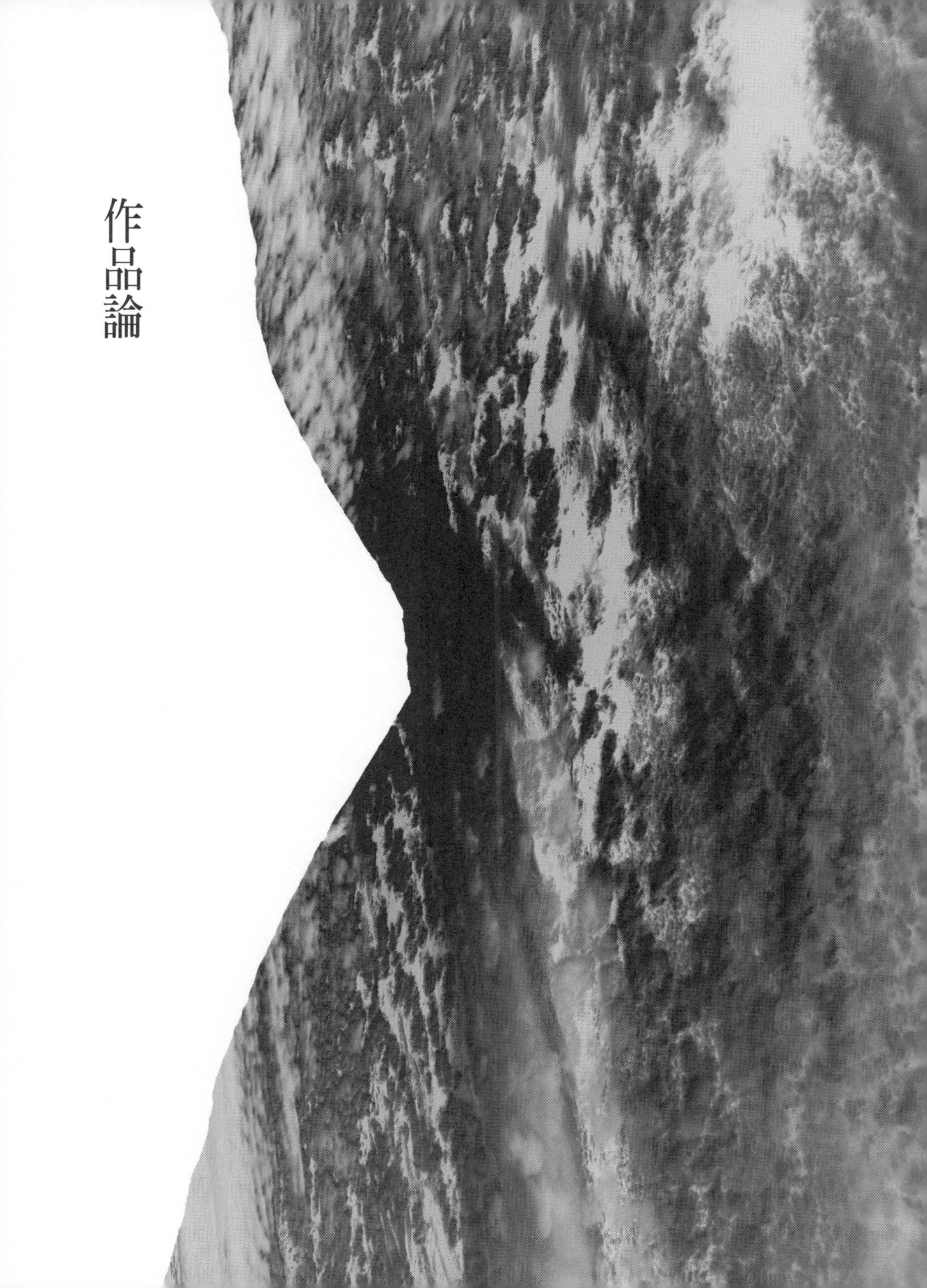

我們誰也管不住說話這張嘴
——評劉震雲長篇小說《一句頂一萬句》

劉震雲的小說總是和嘴有著密切的關係。有研究者指出，他的許多小說的開頭總是和吃有關，比如《新兵連》，「到新兵連的第一頓飯，吃羊排骨」；《單位》開頭，「五一節到了，單位給大家拉了一車梨分分」；比如《一地雞毛》，「小林家一斤豆腐變餿了」；《官場》開頭，「縣委書記到省城開會，就像生產隊長進了縣城，沒人管沒人問。四人住一間房子，吃飯到大食堂排隊買菜。三天下來，個個嘴裡淡出鳥來。」（郭寶亮《洞透人生與歷史的迷霧——劉震雲的小說世界》，華夏出版社二〇〇〇年一月版）而眼下的這部長篇講的是關於嘴的另一種功能——說話，依我看，說話這張嘴可能在劉震雲的小說史上占據著更爲重要的地位。比如《一腔廢話》，講的是詞不達意的廢話是如何成爲有意味的言詞，比如《手機》，關注人與人之間的言不由衷的謊話是如何折射出人的生存困境，《一句頂一萬句》則更邪乎，說話堂而皇之地登上了敘事的舞台，不止是歷史的舞台更是人生的舞台。通過說話來講故事，這是劉震雲小說的形式，也是他的特色。問題在於，通過「出延津記」和「回延津記」的百年敘事，延津人如何說話，說什麼話，和誰說話成了故事的條件、成了敘事的內容。更多的小說是通過說話來探討歷史的綿延和人生的微妙，《一句頂一萬句》不然，它致力於探討的是關於說話的百年夢囈。

劉震雲的能說會道是眾人皆知的。胡河清生前那篇有趣的文章，題目就是「王朔、劉震雲：京城兩利嘴」。京城有多少張利嘴，我們不清楚。但把劉震雲這張利嘴歸之於京城則多少有點問題，因為其註冊商標明明是「河南延津」。嚴格地說，劉震雲應該是在北京註冊的河南名嘴。之所以糾纏註冊地與商標的不同，那是因為對劉震雲來說，這恰恰隱喻了其大多數作品的結構性地圖和密碼。恰如陳曉明所指出的，劉震雲的作品，「通過鄉親關係或家鄉關係，把都市與故鄉重疊在一起，把過去、現在與未來也混淆在一起。所有在都市發生的故事都是關於家鄉的故事，都是對故鄉的一種隱喻。」（陳曉明《現代性的幻象——當代理論與文學的隱蔽轉向》，福建教育出版社二〇〇八年十二月版）《一句頂一萬句》由「出延津記」和「回延津記」兩部分構成，出走和回望既是夢的符號，也是時間的符號，向望和回望，核心是一個「望」字，不同的是時態，一個是未來式，一個是過去式。出和回又是一種行走的姿態，一個是此山往那山，一個是那山朝此山，出出回回構築了關於家鄉的百年記憶。總有一種符號的強力驅使我們去探尋，它剝奪了我們的安寧。歸根結蒂，出走和回望都是來自於不安寧的「種子」。

這部長長的言說之書，從交友開始，講的淨是些人與人如何做朋友。賣豆腐還賣涼粉的老楊和馬家莊趕大車的老馬；十三歲的楊百順和十四歲的李占奇做朋友，是因爲共同喜歡上一個人——羅家莊做醋的羅長禮；楊百順十六歲之前和剃頭的老裴是朋友，儘管相互之間一年也碰不上幾面，自打認識之後也沒說過幾句話，但楊百順七十歲之後，還常常想起老裴；有三十頃地，家裡雇著幾十個夥計的老秦和開糧店的老李交朋友，那是因爲一個主意大一個沒主意；還有剃頭的老裴和殺豬的老曾、箍桶鋪的老汪和「隆昌號」糧棧的掌櫃老廉、三弟楊百順和同學牛國興，和賈家莊彈三弦的瞎老賈等等。在作者的精心布局之下，上部「出延津記」呈葫蘆串結構。表面上隨意說出的一則則故事，張三和李四的交往，王五與阿六的糾葛，貫穿其中的是楊百順的成長史。自然，這一次成長史又是一部和各色人等交往的歷史。一次次交往伴隨著一次次失望，一次次失望又伴隨著一次次的希望。其間，生計與奔波、家庭與婚姻、理智與情感、現實與嚮往都淹沒於言說之中。劉震雲在解讀《故鄉面和花朵》時曾說：「胡思亂想是我們生活的一個非常強大的生命原動力，但是光胡思亂想還不行，比如每個人清早起來瘋說話，一張開嘴就說話，哪個人一天都得說上兩三千句話，晚上他再說夢話，還得加上三十多句。這些話裡到底有多少是有用的話，有多少是沒有用的話，有多少又是廢話和無聊的話？仔細想想，百分之五有用就不錯了。」（陳駿濤主編《精神之旅——當代作家訪談錄》，廣西師大出版社二〇〇四年十二月版）我們的說話哪些有用，哪些沒用，並不由我們的思考來衡量和決定。所有的言語要求回答，說總是意味著聽，意味著有所回應，即使是這種回應沒有著落，哪怕回應的只是沉默。說話不止是對世界的反應，其本身也是世界的組成部分，人與人的交流對話，並由說話而期待回應所決定的。劉震雲的煩惱在於「人和人的關係是非常危險的，人和神的關係是非常保險的」（專訪劉震雲《話找話，比人找人還困難》，載《南方周末》二〇〇九年六月十一日）。一旦神退出了敘事，成了空出的舞台，一場話語危機的話劇便開始上演。在沒有神的時候討論神的好處，這很像劉恆的小說題目是一種「虛證」。實際上有神的日子不是沒有過，回想當年，我們每天唱著「我有多少知心的話兒要對你講」的時候，孤獨的我依然是一場空白的夢。有心裡話，必須找一個人你才能告訴他。說話是爲了找聽話，劉震雲斷定，「話找話，比人找人還困難。」爲了強調說話，於是人與話語之間畫了一條紅線，其實所謂紅線並不存在。讓語言自己說話，而人卻身處其外，這樣的簡化如此驚人，以致被驅逐的關於無法分享的複雜性，只能像影子一樣跟在後面。讓人擔心的是，這樣的闡釋所造成的縫隙，更容易打開而不容易彌合，它使人覺得通向理解對象的道路異常艱難又變幻莫測。我們活生生的存在已經在某種程度上被語言污染了，都覺得我們說的是心裡話，實際上恰恰是「話」背叛了我們的「心」。所有的人物都在講述者與被講述者之間不斷交換角色，我們總是不斷地向他人講述自己的故事，在建構他人的同時被他人的言辭所建構。任何對話總是被其他對話所打斷，一種對話總穿插著其他對話。世事難料，人心也不是鐵板一塊，如同楊百順的名字經常在不斷地變化，信教改爲楊摩西，入贅吳家改爲吳摩西，而到了「出延津記」結尾，中年男人問吳摩西叫什麼，他思量良久，答：「你就叫我羅長禮吧。」

劉震雲的小說內容有時很容易概括，《一句頂一萬句》寫什麼，作者自言，「兩個殺人犯以及偷漢子的女人和姦夫。」（同上）但劉震雲的故事又很難重複，不斷地出走，不停地尋找，話語如滔滔江水，說話一段接一段，說理繞來繞去，神龍見首不見尾。於是說得著說不著話，說得上說不上，過不過心，好話說成壞話，把一件事說成另一件事，把兩件事說成一件事，假話、瞎話、掏心窩的話，一件事扯出十件事都成了塗抹劉震雲故事的色彩，演繹事件的動力，用小說中的話說，「事情經常是這樣發展的」。吳香香說話上像她娘，但她娘不識字，話雖然多，一半是胡攪蠻纏。吳香香上過三年私塾，話能往理上說，不但能往理上說，偶爾還能抓住事情的骨節，正是因爲這樣，更能挑出人的毛病。同樣講，方式也不盡相同，蔡寶林講理是自個兒講，不讓別人講，好用自個兒的理把別人講通，老秦講理自個兒從來不講，卻是讓別人講，本來事情沒有那麼多紕漏，也讓你說得漏洞百出。看得出，這裡是說話的天地，不止說的方式各不相同，不同的方式都有著不同的表象和釋義。愛說話者喜歡不愛說話者，那是因爲他們需要的是聽話者。吳香香她爹是個悶葫蘆，她娘是個快嘴，她爹一天說不上十句話，她娘一天得說上一千句話，不管說得在不在點子上，一千句也把十句給淹了。還有那牛愛香和宋解放的婚姻，牛愛香對牛愛國說：「給你說實話，姊現在結婚，不是爲結婚，就是想找一個人說話。」說話既是需求也是一種交往方式，既是欲望也是一種交換。一整套自以爲是的說話，總是企圖讓我們承認生活就是這樣而不是那樣的。敘事者熱中於彰顯敘事契約的經濟色彩，供和需、提供和回饋、「自我」和「他者」，說者和聽者的相互依存。作爲交易的說話是如何讓一個個喜歡說話和一個個不愛說話的糾纏在一起，彼此折磨又相互需要，這既是小說的生態又是其結構。不愛說話和沉默不語養育了其對面的能說會道，用小說中的話說：「咱們自個兒說不起話，就不能怪別人有言在先了。」說話是一種需求，像銀飾鋪的老高「做銀飾時，愛邊幹活邊跟主顧說話；不幹活時，嘴便是閉上的。邊幹活邊說話，說的並不是銀飾，而是街上發生的亂七八糟的事情。也是借說別人的事情，來沖淡做活的寂寞」。聽別人說話也是一種需求，例如「遇上雨天，吳摩西不願在家待著，便到隔壁老高的銀飾鋪串門。串門不爲別的，就爲聽老高說話。吳摩西嘴笨，本不喜歡多嘴多舌的人，但老高是個例外。別人認爲老高是閒磨牙，吳摩西卻不這麼認爲」。更多的時候，這種需求還是一種摩擦和抗爭。老韓因爲話多，一句句不過腦，句句是虛的；牛書道不愛說話，正是因爲不愛說話，說起話來句句過腦子。其實，不愛說話也是一種言語，既是一種稟性，也是對嘈雜的無意義的愛說話的一種批評和不滿。大多數的時間楊百順是在這種不滿之中成長的。

相比之下，弟弟楊百利是個例外，他甚至可算是這個地方的另類。和其他多話者相比，楊百利那過過嘴癮的「噴空」則閃耀著敘事的光芒，「所謂噴空，是一句延津話，就是有影的事，沒影的事，一個人無意中提起一個話頭，另一個人接上去，你一言我一語，把整個事情搭起來。有時噴得好，不知道事情會發展到哪裡去。」敘事者繼續解釋說：「這個噴空和小韓的演講不同，小韓的演講都是些大而無當的空話和廢話，而噴空有具體的人和事，連在一起是一個生動的故事。」能說會道、善於噴空的楊百利，幾乎是個具有多重意義的人物：既是故事中的人物，又是一個善於講故事的角色。除了開頭和結尾之外，噴空的所有行爲都是小說的準備。噴空這種說話方式類似虛構的某種功能，是一種沒人相信也沒人需要相信的東西，因爲它的功能不是傳播宣傳意義，而是一種自我滿足和宣泄的情緒及態度藉以表達的出口。「噴空」總是添枝加葉，更多的時候是無中生有，它使事情變得更爲複雜，是一種使用的價值而非表達的功用。對楊百利而言，說話已不是傳達或表示出某種意思的工具，我們不可避免地是話語的代理人。話語是一種權力，言辭是一種力量，對楊百利來說，「噴空」是一種愛好，這種愛好已不是業餘而是一種生活的美學，一種本能的無師自通的美學，是自身價值的展現。爲了尋找合適的對練者，他可以隨意地改變自己謀生的活計；爲了展現其話語的本能，他可以不合時宜地竄改任何聚會的主題，哪怕是自己兄弟的婚宴。「噴空」是楊百利的生活方式，至於這種方式有什麼意義那是另外一回事。當然，讓楊百利來評估「噴空」的價值，那幾乎等同於讓他跳出自身的影子來觀察自己一樣，既沒有必要也不可能。在某種意義上說，楊百利是小說中的小說家，故事中的講故事人，是虛構中的虛構。

在楊百利熱中於「噴空」的背後，暗藏著對日常瑣碎生活的不滿。從認知的角度說，日常瑣碎的日子是眞實的存在，是我們每日與之相伴而無法擺脫的生活。比起瑣碎的日子，舞社火有些「虛」，所謂「虛」，是句延津話，就像「噴空」一樣，敘事者繼續翻譯說：「舞起社火，扮起別人，能讓人脫離眼前的生活。當年吳摩西喜歡羅長禮喊喪，就是因爲喊喪也有些『虛』。」與此相通還有牧師老詹的瞎老賈彈三弦唱曲兒，離奇的還在於他從這曲兒裡聽出了生存的理由。加上縣長老史天天能看的錫劇，長年看不上錫劇的老魯，在腦子裡的「走戲」。如果說「喊喪」已穩定爲一種職業，舞社火是一年一度相對固定的集體狂歡，各種不同門類的戲曲早已成爲人創作的相對固定的程式的對話，那麼楊百利的「噴空」則在很大程度上是一種原創。不管怎麼說，它們都是因一個「虛」字走到一起來了。「虛」是「實」的對立和反應，「虛」是一種不切實際的幻想，是一種異常在習常中的實現，是對眞實生活的加冕和脫冕。這種「虛」的生活關鍵在於「能脫離眼前的生活」，難怪小說中借用新任縣長老史的分析認爲，「社火又與一齣戲不同，戲中只有幾個人在變，現在一百多人都比畫著變成了另一個人，這就不是靜不靜的事了；如全民都變成另外一個人，不再堅持原來的那個，從此就天下大治了。」我們在閱讀中發現，劉震雲發展了一種比較分析性的敘事，在分析比較的過程中，他總是不知不覺地在兜售一種既是民間的又是哲理的，既是說理又是反諷，既是生活中的雞零狗碎又是形而上的東西。我是誰，我從哪裡來到哪裡去，這些永恆的抽象思辨，都演繹爲敘事中的沉默式的疑慮，變爲日常生活中無法擺脫的滿腹狐疑。

小說中寫到兩次社火，對楊摩西來說這社火過得是一「虛」一「實」。那「實」的一年，楊摩西扮閻羅，閻羅就成了另一個英俊的年輕後生。有些憨厚，又有些調皮，有些羞澀，又有些開朗。提肩掀胯、一顰一笑，他不像閻羅，倒像潘安。而那「虛」的一年，在吳香香的支配下，楊摩西只能在人山人海中邊賣饅頭，「邊捎帶看上兩眼。或者，乾脆連這兩眼也不看了，埋頭賣饅頭，就當社火不存在。眼裡不存在，心裡倒更存在了。白天不看，夜裡不由自主，像竹業社的掌櫃老魯一樣，社火開始在腦子裡走。」看來「虛」的生活是和人的內心維繫在一起的捆綁作業。人淨是有想法，有追求的，對殘酷冷漠的現實來說，人心經常是多疑的不世之才。「虛」不止是「實」的對立，更是一種解構，是一副轉爲更加眞實可靠的解毒劑。對楊百順來說，在社戲裡扮閻王、和繼女巧玲在一起、用竹子編牧師老詹生前設計的教堂，才是眞實可靠的；只有死去的老詹和走丟的繼女巧玲，才是心裡永遠可以說得著的人。「虛」是心的延伸，是它的手臂和翅膀。我們自然也不會忘記小說中還涉及更「虛」的地方，那就是對主的信仰。老詹在延津傳教四十多年，七十歲了，只發展了八個信徒。楊百順爲什麼信主，他對老詹自白：「我原來殺豬時，聽你說過，信了主，就知道自己是誰，從哪兒來，到哪兒去。前兩件事我不糊塗，知道自己是誰，從哪兒來，後一個往哪兒去，這幾年愁死我了。」這種自白式的話語有著劉震雲一貫的幽默、反諷和嬉戲。楊百順成了八分之一的信徒，這是事實，而楊百順是否眞的有了宗教的信仰，這是一個問題。對敘事者來說，這塊土地因失去了和神的關係而陷入了一種危機，一種無以言對的痛苦和孤獨卻始終都是縈繞不去的疑慮。有了這種想法的敘事方式是危險的，而且它的危險也正是其迷人之處。

2

閱讀小說，有時候你得認眞揣摩敘事者的意圖和方法，以及他又在多大程度上實現了這種意圖，不然的話很可能會產生諸多不必要的誤解。有時候你必須區分小說中哪些人物已擺脫敘事者的控制，成爲相對獨立的靈與肉，而有些人物則始終還是敘事者意圖所牽制的木偶。這種區分很重要，不是爲了證明孰優孰劣，而是爲了防止閱讀成爲作者意圖的隨從和跟班。《一句頂一萬句》以不斷變化捉對廝殺的對象表達話找話的困境，相信說話爲了表意，但事實上我們卻生活在言不由衷和詞不達意的世界中。說話不僅產生欲望，而且也是因欲望而產生。「人多嘴雜，一人一個長相，一人一個脾氣，一人一個路數。」新上任的呼延卻是跟另一個縣長小韓一樣，喜歡講話，一講起話來眉飛色舞，兩手高舉，像揮著糞叉，講起話來，愛講一二三點，從一點說到十點，還不停歇。須知，這些滔滔不絕、蹩腳而又沒有多少意義的話語，是如何充分地把想說話的渴望表達出來。廢話自然是沒有什麼回報的，但是那若隱若現的渴望卻是養家糊口必不可少的一份兼職。多話者本質上是獨白式，他總是自由述說他想說的話來強制聽者的意願，喜歡有去無回的交易方式。小說的下半卷「回延津記」儘管時代、地點、人物都不同了，但說話的欲望依然如故，因說話而捉對廝殺的模式依然如出一轍。上下兩部成了這部長篇小說的結構，楊百順和牛愛國成一分爲二的主角，出故鄉和回故鄉成就百年輪迴的宿命。故鄉是遠離者夢繫繞纏的家園，失去的家園才是眞正的故鄉。出和回實際上是一種重複、一種翻譯，是一種彼此證明的存在。這種以上下兩部互爲影子、互爲正文的結構，在同類長篇確實不多見，因此懷疑其是否構成眞正意義的長篇也是有其存在的理由。

「回延津記」繼續以說話為主旨。拉拉扯扯、無拘無束，既家長里短又海闊天空，既簡易明白又曲裡拐彎繼續是其言說的方式。牛愛國，自己遇到為難的事情，世上有三個人指望得上：馮文修、杜青海、陳奎一。「心裡憂愁，可以找他們坐一會兒。坐的時候，把憂愁說出來，心裡的包袱就卸下許多。趕上憂愁並不具體，漫無邊際，想說也無處下嘴，乾脆什麼都不說，只是坐一會兒，或說些別的，心裡也鬆快許多。」小說作為一種敘事，如何說話自然是敘述者的「原材料」，如今，言說的方式和言說的東西重疊成似是而非的東西，或者說是成了難以區別的疊影。說話既是產品，也是生產；既是商品，也是交往；既是標也是本。料想不到的是，這三位能指望得上的朋友到頭來還是一次次的失望。生活的辯證法總是讓事情走向反面，它所指望的詞語總是從「但是……」開始。如同假話是從否定的角度證明眞話存在的可能性，廢話只是多餘的一面去訴求實話的假定性。敘事者感嘆道：「事情想不明白，人的憂愁還少些；事情想明白了，反倒更加憂愁了。」啥事看近點，事情倒能想開；看得長，心就更寬不了了。」劉震雲小說的上半部，楊百順生活在延津，故鄉的概念是模糊的，一心想的只是離開和出走，而下半部中牛愛國的母親曹青娥雖然生活在異鄉，但故鄉則始終是其無法泯滅的記憶。遠離的家園才是眞正的故鄉，如同普魯斯特所言，失去的天堂才是眞正的天堂。

小說的下半部有一個頗有意思的現象，愛說話的敘事者講述了一大堆不愛說話的人物。牛愛國姊姊牛愛香的戀人郵遞員小張「國字臉，白淨，不愛說話，大家坐在一起，都是別人在說，他在聽」。誰知這個不愛說話、愛笑的人一肚子壞心眼。牛愛國的老婆龐麗娜不愛說話，牛愛國也不愛說話，這兩個不愛說話的人在一起沒話說。敘事者分析道，不愛說話和沒話說是兩回事。不愛說話是心裡還有話，沒話說是乾脆什麼都沒有了。原來這裡講的是兩人的婚姻已走到了盡頭。與此不同的是，牛愛國不愛說話，陳奎一也不愛說話，因都不愛說話，兩個人倒能說到一起。他們在一起，牛愛國能把一件事說成兩件事，陳奎一能把一件事說成四件事。有話沒話原來也和關係、境遇、環境有關，不愛說話也不是一成不變的，它也會隨著對象的變化而變化。種地的老韓「整天和牲口、莊稼打交道，本該不愛說話，但老韓一天得說幾千句話」。老曹的老婆「一個跟人吵了一輩子架的人，到了晚年，話突然少了，對人笑咪咪的」。不愛說話自然和不說話是有差異的，但更多的時候，它們又總是在和孤獨的沉默打交道。曹青娥不說話是因爲生命走到了盡頭；子女們也沒話說了，不是因爲「他們也不好意思說話，或在著急，而是不知話從何說起」。說到底，不說話的沉默是說話的組成部分，如同孤獨也是我們生活的一部分一樣。歸根結蒂，沉默與孤獨都是內部導向和外部導向遭遇障礙和排斥的結果。話語遇到心靈的迷宮和碰上交往的迷途，都會打擊我們的自我認同。楊百順在入教時，自以爲明白的「從哪來」只是自然層次的出生證明，而他所明白的「我是誰」也只是知道自己的姓名而成爲「我」。我們在這些不愛說話或者乾脆不說話的人身上聽到的故事，或許比整天喋喋不休的話語更生動和更有意味。有時候，話語的確是一種僞裝，但它的背後卻空無一物。不愛說話或者不說話也是一種聲音，它所抑制的無非是我們一生下來就受制於的語言符號，這有點像與反諷產生共鳴的那一刻，接受者丟失了他／她的個人身分。在某種程度上，這種身分的丟失比起我們日常屈從他人的意思更具戲劇性。在接受的瞬間，很多內容並沒有被表達，但其言外之意卻能被領會。話語迫使我們不得不以語言所可以處理的方式來感知、拷問、闡釋所謂「眞實」，同樣，話語也迫使通過一套語法組合來傳遞、表達、翻譯我們內心世界來爲別人所理解。但我們也經常陷入無法說、不能說和說不清的困境之中。能說和無法說的局限，恰恰就是我的生活的局限。劉震雲作品中的生活現實始終是說話及指涉的問題。並不是說話和指涉可以直接地、透明地道出我們所生活的世界，而是說，眞實世界，我們內心和外部的世界已經被說話和指涉所污染、所穿透。因此有沒有翅膀並不是眞正的問題，問題在於你會飛，或者是有人說你在飛嗎？在已經說出的東西之外，也許我們更看重的是那些沒有說出的東西，作品中雄辯的沉默，有意味的省略以及呑呑吐吐的歧義。

太多的批評留意劉震雲敘事對象的特徵，並給予很高的評價，例如有人認爲，「他從傳統小說那裡找到了敘事的外殼，在市井百姓、引車賣漿者流那裡，在尋常人家的日常生活中，找到了小說敘事的另一個源泉。」「在平淡無奇的生活中發現小說的元素，這是劉震雲的能力。」（孟繁華《「說話」是生活的政治》，載《文藝爭鳴》二〇〇九年第八期）有些批評則高度評價小說的核心部分，「是對現代人內心祕密的揭示，這個內心祕密，就是關於孤獨、隱痛、不安、焦慮、無處訴說的祕密，就是人與人『說話』意味著什麼的祕密。」（同上）這些過於明晰、句句是結論的評語總讓人心存疑慮。孤獨是個令人惴惴不安的字眼，如同對死亡的恐懼安放在誰的身上既無大錯又含糊不清。在某種意義上說，孤獨既是一種自我的維護，又是對外來因素的排斥。不能說孤獨和交往沒有關係，但是如果我們硬要把它們安排在一條線上形成因果鏈的話，那麼出錯的機會就會大大增加。因爲交往是自我孤立的反面，說話的意義和說話的行爲之間充滿著變數和不確定性。就像小說中縣長老史告誡楊摩西的「人在幹東的時候，都在想西」；中醫老胡他爹說的「好把的是病，猜不透的是人心」；還有楊百順父親臨終前說的「事不拿人話拿人」，「不是人拿話，而是話拿人。」說話具有不可預知的力量，說話的結果又往往不是說話者的本意。何況言詞不止是表達，它和接受者總是結伴來到這個世界上。每個人的內心世界和思想都是有其隱形的聽眾，言詞是一種雙面的活動，是講話人和接受者之間相互關係的產品，是我的自我與他人之間的橋梁，是說話人與接受者共同分享的領地。

3

從某種意義上說，劉震雲生來就是一位哲學家，形而上的追問從來就是敘事的動力，儘管他從來不用什麼專業的術語和概念，儘管他的小說時時處處都流露出對於所謂知識分子的鄙視和厭惡，儘管他的故事永遠是關於故土的，和世俗息息相關，永遠是普通人的生存敘事，哪怕這些敘事涉足的是日常生活中雞零狗碎的東西。如果追問丟棄了，詞語便會丟失意義。有時候，字詞不只是我們想獲取的東西，求食或求愛時被呼來喚去的僕人。即使是最小、最不起眼、最被濫用的字詞，都是生活的圖畫：它們有歷史，有多重含義，也有多種用法，它們的背後，總有無數的問號尾隨著，不肯離我們而去。「延津人不論更，一論就是錯的，源頭就在這裡。」這裡，敘述了什麼不重要，重要的是追溯源頭的意志那麼倔強，它始終不肯退出劉震雲的敘事舞台。

二元論是劉震雲小說敘事的方法論，整部長篇一分為二，出走和回歸，既是小說的結構也是認識世界的方法。而小說的內容也是圍繞這一結構行走，話多和話少，有話和沒話，虛虛實實。剃頭的老裴在要殺娘哥的路上救了楊百順，而楊百順在殺趕車老馬的路上則又救了來喜，殺人和拯救就這麼走到一起來了。還有那具有頗多爭議的「一句話」和「一萬句話」，更是作為彼此對立的東西遭遇了，它們相互揣度，彼此糾纏不休、摩擦不斷，以現在流行的話來說，那可是「世界性的邂逅」。事物總是以一種悖逆的方式與我們謀面。堅持一方面又要依附另一方面，離開就意味著回歸，記憶是為了忘卻，只有相互折磨才能使我們想起我們所生活的一切。

把「一句話」和「一萬句話」放在一起，的確是件吃力不討好的事情，因爲它們完全明擺著是兩回事，但它們確實又都是構成我們生活必不可少的矛盾組合。相信過心的話是存在的，但通往「一句話」的道路則是錯誤的，我們現在必須聆聽一個反諷的故事，內容是「一句話」是如何產生於其反面的，是如何在其自身內部包括曲折、分歧以及所有無謂的嘗試，所有這些都涉及故事過程中的東西。那一句頂得上一萬句的話在哪裡，這多少有點神祕。我們說了無數並非「知心」的話，難道是爲了尋找那句解決我們人生難題的福音。那句知心話讓我們尋尋覓覓，眾裡尋他千百度，驀然回首，它也未必就在燈火闌珊處。那番尋找既是爲的某一目標，也是自身的存在價值，來來回回一百年的歷史，爲的就是那一句頂得上一萬句的「知心話」。尋找「一句話」的歷史企圖詮釋其他形形色色的歷史。我們認知歷史種種信念和意思受到了無情的衝擊，那「一句話」已經不是他或她的產物，而他或她在很大程度上則是那「一句話」的產物。我們爲尋找那「一句話」而活著，而死去，因爲有了那「一句話」，我們的生活才有意思，只有找到「一句話」，那天天嘮嘮叨叨的無數的多餘的話才會緘口。「一句知心話」既是一種信仰，又是支配著我們的符號系統。信仰是那種須與無法離開而又無法把它握在手裡的東西。「一句話」作爲一種隱藏的東西使人著迷。追尋「一句話」的我們，又不得不生活在「一萬句話」的重圍之中，爲了一種幻想就得丟掉一切。我們的精神轉向了不可接近的東西，這就讓敘事者有一種神奇的空間，讓閱讀者有了莫名的焦慮。我們始終爲一種無名的等待所激勵，等待也是一種滿足，從這個意義上說，「一句話」是某種東西的標誌，但它並不是某種東西本身。「一句話」之所以抵得上「一萬句話」，還在於「一句話」的無法顯現和難以抵達，「一萬句話」體現了言說和世界的關聯，「一句話」則是表達言說和世界的距離，爲了「一句話」，我們時時生活在「一萬句話」的牢籠之中而無法自拔。

我認爲，劉震雲要我們注意的是話多和話少之間無法溝通的深淵，儘管它們共處於一個世界之中。「一句頂一萬句」只有在反諷的意義上才能成立。「一句話」是我們的渴望，其意義不在眞實的渴望，而是渴望的眞實，儘管我們的生活爲「一萬句話」所包圍，我們每個人都無法擺脫那「一萬句話」的圍剿。讓人不能釋懷的是那「一句頂一萬句」的題目，這是那特殊年代中的特殊話語。熟悉的人自可從中推斷出「說」的形而上學意味（見汪楊《我們還能怎麼「說」》，載《小說評論》二〇一〇年第四期），不熟悉的人完全可以懷疑其作爲小說題目的不確切性。實際上，慣於幽默和嬉戲的劉震雲，在不經意之中把那特定含義的「一句話」請下了神壇。當然，這種不經意是來自文學手段的效果，反諷的言語具有交易的特性，在這種交易中，每個參與者挪用對方關於認識、信仰、意圖、態度等方面的假設。比喻語會丟失意義，特別是當交際的雙方不能共用理解所需要的信息或文化常數時，隱喻便難以接受。根據德勒茲的意見，當我們就語言提出問題時，我們眞正開始思考的不是「這是什麼意思？」或「誰在說？」而是「它是如何起作用的？」劉震雲邀請我們對其小說進行一種對位式的閱讀，在這種閱讀當中，「一句話」與「一萬句話」通過各自的虛與實相互作用，有時候它們的關係是和聲，而更多時候只是複調。這種邀請的重要之處，不在於讓我們重返可以想像的「一句頂一萬句」的年代，而是把「一句話」請下神壇之後許多洞見和論點如何成爲可能。「一句話」和「一萬句話」包含了語言的兩個方面，它們各自有其獨特的意義；而且更重要的是，它們的意義也許針鋒相對。「一萬句話」很容易理解，因爲它是日常和世俗的，是我們相互交往和表達的必然產物。「一句話」則難以捉摸，因爲它的意義是無法包含在「一萬句話」中的。我們可以這樣認爲，「一句話」從未出現在「一萬句話」中，但是「一萬句話」也構成了我們接近「一句話」的唯一途徑，它在「一萬句話」上留下蛛絲馬跡，但絕不會在其中得到揭示。當吳摩西爲了那句他始終都不明白的話要離開傷心之地時，當牛愛國要聽章楚紅那「一句話」在茫茫人海之中四處尋找時，小說的上半部和下半部都結束了，這都是沒有結果的結果。我們很難想像「一句話」的出現，如果真的出現的話，那將是話語的終結，那將是小說的死亡。不是沒有「一句話」，而是我們無法阻止那強烈的渴望和追問，「一句話」是隱祕的符號，是永無休止有待破解的密碼。從某種意義上說，「一句話」就是吳摩西要離開傷心之地，也是牛愛國他媽永遠無法清楚找回的故鄉。

4

劉震雲是位經常和我們過不去的小說家，在那失去閱讀耐心的時代，他給予我們的卻是無法消受洋洋灑灑二百餘萬字的四大卷《故鄉面和花朵》；在這爲利所惑爲物所困的年頭，他讓我們領略了滿腹心事到頭來卻是一腔廢話的語言奇觀。當話語塵土飛揚之時，所有那些形形色色的人物、事件、家長里短、鄰里糾紛、痛苦人生、兒女情長，最終都像古老的行星被吸入黑洞那樣，在喋喋不休的擾攘之中土崩瓦解了，而說話自身倒成了最了不起的故事。劉震雲的玩笑不大也不小，它是不經意的，又是致命的。他在頌揚說話的同時，又不時地在顛覆說話，「一句頂一萬句」是頌詞，而「一萬句不頂一句」又是對說話的顛覆。其實，拆除語言的牢籠終將是一樁「失敗」的事業。說話既開拓生活的內容，又在生活中開拓說話的疆土。海德格爾認爲，語言並不只是一種交流的工具，一種表達「思想」的次生方法；它是人的生活活動的眞正範圍，是它首先使世界存在。在人所特有的意義說，沒有語言便沒有「世界」。我們撥弄語言時躊躇滿志，結果到頭來被語言所操弄，小說家只能棲息在語言裡，讓語言自己說話，實際上我們誰都管不住說話這張嘴。我們不能張嘴，我們是一張嘴就會犯錯的主人和僕人。

一方面是我們無法擺脫說話而生活，另一方面是我們無法容忍沒有想法的言說，言不由衷的活法，也許後者是前者的原因，也許兩個方面都是我們無法擺脫的宿命。說話對劉震雲來說意味著，那頂得上「一萬句話」的「一句話」是過心的話、知心的話。但生活中，那「一句話」果眞那麼輕而易舉地說出來的話，那麼由千言萬語所構築的言語世界早已崩潰而不復存在了。「一句話」和「一萬句話」不應有共通之處，但不幸的是它們之間確實是有的，它們的共通之處在於說話本身。「一句話」是令人神往，但恰恰又是無法實現，至少是難以言說的；「一萬句話」無處不在，時時刻刻伴隨著我們。「一句話」是我們的夢想，而「一萬句話」則是我們的現實，現實是我們沒有夢想難以勾畫出來的東西，反之一樣。我們生活在「一萬句話」那毫無節制的圍城之中，卻又時時刻刻尋覓「一句話」那夢寐以求的境地，這既是它們的區別，又是它們不可割捨的聯繫。我們嚮往「一句話」，卻花了太多時間整日和「一萬句話」待在一起。

說到《一句頂一萬句》這部小說，作者自己解釋說：「一個人特別想找到另一個人。找他的目的非常簡單，就是想告訴他一句知心話。」（見《與記者的對話》，載《當代長篇小說選刊》二〇〇九年第三期）實際上，簡單是一種極爲複雜的意向，因爲這種意向就是要祛除複雜，正如誠實是爲了避免虛僞，坦率是一種想要克服沉默的意向那樣，一個不知虛僞或沉默爲何物的人是不可能表現得誠實或坦率的。正是這一簡單的目的，才造就這部小說的複雜敘事，一句知心話成就了劉震雲小說「眾聲喧嘩」的語言特徵。至於說到人心，那也不是簡單一說所能了卻的。《人民文學》在發表此部長篇時，編者的留言中這樣說：「『心』完全是中國的，西方文化中講的不是『心』而是

『靈魂』。當然，現在中國文學也講『靈魂』，但中國人的『心』大概沒有因爲知識分子的講而更新。」我想補充的是，中國人的「心」大概也不會因爲我們在劉震雲小說中聽見的故事而簡單了。心是情感、夢想和懷舊的家園，但也是乖僻、難以預料的情緒家園，是生命突然給我們某種意外的地方。心不是一潭死水，也不是固定不變、清澈見底之物。人心叵測、知人知面不知心這種說法，在中國也古已有之。而將「心」與「靈魂」的差異歸之爲中西話語的區別，也不見得有多少意思。須知，那誕生「一句頂一萬句」的運動，就是一場以交心的方式觸及人們靈魂的浩劫。在這裡讀者有很多注釋的工作可做，而不同的讀者也會有不同的詮釋。其實小說中也有讀者，牛家莊關帝開光連唱三天戲，那本不喜歡聽戲的老曹兩場聽下來，忽然開了竅，不由感嘆：「戲裡說的事，也是世上的事，怎麼戲裡說的，就比世上的事有意思呢？」戲的感人和有意思自有戲文的道理，但在劉震雲看來，戲裡說的事勝過世上的事還有更進一層的意思，那就是「中國人太孤單太寂寞了，幾千年活得都這樣」（專訪劉震雲《話找話，比人找人還困難》，載《南方周末》二〇〇九年六月十一日）。如同小說中出現的另一句感嘆：「可怕的是人沒老，心老了。」困擾我們的經常是我們的「心」，我們在難以知曉別人的「心」時，也不見得明白自己的「心」，這也是產生孤獨的根源。在被言語困擾的同時，也爲「心」所困擾，明明白白的「心」經常是不明白的，要瞭解它，有時我們必須跳開自身的影子來觀察它。

劉震雲是一位饒舌聰明的敘事者，他的敘述總是攙和著一種古怪的津津樂道和喋喋不休。俚語、方言、口語，特定社會、區域、職業、階層的行話和日常用語經由他的轉述、「翻譯」和解讀，閱讀者不僅沒有障礙，而且瀏覽之中還饒有興味。從賣豆腐、趕大車、做醋、喊喪、彈三弦一直到跑長途、修整公路等等，通過一百年的行業變遷，演繹出活生生的變遷史。當然，不變的還是那難以捉摸的人心，還有那難以尋覓，無法說出口的「一句話」。敘事者講一套往事很過癮，而其講述的內容分明是我們現實生活隨時可以觸摸的東西。讀他的小說，我們總有一種感覺，通過文本開拓的現實正在向後消退，而在現實中開拓文本的疆土正在走向前台。劉震雲的敘事明白流暢，他所努力追求的是「把大人物之間虛與委蛇的恭維話，轉成對身邊朋友的飽含深情的話」（見《與記者的對話》，載《當代長篇小說選刊》二〇〇九年第三期）。但有意思的是，他筆下大量出現的句式卻是「也不是……也不是……而是」，「不是……也不是……還是」之類的，此類句式曲裡拐彎且非常擰巴（最早注意到此類句式且詳細舉例說明的，是汪楊的《我們還能怎麼「說」》，載《小說評論》二〇一〇年第四期）。

總之，這是一部關於追問的作品，其魅力不在於追問的答案，而在於過程；這又是一部關於尋找的作品，其最終的目的也不在於我們找到什麼，而是在於我們無法阻止我們最終能達到目的的熱情、欲望和信念。「日子是過以後，不是過從前。我要想不清楚這一點，也活不到今天。」小說臨近結尾時，何玉芬在牛愛國出走前送給他的這句話，始終縈繞著整部小說，難怪牛愛國聽來，「這話跟媽曹青娥生前說的一樣。」也難怪作者在談及小說時提到流浪和漂泊，離開故土和家族，既是地域的又是精神的緣故。總之，延津是個放大了的故鄉，對所有異鄉人來說，它幾乎是一個無處不在、揮之不去且眾說紛紜的地方，它近在咫尺，又遠在天邊，無論是出走或回歸。而那「一句話」又是斷了線的風箏，是我們日夜不離的思念，但又永遠屬於未來時態，它既是逝去的時間又是重現的時間，遺失和重新發現經由它們而格外珍貴。值得指出的是，劉震雲以往那狂放恣肆的文筆，到了《一句頂一萬句》多少有點遏制，與此同時，那些荒誕的色彩也漸漸淡出了我們的視線。

如同本文一開始所說，吃和說是劉震雲小說世界的盛宴和狂歡。巴赫金曾在研究《巨人傳》的專著中，假設語言自身的根源可能就在食物的分享活動中，並認爲這是文化對自己的最初表達。從這個意義上說，在吃的盛宴中，劉震雲探究的是人如何被世界吞食，唯有在說的狂歡中，那位善於言辭的敘事者則戰勝了世界，吞食了它而沒有被吞食。敘述語流的繁複和過剩，眾聲喧嘩是如何被解約，而敘事的直白又是如何有一種自身的豐富性，這些都是劉震雲創造虛擬世界的方法。通過閱讀，我們會對說話的功用有了更多的感嘆，我們誰也管不住說話這張嘴，說話可以用告知或誤導，澄清說話人的想法或者把別人弄糊塗，展現自己的聰明或者拒絕別人的明白，也可以用來溝通或者增加彼此間的隔膜。最重要的是，小說中的這些說話人都是角色，他們困在故事裡，充滿著焦慮和孤獨，自己也很急於講故事。

《一句頂一萬句》問世一年多來，獲得眾多的好評。應當承認這些好評絕非溢美之詞，但缺乏批評也是一個事實。我這裡所說的批評不是眼下那種可以當作新聞，只求吸引眼球而無需大腦的批評。還是《人民文學》編者在留言中所說的：「這是一部『立人』之作。作者先做了減法，先把小說家和評論家習慣的看人看事的條條框框拆了去。沒了這些條框，很多小說家大概就不會寫小說了，很多人也不會讀小說了，抓了條框，白手描之，劉震雲是要『及物』、要觸摸條框下兀自跳動的人心。」這是精彩且富有中國傳統特色的點評，但講得有點玄，引人深思，但並不全然明晰。小而言之，做了哪些減法，拆除了什麼條框，沒有細說，大而言之，減法可以做，但總不能讓敘事進行負運作，條框可以拆，但不能也不可能全數拆除。就是一部小說史來說，也是不斷做減法同時又做加法，同時不斷拆除舊的條框又不斷確立新的條框的歷史。小說的本性如同人性和人心一樣總是存在的，敘事的根本模式也是無法拆除的。做減法和拆除某些條框無疑是劉震雲的創新，我的疑惑是，作爲一部長篇小說，劉震雲有些地方在潑去污水時是否連同嬰兒一起丟棄了？這使我想起布羅代爾在論述歷史敘事的那段話：「我有時會將許多模式比作一隻隻的小船。令我感到興味盎然的是，一旦小船被建造成形，便將它放在水中，看它是否能漂浮起來，然後再讓它依我所願沿時間之流，或逆流而上，或順流而下。當它們遭遇海難時，總是最爲重要的時刻。」（〔美〕漢斯・凱爾納《語言和歷史描寫》，大象出版社二〇一〇年三月版）我的遺憾是，作爲一部重要的長篇小說，《一句頂一萬句、缺少的正是「遭遇海難」這樣一段「最爲重要的時刻」。

二〇一〇年五月十九日於上海

原載《上海文化》二〇一一年第二期

消費主義的流放之地

——評王安憶近作《月色撩人》及其他

阿城曾經認爲，王安憶是中國小說家裡的異數。我想，在連篇累牘關於王安憶的評說之中，沒有比阿城的這句話更有效用了，一句開放式的預言總比無數封閉型判斷來得靈驗。二十多年前，當人們還津津樂道於《小鮑莊》尋根式的寓言之時，誰又能料到王安憶會寫出《荒山之戀》，而且在半年時間之內又接連推出《小城之戀》和《錦繡谷之戀》。俗稱「三戀」的作品是王安憶小說中的異數，儘管王安憶本人對其創作有無數再明白不過的話語。有意思的是在去年，陳曉明回憶道：「大約是一九九四年秋天，筆者到上海，與孫甘露一起到王安憶家裡拜望了王安憶。當時談起她的『三戀』，正待深入，王安憶把話題一轉，給我的感覺王安憶好像不太願意討論她的『三戀』，她自己可能是將其視爲『過渡時期』的作品。」（《身分政治與隱含的壓抑視角》，載《當代作家評論》二〇〇七年第三期）這是陳曉明在評論小說《新加坡人》中的注釋，爲其判斷「王安憶不能正視欲望，或者說不能有力量地表現男人的眞實欲望」提供佐證。判斷的軟肋在於它經常會封殺作家的變數。上個世紀九〇年代以來，不時地有人議論對「精神之塔」的營造，王安憶的轉型，從「淮海路」到「梅家橋」的轉變，從私人空間到公共空間的建構，孤獨城堡的構建與衝突，文學史中的王安憶等等，可謂議論紛紛、碩果累累，判斷之語大有移向終端之勢。好了，現在繼《啓蒙時代》之後，又殺出個《月色撩人》。這部多少令人有些不安且又十分重要的作品，究竟是殺了個回馬槍還是「下一站」的突圍？難說。王安憶的書寫在給自己出難題的同時也把難題扔給了閱讀。我們一不小心便淪爲「途中的鏡子」。

1

《月色撩人》作爲小說的構成很簡單，寫的是都市夜生活，五個各自可以延伸時空場景的人物和他們之間彼此糾葛的故事。夜宴是開場，也是人物的聚集之地。呼瑪麗去過日本，子貢在德國待過，簡遲生在俄羅斯經商，提提則來自鄉下，而那開設在最時尚的商業廣場裡的餐館，老闆又是台灣人，他們各自的奔波、處境既是延伸又是如同一張拼圖。人物是符號，晚宴便成了符號的狂歡：被透支的青春活力、抽象面具底下的生氣、時尚潮流所淹沒的個性、後現代的餐桌、輝煌所難以承受的衰微、身歷聲效果製造的不眞實……這暗香浮動的都市夜晚開始拉開了帷幕。巧的是當我在讀《月色撩人》的同時，也讀了畢飛宇的《推拿》，兩部小說在結構上有相似之處，每個章節都是人物爲主線，不同的是前者是捉對廝殺，後者則是挨個演繹。

曾經被某批評家評爲王安憶小說評論中最具價值的兩篇文章，南帆的《城市的肖像》爲其中之一。城市暫且不說，肖像一說則是《月色撩人》的敘事焦點。我們可以留意，小說開篇人物悉數登場，全然不見人物對話和行爲交往，有的只是對臉部的觀察、感覺、分析與交代。例如簡遲生是「全白的頭髮剃成平頂，於是，顯出特別粗壯的脖頸，幾乎與肥長在了一起。面部的輪廓還是清晰的，皮膚沒有鬆弛，而是繃緊了。眼睛裡也有光，這是雙北方人的單瞼的長眼，退回到三十年前，這光是相當銳利的，如今卻柔和了」。類似的肖像還有呼瑪麗、提提和子貢。肖像是凝固的藝術，它在凝聚之時又流動、在定型的同時又變形、既是現時的觀察又是過去的檔案。肖像是部分眞實的策略性表現，作爲記錄，它們燃發懷舊之情、願望與競爭，猶如攝影將我們引入他們的個人相集和交際圈。這讓我們記取王安憶本人所說的：「生活得太近的障礙……它對我們實在太具體了，具體到有時候只是一種臉型、一種口音、一種氣味」，「有種臉型，它很奇怪地喚起我對某一條街道的回憶。」（《尋找上海》，學林出版社二〇〇一年十一月版）這些驗證臉型重要性的話語多少有些神祕色彩，而今它終於演繹爲都市夜生活有序的交往之中無處不見的「交流的迷狂」，到處可見熟悉而平庸的悖論，藝術在模仿生活的同時，生活也在模仿藝術。問題在於，肖像的功能通過人轉化爲被觀看的物而使其不知不覺的對象化，這和小說言說的功能是相違背的，當敘事綿延流動的時間屬性遭遇看的瞬息即逝時，分析和評說必然登堂入室了。還可以補充的是，生活過於微妙、間接和含蓄，它比任何時候都需要一種敘述的話外音，人物內心需求的難以言表，充實的表面生活和內心的虛空經常處於對練的狀態，這些都需要有一位解釋者在旁邊。

事情不止是話外音，整個《月色撩人》的撩人之處在於，分析議論四處兼職，拚命打工，人們早已習慣聆聽的那種敘事和故事被隱匿、被無意間遺留、被刻意地抹去，也許，這「刻意」之中也掩飾了敘事的不甚了了。從青春的眞諦、欲望的城市、世俗的成見、鄉下人的耿勁和質樸、人生的價值、幸福的含義、銅臭的實效、本能的普遍原則、時尚的潮流、頹廢與積極進取、虛擬與眞實的感官的野心勃勃、思想的銳度一直到華麗裝飾背後的煎熬和消耗，小說還有什麼沒有議論過。從《聖經》、《詩經》、《一千零一夜》、《三國》、《紅樓夢》一直到《變形記》，從北魏石刻的觀音到莊周夢蝶的故事，從歌劇《費加羅的婚禮》到油畫「最後的晚餐」的經典引用探討，小說中俯拾皆是。不是說沒有故事，包括呼瑪麗和簡遲生的青春戀情、提提少年花季的軼聞逸事、子貢在漢堡的生存遭遇等都有故事，但在我讀來，它們更像是行爲性格的驗證、來龍去脈的注釋。我有一種感覺，在《月色撩人》之中，閱讀似乎成了書寫的替身，而故事的豐富性被簡約化了，成了若隱若現的背景、後台和暗示，成了閱讀的另一種書寫。

關於王安憶小說中的議論分析並不是什麼新鮮事，大凡漫不經心的讀者也能看得出來。二十年前王安憶對理論的興趣還只是被人日常談話所提及。九〇年代以來越演越烈，以致招來眾多評論的不同說法。有人說，「長篇累牘的議論越來越缺乏吸引人，甚至連一些專業評論家和文體研究者對王安憶的作品也失掉了耐心。」（陳思和《營造精神之塔》，見《王安憶研究資料》，山東文藝出版社二〇〇六年五月版）有人認爲，「散文式的抒情和分析大量塡塞於人物動作的間隙。人們不妨想像，這部小說既是由人物的命運和一系列以城市爲主題的散文、隨筆連綴而成。王安憶信心十足地投入這種敘述的冒險。她肯定相信，種種機警而精彩的辨析有效地抵消緩慢的故事節奏而導致的沉悶。」（南帆《城市的肖像》，見《王安憶研究資料》，山東文藝出版社二〇〇六年五月版）有人則批評說，「王安憶漸漸失去了直接介入當下生活並迅速做出反應的興趣和能力，她將自己逐漸定位成安坐於書齋裡的一個耐心十足的生活素材的精神現象學的分析家。」（郜元寶《說話的精神》，山東文藝出版社二〇〇四年五月版）批評的法則自然允許仁者見仁，智者見智。但在眾多的評說之中，我印象最深的還是李潔非的那句評論，他認爲王安憶的偏好和變化是「將經驗的槓桿從敘事的力學關係中擯棄出去，只讓自己聽命於理性。因此，她越來越表現出一個懷疑主義者的傾向」（《王安憶的新神話》，見《王安憶研究資料》山東文藝出版社二〇〇六年五月版）。王安憶無疑是小說家中最爲重視敘事的物質基礎的，她不厭其煩地談論砌起城牆的每一塊磚，甚至當面質疑某些作品的人物整日沉湎於消費的花銷是從哪裡來的。郜元寶在《西颺的逛街小說》一文中提及：「在一次專門圍繞上海青年作家的『研討會』上，王安憶曾經很認眞地問夏商和西颺：你們小說中的人物都是無業遊民，他們用什麼錢來消費？他們的『生計』如何？」（見《說話的精神》，山東文藝出版社二〇〇四年五月版）但她又是樂於探究精神生活的虛空，「這般虛無的美，像一個深淵引人墮落、墜落」。這兩股完全不同的敘述力量是如此的不匹配，令人迷惑而又充滿刺激，彼此誤認而又經常能產生相反的效果，如同一張拉緊著的相互妨礙的網絡。

在這裡，我想再一次引用英國著名批評家邁克爾·伍德在探討當代小說的特徵時所說的精彩話語：「彷彿閱讀常常溢出它的範圍而成爲書寫，彷彿作者永遠是偉大的讀者，並且經常是偉大的批評家。」他還進一步指出，當代作家「不把閱讀與生活對立起來。他們甚至不挑戰也不解構這種對立，他們不說閱讀就是生活，也不說生活是一個不敢說出自己名字的文本」（《沉默之子》，三聯書店二〇〇三年版）。我曾在評盛可以的長篇小說《道德經》中引用過這段話。而九〇年代以來，王安憶在敘事上自覺與不自覺的探索正體現了這些特徵。這些特徵表現爲：精神闡釋蠢蠢欲動、敘事遠離規訓、經驗趨於瓦解、激情是理性的熱身、全知型敘述是如何滿足局外的體驗，詮釋之中納入了氣氛的式微，而故事則試圖放置到一個更爲廣袤的空間。當人們熱中於和生活進行故事競賽的年代，王安憶關心的卻是如何認知這個經常和我們捉迷藏的世界，它的昨天與今日。說王安憶不會寫當下、不會寫都市、不會寫東寫西的指問，只是一種判斷的誤區。當判斷的價值觀已然被生活所呑沒，判斷又有何價值可言。「虛擬」已成爲現實力學關係中的槓桿，敘事的力學關係爲什麼應停止不變。《月色撩人》令人不安的地方同樣表現在「怎麼寫」和「寫什麼」之間。

2

《月色撩人》以其全知的視角力圖透析當今都市的夜生活和白日夢：刺激藝術的各種窘境不復存在，物質生存的困境開始煙消雲散，新銳的藝術鋒芒淪爲複製和表演。當那「霓虹燈的哨兵」離我們漸漸遠去的時候，風景已速成景觀，五個人的命運開始於消費主義的複魅之中。與此同時，解剖學和形態學結成了短暫的同盟關係，「解剖學」對簡遲生、呼瑪麗、潘索、子貢和提提進行分離和認定後，「形態學」開始登場，它試圖從他們的過去和現在的糾葛之中，清理出更爲複雜的社會結構，儘管青春和情愛依然是主題。潘索是個享樂者，處在快樂原則之外的東西，寄生於「感官」並釋放著永不滿足的欲望；簡遲生則是快樂原則的化身，總是和平衡、滿足相聯繫；提提是「鐵打的眞實」，過著十分生動的人生；「子貢漂亮得像個假人」，是個符號、是個仲介，在敘事者處境困難時他又是個替身；而呼瑪麗的完美幾乎讓我們懷疑是敘事者的偏愛在作怪，她更像是一個無法面對自我的造物。

當我們在進行書寫時，總有一些東西遺失在外，而另一種陰影卻落在字裡行間不肯離去，敘述的欲望在於把對象的欲望相互連貫起來，而欲望本身是不相互連貫的。王安憶全知型敘述背後有的則是非常單一主觀的布局：一個個詳盡分明的履歷了然在胸，行爲邏輯早已秩序井然，人物交往的

袋，才能看見外邊還有什麼東西。

3

小說人物最重要的地方在於，他們的需要對我們而言是否眞實，我們是否能夠想像他們的人生。《月色撩人》敘述不同年代的青春故事及情與欲各自不同的流露。「簡遲生的時代什麼都匱乏，只有青春，以及青春的不可及的空想富足，而今天，什麼都是過剩，大把大把地揮霍著，相形之下，青春便顯得短暫而且倉促。」禁欲對青春而言是一種根本就沒有兌現承諾的歲月，失去消耗功能的虛假意識決定了這麼一種多愁善感。激情多半來自對禁果的嘗試欲，既是這種禁欲的產物，又被這種禁止所公然廢棄。然而放縱又是一個好事之徒，它迎合商業世界吞併八荒的胃口，通過過度的張揚而自毀家園。青春的了無蹤影和變形失身如同一對孿生姊妹，自我的認同只能埋入話語的深處。王安憶自稱此小說寫的是青春與愛情（見創作談《意在不意之間》：「事實上，這場戲劇很簡單，就是關於青春和愛情」），但其接下來講得更有意思，「這青春與年齡無涉、愛情與男女無涉，兩下裡都超出了，這肉體的生命盛不下的，只有將它歸到自然力上。」（載《小說選刊》二〇〇八年第十一期）我們看到的只是它的反題。一部作品之所以有力量，難道不正在它能夠擺脫作者的意圖，能夠挫敗人們眞心誠意爲它安排的計畫嗎？眞實的效果恰恰來自於它不喜歡和某種判斷對接。空想是富裕的接生婆，此等富裕全因它從來不和消費對接。本雅明在其《單向街》中倒有相反的告誡：「一個廣爲人知的傳說警告人們說，千萬不要餓著肚子複述你做過的夢。」

還有，簡遲生的青春歲月之所以耐用，全賴於它是小說中回顧的延伸和記憶的殘餘。其實，生逢其時的青春角色是提提和提提們，「提提缺乏細膩的感情，但卻有足夠的世故，懂得世態炎涼……」那是因爲早在少年時代，她便透支了青春，「談情說愛」一早便成了她的精神活力。「從少女到女人的蛻變過於倉促」，使其對現代性的消費主義的享樂、冷酷無情的商品話語，利比多的身體受制於利益而又無師自通，諳知其道，所以一眼「便知這城市的軟肋，在某種程度上是可以駕馭的」。在消費主義主導的時代，我們既無法道成肉身，也無法肉身成道。騎馬者想去騎馬者想去的地方，結果一不小心把馬引向了牠想去的地方。提提成了男人們的收集和贈禮，同樣男人也是提提追逐和征服的對象，冷漠的男人如何面對貪婪的女人，或者情況恰恰相反。這是身體、實踐以至故事都無法擺脫的網絡，在消費主義的流放之地，人們在控制商品的同時也在使自身商品化。與此同時，我們也應看到，由於敘事者的心存不甘，提提的身上又增加一些其他成因，諸如「鄉下人的耿勁，是這摩登世界的質樸」、「特立獨行的個性是她方向」、「像提提這樣的新人，沒有世俗的成見」、「喜歡他們飛揚的或者頹喪的原因全爲她所不懂，這不懂的東西有一個命名，就是藝術，她喜歡藝術」、「她的世故是天眞的，另有一種純情」……這些成因，有些是眞實的，有些是可以想像的，有些則是有著明顯痕跡的刻意，可能是爲的「這個小姑娘將要發生故事」，也可能爲的張開這物質與精神、存在與虛無的敘事圍場。

小說結尾的場景在夜總會，這是簡遲生經常去的地方，也是這城市活動身體的匿名場所：「歌手更換很頻繁，無論是誰，都是年輕的、盛開的、精力充沛、全力以赴，外鄉來的女孩子，在簡遲生的眼睛裡，她們有一個共同的名字，就是叫提提。」在這裡，青春之活力包含在假象之中，本質上它是轉瞬即逝，注定要衰敗的。然而因其前仆後繼的更替，便成就了另一種景觀。這景觀充斥著隱喻，誠如本雅明早在二十世紀三〇年代中期指出的那樣：「拜物教是商品的眞僞識別印記，正像寓言是比喻的眞僞識別印記一樣。在喪失了靈魂，但仍有益於歡娛的身體中，比喻與商品結合起來。」（〔德〕斯文・克拉默《本雅明》，中國人民大學出版社二〇〇八年九月版）我們的對象環境越來越肆無忌憚地採用「交換」這種形式，商品的自我認同在夜生活的歡慶之中得以實現。而小說中的解讀和分析更像是光色背影之下一種聲色俱厲的辯術。激情既是一種記錄又是一種狂亂，既是無情的命運又是一種無目標的情緒，有時它確實難以駕馭和不可捉摸，而更多的時候是你毫無防備的闖入者，表現爲異己和他者的破壞之力。値得注意的是，世俗的戲謔和虔誠的作家在使用激情這個詞時，表達的意義有著根本的不同。

在一個符號化的敘述體系之中，提提也難逃符號化的厄運。這種當下的青春生活，「一方面是不穩定的漂泊生活，另一方面又是千篇一律的打工」，「一方面相信命運，另一方面又相信事在人爲」。當下的青春和記憶中的各種各樣的青春相逢，既是差異又是彼此的補充，既是無法縫補的裂痕，又是彼此可以輝映的鏡像。在這個虛構的世界裡，他們在記憶之中各奔東西，在「萬紫千紅」的夜色下雜然共處，每個人都希望表現出他本身不屬於的年齡、歲月和階層，並以巨大的努力去實現這一目標。也許，他們並不知道，製造所有這一切的背後巨手，也並不清楚月色之下，到處是「消費主義」的廣告代理。從這個意義上說，我們所見的只是一場假面舞會，一場令人賞心悅目的木偶劇、皮影戲。

五人之中，子貢是個耐人尋味的角色，如同他的名字和孔子的弟子同名，腦中殘留的都是德國漢堡的饑民；如同他的美貌：「一個男人如此的美豔是令人不安的。沒有性別，無法看出年齡的尤物……一個男人如此奪目，多少有點浪費，簡直是暴殄天物。」我在前面說過《月色撩人》是全知型敘述，這解決了其對世俗生活的認知訴求，王安憶在小說中對都市夜景的描述兼議論極其精彩，如詩如美文，和作者在一九九五年至一九九九年底陸陸續續寫的一組小說《屋頂上的童話》一樣，都是都市景觀美學的敘事貢獻。各色人等內心的模擬和分析和不同形象歷史延伸的介紹，特別是議論、分析、精神探討的相容性結構。但這只是基本上解決。還有些技術性問題有待處理，比如提提是如何離開潘索又走近簡遲生，又如何去私營書店打工又住進浦東的公寓等等，於是一個仲介型的人物子貢誕生了，又比如，四、五個人物的小說，那麼多場次的對話，有些是敘事者特別偏愛難以割捨，而其他人又無法匹配，怎麼辦？於是作爲替身的子貢又出現了。可以說，子貢是小說中最不可思議又最不可或缺的人物。何況，他在德國漢堡的經歷和記憶，又是小說探討現代性所精心布置下的參照之物。

4

王安憶是敘事藝術的相容大師，互不相容甚至彼此對立的敘事手段她都懂得相容。同時王安憶認識論上的相容論者，面對毀壞扭曲，確切的分別和截然的對立，她都能在想像中建築虛擬的共同體。王安憶本質上不是一個先鋒派，先鋒派在闡釋其否定美學上從來是立場堅定，要麼否定，要麼肯定。眞理是謊言，倫理散發著惡臭，優美則是糞便，而且這些理所當然都是正確的。和這些極端美學不同，王安憶則是諧和敘事的製造者，她相信理解和共處，反悲劇的輕快，從不和時間決裂，相反的，流逝的東西經其組合總能重新凸顯，有的只是懷疑和淡淡的悲戚，她經常談論精神理性，唯獨不涉及終極目的，諸如毀滅與死亡。郜元寶曾經在其《感覺穿上思想的外衣》中，不無尖刻地指出，王安憶「過高地估計了人與人之間的溝通性，過高地估計了自己對別人的理解的可能性，而忽略了以至可怕地無視了人與人之間巨大的隔膜和不可溝通性」（《說話的精神》，山東文藝出版社二○○四年五月版）。當然這樣的批評也表露出批評家對於理解的自信。不管怎樣，指出這一點是可貴的，長時間以來那麼多批評文章幾乎很少有人關注這一問題。

理解與溝通是人之所以存在的理由，人與人之間的隔膜和不可溝通性也是希望理解與溝通的理由。但給隔膜、裂痕蓋上一層虛幻的面紗卻是沒有理由的。在一個沒有縫隙、沒有矛盾的整體之中，到底有多少東西是有價值的，又有多少東西被妖魔化、天使化了。過度擴張的整體到頭來遮蔽的是被擊敗、被收編、被粉碎或者被變形的東西。作爲形象的潘索多少有些怪異，其實潘索根本上是一個矛盾體，充滿著難以修復的裂痕。「他在八○年代對傳統的激烈反叛，正好能夠用於土崩瓦解的今天，承當權威的角色」、「潘索的思想遊戲是在虛擬的前提下發生，可是它又必須依仗現實的物質形式」、「他體驗到了思想的黑暗。怎麼解決呢？就是回到感性的最表層——官能中來。」總之，「他是思想者的同時，還是一個感官主義者」，他將叛逆演繹爲話語權，通過虛無的形式顯示其認知的無所不能。不管怎麼解釋，我們都能隱約地感到，快感已經重新返回，折磨著長期的清教主義的激進主義。後現代主義也不再是一個引進和翻譯的名詞，它在經濟激進主義的騷動中悄然浮現，時隱時現於高樓大廈的輝煌之中，陰影背後。

當某些人還在津津樂道於小說的生活化時，須知生活某種程度上開始被小說化了。它經常被當作一個可能的而不是實際的世界加以對待，把彼此都間離到一定的距離以外，試圖幫助我們可以理解它的歷史邏輯中的某些東西。我們難以否認的一個事實是，生活中的現實也罷，虛構中的事實也罷，總有不少替代性的經驗和假設的感覺充斥其中，眞僞並不是截然分明，有時候，它更像是一場鬼鬼祟祟的貓鼠遊戲。在潘索身上的沉淪和浮現糾纏不清，但兌換是硬道理，逃避也是便捷之道；

簡遲生是記憶的符號，青春業已逝去，剩下的則是「疤痕」和年齡的印記，補償則是虛構中的現實；呼瑪麗是個透明之物，她什麼都清楚什麼都明白，而自己過的只是不明不白的生活，敘事者過度地溺愛去除了她內在的矛盾，而外表的形象付出的則是蒼白的代價。在呼瑪麗的身上不自覺應驗了一句話，如果知道你病態地不能對一個人說句不好的話，那麼我們也不會爲你對他的高度評價感到特別高興。即便如此，呼瑪麗還是一種鏡子的符號，她可以特別顯眼，但經常攝取的是別人的影像，而自己則無法反射自己。相比之下，子貢更似不食人間煙火的遊魂，他適合於在都市的夜生活之中做任何人的「陪練」，除了在德國漢堡那段實在的記憶外，他整個就是一個飄浮之物。說子貢和提提「其實正是一對，有著相同的品質：結實、柔韌、厚顏、無恥，所以合得來」。但在這座城市中，唯有他們在一起的時候是沒有欲望的。眞是妙語。因爲這是一個講究「差異」和以「互換」爲準則的時代。倘若相同之物能交換，倒是應驗了維特根斯坦經常嘲諷的自我陶醉，將錢從一隻手傳到另一隻手，並相信自己是做了一次金融交易。當然，在這「月色」之中，還有一個無處不在的角色即消費主義，「消費」是完美的隱喻工具，是最典型的仲介物，其本身貌似公允、不偏不倚、單調蒼白，與特殊利益保持著一種客觀關係，遠離一切特殊的意圖。

總的來說，《月色撩人》並不是對生活的平庸記錄和平面拍攝，相反的，小說中充溢著另一種激情，敘事者熱中於形而上的迷戀，心理和精神的投射。整部小說精心設計的人物間不下六次的嚴肅討論，話語幾乎全部涉及關於人生與藝術的話題，還有兩次關於魔術師的故事便是證明。對這些精神探討，我時有疑惑，不是爲著小說的敘事價值。問題在於，小說對中心和邊緣的攜手並進持有清醒意識，對它們間的融會共處始終保持高漲的興趣，而對其不相容的一切則不聞不問，對其無法縫合的對抗、衝突、裂縫則熟視無睹，哪怕是一點脆弱的悲觀主義也少見。虛無可以無處不在，但它肯定不是什麼包治百病的妙丹靈藥。有時物質性很簡單，身體就是身體，消費就是消費，商品化肉身體現的則是商品無限擴張的欲望和無限權威。奢華宴會、招待會、畫廊交際會、夜總會或購物中心的認識論在侵蝕、削減主流意識的同時，也是對消費主義的臣服。在規律的每天「八小時」看電視玩遊戲網路雜耍中成長起來的人，肯定是另一類的鍛造，「高科技」在改變我們生活的同時也是其自身的異化。

小說的認知可以說到懷疑論為止。這也是王安憶中的探索之路走得最遠的一次，也是其「相容」工程最為複雜的一次。最值得懷疑的是潘索與呼瑪麗之間眞實與虛無的爭論，明明裂痕日益擴大，疑惑無法止步，反倒被認為是說到眞相了。有關輪迴的言說，小說中有這樣一段話：「在無窮的生生息息之中，有一些特別不諧和的因子，破壞著既定的秩序，硬行穿越，為了它們格外強烈，強烈到野蠻，有違人道的欲望，開闢出自己的生息通道。你根本找不到它們的蹤跡，那是太古怪、太古怪的運動，但肯定不是靈異，而是有著實體，卻是錯綜，所以就混淆著視聽。我們的視聽被尖銳地割裂。」好一個「我們的視聽被割裂了」。對我而言，此部小說眞正的撩人之處莫過於此。

文章至此，已是凌晨三點，唯有書桌和燈光是我的夜色，外面下著雨。我突然想起撒母耳・貝克特在《莫莉》中的結尾：「現在是半夜，大雨正敲擊著窗戶。現在不是半夜，沒有下雨。」特里・伊格爾頓曾這樣評述這個結尾說，作者「淋漓盡致地揭示了他表示的虛擬性，揭示了文本是生產偽陳述的一部機器。正是在文本的這種兩面派做法中，在戲仿中提升為次級力的過程中，文學作品才可以對意識形態進行生產性操作」（《沃爾特・本雅明或走向革命批評》，譯林出版社二〇〇五年十月版）。因為，當我們說，《月色撩人》是一部虛構的作品，《月色撩人》是一部眞實的作品；當我們說王安憶的小說「是感覺穿上思想的外衣」，王安憶的小說是「思想穿上感覺的外衣」

時，這不僅僅是採取一個立場的問題，而是發現立場本身的實質東西。我想，這也許是讀完小說後腦中揮之不去的剩餘感受。

二〇〇八年十一月五日於上海

原載《上海文化》二〇〇九年第一期

一個「亂」字竟如此了得

——評盛可以小說《道德頌》

在當代眾多的小說家中，盛可以與眾不同。她的文字、她的書寫是一種異端（我不想用「另類」，因為此詞用得太濫，意義已遭謀殺）。我注意到，冷酷、凌厲、狠辣、尖銳等，都是同行經常用來稱讚盛可以文字特色所慣用的評語，但這多少有些靜態。伶牙俐齒的盛可以卻經常在動態中顯現，陳詞濫調在她的筆下照樣散發出異樣的光芒。言詞的效用常常能做到四面出擊、隨意嬉戲、享受能指的奢華。

「她狠狠地幹掉一盤五花肉。現實主義就像五花肉，幾分鐘前還好好地疊在盤子裡，紅白相間、色潤鮮豔，吃進肚子裡，只剩下空盤盛著虛無，直到第二天，現實的五花肉變成了一堆廢物排泄出來，連舌尖也淡忘了五花肉的味道——她和他的感情，很可能就是一盤五花肉的下場（更嚴重的後果是，這段愛情比旨邑設想得更慘——她吃下的將是一盤帶病毒的五花肉——病菌終生潛藏她的體內，直接影響與危害她的精神與健康）。」

這是典型的盛可以語調，語帶譏刺，喜好挑釁滋事，追根究柢且不依不饒，刀子嘴絕沒有豆腐心，才華橫溢卻常用來搗亂，敘述上專橫跋扈，不循規蹈矩卻屢有創意。

這裡說的旨邑是小說的女主人公。故事簡單，講的是她與一位有婦之夫水荊秋的情感歷程。「一個普通的高原之夜，因爲後來的故事變得尖銳。」一個「變」字厲害，一寫就是二十多萬字。當我們確定沒有結果也是一種結果時，這段情感將是備受令人窒息的嫉妒心折磨的歷程。在此之前，盛可以的另一部長篇爲《無愛一身輕》，而今寫的卻是有愛的不堪重負。寫法上，前者還算中規中矩，雖言語調皮，卻還懂得置身幕後的節制，而今則乾脆走到台前指手畫腳、上竄下跳，實施一種主宰讀者的敘述並迫使其就範的策略。如果有什麼相同，唯有女女男男的模式或範式還在延續。

性嫉妒的情感迷亂

小說忌議論，忌掉書袋。這條分明已寫在創作手冊上的不可以律，對這個名叫可以的盛來說毫無作用。她肆意擺弄文本，嘰裡呱啦地絕不放過那些字句，名家名著名言，收藏考古知識如同煙花爆竹四處流放，古今中外，概莫能外。確實讓閱讀很分心。我們不妨從「分心」入手。

小說中寫道，水荊秋與旨邑的一次情欲遭遇，慌亂離開中卻把夾在《西方正典》書中的眼鏡遺落在客廳茶几上。對情節來說，眼鏡夾在書中那一頁不重要。而我卻有意翻到三百一十頁，哈樂德・布魯姆那篇著名的普魯斯特論，文章第一次指出：「普魯斯特像佛洛依德一樣，可以說是揉合了莎士比亞和霍桑《紅字》的風格，由此進一步奠定了性嫉妒的經典性。」作者提醒我們注意，在普魯斯特五十一歲辭世的一九二二年，佛洛依德發表了那篇探討性嫉妒的簡短有力的論文——《嫉妒，偏執及同性戀中的某些神經機制》。巧的是這篇鮮爲人提及且從未被翻譯成中文的短論，在《道德頌》中被作者的大段議論所引用。是啓示，還是偶遇，難說。巧的還在於作者那一貫的冷嘲熱諷，與創作企圖，敘述傾向，旨邑的精神活動、心理變化竟如此默契合拍，共同演繹了一次性嫉妒的情感迷亂。

書中有一段話，清楚概括了這一情感迷亂的曲折。「旨邑不懂上帝的心思，他想方設法破壞她和秦半兩。首先設置了水荊秋，繼而讓原碧成障礙，當他預知這個障礙被粉碎，便使用了更凶猛的一招，派一個胎兒進駐腹中，從根本上瓦解她的夢想，不許她自由，不給她選擇。」這個上帝不是別人，而是居心叵測想主宰世界又不能控制自我的敘事者。他把《道德頌》截爲三截：一截將嫉妒贈予愛的維護，一截將嫉妒贈予愛的糾纏，一截則將生命與幻滅贈予愛。在崇尚精神和抵制身體的雙重擠壓下，作者使出令人眼花撩亂的話語策略，使小說向內走，追尋那心懷妒忌的情欲是如何糾纏於對方背叛的每一個細節，使旨邑一步一步地陷入妒火中燒的苦獄，吞下那「帶病毒的五花肉」。

敘事者毫不掩飾，旨水相遇一開始就步入了情緒的狂歡，「每天有嚼頭，每天有戰況，令她飽受折磨。」這是否一語道出了令旨邑飽受折磨的原由呢？假如這場情感之役的對象不是水荊秋，而是那時時處處顯得卑微周到的謝不周，假如換作是那理想得不能再理想的年輕畫家小名秦半兩呢？生活是不能假設的。而小說是可以虛構的。但終有一天你會明白虛構也是一張網，想像生活終究難逃生活的想像。敘事也並不是逃避的理想解毒劑。偏愛滋事挑釁的敘事一旦選擇了魂牽夢縈的嫉妒之心，旨邑就「被一個古怪的念頭折磨得痛苦不堪」，「這念頭像隻蒼蠅，不斷在她長滿腐肉的腦海迴旋，鬧得她心煩意亂。」敘事者告誡我們，內省可以選擇，但虛構也是一條不歸路。

猜疑、嫉妒、妒忌到嫉恨的發展演變加劇了旨邑的情緒波動，她若有所思，時有所想，理想的潛在狀態經常作祟，不可名狀的情緒為言語所捕捉，疑神疑鬼不斷追擊著水荊秋，自我折磨和自我安慰交替運行，唯有自我治癒是做不到的。因為情感、道德、婚姻並不僅僅只指涉自我，拋棄他者是無濟於事的。已處於妄想症邊緣的神經只能求助於置換和轉移，於是謝不周和秦半兩便走進了我們的視線。水荊秋逃避時，謝不周隨時出現；水荊秋已婚的障礙豎立時，單身青春的秦半兩便顯現。其實，他們都是水荊秋的另一半。

在我們如此缺乏內在性追求的敘事譜系中，我很驚訝《道德頌》的出現。如同去年我在同樣的《收穫》上讀到安妮寶貝的長篇《蓮花》時的心情一樣。當然，同樣涉足人的精神與內心的作品，《道德頌》與《蓮花》是如此不同，一個是喧嘩一個是靜默，前者的內心躁動是活生生的，而後者的精神追求則是充滿詩意的虛幻。創作有時更需要角鬥士，而不是有些人夢寐以求的龐大軍團，其中旗鼓手、先鋒、中軍、後勤等一應俱全。以跨越多少年份為宏大的敘事表面省工省時，實際上也是對智慧的最大浪費。傑出的作品都是在「創世記」和「啓示錄」中間誕生，而有價值的敘事不啻是在時鐘的「嘀」和「嗒」之間書寫。盛可以把人的嫉妒之心的情感歷程寫得如此絲絲入扣，雲波詭譎，悲哀之中不失調侃，沉思之中不失戲仿，為陳詞濫調開闢新徑不惜餘力，莊諧並舉的婉約之情使人們為之動容。我們不得不一次又一次記取佛洛依德的提醒：在潛意識中，嫉妒和悲傷的心理更加活躍；和普魯斯特那無聲的告誡：性嫉妒也許是最好的小說題材。

才華橫溢的敘事搗亂

《道德頌》有兩個版本。發表在《收穫》二〇〇七年第一期上全文爲十五萬字左右，而由上海文藝出版社一月出版的則全文爲二十萬字左右，前後相差約四分之一的篇幅。筆者花了點工夫找出那被刪去的五萬字，基本上可歸結爲分析、議論和插話一類的文字。爲何被刪，除了篇幅有限之外，那肯定是一位有經驗的編輯所爲。因爲先讀《收穫》版，後讀「文藝」版，我的思維自然和編輯是逆行的。如果那被刪去的五萬字敘事再放回到小說中，先前那描寫的貌似確鑿，故事的清楚脈絡，理想的時間秩序無疑將受到干擾和攔截。隨筆式的議論、分析、提示、帖子經常插入，爲離題的話語爭取了權利，也爲調侃與神聊贏得尊嚴。在某種意義上說，故事是時間的奴隸，而任何改變奴隸地位的努力和探索都是值得尊敬的。這種敘述中的「闖入者」事件，我們姑且把它稱之爲敘事的一種搗亂。兩個版本，乾淨自有乾淨的好處，而搗亂則自有搗亂的特徵。相較而言，我的批評選擇「文藝」版。

被閱讀或者被書寫，在《道德頌》中已成爲互爲模仿而又彼此穿插的運動。就像著名的批評家邁克爾·伍德在討論當代小說的特徵時所言：「彷彿閱讀常常溢出它的範圍而成爲書寫，彷彿作者永遠是偉大的讀者，並且經常是偉大的評論家。」他進一步指出，當代作家「不把閱讀與生活對立起來。他們甚至不挑戰也不尋求解構這種對立，他們不說閱讀就是生活，也不說生活是一個不敢說出自己名字的文本」（《沉默之子》，三聯書店二〇〇三年版）。我們的故事必須做到既能發現純粹的連續性，又不能使自己變得連續。在《道德頌》中，敘事者執行了雙重的使命，一方面忠於職守依秩序推進故事，另一方面他又愛管閒事，擔心被秩序所吞食而現場逃逸。讓因循守舊、固執己見的習俗不知所措。嚴肅是文學評論者不可或缺的東西，是缺少就會讓他驚惶失措的成分。但根據昆德拉的說法，小說是不可能嚴肅的，「沒有一部名副其實的小說是嚴肅看待這個世界的。」這話讓很多人不舒服。但盛可以似乎為這種觀點而生，她總是和嚴肅過不去，字裡行間充滿著對一本正經的反諷和轉義。我們不時感受到冷嘲熱諷作為基本裝飾材料的眼神，或者如昆德拉在想到穆西爾和布洛赫時所說，要給小說施加「一種具有統治地位而光芒四射的智慧」。

欲施加是一回事，能不能施加又是一回事，何況是否有光芒四射的智慧，能不能占統治地位又是一回事。《道德頌》更多的是讓我們感受到一種企圖，一種試圖通過敘事的混亂來改造陳詞濫調的途徑。敘述者企圖搶閱讀者的飯碗，不止，她甚至還企圖搶批評家的飯碗。於是，敘事總處在一種類似精神分裂的狀況，單純的敘述法則不斷受到挑釁，故事的展現不斷走向反面，想像中並早已習慣的敘事之軀遍體鱗傷、面目全非。介入造成了尷尬，敘事者的身分如同旨邑介入水荊秋選擇「一個完好而非破敗的家庭」如出一轍的尷尬。在論述了一番社會、婚姻、家庭和愛情之後，滿腹心事的水荊秋說：「我是你的，任憑你屠宰。」而心如明鏡的旨邑也只能應聲道：「我是自由的，而我常因為你不自由而感到不自由。」自由與不自由如此水火不容，但他們可以不時地談情說愛。「你」和「我」涇渭分明，但他們又可以彼此滲透，你中有我，我中有你，從而開闢新的敘事途徑，讓書寫得心應手，讓閱讀心知肚明，讓闡釋難以啓齒。

《道德頌》中最持續不斷的就是敘述語言的冒險，敢於並善於標新立異，異想天開的慣用語的混雜拼湊，讓人「感覺到她話語裡的強光刺激」。例如：「中餐館從來是殺氣騰騰的景況，每個人都是職業殺手，表情興奮：將一隻蝦擰斷脖頸，用牙籤剔出肉絲塞進牙縫。咬牙切齒，用堅硬的指甲，對抗它頑強的殼，剝開它，挖出白嫩的肉體，蘸上暗紅的調料，一口吞下去。如此反覆。餐桌好比斷頭台，堆滿蝦的頭顱與殘肢斷腿。」看似牛頭不對馬嘴的詞語搭配，給人以突發奇想的驚喜。

反諷在小說中肆無忌憚地被運用，使我們常常忘了這是一種修辭，誤以爲話語者天性本該如此，公認的或表面的意思走向了反面，悲哀不僅僅是悲哀，傷感也不單純是傷感，嫉妒是一種羨慕，更是對他人的損害，自尊被自卑所糾纏，言語的反諷不斷地走近情境的反諷。總之，要說清楚《道德頌》的言語風格，恐怕要端出碗酸辣湯才能品味。如同旨邑角色的多重功能，對秦半兩來說她是純情的，對謝不周來說她是完美的，對原碧來說她是高雅的，對水荊秋來說她是個貪婪的癡情者，而對水荊秋的妻子梅卡瑪來說她僅僅是一名嫉妒者。旨邑就像是地鐵的入口處，幾乎所有的角色都要從她那裡經過。她不堪重負的不僅僅是情感，還有敘事者對她的青睞和偏愛，還有敘述結構對她的傾斜和依賴。從這一點上說，第三人稱敘述的《道德頌》所包裹下的其實是第一人稱的敘述。秩序的時鐘又爲旨邑而設定，她的情感歷程有多長，小說便走多遠。不然，很可能就是另外的一部小說。

「說不清，理還亂」

「你只有獲取三個女人或許才能寫成這部小說嗎？」司湯達在其小說中不經意的說辭，反暴露出自身的創作模式。《道德頌》或許是性別顛倒的例證。你只有獲取三個男人才能寫成這部小說嗎？朱莉亞・克利斯蒂瓦在分析司湯達關於愛的書寫時，曾寫下這樣的話：「這種愛的狀態如果不與性愛欲望或語言的技巧混爲一談，就會通過性、語言和寫作爲愛開闢道路，直到最後的分析中達到頂點，從而跌落到虛幻之中。」

當我們專注於旨邑的情感世界和心路歷程時，不妨也抽出身來關注一下水荊秋。他形象是如此蒼白又是不可或缺的存在，他總是在不該出現的時候出現了，而需要他的時候又銷聲匿跡，他滿腹經綸而內裡卻裝滿了貪欲和恐懼，他表面上擁有主動權，實際只是一個附庸一個擺設而已，他有時令人感動有時崇高，那是因爲佛洛依德所說的愛是對象的過高評價；他有時是那麼的卑微怯弱、不堪一擊，那是因爲普魯斯特所稱的嫉妒使人低估對象，同時又極度誇大了他對別人的吸引力。更多的時候，水荊秋是生活在嘲弄、調侃、諷刺的陰影之中。擁有婚姻同時又擁護其他非分的強烈需求，使得他暗暗自喜，但他又爲他需求的滿足而恐懼萬分，那是因爲旨邑對他的要求日益臨近且合情合理。

「在水荊秋看來，日常生活與精神生活是敵對的，甚至前者瓦解後者，他做夢都想逃離日常生活，最終只是越陷越深。」在被《收穫》版刪去的話語中，敘事者如是說。這明明白白而又不明不白的議論，實際是水荊秋那不堪一擊的防禦性的自白。日常生活是無法脫離精神生活，哪怕精神生活在無法觸摸的別處，而精神生活又必須逃避日常生活，哪怕日常生活無處不在，如同空氣一般。作爲形象，水荊秋是虛弱而面目不清的，不是他的外貌模糊不清，而是他活生生的內在僅僅只是一些記號。

《道德頌》可悲的窘境在於，道德與婚姻無法兩全，婚姻和情感之間難以抉擇。她的折磨和他的無奈都是幻滅之途。控制或純淨情欲的打算只能刺激欲望的祕密活動，相反的，道德秩序無疑將成爲不可逾越的障礙。對旨邑和水荊秋來說，一場褻瀆婚姻的愛情即將草草收場。婚姻或虛或實，愛情或眞或假，道德呢？說不清理還亂。我們太多太多的長篇都企圖通過草草收場來宣布其偉大的主題，結果都因草率而露出其多餘的尾巴。眞可謂聰明反被聰明誤。這使我想起了科塔薩爾那經常被人引用的故事《某個盧卡斯》：主角去參加一場演奏會，其中一名鋼琴家「雙手滿是卡恰圖里安地合力敲擊毫無招架之力的鍵盤，而觀眾則如癡如醉。這時盧卡斯卻在地上摸索，在椅子底下尋找。一位女士問他在找什麼，他回答說：『音樂，女士』」。

「荊秋，對不起，我傷害了你的家庭，我眞的很愧疚……其實，我……我根本沒有懷孕，我只是想試探你，假如我懷了孩子，你會怎麼對我……你怎麼那麼笨，偏要躲著我，還要當惡人，說出那麼狠心腸的話。」旨邑突然撒謊，想幫助水荊秋減壓，想獨自承擔命中注定的浩劫。痛苦深藏在她柔和的面容背後，刀是頂在心口上，「穿越塵世的喧囂，只攜帶內心的陽光。」這是敘事的眞實結局，帶給我們的卻是不眞實的幻覺。既然鍵盤上傳不出「音樂」，我們只能滿地沒有結果地去尋覓。因爲過程是眞實可信，一種尋找音樂的行爲並不需要聲音。敘事者相信「也許抵達愛，受傷是必經之途」。而我們所看到的也許相反，愛是開始，只是一個出發點，受傷又是如何的顚沛流離。故事中沒有忠告，有的則是智慧的碎片與沉默。對夢的追求雖已破碎，但過程仍可辨認。好比「沉默是文學渴望但無法做到的，不只因爲語言是文學最必備的條件，而且因爲對沉默的一貫眷戀是文學最吸引人的成就之一」（邁克爾．伍德語）。

重要的是我們可以棄結局如何於不顧，但「必須看到從美麗到腐爛的毀滅過程，相反至被腐爛中挖掘出來，煥發新的生命」。這是敘事者的忠告。我們只能接受忠告的前半句，如果全部接受，書寫者必難辭其咎。全書前引有尼采語錄：「沒有道德現象這個東西，只有對現象的道德解釋。」我寧願把書前語當作結尾來閱讀。既然對現象的道德解釋已經完成，就應該把道德現象這個東西丟棄。《收穫》版把這一語錄刪掉，有點可惜。最後，我們不妨以戲仿作品作者的名字做結束：道德淦，甚可以。

二〇〇七年三月二日於上海

原載《文學報》二〇〇七年三月十五日

陌生人的鏡子哲學
——讀吳玄長篇小說《陌生人》

何開來這個讓吳玄牽腸掛肚很長時間的形象，到頭來是一個陌生人。這個對世界、對故鄉，包括對自我都日趨生疏的遊魂，最終來到這虛構的世界，不厭其煩地接受「長篇敘事」的禮遇，無非是讓我們認識他。在何開來的「詞典」中，陌生的解釋和詮釋是唯一的條目，而作爲其對立面的「熟悉」卻經由閱讀讓我們去折騰。敘事的狡詐之處，在於其深諳在自己具有強烈情感傾向的內部與它要繼續涉入的外部世界之間，存在著一種荒謬的悖逆。審美已成包裝，兜售的卻是移花接木式的玩笑，謬妄的線條和解構性的點是我們認知世界的拼圖。誰想在這裡裝模作樣地深思玄機、探尋意義，一不小心會跌入無法解套的「熊市」。

羅蘭．巴特曾在母親抱著新生嬰兒的那張橢圓形肖像邊寫下解說詞：「鏡像階段——『這就是你啊』」。這多少表明了介入這一映像之中的鏡子的存在。記得佛洛依德來到美國，在哈哈鏡面前指著鏡中的自己提問：「這難道就是我？」不知何開來在鏡子面前作何感想。小說中有一段何開來在鏡子面前的描寫：「他在房間裡探頭探腦找了好一會兒，終於找到了牙籤，然後站到鏡子前，咧著嘴，很是仔細地剔了許久。剔完牙，他依舊站在鏡子前，手指捏著牙籤，面無表情地看著鏡子裡的自己，也不知道他是自我觀賞，還是自我審判。」估計何開來在鏡子面前也不會表示什麼。何開來的鏡子哲學在於什麼都不能說，什麼也無法說。何開來是一個自我反諷的自戀者，一會兒茫然地鄙視外部世界，一會兒就把外部世界僅僅當作他奇思怪想的可塑性材料來對練。當你不需要他的時候，他隨時會出現；而當你需要他的時候，他隨時會逃遁。他含混不清地懸擱在人的否定性主體與他所面臨的世界。陌生對他而言並不是認知過程的一個階段，而是始終無法改變的結果。何開來的陌生既是對自己，也是對別人，陌生既是自我感受，也是對別人的不斷騷擾，對親人對同事對朋友，何開來經常會有出人意料的舉止。陌生感還是一種麻木式的寧靜，但它卻經常令人不安。荒謬的是，我們解讀想要確立的東西都是小說致力要推倒的東西。陌生人以一種現代主義的自嘲姿態把自己刪除，以一成不變的「無聊」之志抵制外部世界的積習成癮。可以說可以做的是那些並不重要、可有可無的事情，有意義和重要的事情都是不能碰的和無法言說的。

吳玄稱自俄國的多餘人、加繆的《局外人》之後寫下自己的《陌生人》，並分析道：多餘人和局外人或許對「自我」還心存信賴和信念，他們只是面對世界的荒謬，而對陌生人來說，「荒謬的不僅是世界，還有自我，甚至自我比這個世界更荒謬」。這也是一種說法，但過於明晰的說法自有其含混之處。如同中國當今社會並非那麼清晰地一步一腳印步入現代與後現代一樣。陌生人自然混雜著多餘人和局外人的諸多特徵。無聊和空虛並非「新產品」，何開來也並非「新人類」，其所以誕生和存活於吳玄的世界，也非空穴來風。其實多餘人和局外人也並不是世界文學發展的階梯，它至多是殘於中國文學的印象記，一個並不完整而又地位顯赫的「人學」烙印而已。生活於十九世紀的萊蒙托夫以一部《當代英雄》驚世駭俗，眞實地描寫了當時俄國社會的典型環境的典型人物，畢巧林是整整一代人的典型，多餘人身上體現了當時生活中所有的弊病和惡習，一個在馬背上講究飲食的、一個不顧社會，只屈從於自我作樂的放蕩勾引者。萊蒙托夫英年早逝，只活了二十七年，如果他能和其他偉大作家一樣多活幾十年，不知還能寫出什麼偉大的作品。當然這已經不是什麼多餘人而是多餘的話。萊蒙托夫死於一八四一年，而加繆的《局外人》初版於一九四二年，中間相隔一百零一年，從十九世紀俄國現實主義崇尚的「典型人物」，經由現代主義的文學革命，一直到法國的新小說，此中的經歷不僅跨國度而且跨世紀。《局外人》中，人是「荒誕」的，因為人既沒有其存在的正當理由，也沒有同宇宙的實質性聯繫。人是塵世間的一部分，由於人終有一死，他們的所作所為，無論是個人或是集體，終歸於虛無。再來看眼下這部以中國世紀末為背景的《陌生人》，吳玄在自序中認為，何開來「是後現代社會自我崩潰後的一個碎片」，其心路歷程的最後階段是「對自我的陌生感」。不能說這樣的比較沒有意思和價值，尤其是在簡單一律的「文學史思維」占據主體地位的今日中國，這肯定是一條盛行的便捷之路。問題是，從多餘人、局外人一直到陌生人，是否眞的存在著一條「繼承發展」的線性歷史，對這一點我是懷疑的。敘事的殘酷方式在於，我們不能有效地消除歷史的夢魘，就像消除貧困、壓抑制度等歷史曾經給予我們的東西那樣。歷史都難以反轉過來反對自己，虛構的敘事又如何能反轉過來成就「歷史」。

關於對自我的陌生感，並不是今天才有的說法，在一八八七年執筆的《道德系譜學》中，尼采一邊引用古代格言：「對每個人來說，自我本身是最遙遠的存在。」一邊寫道：「我們對我們自身來說，永遠都必然是陌生人。我們不能理解我們自身，我們不能不誤解我們。」自然，這裡講的陌生人和吳玄小說的陌生人形象並不能同日而語，陌生人形象不止何開來，還包括有著聯繫的雙胞胎姊妹，包括著情人李少白，虛擬的妻子杜圓圓等等。陌生人形象來自人與人、人與社會緊密關係的脫離感，不管怎麼樣，它還是來自於關係之中，一種無法認同的關係。本雅明認爲，自由與宿命是相同的，這兩者都背離因果關係的機械領域。在尼采看來，這兩個領域在藝術中匯聚。在閱讀中，我感覺對小說中的何開來做藝術評判是困難和徒勞的，因爲何開來所作所爲本身就是一個疑似的「藝術家」。何開來的行爲像自由創作，不過這種自由似乎是隨著一種宿命的不可抗拒的意志所指使，背逆父母的意願，愛一個人只不過是一次短暫的追求玩耍，組織一個家庭是爲了在其名存實亡中獲得個人的自由自在；精心裝飾打扮自己是爲了告別這個世界的跳樓自殺，逃避性愛的手段是手淫。在這一點上，何開來是一個自由人。但具有諷刺意味的是，對自由做出界定的，仍是其無法擺脫的「自戀」。何開來其實是兩個人，我和鏡中的「我」，何開來生活在這兩人世界中。所以他推崇《日出》裡的妓女陳白露的一句台詞，「太陽出來了，但是太陽是他們的，我們要睡覺了」。把自我搬離中心，並使它隸屬於躲避意識秩序，但在鏡子面前想躲避鏡中的「我」多少有點徒勞。如影隨形的「我」既無法擺脫又無法認同，這是何開來的宿命。吳玄的小說歷來精彩的地方都在其結尾，唯獨《陌生人》，這似乎是一部無法實現吳玄式小說結尾的小說。舉個例子，同樣是對故鄉的陌生，《髮廊》中方圓對一切都麻木了，「對男人的示愛，方圓不感興趣，開髮廊，好像也厭倦了。」最終回到故鄉西地，「但是，故鄉西地也沒給她什麼安慰，西地，在她心裡已經很陌生。但這裡很明確，西地作爲故鄉的陌生。那是因爲城市已成了她另一個故鄉和棲息之地。所以，她最終還是回到另一『故鄉』重操舊業。」有了交代，小說也結束了。《陌生人》不然，何開來自殺不成，命運無法安排，於是，作爲敘事者何燕來成了替身。「我的生活大概就這樣，好像我這輩子的目的，就是把個簡直沒有任何理由來到這個世界的孩子帶大。」這是小說的結尾。一個生命來到這世界需要理由嗎？這話多少有點陌生。而且這樣結尾相對吳玄以往小說的結尾，也多少有點陌生。故鄉、親情對於何開來既是陌生又是他曾經最爲熟知的，所以鏡子的哲學在相似和異己的意義上作用於小說本身。何開來這位死不認帳的「忘恩負義」者，以「冷漠」找到了陌生之鏡，結果卻發現他在此過程中已經將自己勾銷爲零。將自己排除在計算之外，自以爲不會被算計，結果很可能讓我們看見的正是盲點，一種充斥悖謬的視覺效果。如同俄狄浦斯的命運，只有在眼睛失明後才會明白眞相一樣。

陌生人的行爲、舉止，他的無聊哲學，對一切甚至包括對自己的無法認同的陌生，究竟是「內心」價值抑或是外部面具，究竟是眞實的靈魂抑或是顯示出差異的軀殼，都會引起我們對探討「何開來是誰」的關注，這是個古老的命題，也是現實主義所關注的關於人物不確定性的經典命題。誠如作者本人的思考，陌生人可以和多餘人、局外人有諸多不同和差異，但作爲人物的命題，這究竟又有多少不同和差異呢！何開來內心有多麼複雜，我們難以想像，他的性格行爲是來無影去無蹤，逃跑甚至是逃避是他的拿手好戲，他並不是心存謀略，從市政府祕書逃到電視台，從電視台逃到北京，逃離家庭，逃離故鄉，逃避性愛，逃避婚姻，他像個癮君子一樣，逃避成癮。與杜圓圓的那場莫名的婚姻是逃亡生涯中的穩定期，即使如此，那也是因爲那是一場不言而喻的契約，他第一次可以不用逃避的行爲完成了逃避的使命。逃避既是一種自我破壞的機制，又是一種自我保護的策略。從鏡子中體驗到的自我是在幻象的基礎上產生的，自我的欲望試圖將每一個自我反射都據爲己有，其結果擁有的是自我的「異在」，從這一點說，陌生感恰恰是對擁有「鏡中之我」的抵制、一種不滿和反抗。問題在於，是否有那麼一個對任何東西都無法認同且陌生的主體呢？那個甚至對「自我」都陌生的自我呢？這個無法認同其他的所謂主體，相對其他一切是否也是個陌生的東西？問題還在於，在這麼一個無法溝通彼此陌生的縫隙之間，是否存在著某種被驅逐的仲介、被遺漏的維繫之物呢？我們必須在想像之物中重新登記實在之物，不然的話，在所有認同危機之中最終發現的只能是我們自己的影子，在意義消失之後緊緊抓住的還是意義的變體，在無聊溢出之時浮現的還是趣味的盛況。如此看來，認同危機只能繼續，倘若危機一旦解除，他者就會闖入，我們要麼回到過去，要麼走向虛無。「陌生人」如果是對安樂舒適的秩序發出致命一擊的話，那麼最終是一個烏龍球的可能性不是沒有的。

何開來也難得有認眞之時，那是在勸妹妹「何雨來把肚子裡的孩子引掉，何開來覺得她是瘋子，沒瘋怎麼會這樣生孩子？何開來過去揪住了她的一隻胳膊，何開來的表情極爲嚴肅，他很少很少有這種表情」。陌生的對象依然是陌生，在家人看來不可理解的何開來繼續同樣不理解自己的妹妹。無聊自然是對目的和意義的消解，但把無聊作爲小說的主張無疑又是非常激進的文學追求。無聊乃是自我與其自身空虛的際會，類似於陶醉於自身又總是不斷地洩漏出某種莫以名之的否定意味，某種似乎是屬於異己的、他者的模糊徵兆，這既是陌生人的出路，也是一種出路的陌生感。當逃避成了我唯一的方法時，逃避就成了我的指南；當無聊成了我的核心時，無聊便成了我的世界；當陌生成了我唯一的感覺時，陌生便成了我的鏡像。無聊的絕對命令是：每時每刻都做到讓你的行爲準則不受他人態度的左右，但對你卻有著無條件的約束力。更多的時候，陌生人的表情是以「沒有表情」爲裝飾的。這究竟是揣著明白裝糊塗，抑或是不得不面對心存「空無」的深深沮喪？一句話難以判斷。明白與糊塗經常互爲表裡，對立之中又彼此替換，這很可能是陌生感的由來。黑格爾曾在其《精神現象學》中所闡明的，關於人的自我意識具有「雙重意義」，關於征服和臣服，統治和奴役的辯證法，對於後來鏡像一說具有特別的影響力。何開來既在鏡中看見他自己本身，同時又在鏡中看到的是一個不是自己的「自己」，一個「異在」的自身。從某種意義上說，無法認同也是一種認同的方式，面對自我也是面對世界的一種手段。何開來或許沒有局外人敏感的痛苦體驗，沒有齊美爾所描繪的「外來人」那張弓搭箭的緊張心緒，更不見「拉摩的侄兒」那一整套「犬儒主義」的攻防策略，但他至少有著與生俱來的拒絕一切的姿態，當然這種姿態多少也夾帶著敘事者生硬的配套機制。我們同樣明白和不明白的還在於何開來又是有著作有思想的，小說中前後出現的三封書信：「致天下小姐書」、「致李少白的信」和準備自殺前的遺書，還有那精心準備而又極爲簡短的「中國人史綱」等，都構成何開來嬉笑怒罵、玩世不恭的「碎片體系」。陌生感以一種拒絕的姿態和我們拉開距離，但我們還能感覺到，陌生人分明又是「一個特立獨行的人」、「一個黎明時分的拾荒者」（本雅明語）。

傳統現實主義認爲，衝突是可以得到解決的，現代主義認爲，自然存在救贖，不過現在幾乎不可能；後現代主義認爲，不再有任何可以被救贖的東西。從這一點上看，《陌生人》的審美哲學更近於後者，而吳玄在比之前的中篇小說更近於前者。面對世界和面對自我，我都無法取得認同，那麼我們也就無法以暗示著某種選擇的方法對其進行描述。主體要麼就進入感性的有限進程，怯懦地拋棄自我，以保持與社會秩序的一致，要麼就堅持自我，畸形地拋棄自我，飄然欲仙醉意盎然地將自我帶到超然物外的「無限進程」中，審美想像則是這一進程難以自拔的流放地。從某種意義上講，《陌生人》在敘事上遇到的難題是否和這一點有關，是一個值得探討的問題。何開來以其飄忽不定的舉止，令親人無法理解的出爾反爾獲得其穩定的身分，但其內在價值卻蕩然無存。其實內在價值是一種徹頭徹尾的同義反覆，誠如維特根斯坦所言，「根本不存在比一個事物與其自身的認同更沒有用處的命題。」差異自然是明確，佛洛依德那套對父母親的依賴性認同對何開來根本不管用，他的那套人生哲學令父母不時地擔憂、惱怒、不安，都反映了兩代人之間難以彌合的裂痕。而何開來對父母也是有著同樣陌生的鏡像，就是何雨來、何燕來雙胞胎姊妹之間難以彌合的性格、為人處世的南轅北轍。但是差異內部卻潛伏著一種「有害」的永恆，以至於一種價值或身分，在威脅到它變得不名一文的過程中，與另一種價值或身分的混淆。不管怎麼樣，《陌生人》中的人物種種，在形象塑造上和價值取向上有著一道難以逾越的裂痕，這裂痕又是我們闡釋的機會。

小說中的何開來還有一次照鏡子的機會，當他在世紀末準備跳樓自殺時，「走進衛生間，對著鏡子，仔細地刮著鬍子，又在臉上抹了些潤膚霜，他覺著他就像殯儀館的化妝師，在給誰的屍體化妝。然後，他看著鏡子的那個人，毫無表情地說，你是誰？我不認識你，但是，我祝賀你，現在，你可以死了。」這再次驗證了我與鏡中的「我」是一種對峙的關係。對我們而言，《陌生人》的敘事又何嘗不是一面鏡子，處理和理解這一文本的關係也是一次身分的認同。如同何開來的二次照鏡子。白日夢和原初幻想彼此糾葛與纏繞，既無法認同和確認，又難以區分我和我自己。現實主義的反映論再次出來說話，陌生人是我在現實生活之中經常能遇上的熟悉「碎片」；意義的思索者也忍不住會說，逃避這世界，背後既是無法入世的遺恨又是渴望入世的願望無法實現理想的怨恨。我們經常會在「清楚」的面前陷入模糊，同樣也在無法說清楚的幻象之中體驗「存在」。無意識有沒有動機，作品本身能否埋入潛台詞，視《陌生人》為一次道德挑戰，或者是一套生活信念的具體化形式和激情的遺產，或者是無法解決的道德焦慮、無法調和的衝突。彌漫於文中的一種莫名其妙的虛無，猶如恐懼遮翳了所有的聲色犬馬。我們終於發現，眼前的鏡子是透明的玻璃，我們只能穿越而過卻無法尋覓鏡中之我。確切的選擇不知所云，同樣無法令人怦然心動。

二〇〇八年十月於上海

原載《當代文壇》二〇〇九年第一期

「水邊的兩塊石頭」

——讀葉彌短篇小說《「崔記」火車》

「水邊的兩塊石頭」指的是設於街道大拐彎處的「崔記縫補攤，這對中年夫婦從早到晚坐在小凳子上，由於手藝很好，有做不完的活」。「在他們面前，每天來來往往的人數以萬計，水一樣流淌不休。」所以敘述便形容爲「像水邊的兩塊石頭」。這形容不止在情境上很契合，而且也寓指了生活的乏味和一成不變。故事由此生發，不止是敘事者的預設，而且也是和閱讀期待的共謀。

周而復始，日復一日的生活是這樣一種架構：一方面極端的不健全，病態般的單調，而另一方卻又耐久得驚人。生活的折磨不是其中的痛苦或無序，而是其頑固的一成不變。經歷了砸小凳子事件，秋媛的離家出走，常態的生活引進了危機，劇烈動盪、刺激、不安和盲目的興奮。秋媛一次又一次「想見一個人」，我們也由此聆聽一個又一個故事中的故事，但故事後面的括弧裡分明寫著：對日常單調生活的不甘和抗爭。我們希望在離家出走事件中瞥見另一番生活圖像。和所有希望對峙的依然是往日的生活，終於「老崔和秋媛就和平常一樣忙碌，在他們面前，來來往往的人從不間斷，買菜的、閒逛的、上班的……各式各樣路過的人就像水一樣流淌。他們安定，穩妥，一成不變，成了水邊的兩塊石頭」。這是小說結尾處重複的開頭時的情境，情境如故，但水邊的兩塊石頭不再是形容詞，而是肯定用語的判斷；辛苦依舊，「然而他們不慌不忙安詳的樣子透露出一個信息：他們生活得很正常。」不清楚這「正常」兩字的確切含義，不是我們不清楚，而是我們不希望清楚也無法清楚。正常的生活既是一種幸福也是一種疾病，它既是我們每天的必需，也是我們每日的不甘，或者正常的生活和異常的病態互爲鏡像，充斥著滋生和寄生的關聯。

火車在小說中很重要，它是動力，是秋媛擺脫「心中沒有快樂」生活的可能性。小說中四次寫到火車，從她「慢慢地在鐵軌上躺下來，感受火車駛過留下的微顫和熱氣」開始，聽覺中的火車、心中的火車、腦子裡的火車、紙做的火車一直到紙做的火車貫串全篇，伴隨著人物的情緒、情節的曲折起伏到故事的結尾。秋媛問：「你坐火車走啊？我每天都聽到它的聲音，但是從來沒坐過火車，想起它，心裡就會激動。」火車對秋媛而言，它不只是一個眞實的渴望的對象，而是一種對眞實的渴望，渴望知道辛苦、乏味的個人生活在碰巧弄得瑣碎混亂，單調生活又會成爲什麼樣，渴望知道擺脫的可能性。小說終於讓我們明白，一件小事的糾纏隨時會激起我們對生活態度和喜怒哀樂的重新分配，而整個敘事成就了單調生活和試圖擺脫單調生活的磕磕碰碰。

不止於此，還有那「眼睛」。對敘事而言，視角是出發點是基本的東西；說到描繪，小說又是觀察的藝術，努力接近生活本身應有的「更微妙的成長」（福斯特語）。我們沒有必要也無需在這裡討論這方面的「眼睛」。值得注意的是，作爲對象身爲情境、局面、公共語言的眼睛在小說中的作用。不長的一個短篇，對眼睛的描寫不下十幾處，確切地說，這裡講的是被觀察、被注視的「眼睛」。比如發生在「崔記」織補攤上的一幕：一位男子出現，「他有霸道的眼神，他的眼神讓這些不僅顯得合理，更顯得驚心動魄」；他來到攤前，「禮節性地看了她一眼」；「下午四點半鐘，這位男子來拿縫好的短褲。他顯得心事重重，眼睛看著地。」而她呢，「眼睛看著手上的針，耳朵裡充滿他的腳步聲」；「平常的一幕，除了她的內心像閃電一樣擊過。」而坐在她邊上的丈夫，攤主老崔「不需要抬頭，他全身上下都長著眼睛呢」。不同的眼神、不同的看、不同的回眸，還有那不看之看，層次、節奏乃至內心波瀾如數登場。還有那貫串全篇的三次「想見一個人」，還有那老崔的悲嘆和秋媛的控訴都無不和眼睛有關。有時候，對於眼睛的認識更是超越了視覺的意義。「人家的眼睛看著我們，我的眼睛看著她。」老崔評論說：「這就是我們的生活現象。」敘事者甚至補充說，「他把『現象』兩個字咬得重重的。」在諸如這樣的句子中，卻有著驚愕而透徹的隨意，試想，這和晦澀而深奧的拉康名言：「我們只能從某一點去看，但在我們的存在中，我被來自四面八方的目光打量。」又有什麼不同?原來，單調的生活也有其並不單純的一面。從一個更廣的背景上說，在一個崇尚快速上網、準點遞送、不斷創新和增速、時尚隔夜就變、資本四處流動、強調多用途生產的世界上，單一靜態的不變之人成爲公然的對照之物。「水邊的兩塊石頭」既是冥頑不靈，不知今夕爲何夕，但其又不啻爲廣大底層，多數小人物的「招牌」。單調乏味的生活，無奈且頑固的堅守，這也許是平淡與冷漠的安慰。從這個意義上說，冠之以「正常的生活」也不爲過。一個關於福樓拜晚年的悲哀是這樣的，福樓拜一生都在痛斥安定的資產階級家庭，晚年他看著這樣一個家庭卻說：「他們過得很眞實。」對福樓拜而言這是個可怕的時刻，是對自己主張的一筆勾銷。對我們而言，也不失爲對日常生活多了一些理解和仁慈。

未來是原封不動、尚未挽回的，但過去則是無法挽回的。唯有「現在」是和「尚未」與「無法」失去聯繫，它和牽掛與想像沒有緣分，僵硬的「石頭」唯有在水邊才能顯示出其頑強的存在，對小說而言，火車是未來的替身，是求變的潛台詞，而那無處不在的「眼睛」被注意被感受時已然成爲過去。這是「崔記火車」的時間概念，也是一種生存和鬥爭的哲學。瞭解一種生活的實情並不是要被迫面對最不幸的事情。面對平淡如水的日復一日、年復一年，我們可以這樣安慰自己，正如愛德格在《李爾王》中所發的那番議論，只要我們能夠說，「這是最糟糕的，情況就不是最糟糕的」。問題在於，當那火車成爲腳下紋絲不動的「紙做的火車」時，糟糕兩字已無法束縛其意義的出路。還有那不時糾纏於小說的老崔那多少有些神祕的病，說它是一種「沒有快樂」的病，多好，充滿著隱喻和意味。但最後把它解讀爲「憂鬱症」，猶如飲料攙水，乏味。

選擇《「崔記」火車》，是對葉彌小說創作的選擇。而倘如要議論葉彌的小說藝術，此篇並非最佳選擇。我注意到一些評論葉彌小說的說法和用詞，諸如招魂、非歷史性、靈異、寓言乃至童話等等。生澀、擴大化的褒獎，看似明確細想又是不甚明瞭的話語經常爲人使用，這裡的問題不是出在批評而是小說。經常有這樣的書寫，大家都似乎感覺到其好，但妙在哪裡又似乎都在雲裡霧裡，「說不清，理還亂」，葉彌的小說也是其中一例。這也讓我想起米蘭・昆德拉經常說的，「小說應該毀掉確切性」，「全部小說都不過是長長的疑問。」敘事對葉彌意味著，我們在想像中對世界做了什麼，以及這個世界如何布滿了我們的偏愛和詮釋。但敘事也意味著語言對我們做了什麼，我們注定會在語言的牢籠中謀求生存，隨時都會落入語言布下的陷阱，也可能因文字的疾患而步入「病態」。小說中，當這個男子問秋媛，「家裡男子得的是什麼病?」不知是關心她還是關心他的男人。秋媛說：「沒有快樂。」敘事者進一步告訴我們，「這句話沒頭沒腦的，但是這位男子注視著秋媛，自認爲聽懂了。他不想表示出聽懂的樣子。他是一個本分的男人，只有不瞭解他的人才會被他的外表迷惑。」這裡，聽又何嘗不是一種閱讀，自認爲讀懂了其實是沒讀懂，不想表示出讀懂的其實是讀懂了其無以言表的東西。書寫者和閱讀者的命運都是一樣的，千萬不要被外表所迷惑。

二〇〇八年十二月六日於上海

原載《上海文學》二〇〇九年第二期

夢幻與現實

——讀陳善壎短篇小說《大老闆阿其》

短篇小說的生產和消費似乎都進入了寒冬，新年伊始的首期《文學雜誌》、《人民文學》和《收穫》雜誌，都不約而同地沒有刊登短篇小說，即便是純屬偶然，也會引發必然的聯想。令人匪夷所思的是，在號稱工作繁忙、節奏加快、業餘生活豐富、時間緊缺的今日，沒完沒了的長篇依然統治著文學市場。與此同時，人們對文學在生活死角、無足輕重的細部死死扎堆的不滿情緒與日俱增；對財富呑併八荒的世界既愛又恨的情緒也在敘事中不時流露。知覺經常是種錯覺，現實的行動包括著夢幻的無能，認識經常包含著謬誤。無論是虛幻的世界抑或是眞實的夢幻，既是生活之水的流淌，也是小說意識不合時宜的美學流露。

認識一下大老闆阿其，當他還是一個單純豪爽的青年時，租用了鄉間的十畝地開花場，兩夫妻用廢棄的包裝紙板搭成一間小屋，辛勤勞動，踏實做生意，這時候的花場生意好得令人眼紅，來這裡的簡易公路上如車水馬龍。小說告訴我們，那時他是有錢的，「他的眼睛是乾淨的」。但後期的阿其租下整座大山八十年使用權，他經營模式升級換代，關心的是怎樣把大山包裝成生態旅遊項目，把有限的資金無節制地花在他認為可以引來金錢的流行操作上。成為大老闆的阿其是沒錢的，整日沉醉在他的生態旅遊評估資產的夢幻之中，按小說的說法「掙扎了這麼多年，終歸還是無力回天；一切努力，只是加速了衰敗」。阿其經商的前後兩截是構成故事的基礎，其中也寓意了敘事者的判斷，前半截是踏實掙錢，勤勞致富，後半截夢幻瘋狂、迷茫且充滿著風險。難怪最後敘事者「我」如此感嘆，「我本想提醒他別再做夢了。席捲全球的金融海嘯已捲走了你想要的一切可能。還是重操舊業老實種花吧。」寓意明確，判斷清楚，無疑是犯了小說創作的大忌。無奈，敘事者一意孤行，如同阿其大老闆之夢的無法挽回。阿其的後半截創業因此失敗，我們無法用假如來做另外的推論。生活中自然以成敗論得失，如同全球金融海嘯來臨，人們自然會探討自由經濟與風險創業的作為一樣。但如果小說也如法炮製，那不是輪到小說的夢幻了。從這一點看，小說製造者和阿其的失敗如出一轍。我們可以把這個文本看作是規勸性的文本，出於友善，有點仁慈，挾帶著一些人生的經驗認識，自以為對世事的洞見，還有對財富的諷諭和不屑。作者用詞簡約明瞭，但也堆積一些簡單明瞭的意義。

很奇怪，為什麼有那麼多的短篇小說，偏要選擇陳善壎的《大老闆阿其》呢？就是在這一期的《文學界》中，它也是排列末條。不錯，陳善壎是一位值得重視的奇異之才，但此篇短篇未必是其上乘之作。但無論如何這也是陳善壎筆下最貼近當下生活的一篇作品，況且作者還熟諳短篇製作之道，知曉視角的靈活運用，懂得讓大老闆阿其漫長繁衍的經商之道留給閱讀的想像。同樣是巧合，《當代》首期也發表同類題材的長篇小說《福布斯的咒語》，講的也是財富增消的故事。作者王剛名氣那麼大，然而讀此部長篇感覺其實難副，一個短篇才六千字左右，長篇則二十多萬字，相比之下，前者告訴我們長話如何短說，後者則放肆地讓短話無限拉長。不止主旨類似，兩部作品都不約而同各自出現了眞實生活中的「富豪」名字（楊煉和牟其中）。我想說的是，短篇有時會勝過長篇。這也許是我推薦此篇小說的理由。

如同絕對眞理不啻是一種唬人的東西，財富依舊像病毒一樣糾纏不休。最近許多作品關注此種糾纏，然則筆端傾注則是譏諷之詞。金錢已不是我們冷嘲熱諷所能擺脫的，問題是我們面對眞實生活的虛幻如何丟棄卑弱的自尊心，面對虛構世界中的現實部分如何堵絕移情別戀的恐懼。對財富的態度經常寓意著道德的漂流和欲望的橫流，無功利實際上也是一種功利形式，這聽上去似乎矛盾，但未必就是虛僞的。河水高漲之時，裸泳者未必有人知曉，唯有退潮了，我們才略知一二，但退潮又不是這個時代所期望的。阿其在財富問題上的成敗得失，並不是什麼善意的規勸所能解決的。希望阿其能召回年輕時代的單純也只能是規勸的善意。規勸是無效的，但在這裡我們可能覓到短暫的審美寬慰。把成敗得失歸之於私人領域，單純的個人作爲，這違反了歷史現實，無視私人和公眾領域的交錯滲透。失敗者無須萌生悔意，如同成功者心存僥倖一樣，他們都會被社會進步的姿態和經濟的增速所淹沒。

二〇〇九年二月五日於上海

原載《上海文學》二〇〇九年第四期

記憶是一種忘記的形式

——讀麥家短篇小說《漢泉耶穌》

這是一個關於記憶的故事。第一人稱的敘事，講的又是過去的事，只能存活於記憶之中。這又是一個孩子的記憶，與故鄉、村落、祖輩有關，點點滴滴、斷斷續續，記住的只是人與事，或者事與物，卻又無法明白其含義。記憶和敘事者的「我」廝混、打鬥。每當我們企圖瞭解過去的意義時，過去提供給我們的只是大量的轉義。人丁興旺的蔣家村，有點龐大且充滿著傳奇；有點鬼裡鬼氣的外爺爺，信奉耶穌的外爺爺；傳說中當過長毛的爺爺，是村裡權威話語的同義反覆；還有那不知能否祛邪、能否對付惡鬼的石灰卻支撐了漢泉耶穌一輩子的信仰。這種記憶讓人想起一個安寧獨處的經驗。有意剔除父輩的存在是否寓意了我們都是某種文化的囚徒。儘管古怪，儘管傳奇，外爺爺和爺爺都是故鄉的經典。難怪小說背後的創作談中，麥家從不談故事內容的來龍去脈，說的卻是「經典不像陽光，如記憶」。

記憶是一種命運，記憶是一種存在，當記憶風生水起，是我們生活於它們之中，而不是相反。和自由與宿命一樣，記憶是背離因果關係的領域。在《漢泉耶穌》中，記憶本身就是小說的內容，它是個角色、是形象、是氛圍。有人曾說，短篇小說的要義是給讀者留下對人物或情景或氛圍的印象，把所有其他的東西一概剔除。麥家是否想照這一要義去製作《漢泉耶穌》，我們不是很清楚。但小說本身倒是剔除了很多很多的東西。不然的話，此小說又可能向一部時下流行的長篇靠攏了。從太平天國的傳說到村落之中幾代人的恩怨情仇；從外爺爺信奉耶穌的傳入到文革中以一種迷信摧毀另一種迷信，其中都不缺長篇史詩的製造要素，麥家捨長取短。讓記憶登上前台，小說的行文則平靜如水，似乎沒有注意到任何不對勁的事情。雖說敘事語言的直白有著自身的豐富性，但閱讀提醒我們必須防止對這個情境做過於字面化的闡釋。直白和蒼白雖相差千里，但它們的轉換和顛覆卻是經常發生的。

如果小說存在的目的是提醒我們那些忘記的事物，那麼恰恰這一點本身倒是我們最可能忘記的。這種說法如果說也是一種觀點的話，我是支持的。因爲我們的閱讀並不是爲的要記住蔣家村，記住那三層樓的紅房子和那大戶人家的三層樓，記住那跟耶穌關係很好的鬼，還有那說話簡單、生動、誰聽了都會明白的爺爺。正如小說最後所言：「兩位老人家，像有魔法一樣，讓我停留在他們的記憶中，而不是——他們停留在我的記憶中。」記憶是一種敘述的尋覓，爲的是他人的記憶。記憶不是忘記的否定，忘記是一種忘記的形式。在瞬間的認同之中，並不意味著在記憶的瞬間中抓住記憶，不是別人活在「我」的記憶之中，而是我們活在他們的記憶中。這種情境很像卡夫卡曾寫過的一篇短文，名爲《歸家》。兒子回到父親那裡，不敢進門，從窗口往裡瞧，看到了廚房，一切都在那裡……「這確實是父親的房子，但每一部分都冷冷地擺在另一部分旁邊」、「一個挨著一個。」這篇短文提醒我們重新注意麥家那平靜如水的行文，因爲它的存在，才使得我們記憶中的那一部分實際存在的距離，有了理應存在和應該確定的距離，交流和理解，某種相互關係才有可能。在這個意義上，記憶也是一種他人的自律。在記憶中剔除實用主義的激情，警惕記憶成爲現時話語的注解，這大概是《漢泉耶穌》的文學性所在。

二〇〇九年三月二日於上海

原載《上海文學》二〇〇九年第六期

風度的含義

——讀鐵凝短篇小說《風度》

每一部小說，就像所有藝術作品一樣，都同時由單獨的時刻和持續的時間組成。《風度》說的是一次聚會，嚴格地說是一次城市中的聚餐。但內容卻是與鄉村有關，與他們早年在一個叫星石頭村插隊的經歷有關。於是，持續三十年的記憶便伴隨著相聚的片刻而綿延流淌。小說用的第三人稱的敘述，但其中卻隱含著程秀蕊的敘事視角。十九歲以前一直生活在鄉村的程秀蕊，而今早已是C市的市民，一年前剛退休。三十年前，作為生產隊長的女兒程秀蕊是主，而前來插隊的知青則是客，而今進城了，主客發生了顛倒，但關係依舊。敘事者心思縝密地呵護著這一關係，卻也不忘三十年城鄉糾纏的演繹。故事是為那段鄉村記憶而寫，含有隱喻的場景又是設定在城市的聚餐。

小說雖簡短，但敘事者卻不厭其煩地介紹這一次聚餐的原由，因為早年插隊的夥伴李博從法國回來，他的公司和北京談一個環保專案。為成功人士接風既是一種現時的流行，又是維繫著三十年持續的歷史變化，生活如同這名曰法蘭西的包房一樣，既有現實感，也是充滿著戲劇化的。程秀蕊從當年在鄉村時就喜歡和這批知青相聚，「覺得他們是不俗的文明的人。」這不俗表現爲敘事者一廂情願的吐露，身陷貧困之中自得其樂的追求，沒有這個旮旯裡的猥瑣，不喜好「鄉下人最乏味、最野蠻的動作之一『打老婆』」等等。尤其是小說中從未現身的隱形主角李博，當年插隊年歲最小、瘦弱而又羞澀的學生。一個把乒乓球和《資本論》看成生活中那麼要緊的事，身上分明有一股子誰都沒有發現的力量。說「關係依舊」，那是因爲對程秀蕊來說，「要和他們相像的願望」三十年來還是點點滴滴如隱身人一樣追隨著她。在我看來，這願望既是具體的個人記憶和嚮往，也是我們無法具體化的社會無意識的狂亂。它既是小說中情境化的心理活動，也是三十年社會變遷的抽象符號，是一種未必需要明確表露的隱喻。

圍繞著隱形主角李博的故事是走夜路拉糞和那場乒乓球比賽。這是故事中的故事，也是記憶中的故事。一場沒有透露出輸贏結果的比賽無意中卻洩漏了一種風度。彼此讚美對方的球技而並不在意結果的風度，卻暗含著諷諭。當小說寫道：「聽見胡曉南正在講李博，講他的科研、他的資產、他的公司同國內合作的專案。」感慨「如今發展最好的還是李博啊」。程秀蕊「逐漸清晰地意識到，原來『法蘭西』、珠寶、化妝品、『一七二九普洱』、真假壁爐、『惡到爆』……」是可以忽略不計的，聚會其實也和生活的輸贏沒有關係。一次明白風度含義的結局於是成了小說的結局，至於李博到來後的聚會內容已經成爲空白的敘述。敘事的輕盈和優雅，讓不說之處充滿著敘事的活力，四處潛伏的隱喻，這自然是此小說的過人之處。問題在於，讓那麼明確的一次明白作爲結局，是否有損於審美的風度。無可厚非，點明要害，引出一個寓意自然是許多短篇小說的慣用結局。閱讀在享受這些不那麼折磨人的方法時自有其稱心如意的地方。而藝術創新的難題生來就是和這種稱心如意作對的。契訶夫之所以被稱之爲短篇大師，就是因爲他從不運用這種慣用結局。水清則無魚，過於明白很可能也是一種「風度」，就像小說寫到的，「胡曉南經營珠寶，但他的夫人渾身上下沒有一樣珠寶」，「王芳芳是一家國際品牌化妝品的地方總代理，但她自己卻從來不用化妝品」。悖謬的是，追求表面的風度恰恰丟棄的是風度本身。敘事的風度也許正在於小說家願意棲息在語言裡，讓語言自己說話。

鐵凝無疑是一個重要的作家。今天我們談論鐵凝的小說，可能有許多主要的闡釋和評論是繞不過去的，比如郜元寶的那篇論文《柔順：革命文學的道德譜系——孫犁、鐵凝合論》，其中涉及文學史的脈絡、革命文學中的道德譜系、對「甜蜜拍打」的疑慮、關於「柔順之美」的倫理擔憂等一系列問題，都是值得探討的。當然，談論這些問題並不是此文的目的。我想提出的是，小說文本所遮蔽的東西，和隱喻所指與飄浮的能指，和語言的空白與不說之說是否有著截然不同的界線可分？能從《哦，香雪》中注意到「這個故事柔美無比的外衣下面，其實包含著殘酷而淒涼的人生處境」，我們就很難認定這是本文之過。一種敘事的支撐必然包裹著遺漏和遮蔽。我們必須超越這些簡單的表象，去思考下面所潛藏的假定、姿態、啓示和可能性，以及這些表象爲我們暗示或聚焦的一切東西。有時甚至包括其隱含之物和被遮蔽的逆行。總之，一個沒有說出的話比說出的話更加豐富的地方，很可能也是文本的含義。

二〇〇九年六月十二日於上海

原載《上海文學》二〇〇九年第八期

隱喻之旅

——讀楊少衡短篇小說《輪盤賭》

和楊少衡其他小說一樣，每一次作業都是一次隱喻之旅。從《林老闆的槍》、《尼古丁》、《多來米骨牌》、《俄羅斯套娃》……一直到眼下的《輪盤賭》。輪盤賭爲國外一種賭命的恐怖遊戲，賭具是一支左輪手槍。玩輪盤時，左輪槍的輪盤裡只裝一顆子彈，其他彈槽洞輪空，賭命者輪流拿手槍對準自己腦袋開槍，一人只扣一次扳機，碰到輪空沒裝子彈的彈槽洞，他就活，誰碰上那顆子彈誰倒楣，一槍斃命。此遊戲的傳說出自縣長黃縱之口。當年在市扶貧辦和我背靠背一起共事，「那時黃縱在一群機關小字輩裡已經顯得出類拔萃，他很聰明，爲人處世很周到，有氣魄，見多識廣，知道我們很多不知道的東西，像輪盤賭。」小說中的敘事者「我」如是說。如此突出黃縱的優點，自然是相對本分迂腐的「我」所沒有的。楊少衡的故事經常設置兩個或幾個性格稟性懸殊的人物，官場的潮流和暗流由此而展開。不過，此次略有不同，「我」更多的是擔當敘事者的功能，而作爲隱含作者的觀點、看法、功能，經由「輪盤賭」的隱喻之旅去完成。

和其他小說差不多，楊少衡的每個故事雖說不上「懸」，但每次都圍繞著一個「疑」字。敘述步步爲營，推理扎實有序，疑似「慰問金」的信封猶如敘事和閱讀的共同問號，既燙手又勾引我們的好奇心，好像左輪手槍中的那顆子彈，槍響和輪空只是瞬間的賭一把。還不至此，小說並不滿足於解答誰是受賄者，而努力去揭示可能涉案者的一種心態，東窗事發者「其實不必扣扳機，這個人的腦子裡已經全是槍聲了。槍眞的一響，對他可能是種解脫」。而那些僥倖躲過一劫者的感覺又如何？小說最後如此設問：「很遺憾沒有解脫？腦子的槍聲停了沒有？還打算接著玩嗎？」讓故事觸摸人的內心更爲眞實的狀態，無疑是楊少衡小說的又一特色。抓人的情節演示總是和溫文爾雅的敘事心態吹響的是集結號。

官場的經驗和人性的視角的交織是楊少衡小說的不二法門，不經意的日常玩笑和骨子裡的嚴肅審視，既是楊少衡的方法論，也是其小說經常地處於頗爲尷尬境地的緣由。當然，其不慍不火的「幽默」又暗藏著其他同類小說難得的洞見。瞭解官場的種種神祕，既是茶餘飯後的談資，也是普通人潛在的、無法祛除的鬼魅。楊少衡的興趣不在這裡，相反的，看重官場的世故周旋，筆墨落在基層，其小說的官場自然別有一番滋味。楊少衡的官場敘事很少有簡單道德判斷的迂腐氣，盡可能的平等待人待物，既是其對生活的理解，也是對敘事藝術的理解。民主既是公共生活的訴求，也是小說敘事的經驗，而理解恰恰是其基礎。這讓我們不時想起巴赫金著作中經常出現的關鍵字——「同情的理解」或「理解性的想像」。

突發事件經常是楊少衡小說的出發點和結構元素，但講述突發事件的過程，隱含的作者卻是一種平常的心態，這和許多小說寫的是日常，用的卻是興邦濟世之心是不同的。倘若這是兩種不同的敘事態度的話，我更傾向於前者。在一次討論會上，我談到小說本質上是和世俗有著淵源關係的。當然這一說法使許多與會者不以為然。小說的興起自然有著眾多理由，但就其最為興旺的時期卻是和貴族之心的衰亡維繫在一起的。需要補充的是平常之心並非庸俗之意，它包含著平等待人、理解至上、不故作驚人、懂得言語之外的妙處、給敘事對象留有餘地等等。理解和經驗的諳悉，使得楊少衡的敘事並不為傾向所困，當然，這並不等於說沒有傾向。寫的是「輪盤賭」，還是為了放棄輪盤賭心態的規勸？不過，這種規勸是一種意味深長的表述。

從《輪盤賭》中的左輪手槍，我們自然會想起楊少衡另一部頗具影響的中篇小說《林老闆的槍》。同樣作為「槍」的隱喻，似乎後者更具生活情趣，在完成隱喻的兩頭之間更具彈性和人情味。而《輪盤賭》則多少有點為隱喻而隱喻，作為一種賭博遊戲的插入，作為伏筆，為的是完成最後的影射之意，直指貪腐官員面臨東窗事發前的一種特定狀態。相對中篇，短篇小說篇幅短小，但短小並不意味著寓意的簡單且直接。這是短篇的難處，而非其無可奈何且無法擺脫的局限。

二〇〇九年八月十日於上海

原載《上海文學》二〇〇九年第十期

「偏執」的藝術

——讀韓少功短篇小說《生氣》

除了八句提示性的問候外，全篇充斥著生氣者的宣泄，到處是沒有節制的擺譜、炫耀，自以爲有財還有才，自以爲時尙還唯恐他人不知。對外部充滿難以平息的敵意，刻薄甚至到了惡毒的程度，羞辱性的嘀嘀咕咕攙雜著癡人夢話與古怪價值的雜燴。自始至終都是符號與影像漫無目的的混戰。

生氣者何人，小說中也沒什麼明確的交代。我們從生氣者斷斷續續的自吹自擂中得知，她可能是什麼愛鳥協會的副主席，偶爾也出席過某電視台節目的嘉賓，滿嘴吹的是這個委員、那個理事，這個顧問證、那個貴賓卡；還有什麼十大巾幗英雄的大紅證書、香港皇家院名譽博士，好幾種《名人錄》裡白紙黑字的條目等等。具體可證的這是一位姓白的編輯，曾經因抄襲而被撤了主編位子。實際上，這些都是不重要的。用生氣者自己的話來說，這是一位「說的比唱的好聽，臉皮比東門老城牆還厚」的人。我們可能從這「自以爲過得滋潤、過得瀟灑、過得豐富多彩」的行屍走肉般的生活中，嚇出一身冷汗。

整篇小說充斥著一個虛榮之人的各種幻想，一個時尙的社會寵兒的白日夢，一種落伍心理的變態流露，充斥著歇斯底里同時又裝腔作勢的聲調。很難判斷生氣者的話語是具體場景下明白無誤的回答，還是混雜著內心活動，暗中詛咒的混合話語。如果是前者，那是過於淺薄；如果是後者，那麼，對於意味的探尋便有著多種路徑的可能性。

無論如何，小說都揭示了一種偏執狂的心態，既是現實的反映，又是夢遊般的洩漏。與敘述的極端對象相配，小說運用的是一種極端的敘述，偏執的形式、孤注一擲的披露，除了諷刺還是諷刺，除了挖苦依然是挖苦。諷刺發威時，絕對沒有什麼東西能逃脫其威力；偏執的東西一旦被敘事，讀起來就像是笑話的殘餘，它不像幽默把險惡的世界轉爲快樂的場所，更多的時候，它倒是前後者的轉換。韓少功的此篇小說到處都是攪局的言辭：詞是一回事，所述之意是另一回事，說是一回事，理解又是另一回事。這種敘事經常幹的是用最爲赤裸裸的話語來遮掩最爲可恥的事實，如同腫瘤的膿包一般暴露在理性的光束之下。

生氣者從何而來，也許並不明確，但靜心想一下也有點熟悉。生氣者很像是那失蹤多年的「馬列主義老太太」的後裔與繼承者，又很像是那市場經常流行的嘉賓主持的華麗替身。重要的不是形象而是言辭，市面上流行的陳詞濫調，「此地無銀三百兩」式的犬儒主義，由錯覺、虛假、幻象乃至思維失調引起狂亂入手，讓所有不聽話的言詞變成馴服的工具，讓目的明確的話語降低到包裝代碼式的沒有目的的循環之中，讓獨白式的「生氣」打上了時尙盛宴的標記。總之，生氣只是結構的藉口，是草擬的目標，解放諷刺的通道。

韓少功是善於並置調和理性思考和現實感悟的高手，多少年了，他的批判性思維從不失去其對變化中生活的敏銳觸覺。難怪很多年前吳亮在寫了一篇《韓少功的感性視域》的評論之後，感到言猶未盡，又寫了一篇《韓少功的理性範疇》的評論。韓少功又是一位公認具備文體自覺意識的作家。他不斷地自我否定，從不滿足於單一的書寫方式。別的不說，單是去年至今，韓少功發表的三個短篇和一個小品，在文體上也各不相同。記得今年在同濟大學前去會場的路上與馬原同行。說到韓少功，馬原感慨地說道，作為作家的韓少功是成功的，每隔幾年都有好作品問世，且每部小說的文體又是那麼不同。對馬原的感慨，我很有同感。

二〇〇九年十月七日於上海

原載《上海文學》二〇〇九年第十二期

《也許》的也許

——讀盛可以短篇小說《也許》

或許是經濟高速增長的縮影，或許只是爲了尋找改變自身機會的一個個案。在雲南高原外的一個很小的古鎮生活了十八年的莊清水，在深圳應聘打工的故事，他換過很多工作，爲的是掙更多的錢讓女友過得幸福體面、爲的是回古鎮重整「葉子」樂隊。葉子既是樂隊的名字，同時也是指致人夢幻的大麻。在小說隱隱約約的交代中，年輕人因故鄉的葉子而被萬科中心應聘，因葉子而和一身整潔、氣質高貴逼人的雌「海龜」，萬科中心的總經理周夢月扯上了關聯。故事很簡單，但敘述則如夢如幻如拼貼，很有些現代都市的氣息。

對年輕人來說，都市是叢林、是深淵，充滿著誘惑，是波德賴爾的擁擠人群，是陀思妥耶夫斯基的死屋遭遇。而對有錢的周夢月來說，那遙遠的小古鎮則是另一種天堂，是精神的解脫之地。同樣的葉子，有些人因它而變得「充實」，有些人因它而變得空虛。「難道這就是有錢人和沒錢人的區別？」敘事者的發問作爲問題是一種簡約主義，而作爲隱喻自有可尋之路。在文學中，城市與其說是一個地點，不如說是一個隱喻，對年輕人來說，萬科中心與其說是一個建築，不如說是一個虛幻的符號。在這裡，「不眞實」成爲了一種眞實，「不眞實」的城市和高樓則是放縱和幻想，奇特地張貼著各種欲望的活動舞台。深圳的節奏和沒完沒了的合同、簽字、策略調整、應酬，有的是來自高檔辦公環境的壓迫，爲了錢將靈魂賣給魔鬼，到處是欣賞不擇手段的人，披著高貴的外衣，冤家往往是你身邊最親的人。冷漠、無動於衷的態度是對城市背景中過量刺激的一種反應。城市既是機會，又是充滿著誘惑和教唆陷阱，年輕人身處前者但又不知不覺地滑入後者，受一百萬的誘惑，走上了綁架繼而又轉向綁票的不歸路。說其故事簡單，無非指的是其情節演繹的過度直線缺少迂迴和波折。情況可能是我們的行爲越來越受制於約定的符號，生活已經從「現實的商品化」走向了「商品的現實化」。幸好還有精彩的敘述與描摹，還有對都市精神的把握，使得整個小說讀起來猶如周夢月的臉，「那無疑是道複雜的難題，他得不出任何結論，可見的輪廓清晰的線條，眼神像深山清潭、隱約有幽冷的波瀾。」

與年輕人的簡單線條相比，作爲符號的周夢月可能要複雜些。她既是引領時尙的封面人物，內心又無比的孤獨。一個高高在上的總經理，卻喜好割腕自殺。她是一個受害者，卻又把他人的價値歸於零。吃葉子的感覺是什麼都被放大了，其實，沒吃葉子的周夢月已經被放大了，從一個能夠理解和同情的受害者到一個指使他人實行綁架的主謀，一步之遙的轉換讓人難以理解和無法同情。與其說這是不斷走向欲望倒錯的一場遊戲，不如說當今的犯罪案例很大程度趨向於「模仿論」。讀《也許》的感覺可能有多種多樣，而對我來說，感覺人離我們越來越遠了，剩下的只是物的印象而已。對城市而言，物是一個龐大的體系，伴隨著某些驚人的病態的人工製品，它的感性內容退化爲極其狹窄的直接性。猶如小說中描寫的那個打發有錢人的地方「好日子」大酒店，「豪華轎車來來往往、銀光閃爍，不遠處河灘上的浪漫燭火彷彿天堂。」然而，這來自天堂的故事卻有著難以理解的失調，也許，天堂和地獄之間並不那麼遙遠，它們之間的轉換有時我們並不那麼容易察覺，如同周夢月的轉變，只是一步之遙而已。

二〇〇九年十月二十三日於上海

原載《紅豆》二〇〇九年第十二期

讀後ABCD

——《上海文學》小說讀札一至六

1

A：「最後一個叛匪倒下，被一把馬刀刺倒。」於是革命勝利了。隨著故事的發展，戰場英雄蕭營長最終將馬刀刺向自身。這多少有點離奇的過程全因一個叫香草的女人，全因這個曾經是妓女的香草，全因這個被蕭營長拯救繼而又被蕭營長毀滅的香草。情節的完全合情理性，對董立勃這樣的作家是不重要的。他需要的是大漠戈壁沙土曠野的場景，更關心的是如何讓怨憤悲鳴的長歌去打動讀者的心靈。崇尚浪漫粗狂，把小說當作畫意來處理；追求節奏調感，把敘事話語當作詩情來展現，這才是董的本色。

小說希望變成香草的簫，「簫的聲音像水一樣在月光下流動。聽著這樣的聲音，好多人都做了一個好夢。」夢醒了，竹簫的聲音沒有了，而插在胸口上的刀尖，像鏡子般閃著雪一樣的亮。

B：《馬刀和簫》很容易使人聯想到托爾斯泰的《復活》。這並不重要，我們誰又能離開人類經典的陰影。超越和創造經典的機會少之又少，而寫作天天在進行，刊物則月月要出版。何況，蕭營長並不是聶赫留朵夫的複製，拯救與毀滅的主題也不同於寬恕與贖罪。

倒是有些相似之處值得我們推敲。這裡的幾部小說題材千差萬別，不止有戰爭歲月的西部、現實題材的民工存亡、特殊年代的文工團生活，更有快要被遺忘的手抄本「少女的心」。奇怪的是，豐富題材的結尾，選擇卻都是死亡。民工錢仁發有點瘋了，他終於用那死都捨不得用的二十元錢為死去的劉福利搞了個按摩；「少女的心」誘發了學生們性的青春躁動，而臨將期末人人必須通過的體檢，卻讓一個叫劉曉慶的女生從樓上跳下來了；白麻雀斑瑪措則更離譜了，她不去報復所有應該報復的對象，反而一一送去了最珍貴的禮物，到頭來的發洩卻是追殺自己的孩子，「打到她自己也奄奄一息，她坐下來，看著地板上一動不動的兒子。」四篇小說的結尾殊途同歸，這很難用巧合來解釋。我們可以留意一下眼下的諸多作品。說是今日流行死亡之歌，我看一點都不為過。

C：怎麼看嚴歌苓的這部小說，都有點像是長篇敘述中的流露。部隊文工團中新來的一位藏族女歌手，和大家總有著格格不入的衝突，生活習慣、待人接物、性格差異等種種摩擦，在利用和反利用的陷阱裡，在努力回到昔日年代的敘述和總也擺脫不了今日喜惡視線間的糾纏中，我們的閱讀多少受到了干擾，斷斷續續的總有些倦意。嚴歌苓不愧為寫小說的老手，她在最後還是把我們的胃口給吊了起來。在懸念機關的發動下，我們欲罷不能停，一口氣讀到最後。而那最初的最基本的人之眞善漸漸地浮出水面。

D：我在想，像《民工錢仁發》和《少女之心》這樣的小說，是否可以修改得更好些？帶著這樣的疑問，諮詢了一些有經驗的編輯。異口同聲的回答是：修改是當然的，問題是一篇優秀的短篇小說是可遇而不可求的，它是一種閃念、一種玄思、一種禪機，一些死死纏繞著你而揮之不去的幽靈。此番話讓我無言以對。況且有些小說，先天就患了敘述分裂症。想改也難。話又說回來，誰能保證篇篇發的都是優秀小說。所以修改還是必要。難的是發稿的日子天天臨近，想修改也難了。

二〇〇三年十一月三十日

2

A：文學的邊緣化又有什麼可怕，不就是少些聽眾、少些掌聲，多點寂寞與冷清。可怕的是不時掀起的牛頭不對馬嘴的爭吵。喧嘩總能讓浮躁起舞，我們還能說什麼呢？說靈魂吧，人家說身體；說寫作者的頭腦，人家說寫作者的臉蛋如何漂亮；說虛構想像力，人家卻感嘆寫眞私密性的勇氣；而當你關心衣著打扮時，人家早就裸奔了。

我想說的是，在這大小環境都不怎麼美妙的情況下，一些雜誌的編輯們仍然勤勤懇懇，一如既往地勞動著，昔日的弄潮兒如今則兩耳少聞窗外事，一心只發「聖賢稿」。

B：看看眼下的這些短篇。有點傻的北鄉佬文化，憑著「人厚道、能幹、心眼又實」，終於在散花河邊娶了老婆生了壯伢子，漸漸地過慣了南邊的生活成了「吃米飯的人」。如果在社會移動變遷的過程中，文化算是成功的話，那麼《城裡的人》寫的則是一場失敗。城裡人晁若追求女孩斬楚楚，最後遭到了農村的拒絕。一個多少有點陳舊的故事，卻因場景、時間、細節的不同而賦予了今日的氣息。

相似也罷、雷同也罷，這裡的短篇幾乎都著眼於一個「變」字，即時代生活變動中人的命運和遭遇。一口紫杉棺木因外太公又多活了二十年，不得不伴隨著骨灰小金屬盒一起隆重下葬了。沙街陳漱芳又有什麼逸事呢？作爲男孩的他，在母親手藝的目染下，有著繡花的好手藝。而這吃香的手藝卻因塑膠畫布的流行，譽滿全鎮的陳漱芳也開始被人忘記了。忘記也得活著，「鄭老師和阿庚」不爲所動。一天天的生活即景，留戀的卻是永遠的閒聊、閒坐、閒吃、閒喝、閒睡。一成不變的生活，爲什麼我們讀來總有些刺眼呢？想來也多少關聯著生活之變。

努力反映生活的變化本無可厚非。但我們的藝術思維和構圖都如出一轍，那就不太好玩了。讀這些小說，一想起早在二十年前，李杭育就寫過《最後一個漁佬兒》和《沙灶遺風》，心裡總不是個滋味。

C：說到創造性，當推《斬首》和《往事已飛》，同樣是講變化：大清朝滅亡之際一個死囚的命運；文革動亂之中年輕人和漁老頭之間的一槍一鋼叉。小說寫得聰明，舉重若輕又懂旁敲側擊，再大的變故、再短的篇幅，也能緩緩地施展自己的才華。

D：一下子推出十一個短篇（把《月月小說》也算入），其意圖不言自明。讓我們的短篇寫得短些，短些再短些。這沒錯。我的意見是這些短而又短的小說，爲什麼不能勾勒出更爲複雜的人群，更爲錯綜的世態，那些我們曾經參與過的重大的公眾題材，政治、文化、經濟以及形形色色的生活噪音。短篇一門獨立的藝術，它應當是百米賽跑，而絕非長跑運動前的熱身。遺憾的是，很多短篇簡直就是中長篇的邊角料。

就個人而言，我不喜歡太多的農村話語。爲什麼就不能多些城市的話語，充滿著想像、思念、憤怒、狂歡、憂鬱甚至不安。爲什麼就不能多留意些都市的生活習俗、飲食、起居、逛街，同時也窺視其最隱祕的私情。

當然，歸根到底，寫什麼不是最重要的。即便你關注再平庸不過的層面，即便你描寫慘不忍睹的搏殺，都是自由的。問題是，你總得還藝術的清白與尊嚴。

二〇〇三年十二月二十八日

3

A：胡適先生認眞地將《秧歌》讀了兩遍後，在給張愛玲的回信中留下這樣的評價文字：「你寫月香回家後第一頓『稠粥』已很動人了。後來加上一位從城市來忍不得餓的顧先生，你寫他背人偷吃鎮上帶回來的東西的情形，眞使我很佩服。我最佩服你寫他出門去丟蛋殼和棗核的一段和『從來沒注意到（小麻餅）吃起來哼嗤哼嗤，響得那麼厲害』一段。」讀這段文字時，我感慨頗多，因這些年很少見有針對具體的作品議論如此具體的問題。

B：先說開門第一句話。如果說，短篇小說的開頭如同百米賽的起跑，那麼，這裡的幾篇小說數須一瓜的《海瓜子・薄殼兒的海瓜子》起跑最佳了。一家三口，晚娥和阿青夫妻，加上一個沒名沒姓的公公。爲什麼身分是公公而不是父親呢？因爲小說的敘述立場基本是從晚娥出發。小說的第一句話：「沒有那天就好了。」那天到底發生了什麼事，一句話不但吸引了讀者，更爲重要的是抓住了整篇小說。那天老公阿青把一簸箕新撿的鴨蛋，使勁砸在公公的腦袋上。於是，一場家庭暴力終於徹底地打碎了這一家三口平靜而溫馨的生活。正因爲這不該有的一天。這三人儘管生活在同一屋簷下，而彼此間心與心則相隔得很遠很遠。公公偷窺晚娥洗澡東窗事發所引起的憤怒、自責、悔怨、懷疑、詛咒、謾罵、忍耐、冷眼彼此交相折磨，沒完沒了地進行著一場心理間的戰爭。晚娥和阿青的夫妻生活已經死亡，公公則更形同殭屍般地在做著他的「席夢思」。《海瓜子・薄殼兒的海瓜子》的成功在於冷寂中寫出熱鬧，在人貼近人的生活中能提煉出彼此相隔遙遠的心理距離。而精彩的開頭則功不可沒。

C：相比之下，張抗抗的《去維多利亞》的開頭就沒那麼精彩了。「維多利亞島，在溫哥華城以西幾十公里外的海上。英文名字叫做VICTORIA。」一開頭是介紹，第二段開頭還是介紹，「徐

誤地指出文本的病根？當此閱讀者和彼閱讀者的判斷相互矛盾時，你又該相信誰呢？如果「閱讀者」本身也有病呢？

我以爲最恐怖的莫過於，敘述者和閱讀者共謀製造使小說失去「人格」的疾病。當然，這裡的「閱讀者」指的是共同體。情況落實到個人將更複雜。常言道：「仁者見仁，智者見智」、「青菜蘿蔔各有所好」、「情人眼裡出西施」、「癩痢頭兒子還說自己的好」。這期的幾篇小說讓我犯難了，因爲總體不怎麼喜歡，也不怎麼看好。有什麼話照直說對我不是問題，擔心的是我的偏好生了病而影響對小說的判斷。

B：一個平靜且完整的家庭，因爲一個離了婚的女人的進入而掀起了一場風波。切記，此故事所說並不是通常所指的第三者插足。因虞美人究竟和陳果的老公是什麼關係，小說最終沒有舉證。作者的聰明之處在於，作者始終將敘述的筆墨停留在陳果的情緒波動與心理變化上。從不防備到處處防備、從不介意到時時猜疑，小說都展開得井井有條、推動得絲絲入扣。《虞美人》之所以寫得如此順暢，一個很重要的原因就是作者能緊緊抓住敘述者的視線不放。作者不同於敘述者，這在理論上不是問題，但在實踐上要眞正做到作者不凌駕於敘述者之上則很難。很多小說之所以支離破碎、東拼西湊，全在作者跳出來隨意使用霸權所造成的。至於結尾指出的，婚姻猶如一條船，多年的婚姻猶如多年船行難免會碰到水底的暗石的道，則沒多大意思。想通過一個故事說明一個道理，此類小說到頭來總是被聰明所誤。

C：個人在閱讀小說時總有自己的盲區。我不喜歡評論家擺出一副什麼小說都能品出滋味的樣子。

就是眞正的美食家也有自己不愛吃的菜。可能這次我眞的吃上了自己不喜歡的菜了。讀《毫無意外》眞感到毫無意義。小說言：「西姆農的東西不夠驚悚，不像橫溝能令人出一身冷汗。」「西姆農推理相當精巧，就少感官刺激。」我不知道這算不算作者的審美觀。反正讀完此小說，什麼汗也不出，何來冷熱。我不敢也不能隨意否定此小說。我希望是進入了自己的閱讀盲區。

D：《去莘莊的地鐵》寫得太急功近利，林小元和蘭雅同樣在上海工作沒保障，兩人交往了一段時間，而關係則始終斷斷續續。加上「非典」的背景，路上行人都戴著口罩，人人都無法看清對象的眞實面目。小說想寫出一些人生活在大都市的迷茫與空空蕩蕩。可惜的是，我們所看到的只是強烈的創作意圖，而不是其他。

《似花還是非花》的敘述，以作者一貫的嘀嘀咕咕與嘟嘟囔囔，不顧閱讀的感受，有的只是敘述的快感。忙忙碌碌的節奏、喋喋不休的吆喝、滔滔不絕的訴說。要寫出這樣一種暈眩的狀況，一定要以犧牲小說的節奏作爲代價嗎？

兩篇小說的作者都是我的朋友，他們都寫出過並不差的小說，而眼下這兩篇在他們創作中應屬比較差的，所以我不敢恭維。

二〇〇四年四月

6

A：《上海文學》和一組廣西作家的小說放在一起。你千萬不要以為這是一類地區和偏遠地區的組合。從寫作人才的角度講，我認為，這些年廣西更像是一類地區，上海反倒像是偏遠落後地區。廣西小說創作隊伍不同年齡層次，一撥又一撥的湧現。上海有點怪了，就是連移民作家算在一起，也沒有多少新面孔。

以我有限的閱讀看，廣西作家給我的印象：他們似乎生來就好反對平鋪直敘，生來就善於把直觀的、喧囂複雜的、清晰流動猶如迷魂陣般的人世空間化為淡淡的背景，或把它高高掛起、或把它推得遠遠的。對墨守成規的敘述法則，他們從不俯首稱臣。不論成功與否，換一種或者多幾種敘述手法，都是他們生存的理由。

如果把這些想法歸結為所有廣西作家的特色，那是愚蠢的。但此期發表的五篇小說加深了我的這一成見，卻是眞實的。

B：五篇小說，堪稱五花八門：抗日遠征、農村問題、男女情感倫理、超現實的故事寓言及情欲窺視等，都有所涉足。令人更感興趣的是，故事人人會講，只是技巧各有不同。

《李壯回家》故事簡單，一個漁家出身的村鎮老師因不服權勢婚姻的悲劇性下場而出走。而作者寫李壯其人其事，全不用正面敘述。讓略知一二，又全然不知李壯出走內情的哥哥走向敘述前台，這就不簡單了。這種類似側影、背影、剪影式的手法自會給我們的閱讀帶來諸多生趣。

《回到禮拜四》的敘述手法，我想用「冒險」兩字。第二人稱的手法，由於局限過多而絕少單一運用至尾的。不出所料，此小說讓敘述者不斷跳出來議論、幾處插入殘片、讓作爲「你」的特定對象幾經變化，都是爲了擺脫此類寫法的束縛。說其「冒險」，是因爲束縛與擺脫間的幾經波折，總互有損傷。

就敘事謀篇布局的形體而言，前兩篇小說可謂線性，他們更多依賴最後結局的點題來完成，可惜的是立意不深，點題式結尾不免流於蛇尾。《把他送回家》就不同了，它更似球體。此類寓言故事的開頭就是結尾。自從有人讓阿德接手了這骨灰盒之後，阿德就是濕手沾上了麵粉。這很容易使我們想起小時候那傳手帕的遊戲。如果說，《光碟》此小說像一顆珍珠，你可以評價其等級和眞假，誰想討論其結尾的處理都是沒有什麼意義的。

C：潘瑩宇何許人，這也許不重要。如同其小說的題目「光榮彈屬於誰」一樣，其實也不重要。唯其小說語言富於彈性，敘述充滿想像力，喜用行爲、圖像鋪展，無須心理分析議論勝於分析議論，好用短句，主謂詞語經常挪位等讓人擊節。

「自從部隊遭到數倍日軍的伏擊，他們一路潰退，誤進敵區後……」一句話交代之後，大背景便形同虛設。你可以說這是一篇描寫中國遠征軍抗日的故事，但我更願意把它稱之爲希望和絕望間的對抗性敘事。牛子一行數人，在日寇的圍追堵殺之中尋找生路，沒吃沒喝，絕望之中好不容易找到點水，不是中了伏擊就是中毒；絕望之中找到路又不是路，看到旗子結果還是鬼子……整個曲折過程，光榮彈則始終是串線珠子，在珠線的制約中搖晃並閃著光亮。

整篇小說，希望和絕望彼此追逐，相互暗示。圍剿在暗，無時不在；逃亡在明，顯山露水。而外在的搏殺和心理的掙扎又互爲影子。

我記住了「潘瑩宇」三個字。

D：在堆積如山的寫實文本面前，有人偶然把我領進欲望夢想與幻覺組成的非現實世界的深處，並塗抹上些多少有點瘋狂的顏色，自有其受歡迎的理由。《二○五路無人售票車》講述了什麼？引擎、方向盤、油門、四個輪子又在玩什麼花樣？敘述者說：「這將不同於以往，因爲從第一個字開始就滲入了一樣東西：安非他命。在這樣東西的參與下，這個故事便省略掉許多冗長的對白，而讓一切變得簡單、直接。」其實不然，這裡所有的簡單和直接，在接受者來看仿若「一塊塊玻璃碎片，在這整座城市落得紛紛揚揚」，感受的是支離破碎。理由很簡單，因爲我們在這個粗糙、平庸、乾癟、不厭其煩地重複著的讓我們喘不過氣來的現存世界中生活得太久。

關於紀塵，我很想多說幾句，但單憑讀一篇短篇的印象是很難評價一個作家的。我找了些作者的其他作品，無奈稿期已至末日。

二○○四年五月六日

原載《上海文學》二○○四年第一至六期

談話錄

當代文學的問題在哪裡

程德培、張新穎

張新穎：程老師，難得有這麼一個機會，來請你談談對這些年的文學創作和批評的一些看法。雖然從「形式」上看你離開文壇很多年了，但是實際你還是一直持續地關注著文壇，而且關注得很仔細，只是沒有說話。今天就隨便說說話吧。

程德培：快二十年沒搞文學批評了，放棄甚至喪失發言權，我都已進入底層了。

張新穎：呵呵，這句話好。

程德培：最近關於底層的話語很多，我理解的底層是沒有聲音的，是失語的一個階層。現在很多人想做底層的代言人，實際上他們都不是底層。當然今天不討論這個。引起我對文學興趣的是，最近看了《上海文學》上討論六〇年代作家長篇小說的四人談。我對六〇年代沒有研究，只是李敬澤有些話引起了我的興趣。

張新穎：李敬澤話裡的什麼東西引起了你的興趣呢？

程德培：比如中國的小說創作，怎麼寫的問題根本沒有解決。怎麼寫是個世界觀的問題。思考這個話題主要是從去年和你一起去錦州參加那個文學會議引起的。參加文學會議，對我是恍若隔世。因爲我二十年沒有參加任何文學會議，而這次參加，我是第一次認眞地從頭到尾聽了那麼多作家、批評家的發言。我總的感覺，這不太像文學會議，大家討論的很多都是世界大事、哲學問題、社會問題甚至是經濟學的問題。當然後來在《當代作家評論》上發表的一些文章還是和文學有點關係。但長篇小說的尊嚴爲什麼用「捍衛」這種字眼，包括郜元寶最近評《兄弟》的文章，也是捍衛的意思，說什麼「爲《兄弟》辯護到底」，好像在法庭上見面一樣。不像討論文學問題。我總的看法是，現在非文學的因素介入文學、非小說的因素介入小說太多。

張新穎：八○年代我們做文學清理的時候，努力地把什麼亂七八糟的因素慢慢地和文學剝離開來，追求「純文學」；經過了一個過程之後，到九○年代中後期，又開始反思「純文學」，覺得如果把很多因素都排除出去的話，文學會變得比較單薄，覺得現實的經驗沒辦法融入到文學中來，所以又有一個重新理解文學，重新建立起文學與社會生活各個方面的有機聯繫的這麼一些想法的出現。這樣的想法，和你剛才說的，各種各樣的東西對於文學的侵占或者說是介入相比較，一個是從比較正面去說，你是從比較反面去說的。這兩種說法，是一回事嗎？

程德培：凡文學創作作爲動態的過程看，總是在不斷地參與象徵性殺父罪行的俄狄浦斯之戰中運行影響的焦慮與擺脫影響的焦慮，各種因素、各種手法的被貶被褒、此起彼伏、此消彼長，這並不奇怪。但不管怎樣起伏，貫串其中的總還有一條無法截斷的文學藝術的紐帶，這就構成了我的印象中的小說史，無數具有偉大審美抱負的作家攜帶著其精心炮製的產品，「正在申報進入小說史」（米蘭·昆德拉語）。所謂非文學的因素，是指的那些違背文學規律的因素。我舉個簡單的例子，比如說今年一家文學刊物改刊，這個改刊在我看來是很簡單的，就是把發行量搞上去，多選一些故事性比較強的，和大家平時能見到的、大家關心的生活問題比較貼近一點的作品。這是可以理解的。作為中國具有最高水準的小說選刊，為了爭取更多的讀者做些調整，我們也沒有什麼意見。但是非要提出一個口號「重新理解現實主義」，提到了一個很高的高度。就是說，我們以前的文學走歪了。我今天還聽到一個報導，說是刊物改版引起了純文學的爭論，結果這個報導當中根本沒有講純文學發生什麼爭論，僅僅指出原來比較嚴肅的雜誌用了一個民工啃饅頭的圖片作為封面。我覺得這個事情有點滑稽。封面登一個照片就能反映底層，那麼美術刊物和攝影刊物肯定做得比你好，這和你刊物的文學品格有什麼關係呢？現在有很多對於現實主義的討論，對於生活的討論。什麼是生活？難道我們每一個人在生活之外嗎？

張新穎：現實主義在中國好像是一個特殊的詞。用這個詞的時候，比起用別的詞，正義性和合法性好像都要更高一點，而且在一些特殊的時刻，很需要用這樣的一個詞。這個東西我們是討論不清的。

程德培：實際上不止是中國，就是世界文學史範圍，現實主義和某某現實主義都是一個最富有彈性、最充滿歧義的概念。所以有人認為「現實主義和自然主義必須以其歷史內容來界定。這些術語是那些時代某種文化現象的速記，只有通過對那些的研究才能把握」（羅蘭·斯特龍伯格語）。一家文學刊物的主編在答記者問中大談現實主義，結果引用的都是雨果怎麼說，實際雨果恰恰是那個時期浪漫主義的領袖人物。就我個人而言，我是不太喜歡討論現實主義的。

張新穎：好的，我們不討論了。

程德培：還有「現實」，不論作爲名詞還是形容詞，運用總難以避免「含糊其辭」。納博科夫在《洛麗塔》後記中，說它是「不加上引號就毫無意義的少數幾個詞之一」。

張新穎：像「怎麼寫」和「寫什麼」一類的問題，已經是二十年之前的問題了。現在又提出來，我覺得有意思的不是這個問題本身，而是爲什麼會又提出這樣的問題？

程德培：「寫什麼」永遠不是一個問題，對於作家而言，思考「怎麼寫」的時候，就包括了「寫什麼」。「寫什麼」是融於「怎麼寫」之中，不會單獨孤立出來，像新聞記者在尋找採訪對象一樣這麼簡單。

今天爲什麼會又提出這樣的問題，我的理解比較簡單。中國的集體潛意識裡面，不論是搞理論、搞創作，總離不開「爲什麼服務」的思維，創作總要反應什麼問題，解決什麼問題。以前的題材決定論、工具論總也陰魂不散。發動理論家們討論底層問題，寫點有關底層題材的作品，底層的問題好像就解決了。果眞這樣，我們龐大的國家機器哪裡去了，那麼多的慈善機構哪裡去了？最近讀了程紹國在《當代》雜誌連續發表的關於林斤瀾先生多年來的文學問題、歷史事件及人物的記錄性回憶文章，頗爲感慨。其中談到茅盾先生一生關注一茬兒一茬兒的青年作家，這是有目共睹的，前有吳組緗、朱自清，後有馬烽、茹志鵑、王願堅，包括林斤瀾。儘管如此，涉及文學觀念，林斤瀾還是明確地說：「茅盾先生儘管道德高尚，他的文學觀念，主要是主題先行，我不能同意。他有明顯的偏見。比如說，他早年說沈從文的小說，是一碗清湯，上面飄著幾點油星。」林斤瀾說，《子夜》寫得好，但它的「革命性」超過「藝術性」。

林斤瀾說：「《青年之歌》是我讀過的，那是在『文革』時。我還讀過《紅日》、《紅旗譜》、《紅岩》、《保衛延安》、《林海雪原》、《三家巷》、《野火春風斗古城》、《三里灣》、

《豔陽天》……我心虔誠、廢寢忘食，那是經典。很多年後，我才知道，那不是純正的文學，更不是經典，我錯讀了一大批書，後果嚴重。」

讀到這些，很自然地使我聯想起略薩諸多關於青春期如何崇拜追隨薩特，看不起博爾赫斯，到成年後完全倒過來的事。兩者相較，眞可謂大師所見略同。

張新穎：靠提倡一個什麼東西，肯定是解決不了問題的。但是有一個問題還是存在的，比如說，我們每個人在今天的生活中都會有很強烈的生活感受，但是爲什麼這些我們能夠感受到的現實到不了小說裡面，到不了創作裡面。換一個提問方式就是，是什麼東西阻擋了我們生活當中感受到、經驗到的東西轉化爲文學。你講到沒有一種生活是在作家、批評家之外的，我們不要在自己的生活之外再去貼近另外一種生活，我同意這種說法；但是爲什麼今天的中國社會發生了那麼多事情，我都不知道用什麼詞來表述，精彩也好、有意思也好，這麼多這樣的事情，這麼多有意思的事情，可是看我們的文學卻常常覺得非常沒有意思。在我們的現實經驗中，你聽有些人講話，講一些生活中的事情，講得非常好啊，可是這樣非常好的東西，你在文學裡面看不到。一個什麼樣的機制把這些東西阻擋在文學之外了？

程德培：你講的還是這個問題。就是說在我們之外有個非常豐富的生活，畫家拿個筆要把它畫出來；作家要去體驗它，然後把它寫出來；通訊員要通過採訪把它報導出來。這樣文學和其他沒有什麼區別了，和主流媒體沒有什麼區別了，和政治家、經濟學家下生活的體驗沒什麼區別了。只不過是文體不一樣罷了。而我覺得小說和這些東西是有根本區別的。小說理解生活肯定有一個暗道，有個曲徑，有個非常隱蔽的通道。

張新穎：那你覺得我們找到了這個暗道嗎？

程德培：暗道果眞那麼容易地找到和說明白，那也不成其爲暗道了。何況暗道也不是一般人能找到的，偉大的小說也不是任何人努力一下就能寫就的。到什麼地方去深入一下寫一篇東西，這當然也是小說，但絕不是我們理解的眞正的文學和創作。

張新穎：李敬澤講到世界觀的問題，講到長篇小說需要一個世界觀。

程德培：他兩個地方提到世界觀。一個是長篇小說就是一個世界觀。他說「怎麼寫」就是一個世界觀的問題。

張新穎：我覺得李敬澤的話是中肯的。他是六○年代前半期出生的，我是六○年代後半期出生的。六○年代的人有個什麼問題呢?就是不信，他是天生的懷疑論者。你靠懷疑是沒辦法結構起一個獨立的世界的。就是說，這代人可能善於把一個整體的東西拆散，拆得零零碎碎的，這個他們是擅長的。你讓他們把一堆被拆得亂七八糟的東西再建構起來一個完整的東西，可能很困難。我不知道這個說法有多少人會認同，我基本上是認同的。我們也有世界觀，這個世界觀是不信的，不信的世界觀是沒辦法建構起一個世界來的。這個涉及長篇小說和短篇小說的區別。在我的理解裡面，它們的根本區別是，長篇小說是靠它本身的力量就可以建構起一個自足、獨立的世界，不需要任何外在的、長篇小說之外的東西來解釋、來成就。短篇小說不一樣，短篇小說的世界是不封閉的，是開放的。一個短篇小說的一個點、一個面、一條線，可以暗示一個比這個短篇小說寫出來的世界更大的世界。但是長篇小說就是一個自足的世界，你對這個世界的解釋完全不需要在小說之外去尋找因素和力量。但就我們這代人來講，我們這個世界觀是沒辦法建成一個自足的、不需要任何外在力量幫助的世界的。

從我的理解來說，從新時期以來一直到現在，我們的長篇小說有一個很大的問題，很少有長篇小世界。比如說，一些被普遍看好的作品，寫一段較長的歷史，結構，它有的結構僅僅是外在的結構，譬如說從民國到解放到土順序結構。寫小說的人先接受了這樣的一個敘述的結構，然後用文學它給填起來。這樣寫的長篇小說是常常普遍叫好。爲什麼被叫好？因爲它基本的歷史架構大部分人都能認同。然後你再去塡充一點文學，叫做血肉也好，叫做點綴也好，反正你塡一點活的、新鮮的東西。我覺得這樣的長篇小說基本上是一個文學失敗的小說，是一個歷史勝利的小說，是歷史戰勝文學的小說。在這樣的小說裡面你就看到歷史對於文學的侵占，歷史對於文學的殖民。

程德培：兩處提到世界觀，我對前面一個提法有點存疑。長篇小說創作涉及你有沒有能力對世界有一個完整的把握，完整的認識。李敬澤接下來又講到兩個著名的例子。一個是魯迅，他說魯迅不寫長篇小說是明智的。那麼反過來問，魯迅的世界觀呢？這個闡釋就很費周折了。還有一個博爾赫斯的例子。博爾赫斯討厭長篇，認爲根本沒有必要把短的東西搞得那麼長。這裡果眞是世界觀的問題，博爾赫斯自己也不會同意。

我喜歡把長篇、短篇的創作比作運動場上短跑運動、長跑運動和馬拉松運動的區別，這裡有一個敘事能量、敘事耐力的問題。優秀的短跑運動員不一定就能成爲優秀的長跑運動員。

張新穎：我覺得你的比喻很好，就好像做運動員先跑一百米，然後跑三千米，最後去跑馬拉松。

程德培：這麼多年來有一個無形的規矩，作家成長階梯是從短篇小說入手。把短篇當成創作的初級階段。短篇寫好了，寫中篇，最後要著作等身了，寫長篇。幾乎每一個作家的創作道路都是那麼過來的。拿劉慶邦來說，一九八五年我們主編《探索小說集》就選了劉慶邦的《走窯漢》。現在誰都說劉慶邦是寫底層的作家，是個現實主義作家，是個有成就的作家。在我看，劉慶邦那麼長時間寫短篇，他那些篇幅相對比較長的作品也像短篇。現在他寫長篇了，可能是功力達到一定程度，該寫長篇了。這是一個很大的毛病。一種無形的壓力和潛規則，不管是什麼樣的作家，你最後要著作等身你就要寫長篇，這就會造成一些本來不是馬拉松的運動員去跑馬拉松了，百米跑拿了冠軍就去練長跑了。

說到反思和自省，我總的看法是，無論創作還是批評，文學性日益淡化，逐漸地離開話語中心地位日漸邊緣化。我注意到關於二〇〇五年全國中篇小說會議的發言摘錄，眾人不是擔心商業化趨勢下文學刊物的生存，就是大談「寫什麼」的重要性。唯有《清明》雜誌的潘小平擔心小說敘事個性的衰退和隱喻性的減弱。他強調文學是隱喻、是幻想、是彼岸。「此岸是生活、泥濘的生活。如果文學在此岸，那麼文學也就是消失了。」這些話雖非驚人之悟，但就針對這些年小說創作中的問題，我認爲提得及時。游離甚至脫離小說本身去談什麼主義和問題，不能說沒有什麼意義，但至少對小說創作沒有什麼意義。

把上世紀八〇年代和九〇年代和現在作爲三個階段來研究當代小說發展的脈絡，自然簡單明白，但很容易使人忽略了複雜的層面。如同現在一下子把六〇年代出身的作家放一起，研究他們共同的創作特點，清晰明白背後自有諸多盲區和誤區。三個階段的劃分和余華對自己小說創作的劃分倒是不謀而合。余華認爲：「八〇年代我的人物是符號性的，意象是寓言性的，『迷戀』刻畫細[illegible]『豐富性』，風格正中現代批評家的下懷。」九〇年代三部長篇的「人物開始發出自己的聲[illegible]敘述的直接進入。現在寫《兄弟》，「敘述強度是大部分十九世紀小說的傳統」，寫[illegible]」。余華的走向，一句話，就是越來越寫實。他甚至明確地說，「文學趨

說，關於《兄弟》那場集團軍式的演習就能略見一斑。那樣大規模的宣傳、報導，以採訪的形式代替文學討論，除了熱鬧還是熱鬧。余華都快成爲中國當代小說史上最偉大的推銷員了。

張新穎：這個還是涉及媒體的問題，你認認眞眞地寫文章，不加入媒體討論的話，你就是在局外的，沒人睬你的。你要有影響，你就必須加入這個局。加入這個局以後無非就是現在這個樣子。

程德培：還是說《兄弟》這場文學討論，本來批評文章的任何意見自有其邏輯和理由，作家也同樣。其間的差異和對立可以討論也可以共存。現在媒介硬是製造一些針尖對麥芒的討論。比如，李敬澤說《兄弟》以簡單的模式處理「文革」中人性的善與惡。余華在追問之下回答：「表達了善與惡的文學作品裡有偉大的，比如莎士比亞的全部作品。」謝有順指出《兄弟》出現六〇年代九〇年代具體語境混用的硬傷。余華回答《兄弟》全文的敘述者是「我的劉鎮」，視點定格在二〇〇五年開始。搞得像法庭辯論而不是文學討論。其實以余華今天的文學地位，完全沒有必要這麼急地有問必答，有批必辯。福克納在一九二九年繼《喧嘩與騷動》之後寫過《聖殿》，作者在第二版的序言中就承認此書「思想是廉價的」，就是序言問世過了半個世紀，福克納在一次談話中依然稱《聖殿》的故事是「體弱多病」，構思時「用心是粗俗的」。事實上，對《聖殿》的貶義批評伴隨著福克納的一生。即便是這樣，也動搖不了福克納大師的地位，也影響不了八〇年末依然有諸多名家稱《聖殿》爲傑作。從文學史的角度看，媒體的一時熱鬧只不過是過眼雲煙。

張新穎：你總說創作唯有經過暗道，隱蔽的曲折才能進入文學的天地，那麼怎麼找到暗道呢？

程德培：要靠才能。

張新穎：說到最後就變成才能，不可知論了，那麼才能從哪裡來呢？確實有些人有才能，有些人沒有。

程德培：什麼東西都講清楚也就沒有文學。文學肯定有部分是講不清楚的。但不是不可知論，眞要找答案，可以從構成人類偉大傳統的經典作品中去找。文學的才能不是技能，套用前面的話也是世界觀，是審美的方法論和認識論。

有些人就是不能做小說家，有些人具備小說家的才能，但周圍總有些水準很差的教練，參賽的跑道差，踢球的草皮又沒有草，慢慢地才能發揮受阻，甚至才能受挫損，小說的水準會下降，小說越寫越差以致才氣盡失。林斤瀾佩服周立波，他認爲周立波是個偉大的作家，但就周立波在當時的條件下，他的《山鄉巨變》也只能寫到那個樣子。

這半年，我認眞讀的作品主要是山西葛水平的小說，能找的就找來讀。有評論家說二〇〇四年是葛水平年。這話也不是批評語言，而是傳媒語言，好像央視評十大明星一樣。這是一位非常有才氣的作家，她以前寫過詩歌、散文，編過劇本。多年磨練，一寫小說便不同凡響，她的文學清白而亮麗，剛勁的線條多少有些冷峻，同時也不乏皮影戲之美學趣味。寫到妙處，她的筆墨之吝嗇，斟字還需要酌句，短短的幾百字便勾勒人物一生的滄桑。尤其是其敘述一涉及人和自然的關係時，其優美、蒼涼的音調便開始遠行，一位行文多姿多采的詩人就露面了。她很少進入人的意識深處，只要一遇到複雜的內心矛盾，筆觸總在周圍遊蕩，結結巴巴，力不從心，甚至顧左右而言他。葛水平一寫就是中篇小說，不寫短篇。篇幅基本上和劇本差不多，分段也是七八不離九。她和女權寫作不一定有關，但其筆下女性的一生命運非常感人。葛水平一出名，其小說所登刊物開始「進京」了，作品要發表在重要刊物，重要刊物自然有重要刊物的要求。比如說反映生活啦。她去體驗生活，據說是山西的煤礦。現在的煤礦是人人關心的東西，又是山西的特色。關於煤礦她寫了幾篇作品。一開始還不錯，這不錯不一定和煤礦有關。到了今年讀到她發表的《黑脈》，感覺越來越差，敘述才能在衰退。爲了急於寫出礦主如何黑心地盤剝礦工，如何不顧礦工的死活。報告文學的語言開始進入小說語言了。其實一篇眞實的礦難報導遠比小說有力。像《黑脈》這樣的小說還居然有人評爲承繼了左翼文學的傳統，發揚了趙樹理精神。

張新穎：對，如果說寫眞實生活的話，就有這種問題。特別是今天，傳媒這麼發達，從《南方週末》，從網上看到的眞實報導，那是的。

程德培：李敬澤的談話也講到，很多事情是屬於主流媒體幹的事情，小說家去搶主流媒體的飯碗，肯定搞錯了。

張新穎：葛水平這個例子是不是可以說明，這個文學教練、規則等等之類的東西。

程德培：外在因素並不是唯一的。作家本身內在的衝突也是不可忽略的。我想寫一篇《葛水平長短論》講的就是內在衝突。最近，一些作家和評論家關於十九世紀偉大作家的談話好像多了。就拿托爾斯泰來說。我們現在不能因爲托爾斯泰是偉大的作家，他身上的東西都成了一個優秀的作家必須具備的。托爾斯泰非常教條，他談宗教、上帝、道德，完全是個說教者，佈道者。這點和他作爲偉大小說的敘述本能是相抵觸的。所以布魯姆在《西方正典》裡評價說：「托爾斯泰的敘述才能如此有力而持久，所以他的佈道式說教並沒有太多損害他的小說，也沒有使其帶有偏見。」精闢的評論，可謂一語道破天機。敘述的有力是指能否戰勝有損你發揮敘述才能的障礙。耐力指的則是能否帶著才能走完創作全過程。余華是個非常聰明的作家，在回答記者提問時有一句說：「我現在寫沒問題，但是能不能寫完……」非常有意思。他有一個長篇用了幾年寫了二十萬字後覺得寫不下去了。這就和敘述耐力有關。這些也許和你幾次問到的暗道有點關聯吧。

原載《上海文學》二〇〇六年第五期

記憶・閱讀・方法

——程德培與新時期文學批評

程德培、白亮

白　亮：程德培先生，您好！很高興您能接受我們的採訪。我留意到您在《小說本體思考錄》的扉頁中，寥寥數語便有趣地勾勒了您的人生經歷，您插隊務農，也曾是工人隊伍中一員，後來憑藉「文學批評」進入了文藝界，成爲中國作家協會上海分會理論研究室專業作家。您在八〇年代離開工廠，進入文藝界，是寫作改變了您的生活，這些經歷可能又成爲您重要的寫作資源，一定極大地影響了您的寫作和評論，我記得你說起過一九七八年左右開始起步寫評論時，《文藝報》的鄭萬興寫信來約稿，爲了短短三千字的評論稿給你寫了好幾封信，他認眞的態度對您影響很大，那麼當時作爲一名青年業餘評論工作者，您能否談談從一名工人轉變爲一個文藝評論者前後的心情和生活？此外，我聽說您不僅仔細閱讀每一本雜誌和每一篇作品，還做了許多張卡片，並且分門別類，有條不紊，您的朋友都認爲您寫起文章來就像木匠做細活，慢吞吞的，磨研很久才磨成一篇很細緻的「批評」，而且您一直關心的是小說的藝術、作家神祕之道、個性與風格、寫作的特色和差異性等，您對一些新的審美因素和異質的東西感悟能力特別強，所以有許多作家都是您第一個評論的，比如賈平凹、殘雪、李杭育等，這些人都各有特色，您都能抓住他們給當時的文學創作提供的新的東西，這說明您在辨察力和趣味上有一種非常銳利的眼光，我們很想知道您非「科班」出身的生活經歷和人生閱歷，對於您的「批評」有著怎樣的影響？是否能談談您在閱讀的選擇上有著怎樣獨特的方式？您讀書的興趣和涉獵的範圍又對您批評風格的形成起著怎樣的作用？

程德培：作爲老三屆的一員，經歷幾乎都是一體化的，而且我又很普通沒什麼可以說的。那個年頭，生活比較一律和單調，唯有閱讀是種樂趣，沒有什麼可讀的時候，我甚至會找來五、六〇年代的《文藝報》、《人民文學》、《收穫》、《文學評論》逐一閱讀。作爲讀者，我喜歡把自己的想法通過寫信告訴作者（當然，那時候除了通信也沒有其他方式）。可以說，與作者通信交流是我最初的批評方式，或者說批評的起步。從七八年二月與賈平凹通信始，陸陸續續和張潔、陳建功、李杭育、吳若增、王安憶、鄧剛、韓石山等都有通信往來，包括王蒙也有一封七九年十一月的來信。最近有空把當年的信件翻閱了一下，裡面談的都是文學與創作，可謂「純文學」了。我如果沒有記錯的話，《文藝報》當年想發一篇評論賈平凹作品的文章，徵求作者的意見，由於賈平凹的推薦，鄭萬興先生找到我，這是我的第一篇批評文字。經歷了一翻曲折後，稿子最後在《上海文學》發表。從此我有機會參加《上海文學》理論組的活動，並認識了李師子雲和周師介人。

如今三十年過去了，你讓我回顧當年的心情，讓我記憶當年可能改變我人生的事件，這是我非常不樂意的。回顧昨日的成功免不了已打上了今日失敗的印記。記憶不是必需但又難以避免。記憶是歷史蛛絲馬跡的寄生蟲，但它離眞實何止十萬八千里。一個需要解釋的世界可能就是一個歪曲的世界。記憶就是這樣，幽靈般地拒絕眞實，同時又專注於今日之需求和無名的自我療傷。但是，活躍於八〇年代批評界的我們又是無法預見以後所發生的變化，我們無法想像我們付出滿腔熱忱、幾乎全部心智的「文學事業」，一頭撞上了信息與媒介的礁石，變成無數的碎片，而另一頭則不知不覺中進入體制與資本之網而難以脫身，當時的我們更不可能從文學批評和理論的層面上，把握今日文學理論所發生的一切。記憶無法使我們重返八〇年代，但八〇年代文學運動的一部分意義只有在經過九〇年代，乃至二十一世紀的今日才得以顯現，而這一部分卻是當日在場的人們所難以看透的。一九八二年，特里・伊格爾頓曾寫下了爲人所熟知的《二十世紀西方文學理論》，時隔十三年，在其爲再版所寫的長篇後記中說：「如果歷史是向前運動的，關於它的知識就是向後運動的，所以在寫我們自己的不久的過去之時，我們總是不斷地在另一條路上遇到向我們走來的自己。」

從一九七七年至一九八六年間，我先後爲一百多位作家建立資料，閱讀他們發表的每一篇作品，做了大量的筆記，醉心於研究每一個作家的寫作路徑，大至藝術天地，小至用詞用字習慣，小說爲何物，書寫中難以言說、不可言說的奧祕始終是繞纏我的疑惑；創作中無法逾越的局限，風格特色又如何裹脅著長處和短處，幾乎都是我無法解答的謎團，充滿著誘惑。今天看來，這些笨拙而又無所建樹時的批評方法，早已是落後而又陳腐不堪了。唯一的遺產無非是一個人對小說的感覺而已。記得當年我們這批人私下常有句評判作家與批評家的話：「某某不懂小說，不要去理他。」什麼方法都有其落伍的一日，不可一世的現代主義今日不也成了不屑一顧之物嗎？唯有

「懂不懂小說」還是重要的。用現在的觀念說：這是有關身分的自我認同。這麼多年，批評作爲主體而言，狀況如何我不敢下斷言，但至少可以認爲太多「由於控制和依賴而臣服於他人」，而缺少「由於意識和自我認識而獲得人的身分」（福柯語）。

我在和吳亮、陳村的談話中提到：時至今日，只有我和吳亮還在大學這個體制之外。當然，這只是今日的感覺，八〇年代可沒有什麼學院不學院之分的感覺和認識，作協（尤其是上海作協）可能是一個更吸引人的去處。一九八四年華東師大的張德林先生首次招研究生，目標首指我和吳亮，當年爲此事，我們一大清早去華東師大做了體檢，恰逢此時茹志娟老師上任作協的黨組書記，茹老師不問出身門第學歷，唯才是舉，花了很大的工夫，把我們從工廠調入作家協會，落實幹部編制的身分，並爲此專門成立了理論研究室。人生的改變有時並不完全是靠個人的努力，機緣也是很重要的。在我的印象中，當年的作協和《上海文學》更像是一所學院，充滿著學術氣氛，李師子雲、周師介人都是我們終生受益的導師。特別是李子雲老師，就是今天，我寫的文章她照樣是有什麼說什麼，經常不失嚴厲的批評和告誡。

白　亮：我們都知道，八〇年代中期上海的批評在中國「獨領風騷」，整體水準高於北京、廣州等城市，除了上海自身的地域因素使得它更具開放性外，上海的文化人也和外界交流較多，在這種狀態和氛圍下，上海的評論家們更自由，批評特色也更有個性和審美力。此外，近幾年，「重返八〇年代」成爲學術界、文化界一個有趣而又有意的話題，在這一過程中，「記憶」至關重要，當然，很多公共經驗、集體記憶早已被多人共享了，我們希望在與作家、批評家們的對話交流之中，能尋覓到有關個人的回憶、私人的想像以及自我的理解，通過個人感性的回憶，可以還原很多八〇年代有關文學、文化的歷史的細枝末節，加深我們對那一段歷史的認知，您的好友，如李劼、吳亮，都通過文章或者訪談回憶了他們「個人」意義上的八〇年代，並呈現了一些鮮活有生趣的人、事「景象」，比如李劼曾不無感慨地說，他很懷念跟吳亮、程德培一起搞文學評論時在文學批評界招搖過市的日子。這樣的「重返」令我們感到新穎，但總是不夠過癮，我記得您曾經在一九八五年到一九八七年年底，和吳亮在《文匯讀書週報》開了一個專欄「文壇掠影」，每週一篇，兩人交替著點評國內文學期刊上的作品，多數是小說，也涉及一些詩和報告文學。那時候這個專欄很有影響。那麼，今天您是否能對當時自己的社交圈以及八〇年代的上海的文化氛圍暢所欲言呢，讓我們再次感受和認識一個「程德培式」的「八〇年代的上海」。當然，這二十年間社會所經歷的變化與劇烈動盪，而對二十年前的記憶，不可能不夾帶著今日的思想、情緒、觀點、立場，甚至多少會帶有一些功利的價值判斷。但它畢竟是您的切身體驗和親身經歷，您的回憶和講述也會加深我們對八〇年代作家、作品、批評家以及文學現象的理解。

程德培：八〇年代上海的批評圈的確出了一批人。可以說他是在合適的時機中同時出了一批不合時宜的人。我有一種想法，這個批評圈的出現和走紅似乎和上海的地域和文化因素沒有什麼關係。上海在這裡僅僅是一個地名，一批人恰巧在這裡集聚。這種巧合千萬不要向三〇年代這座城市的文化優勢上靠。不然的話，我們很難想像，這三十年爲什麼在出小說人才上和這座城市是那麼不相配，根本不能和湖南、北京、浙江、江蘇等地相比。八〇年代的中國，城市管理工作依賴戶籍管理，不存在人口的自由流動。唯一的流動性無非是大學的招生，正因爲有了眾多導師的慧眼，才有許多批評人才在上海集聚。尤其錢谷融先生，他簡直就是一個奇蹟。他八〇年代所招的學生稟性各不相容，但幾乎個個都才華橫溢。

一九八四年，我和吳亮在上海作協理論研究室小小的辦公室裡，整天不是讀書寫作，就是沒完沒了的和來自全國各地的作家與批評家聊天。也是在這間辦公室裡，我們認識了李劼、潘凱雄、陳曉明、鄭義、楊小濱、馬原、阿城、朱大可等眾多人士。許多會議和話題，諸如杭州會議、全國青年評論家會議、尋根文學、先鋒探索、文化詢問、瀋陽會議、《小鮑莊》作品討論會等等，都有所提及。那時的我們年輕、精力充沛、生活單調，除了文學還是文學，這種生活方式在今天不可想像，也是無法重演的。

利用報紙媒介如何進行專欄性的短小評論，追尋時效和影響面，又不失權威性，這是八〇年代我們特別關注的。那時報紙不多，開專欄又有諸多限制。最早是在《文匯報》文藝處召開的一次會議上，在許多人的宣導下，開了一個叫「新作過眼錄」的專欄，由於撰寫的人過多過雜，彼此的審美趣味又未必一致，所以影響不大。以後當時《文匯報》的文藝處副處長酈國義調任新辦的《文匯讀書周報》任主編。在一次等公車的車站上，我偶然碰到酈國義，一拍即合，決定由我和吳亮開一個專欄，當即取名爲「文壇掠影」。此專欄一開就是兩年多，影響頗大。我記得有一年和江迅前往廣州開會，碰到許多當年還在大學讀書的記者、文學工作者，我寫的其他文章他們都不記得了，唯有這個專欄，大家都有印象。如今報紙已經鋪天蓋地，專欄亦是滿天飛了。就文學而言，有號召力和影響力的專欄能有幾個，除了李敬澤在《南方周末》的專欄外，很難能舉出其他。當然這和文學在今日的尷尬處境也是有關係。

白　亮：您在一次學術交流中，有兩段話引起了我的興趣：一是您認爲八〇年代的小說關注社會問題和人的欲望，這些都涉足到小說繁榮年代的根部。我們始終對現實主義小說存在過於奢侈的期待，以爲加上「無邊」和「革命」就法力無邊了。其實，現實主義小說是一種逃避，是對歷史轉捩點和斷裂點的不斷逃避，是對悲劇和逃避的解毒。相比八〇年代的小說，九〇年代小說更像是一次現實主義小說的舊夢重溫。畢竟，時代已經不同了，就是超現實主義距今都快一百年了。就小說而言，已經不是一個能產生大師的時代。而我的問題是八〇年代中期，您和上海批評家們對「新潮小說」大力推崇，如果今天回過頭看，您是否仍然認爲「現代主義」等「新」的藝術技法建立的前提，一定要與「現實主義」形成對立？它是否也帶來了另一方面的文學的代價，如「寫實」能力和面對生活勇氣的某種弱化，使得「眞實」更像是一個後現代主義拼貼的結果？我的意思是，您怎樣看待小說創作中的傳統、現實主義等等因素？我很希望您今天以「過來人」的身分和眼光談談這個問題，當然它可能非常複雜，難以說清楚。另一個則是您認爲八〇年代的文學發展是一種運動形態，人性、人道主義思潮伴隨著傷痕、反思、知青文學，一種解放的感覺伴隨早已被批判過、被遺棄的作家作品的回歸，重提沈從文，推崇孫犁、汪曾祺的小說從邊緣進入中心，賈平凹的走紅都是和當時的審美思潮的糾纏與重組分不開的。九〇年代就不同了，「左」和「右」進入了經濟領域，一句話，經濟主導了話語權。文學則趨於邊緣，走向無名的狀態。如今，新時期文學已走過了三十個年頭，您作爲新時期文學的參與者，是否能具體談談這些問題。

程德培：我是說過：「八〇年代，王安憶提出庸常之輩，阿城將知青這樣的社會問題還原於生存的饑餓，劉恆關注人的欲望，這些都涉足到小說繁榮年代的根部。」這裡強調的是小說的世俗性。世俗是小說和故事賴以生存的土壤。之所以強調這一點，那是因爲伴隨我們青春風貌的是殘酷的「烏托邦」歲月，那一、二部不是小說的小說曾經是我們文學的唯一視界。那是一個不食人間煙火，而日常生活則處處又困窘不堪的歲月。三十年前的我們是很難理解司湯達筆下的法庭、教會、國家機器以及上層建築，就是對政治陰謀的理解也是流於皮相；我們同樣地無法理解巴爾札克筆下的資產階級社會，那些高級金融業者、貪婪的競爭者和流氓冒險者。當然文學還自有其想像的天空，無論存心與否，不管哪一類作家都會在其作品中或明或暗地流露出各自的伊甸園之夢，流露出他們對情感的看法，對殘酷的定義，而其流露的方式可以是沉默不語、惜墨如金，也可以是嘀嘀咕咕，絮絮叨叨。小說自然離不開大地，但失去天空的大地恐怕更加無法想像。這裡，強調世俗是因為太多小說總是以這樣或那樣的名義蔑視公眾領域，充斥著喋喋不休的主觀主義，對芸芸眾生的貴族式倨傲，對感官之樂憂心忡忡，對肉體充滿著苦澀的敵意。

如果我們不用什麼主義的話，七〇年代末至八〇年代中期的小說，一種是努力地記錄對掩飾權力的存在，另一種則追求如何在支配中言說自我和反抗支配。後者盤據著抵禦、懷疑和叛逆性。八〇年代小說的創新、探索乃至先鋒；尋根、復古乃至新歷史，都與後者有著千絲萬縷的聯繫。創造新的方法和翻出早已被遺棄的審美伎倆，都是出自於對現狀的同一種姿態。它們實際上是一種共謀現象。「現實主義」這是我批評生涯極少運用的詞。我甚至還說過我討厭運用這個詞，因為這個詞在中國的批評界含義非常混亂。一說到「現實主義」，它提醒了一件我們經常自以為明白，而算起來會剛好相反的事。於是我們來到了維特根斯坦的城市：「我們的語言可以視為一座古城，這座迷宮充滿了小街和廣場、老房子和新房子，房子上還有各個不同時期添加的東西；城西郊則是大量的新區域，有著筆直規則的街道和規格一致的房子。」「現實主義」曾誕生於所謂語言的郊區。它有著專門術語的直來直去和毫不含糊，用來示意以及它自身不言而喻的東西。但長期以來經過不同歷史時期，不同地域或人文意識形態的使用，它已是曲折雜亂，進入了古城語言區域。而你在上面提到我關於九〇年代更像是一次現實主義的舊夢重溫的話題，也是極少提及的一次。我是力爭從專門術語這個角度來指的。九〇年代以後的中國，意識形態淡出，法制逐步健全，資本市場進入主唱，金融股市開始吸引人們的眼球，中產階級的重新崛起和形成，現代性四處演說並獲得掌聲等等，這些從表面性的土壤上看，像是容易滋生「現實主義」的溫床。我們的確也不時地聽到有關「現實主義」吵吵嚷嚷的尖叫聲，隨處可見那鋪天蓋地的「紙張」。但是，時代畢竟不同了，就是「超現實主義」也跟我們已一百多年了（注意，我這只是舉例而已）。舊夢能否重溫，重溫的只是舊夢，指的都是一個問題。令人擔憂的依然是蹩腳的故事就是反故事的故事。恢復故事敘述欺騙的依然只是故事敘述的欺騙。

白　亮：八〇年代是文學創作與文學批評相互促進的一個時代，而上海的文學批評在新時期文學三十年的發展中，總是引領著「時尚」的潮流，尤其是在八〇年代中前期，您和吳亮、蔡翔、許子東、陳思和、王曉明、毛時安、南帆、殷國民等上海青年評論者，以《上海文學》、《上海文論》爲主要陣地，不斷發出新銳的聲音，逐漸形成了一定的規模和氣候，震盪了當時整個文壇。當時，你們的文學批評不僅給讀者和批評界提供了新的觀念、視角方法和批評文體，還在當代作家作品思潮的評論、現代文學的價值重估、文藝理論、西方美學、文藝創作心理、文藝社會學等各個批評領域，進行著富有活力的創造性、探索性的工作，提供了一大批給作家創作以有力刺激和啓發的成果。當然，這可能與八〇年代思想解放運動和上海開放、多元的批評文化氛圍不無關係，同時我也認爲從八〇年代開始的對西方文論，如佛洛依德學說、存在主義、非理性主義、結構主義、解構主義等的譯介，對系統論、信息理論、控制論等的科學主義思潮和各種各樣的批評觀念和方法引進，以及引發的有關「新方法論」、「文學主體性」等問題的討論等等，都有助於你們思維空間的拓展和視野的拓寬，同時也激起了建構一種具有現代文化品格、現代思維方式、現代知識結構的新的理論批評體系的熱情，這些都使得你們從文本出發，把藝術感受同自己的人生體驗揉合在一起，對作品給以整體的把握和觀照，以此發掘出作家、作品的獨特個性和意蘊。

八〇年代文學批評出盡了鋒頭，其激動人心之處，其實主要在於開始擺脫「文藝爲政治服務」的框架，開始由政治／社會批評向重個人感悟和體驗，重美學分析和藝術判斷，重批評觀念的更新和批評方法的運用等特徵的審美批評的轉變，在此過程中，文學批評的主體性和批評家的個體意識有了大幅度的增強和提高。但是現在看來，這次極富革命色彩的轉變及其成果也暴露出一些弱點。首先，在文學批評中不斷強調「個人性」、「文學性」、「自足性」、「日常生活」、「敘述」等因素的優質性，那麼這樣的作品是否就一定比在民族、國家、文化、傳統乃至歷史中尋求認同，或者具有強烈政治訴求的作品更能打動人、更有價値、更具文學性呢？其次，不斷強調批評觀念上的「審美」原則和「文本主義」，可是當面對重大的社會變革和歷史事件，這樣的審美批評又會不會顯出某種虛妄？再次，八〇年代的「文學批評」，不僅對「經典」和「非經典」作品進行認定和排斥，還總是及時地對「剛剛發生」的作家作品進行批評和剖析，這些成爲後來文學史的研究的重要基礎，但是，由於當時文學批評巨大的影響力和不斷擴張的作用力，一大批「文學批評家」的觀點、主張、設想和結論，「理所當然」地成爲了當代文學史的研究成果和結論。那麼，這是否會過分「干擾」文學史更加理性化地過濾、歸類和反思性的工作呢？此外，進入九〇年代後，各種文化現象、思想潮流，共生於一個巨大而又擁擠的空間，文學藝術發展的劇烈和激化程度遠遠超出了我們的想像，在文學生產場域，參與、影響或左右文藝的因素越來越多，而這些因素又是批評家們難以掌控和改變的，各種紛紜雜亂的聲音使得文學批評失去了八〇年代的「呼風喚雨」的陣勢，不斷陷入尷尬和被指責當中。您今天是否能對這幾個問題做一些更爲深廣的解讀？

程德培：這裡涉及許多問題，創作藝術的經驗，小說詩學的特質，具體作家與世界的關係，批評藝術、文學理論，還有中國教育體制特定的文學史，所有的問題都能自以爲理清的話，恐怕一部中國當代文學批評史都要誕生了。

我有一種感覺，中國小說的藝術長期受到意識形態的管制，判斷論的驅趕，所以一種以革命的姿態、叛逆方式恢復自身的地位是必要的也是必然的。八〇年代在許多問題上未必都很清楚，但有一點我是堅信明白的，即在意識形態意義值得要的東西，有時恰恰違背了詩學公正。文學心存歷史，心繫現實，又要受特定傳統文化權力意義打理，那麼文學呢？我們及世界又如何心存文學呢？文學是另一種的民主和自由，不是因爲它處理的是想像的題材，而是因爲它在心智中重構現實，而心智是一個可以保護的遊樂場，一個有時候可以躲避控制的天地。文學又是對我們必然缺席的生活的書寫和所指。文學可以而且也應該心存許多東西，但它必須心存自己，後者是我所特別關注的。

關於如何看待作品，我的基本看法是作品並不是作者的自傳，所有的敘述者都是有面具的，批評則是區分有益和有害的面具罷了。每個寫作者都有自己的局限性，每個作者的長處和短處都是相互依存、互爲鏡像的關係，而不是非此即彼。偉大作家與常人的區別就在於，他們能比別人更好地理解話語的局限性，意識到話語的局限性，並把它作爲表達終極目標的媒介。我相信作家溫特森所說的「語言總是背叛我」，「我們想撒謊時它說實話，我們非常希望精確時它卻亂七八糟」，這種背叛的兩方面都很重要，牢記這一點，能讓我們經常觸摸到故事與小說那活生生的表層。

批評始於感覺，尤其是你每天面對堆積如山，而絕大部分都要被人遺忘的作品時，感覺始終是你的引路人。只有你強烈地感受到了讀一部作品時是什麼感覺，才能開始施行判斷的手段，也許做得更好的是，推測這部作品指向何方，它的世界中什麼是重要的，以及我們爲什麼在乎它。這裡，「感受」將成爲更高級的、其他方式所難以替代的認識模式。我喜歡對作家作品的第一反應批評，儘管這是一種費時費工，吃力難討好的風險作業。我經常提及的一段話是，你批評一部傳世之作，哪怕說錯了，那也可能和偉大作品一起流傳。但是你批評的是一部末流作品，哪怕你批評得再精彩，那也注定和末流作品一起被人遺忘。

你談到的八〇年代的批評現象，所涉及西方文論種種方法，所引發的諸多變化和影響，都是一種概而言之的東西，很難一下子對其做出判斷。其實，對批評而言方法即實踐，結構與解構對八〇年代的中國批評而言幾乎是空白，而佛洛依德那套東西經由拉康的「還原主義」，齊澤克的繼承發揮，恐怕在中國會有長時期的本能抵觸。至於八〇年代的文學批評會不會「干擾」以後文學史更加理性化地過濾、歸類和反思，那可不是八〇年代所應承擔的。世事難料、風光不再、繁榮已去，這是事實也是常態，過於戲劇性的一廂情願，得到的則是永遠的危機重重。這使我想起了巴赫金在彌留之際，又請人講了《十日談》中的一個故事。說的是一個人死後被奉爲聖徒，在他墓前出現了奇蹟，但實際上，這個人生前是一個壞蛋。這篇故事引伸出的一個教訓對我們理解生活歷史的巨變是有啓迪作用的。

白　亮：從新時期文學的發展歷史看，作家的創作與當時的文學思潮、氣候、批評之間存有一種非常複雜、微妙的關係，它們是文學史研究的一個重要環節。從您的《小說本體思考錄》、《小說家的世界》、《當代小說藝術論》等著作和論文中，不論是八〇年代對賈平凹、王安憶、莫言、蘇童的解讀，還是新近對須一瓜的闡釋，我看出您是一位對作家創作進行跟蹤式研究的批評家。

您和同時代的批評者們在批評的角度，敘述的風格，詞彙的選擇以及分析的態度價值的取向等方面多有不同，因而品評作家作品的結論也不盡相同。您似乎歷來很少談論大的主流和概念，甚至流派和觀念，而總是在細微處著眼，細究關於小說的語言、結構、情緒、表述等藝術元素。您的批評與作家、文學思潮之間是互相詮釋的，一方面，有許多作家、作品需要放置在文學思潮的歷史語境中才能夠還原其面貌，而文學思潮在交替更迭之時也觸及了您的感受，啓動了您的批評創造力；另一方面，這些作家作品的「亮相」和「文學史意義」，以及思潮的「意義」，也借助您們的詮釋得以建構。比如，在八〇年代中期，一些作家雖然早就開始討論西方的文藝理論和借鑑它們的藝術創作手法，並且已有很成功的小說實驗，但始終未在文學界引起廣泛注意，只是到《上海文學》發表了他們的作品，尤其是上海的先鋒文學批評家的「強力推動」，並把他們小說的寫作範式納入你們的「批評話語」之後，「先鋒作家」、「新潮小說」才成爲一個文學史事實。在當時，上海已經成爲先鋒文學的「批評中心」，一個作家登上文壇，受到萬人矚目，顯然需要被批評家們所認定、欣賞和接納，進入你們所掌控的文學生產流程，我們把這一現象稱爲「文學經典化」過程。如八〇年代的作家和批評家之間猶如「調情」一般，相互之間從來不因對方的言說而耿耿於懷，說對了拍拍手，說錯了哈哈一笑，誰也不想成爲誰的導師，誰也不想成爲別人的中心。我知道您有很多作家朋友，您任上海作協新刊《文學角》副主編時，能迅速約到許多作家評論家的稿件，此外，王安憶說過她曾看了很多遍您寫的有關她的評論，因爲您當時關注一個寫了十篇都不到的她，對她的作品理解又關注。那麼，請您從一個當事人的角度，談談八〇年代上海作家和批評家之間的關係和存在樣態。

程德培：批評家面對的是原創的作品，現在你想討論批評，無奈我們只能進入雙重面對，判斷我們是怎麼做出的判斷。根據福樓拜在一封信裡的說法，不是「閱讀內容莊重的書，而是閱讀做得好，尤其是寫得好的書，注意到做事情的方法。我們是小說家還是農學家？」批評的好處在於你能夠據此為理由，捨棄其他而醉心於閱讀，努力尋求你感興趣的理由。伊塔羅・卡爾維諾曾寫道，他「花在別人書上的時間比花在自己書上的時間多」。這對批評家尤為重要。現在隨便翻翻、隨便說說的批評家隨處可見，自己不閱讀，指責別人閱讀的（作品）很差的責難聲經常能聽到。八〇年代，我可以閱讀每個重要作家發表的全部作品，九〇年代幾乎不可能做到，二十一世紀至今已過八個年頭，做到的可能性微乎其微。經典是由不斷接力的篩選所進行的，在不斷的分歧之中產生一致，又由不斷的一致之中產生分歧進行角逐。不可取的是踩著別人的肩膀時，還要指責別人的肩膀如何如何。隨和和尖銳的作家、批評家都應當在不和諧之音中、在差異之中，看到迎面而來的自己，而不是其他。立足於構建文學史的你雖然和我出發點不同，功利觀和價值觀也存在這樣那樣的差異，這並不妨礙彼此間的交流，你的話語似乎過於誇大批評話語的作用，究竟是因為批評家的認定和接納，還是「先鋒作家」、「新潮小說」本身的強力顯身，我傾向於後者。這個問題我主張存異，因為再鬧下去，可能會進入「先有雞還是先有蛋」的誤區。

我和作家的關係，你可能是誤聽誤傳了。幾十年了，我幾乎在寫所有的作家論之前和作家本人都不相識。我喜歡這樣，可以多一份神祕感。八〇年代作家和批評家的關係相對「甜蜜」，現在可能「私密」性多了點。當然，這只是總體感覺，無法也無需做判斷。至於上海，我說不清楚，不怎麼好也不怎麼壞。可能是我沒有主持過以發表小說、詩歌為主的文學刊物，所以和作家來往比較少，我也不怎麼參加活動，和作家的關係處於不明不白、忽明忽暗之間。需要說明的是，我說的是我，而非其他上海批評家。

白　亮：八〇年代的文學期刊對文學的多元化發展起著重要的作用，這一點毋庸置疑。當時，《上海文學》給您和其他批評者們提供了自由的空間和重要的平台，它不會在乎批評者的身分，而是重來稿的品質、重才華、重獨到的見解和張揚的個性，在這本雜誌上，許多作家、批評家成爲了「明星」。那麼，您能否給大家談談您和《上海文學》這本雜誌以及編輯們之間的「蜜月期」呢？李劼曾評價您長於辦刊，可以將一本雜誌或一張報紙經營得很出色，您辦刊物上的能力，絕對不比您寫評論文章差。您曾不遺餘力地編輯過《文學角》、《海上文壇》吧，是否能談談在編輯刊物中的得失呢？

程德培：八〇年代文學期刊的重要性，相信已經說得很多了。《上海文學》給予一代年輕批評家的成長所起的至關重要的作用，我也說了不少，這是一段黃金歲月。以後恐怕是無法再現了。我所編輯的《文學角》怎麼樣，各人自有各人的說法。所不同的是，在一九八七年，我所接手創辦的理論雜誌，是一份需要自收自主、自負盈虧的雜誌。我幾乎在沒有什麼人手的情況下，還要用八十％的精力去拉廣告贊助，關注雜誌發行且經營。爲此，我的人生開始了抽菸、喝酒的陋習，四處交友的時間是用犧牲閱讀批評寫作的時間換來的。那時《文學角》雜誌的主編是宗福先。沒有他的信任與放任、寬厚、仁慈，從不發怒的修養，《文學角》很可能是另外一副模樣。

白　亮：現如今，一九八五年被許多的研究者看作是中國新時期文學的一個分化、重構、轉折的臨界點，當時的確出現了不同的作家群體、不同的小說美學、不同的讀者想像、不同的文學等級、不同的批評範式等等。這些現象、問題的出現改變了人們對小說的認知方式和審美方式。一九八六年初，您和吳亮依照「個人趣味」、「個人偏好」，在一九八五年從公開的期刊上發表的中篇小說中篩選了二十篇，編輯成《新小說在一九八五》，這一選本所透露出來的意識形態、美學趣味和小說觀念，值得我們將其置入「歷史的現場」進一步探討。因而，我的問題是您是否能具體談談，當時您這一帶有「個人性質」的編選行為的動因和目的是什麼？面對一九八五年出現的眾多「現象和事實」時的姿態和觀點是什麼？為什麼將所選小說命名為「新小說」？

程德培：一九八五年固然重要，一下子出了那麼多重要的作家和重要的作品，這是一個繁榮的年代，也是文學革命的歲月。探索與創新既是對庸俗社會學權威地位的攻擊，也是文學聊以自救的一帖良藥。但是，認定盛況將持續高漲的欲望注定將要落空，歷史過程不斷地告誡我們，從一方面看上去十分重要的東西，從另一方面看上去就不那麼重要。對於一九八五年文學狀況的過於重視和可能過高的評價，也許夾帶著成功的喜悅。事過境遷，情緒消解，評價的天平自然會回落相對客觀的一頭，這是自然的。就是吳亮，今天對當年的文學創作評價也不是很高的。當年的評價和選擇肯定會對今日文學史的撰寫有影響，如果有人補充當年選擇的缺失，重新評價甚至推翻當年的認定，不是更好嗎？

補充一點，你提到吳亮和我編選的《新小說在一九八五》，在此之前我和吳亮還編選評述了一本可能影響更大的選本《探索小說集》，因為《探索小說集》有一些出版社參與的意見，文學人選各方面均有限制。我們可能是在這一選本覺得不過癮的情況下，正好有條件更自由地做一個選本，因此有了《新小說在一九八五》。我的印象，用探索、新小說之類的說法，是因為當年舉「現代主義」和「先鋒派」之旗還是不允許的。

白　亮：我的博士論文是以「戴厚英」為研究對象的，曾涉及她的《詩人之死》和《人啊，人！》這兩個文本的分析，其中曾討論兩個問題：一是戴厚英為什麼始終未能被上海文藝界所接受，她的那段文革生活經歷對她的影響到底有多深，比如她在八〇年代後的寫作、生活、工作等都受到了影響，上海對她的接受態度也直接或間接影響到了文學史家們對她的評價方式；二是關於「懺悔」、「辯解」之間如何去界定，我的意思是如何從她的小說和現實生活中來討論有關文革的「反思」方式，爲什麼巴金憑藉著《隨想錄》就成爲「社會的良知」、「知識分子的良心」，而戴厚英的「懺悔」會被一些人看作是「投機」呢？這其中有哪些可以值得深究的話題呢？

程德培：恕我直言，我對這個問題興趣不大。首先，我剛才講過，文學作品不是作者的自傳。其次，戴厚英的歷史我不瞭解，只有當年的親歷者最有發言權。關鍵之處，這問題似乎超出文學批評的範圍。特殊年代自有其特殊之處，恐怖歲月留給人們自有其難以消除的恐怖。世界上像海德格爾這樣偉大的思想家，因和納粹的關聯受到批評和激起公憤。像保羅・德曼這樣傑出的解構主義理論家，因被揭發納粹時期在報紙上撰寫過文章而聲譽一落千丈，甚至連德里達的深情辯護都起不了什麼作用。這些，會不會對我們有所啓迪。最後說一句，謝謝你爲訪談所做的精心準備。

二〇〇八年七月十五日於上海

原載《南方文壇》二〇〇八年第五期

八〇年代：文學・歲月・人

程德培、吳亮、陳村

時　間：二〇〇八年一月十九日下午

地　點：在陳村的客廳

陳　村：你們今天要準備談什麼我還沒弄明白。

程德培：你先說吧。

吳　亮：德培啊，你說要給我一個EMAIL的。你說要把你思考的一些問題用EMAIL整理出來。

程德培：我不會發EMAIL呀。我短信也發不來。你先說點宏觀的，哲學的。

吳　亮：我從一件小事情開始吧，一九八〇年年底我寫了篇文章，張弦轉給了周介人，一九八一年過了元旦周介人在作協西廳召集會議，我和德培就算認識了，然後呢一起共事很多年……一九八九年以後，德培把《文學角》改成了《海上文壇》。

程德培：一九九一年，一九九〇年下半年開始籌備。

吳　亮：反正九〇年以後雖然我人還在作協，卻像作協的臥底一樣，我的筆不願意再動了。我不知道怎麼劃分八〇年代。去年十一月在北京看了尤倫斯當代藝術中心費大爲給「八五新潮」做的回顧展，中國當代藝術，背景資料做得有點意思。長長的牆上貼了一大片，文字和圖片，從一九七六年毛澤東去世開始算起。

陳　村：這一期的《今天》發的是「星星畫展」。

吳　亮：除了「星星畫展」，上海更早還有「草草社」也是非官方的民間藝術活動。大的包括十一屆三中全會，鄧小平復出，時代背景交代。然後一路下來，一九八九年就虛過去了，大家知道的原因。以這樣的劃分來看，還有一個與之平行的「新時期文學」，和時代很對稱，有人說它從一九七六年天安門廣場詩抄開始，有人則說從《今天》或者從《傷痕》開始，這重要嗎？我覺得這些劃分並不重要，但這個時期，肯定是終結於一九八九年，至少對我個人是如此，因爲我從這一年起基本脫離了文學批評的寫作……一九九〇年到現在又整整過了十八年，這期間我常常會想到八〇年代的事，每次想起感覺都不一樣，都和想的時刻以及心境有關。通常德培打算請我去哪裡吃飯的時候，就在電話裡說今天某某人來了，這個人你想不想見？那這個人肯定是八〇年代的，所以德培才覺得有必要讓我吳亮也參加一下，我那時就不斷懷舊啦。假使說，九〇年代後德培認識什麼人呢，似乎德培覺得沒有介紹給我的必要，好像吳亮你也不會有興趣。所以啊，這段時間對我來說，眞是非常重要。我現在其實不怎麼思考一九八五年了，不管當代藝術當代文學啊，我沒有太大興趣了。我認爲今天我們要談的話題應該非常小，非常私人化。上次在紹興路新吉珂德吃飯，德培已經不止一次在這種場合惹我，說我不再寫作了怎麼怎麼的。平時，我一直沒有機會和德培好好談一談，見面全是應酬啊飯局啊。那天又是飯局，吃完飯在隔壁漢源書店喝茶。我說乾脆我們聊聊吧，弄個錄音……德培，聽周介人說你最早寫評論是給賈平凹吧，那是哪一年？

程德培：一九七八年。距今已是三十年。如同改革開放和新時期文學的年齡。三十年前我還是染料化工五廠的工人，《文藝報》的一位老同志鄭萬興寫信來約稿，爲了短短三千字的評論稿寫了好幾封信，其認眞的態度對我影響很大。

吳　亮：德培參加上海文學業餘評論作者活動比我早，你是前輩，把你們組織起來的，除了周介人還有唐鐵海、于炳坤。我參加這個業餘作者活動是一九八一年，印象很深，周介人給我一個信，說元旦後開一個會你來參加，還要準備發言。

陳　村：那麼你們以前的身分是？

吳　亮：我是工廠工人，和程德培一樣。所以我到現在還是有一種業餘感。

程德培：就只有我們兩個人沒有在大專院校待過，也不是什麼科班出身。

吳　亮：我倒還很喜歡這樣的狀態。第一次被周介人叫到《上海文學》編輯部談稿子的時候，我還穿著工廠工作服哎，我上班溜出來的。

程德培：我們都很老實，大家都是短髮。你是長髮，像藝術家一樣。被組織部門另眼相看。

陳　村：頭很大的。我第一次看見他是哪年我都忘了，反正是在開會。頭麼很大的，說話很老練的，眼睛麼不看他人的。

吳　亮：我眼睛不好，看不清楚。

陳　村：那個時候好像也是周介人說，你們這些寫小說的和寫評論的見一見。

程德培：吳亮是《上海文學》所接納的一個另類，不論爲人爲文。那時候的編輯像所培養人的學校，特別注意從來稿發現人才，而且不惜花費時間和精力。

吳　亮：老周雖然自己是比較謹慎的一個人，但他喜歡的人品種比較多。我還不算離奇的，他對李劼、朱大可都滿喜歡的。各人之間差距很大，只要他覺得你有意思。

程德培：那是一個重視才華、個性的時期，至少在《上海文學》的環境裡。

陳　村：那麼那個時候你們幹的是什麼活呢？

吳　亮：哎呀，這個事情一扯就囉唆了，回到七〇年代了，豈止一兩萬字……程德培你上次不是說近來常常半夜爬起來狂看書，在狂看什麼啊？

程德培：我是因爲要編新文學大系，一九八七年至二〇〇〇年的中篇卷，要補一下九〇年代的課。另外，現在這個年齡進入半夜要失眠的狀態，所以每天半夜睡不著覺，起來就看看書，偶爾寫點文章，純粹是個票友。說到八〇年代，我們已不可能純粹地回到八〇年代，記憶和回顧總挾帶著現在。八〇年代無疑是眞實存在的，它存活於昨天、前天，但我們通往眞實的道路總是錯誤的。我們現在進行的實則上是一個反諷的對話，眞實的昨天是如何產生於其反面，如何在我們說話過程中經歷曲解、整形、遺漏、歧義、時空顚倒，攙雜著今日之創傷和誤認。回憶必須依賴過去，但一切都無法重演。我們都自以爲是地向前生活，但卻戲劇性地回顧過去。「忘記過去意味著背叛」，但任何一次記憶都注定是對昨日眞實的肢解性背叛。回顧既是昨日眞實的櫥窗，但又是對它的顚覆。這也是爲什麼那麼多人對查建英的《八〇年代訪談》有意見，特別許多親歷者不滿這本書流露出過分的甜蜜和「成就感」。你說到「私人化」，可要警惕，八〇年代是不提倡「私人化」的。維特根斯坦在其《哲學研究》中說：「當我談論這張桌子時——我是否記著這個東西叫做『桌子』？」我的意思我們還是無法脫離整個新時期。文學這三十年，有人把它區分爲「新時期」、「後新時期」、「新時期後」幾個階段，也可以。其實，八〇年代初七〇年代末也是個重要的轉型期，但那種轉型還是個體制內的「正確」與「錯誤」的轉型。最近有學者就重點研究那次「文代會」的一次報告，其中談到林默涵和周揚的分歧。

吳　亮：這是哪一年？

程德培：一九七九年。

陳　村：那個時候鄧小平有過很多講話。那個時候被廣泛引用的是說：「作家寫什麼？怎麼寫？由作家自己決定。」那個說法比以前好聽很多。

程德培：那時候是針對「兩個反映」，還有就是對十七年的評估。這些上頭的事情好像對我們沒有什麼直接的關係。我們也不可能參與這些。但實際上還是有關聯。我還是堅持我上次說的，八〇年代與九〇年代之間變化作爲我們的切入。哪怕是回憶八〇年代也離不開這個。畢竟現在九〇年都過去十八年了。我們無法做到擺脫現狀而完全回到八〇年代的意識中，回憶不可能是再現。這使我想起卡夫雷拉・因凡特長篇小說《三隻可憐的老虎》中有關唱片的故事，因凡特漂亮地捕捉到了這種模稜兩可。那唱片是黑人歌手「星星」唯一留下來的東西。一個人認爲，她活在這張唱片上，另一個人物認爲這張唱片很「平庸」，並且認爲「這絕不是『星星』，那張爛唱片上死氣沉沉的聲音，跟她本人活生生的聲音毫不相干」。前者的觀點可能是出於一個音樂家之口，後者可能是一個作家之口。兩者合成了一種模稜兩可。音樂家關注歌聲，唱片留下了「星星」的歌聲這是眞的。作家關注的是作爲歌唱家星星整個人，所以唱片是死的。兩種意見都涉及記憶，其實非常矛盾，也許只有在我們承認那張唱片不可能是她的聲音的情況下，才會是「星星」聲音的記錄。前幾天碰到馬原，因要籌備開一個馬原作品討論會。馬原記憶中一些問題我們就未必會想到，比如，他就沒有想通張承志當年爲什麼那麼紅，那天的討論也是一種回憶，他提出這樣的疑惑，肯定含帶著很多今天的想法。

陳　村：張承志是當時官方和民間都很接受，包括李子雲老師也很欣賞，是有點奇怪。

程德培：今年是新時期三十週年，我已經注意到了《收穫》、《花城》、《當代作家評論》等雜誌開闢了專欄以做紀念，好像今年注定是記憶之年。當然我們可以不去管它，我們可以用我們的方式去回到八〇年代，但依然無法擺脫後二十年的影響。八〇年代我們曾經一度賴以生存的啓示錄式的概念，今天已被日新月異的過程和高速度的發展所抽乾，成了空洞、破碎、轉瞬即忘的寓言。眞理的眞實性和盲目性與謬說結伴而行。八〇年代寫小說搞批評的人基本上有兩種，一是中斷寫作的，比如你吳亮、陳村、孫甘露、阿城、馬原、劉恆等等。這些人的表現形式爲中斷。還有一些人則持續寫作，像王安憶、莫言、韓少功、余華、蘇童、葉兆言、殘雪等。但到了九〇年代以後，繼續寫作者也發生了很大的變化。余華是自覺的轉變，殘雪雖自以爲是始終如一的，但最近讀她的自傳和長篇，還是覺得和八〇年代的作品有很大的變化。同樣轉型，那些「成功」轉型、活得有滋有味的人，記憶則是他成熟的一部分，而那些轉型失敗、至今沒有什麼建樹的人，記憶則很有可能成爲寶貴的遺產。所以，我們對八〇年代的記憶，能做到純粹嗎？

陳　村：能做多少做多少。

吳　亮：有一句話被人說過了無數遍：所有的歷史都是當下的歷史，都是評論者的歷史，都是寫作者的歷史……這是肯定的，說書的愛說關雲長過五關斬六將不愛說他走麥城，雖然走麥城也許更重要。快過年了，到處在供關公，那是因爲他搖身變爲財神了。今天人們對桃園三結義根本不感興趣，只知道他身邊一個闞平一個周倉，擺放在商鋪的顯要位置。德培你前面講唱片和一個人的生平，我想我如果現在到作協資料室去找一找八〇年代的文獻雜誌報紙，我會無從下手。當年我們每天都在看，每天看，是不累的。今天我去看什麼？把林默涵和周揚的報告找出來，這是我們的事情嗎？這不是我們的事，這是中宣部的事，官方的事，找一個大專院校，拿國家基金來做這段時間的歷史研究，會有人做這個工作的，也可以想像做出來是一個什麼東西。撥亂反正，反對「兩個凡是」，思想解放，實踐檢驗眞理，然後又是清污反自由化之類，還有什麼？在這個背景前再貼幾個正面的主旋律標籤，加上傷痕文學，改革文學，尋根文學，就這麼幾塊，還能談出什麼花樣？其實這樣事一點都不好玩，我在當時不過是部分的參與者，我就是一個誤打誤撞。我說我是個偶然的闖入者，弄文學批評純屬偶然。在我的記憶中最重要的根本不是發生過了多大的事。前年夏天寫《八〇年代瑣記》，談不上顚覆什麼，對我來說，能夠記起的就是那些僅僅屬於個人經驗範圍內的事。八〇年代的很多公共經驗早已被很多人共享了，家喻戶曉，夠了，談了不要再談的東西，何必我再談？

陳　村：李劼他寫的八〇年代備忘錄到現在都沒有出版，早幾年寫了。寫的無非是他跟某些人的交往，他所記得的事情、對這些事情和文本的評判，當然也有可能是偏激的，但是是個人的。我覺得這樣談也很好，每個人談的都是自己的個人經歷。合起來就對了。

吳　亮：讓我寫一本類似教科書的八〇年代文學史，我寫不了，因爲那得不斷重複人家的東西。不重複，刻意迴避，你必然很殘缺。很多人人覺得重要的東西我故意不談，要談就充滿偏見，這個是肯定的。但這麼做，對別人有什麼意義呢？人家有什麼必要看你吳亮眼睛裡的八〇年代？沒必要看。我想，我們今天的談的話有沒有意思呢，接下來還繼續談是不是有意思呢。我不認爲我們今天的談話承擔有多少學術任務和責任感，恢復眞相啊，糾正某些錯誤啊，回到歷史現場啊。憑什麼？我糾正誰？充滿錯誤很好啊，看到很多東西覺得很不屑，但要跟它做正面挑戰必須要做很多功課，犯不著。反正憑我的直覺，鼻子一聞就覺得不對。這種說法是荒謬的，虛僞的；那種說法是沒有價值的，沒趣味，甚至，它和文學沒有關係，人們總是這麼談，談得那麼乏味，還津津有味。文學史的這種著作我們見得太多了。伍爾芙有篇《當代文學印象》的短文，我對英國文學不怎麼瞭解，尤其是英國上世紀二三〇年代的文學，我知道得非常之少。在《當代文學印象》中伍爾芙說，一談到古典文學，兩個英國評論家多半可以認同，比如，莎士比亞還有什麼好說的？喬叟還有什麼好說的？OK，沒有分歧，舉手通過。但當代作家面目不好把握，前途未卜，眾人評價不一，南轅北轍，怎麼辦？伍爾芙說，當代太近，沒法看清。原話我忘了，意思是說，我們不知道當代有沒有大師。她的問題和人們現在討論的問題多像，誰是大師？呼喚大師，急什麼。現在我們說不出誰是大師，以後說不定還眞就有，今天我們看不出來，不知道。今天我們做的是準備工作，她把這個時期歸爲過渡時期。不要去爭了，有什麼好爭的。人對眼皮底下的東西不要忙於給它寫歷史還要給它寫定論，分歧太大。當然吵得一塌糊塗也不錯，留到將來一起研究。有些經驗很奇特，比如我閱讀，可能前面接受的是新東西，後面才接受的是老東西。殘缺，次序顚倒，時間不對。九〇年代初有十來位譯者共同翻譯普魯斯特的《追憶似水年華》，分卷分工合譯的吧。當時我對普魯斯特感興趣，凡他寫的東西只要出來新譯本我都買。後來我買了一本普魯斯特的評論集《駁聖伯夫》。我太喜歡普魯斯特了，但這位聖伯夫呢，我又不甚了了。平日我雜書看得多，一點都不系統。當時覺得普魯斯特對聖伯夫很不屑，迷信普魯斯特。我沒有去找其他參考資料，傾向普魯斯特，當時非常喜歡作家攻擊評論家的文章。好多年以後看白璧德的《法國現代批評大師》，這書裡面談到了聖伯夫，乖乖給聖伯夫非常大的篇幅，說在他們這個十九世紀，推舉法國四個思想領袖的話，聖伯夫就是其中之一。很牛的一個人啊，我後來才知道。當然，跟德培你上次講的那樣，一個人批評大師批評錯了名字反而留下來。批評對了呢，一起消失了。「這個人是垃圾！」垃圾被時間消滅了，你也跟著消失了。當然普魯斯特和聖伯夫不在此例……事情往往如此，我覺得自己的方式是很文學化的，有時候會發神經病，站在一個虛擬的高度，講些大話，很大很大的話。好像什麼人都不在我的眼睛裡，我就站在虛擬的高度在談論。其實我骨子裡不太喜歡這樣做，我爲什麼這麼說呢，就因爲我討厭有些人，他們怎麼也敢說大話，那我也來這麼一下，看看效果。我壓根不認爲這個時代是能夠看清楚的，所有問題都可以把握，作爲總結者，搜羅在一本書裡，所有東西都攬進來，社會、歷史、經濟、政治、生活和觀念變遷……做這種工作的人，能夠做像樣的沒幾個。

程德培：說到回憶，小說倒是事關歷史歲月的逐漸流逝。一種關於想像的社會學，善於並樂於將緊張、孤立的時刻還給歷史的潮流和逆流。八〇年代，王安憶提出庸常之輩，阿城將知青這樣的社會問題還原於生存的饑餓，劉恆關注人的欲望，這些都涉足到小說繁榮年代的根部。我們始終對現實主義小說存在過於奢侈的期待，以爲加上「無邊」和「革命」就法力無邊了。現實主義小說是一種逃避，是對歷史轉捩點和斷裂點的不斷逃避，是對悲劇和逃避的解毒。從某種意義上說，吹毛求疵、個人主義意味、世俗生活以及其中的男人和女人、甜蜜和私密、厚密的社會肌質，都是其巨大的能量和興趣範圍。相比八〇年代的小說，九〇年代的小說更像是一次現實主義小說的舊夢重溫。畢竟，時代已經不同了，就是超現實主義距今都快一百年了。就小說而言，已經不是一個能產生大師的時代。今天還在喋喋不休地渴望大師的誕生，不止是對時代的誤讀，也是可笑的。八〇年代的吳亮給我的印象是「我思故我在」型的，而今天聽君一席話，給我的印象倒是「我感覺故我在」，後者的確很文學化。你以一種總結的姿態排斥其他的所有總結。要瞭解現實，我們必須信任我們的理解力而非感官。在概念上擁有世界因此意味著在感覺上失去它。現在你以感覺替代理解力，這讓人有點難以把握。你所說宏觀上的把握到底是根本上沒法做到還是很難做好。這是一個問題。

吳　亮：做得不好，沒有非凡的天賦，最好別碰。就像德培過去一直在講，要能勝任，要有自知之明。就是關於一個人的才能問題，你去補課是沒有用的，讀再多書也沒有用，你不具備這樣的胸懷，你能力不夠，天賦有限，光有野心是不行的。我現在只說些有把握的事情，比如現在談八〇年代，我只對我的感覺負責，我的記憶我負責，但眞有什麼對錯，我不敢說。假使能夠記錄下來，它可能起一種解構作用，我借用這個詞，雖然這個詞已經被人用濫。不要迷信，每個人都有他自己的回憶，有他的私人想像，有他特殊的理解。所有的教科書都是可疑的，所有講歷史來龍去脈講得清清楚楚的都是可疑的。歷史就是混亂無序。剛才你說那個轉型也是暫時挪來說說而已，方便討論嘛。一九八九年切一刀也可以，或者一九九二年，我把一九九二年作爲一個分水嶺，鄧小平南巡講話，也就是分類，宏觀來談，爲了討論問題方便。當然具體到個人記憶，個人往事，比如我不寫作了，生活發生什麼變故了，改行了，我就不用這些詞……德培說文學寫作中的斷裂和轉型，我想，有些人，像余華是有延續性的，一九八九對他沒有產生什麼影響，不是那一年對他產生作用，從《活著》到《兄弟》是一個漸變。莫言幾乎沒什麼變化，他語言風格、想像力、本能，從最早《透明的紅蘿蔔》到後來的《酒國》和《檀香刑》，好幾部長篇，這種風貌、才能的表現方式基本沒變，泥沙俱下，滔滔不絕，洪流一般。王蒙也沒變啊，王蒙的敘述風格還那樣，倚老賣老，辯證法，車軲轆話，無非他的人生總結而已。韓少功變化也不多，少功思辨的能力，寫隨筆他八〇年代就開始了，關心文學外的世界大事在他是一以貫之的。張煒同樣沒什麼變化，張承志有什麼變化？沒有，當然所涉及的題目，與時俱進了，比如全球化，文化身分，國際政治，文化殖民和恐怖主義，這些事件和議題的出現，張承志或者張煒的強烈反應都在預料之中，對於市場經濟，道德墮落，社會不公，他們非常敏銳。王安憶九〇年代以後有過一些作品，明顯和八九斷裂有關聯，《叔叔的故事》就是。那幾年的變化對她有衝擊，也許爲時很短，但對她非常重要，她思考閱讀的範圍在擴大，也試圖去把握更多的事物，歷史進程或多或少地參與了她小說的漸變。她一直在參與各種文學活動，國內外學術會議，話語環境的交流促使她去讀更多東西，發表更多意見。你想八〇年代，二十多年前我們剛認識她的時候，她總說，理論我不懂的，說話都怯怯的，現在呢，理論一大套！她已經有她自己的世界觀，這樣的世界觀不再需要評論家去總結，她完全可以自己說，自圓其說，假如現在突發什麼事件，我一般能知道王安憶會怎麼反應，作爲一個公共人物，她會發表怎麼樣的意見。

程德培：關注轉型，不止是挪用一個詞的方便，其實也是一種方法。社會發生了巨大的變化，這是事實。轉型是一肩挑兩頭的出發點。爲什麼會講到同一性和差異性、斷裂和延續，都是和轉型分不開的。《上海文學》去年十二期發表了李洱與梁鴻的對話，其中李洱說道：「對中國的寫作者來說，二十世紀九〇年代以後，我們才可以說語境眞的變了。新的現實出現了，它要求寫作者在寫作中做出艱難的回應。我常常感到，現在的作家，他們小說其實主要是在表達他的困惑和迷惘，他小心翼翼地懷疑，對各種知識的懷疑。」這段話表面上是講九〇年代以來的寫作，其實說的也是八〇年代，八〇年代既是九〇年代的一面鏡子又是它的遺產，如同所有的遺產永遠是被玷污的遺產一樣，它既是贈品又是毒藥。說一個作家從八〇年代到九〇年代沒有變化，這樣說有點粗糙了，即使一個作家沒有變化，在不同的背景之下，他的承受和付出都是不同的。總的來說，九〇年代的小說既是對八〇年代的承續，又是對它的叛離，既是延續又是衍變，既有聯繫又有斷裂，而作爲運動形態的文學發展到了九〇年代已經基本瓦解。八〇年代文學最爲突出的一點，就是釋放出了大量的作家和作品。怎麼看文學的繁榮和高潮，關鍵正是那句老話，「出人出作品」。就是世界範圍看也是如此，譬如二十世紀二〇年代短短數年，就集中了現代主義的許多著作問世，一九二二年出版了《尤里西斯》、《荒原》、葉芝最爲出色的詩集、伍爾芙的第三部小說，一九二四年出版了湯瑪斯・曼的《魔山》和《印度之行》、海明威的第一部小說、卡夫卡的《饑餓藝術家》、巴黎出版了布勒東的《超現實宣言》，一九二五年更是集中出版了卡夫卡的《審判》、艾略特的《空心人》、菲茨傑拉德《了不起的蓋茨比》、紀德的《僞幣製造者》。又比如一九六六年這一結構主義的神聖之年，光這一年，門檻出版社和子夜出版社就集中地出版了幾乎所有結構主義代表人物的重要作品。同樣到了八〇年代初的幾年，隨著幾位大師羅蘭・巴特、雅克・拉康、路易・阿爾都塞、蜜雪兒・福柯的相繼去世和發瘋而宣告結束。你剛才一口氣提到那麼多作家，既是八〇年代文學繁榮的產物又是它的符號。我更喜歡從轉型的角度去關注文本，而不僅僅是一種政治態度。至於世界觀問題或者對社會現象態度的轉變，比如王安憶，能否講一點具體例子。

吳　亮：我現在沒法舉例子，想不起那麼多。假如寫文章我就要查資料，核實我的記憶，這個也得看情況。有些作家屬於私人關係，有些作家的作品比較熟悉，我也許會知道他們的一些態度。但有些作家的政治態度或別的什麼態度我就不大清楚了，雖然我對他們的作品可能非常喜歡，比方說馬原或者莫言。他們的政治態度我不清楚，沒有機會讀到或者他們很少熱中對這類問題發言，你什麼時候看到莫言針對什麼社會事件發言……對社會矛盾甚至國際事件愛做表態的，比如李銳、張煒、韓少功、王安憶，他們每個人情況其實也不一樣。劉恆是一個例外，他不談政治，他的小說很了不得！一九八九年四月他來上海開會，當時許多人在南京路梅龍鎮一塊吃飯，他對我說他剛剛改完了一個叫什麼《逍遙頌》的荒誕小說。

程德培：政治態度的激進與否並不等同於小說的審美態度，小說的命運在於其經常一廂情願地希望與政治決裂，但卻發現自己不可避免地寄生於它們。八〇年代意識形態可怕的不穩定性和波瀾不驚的敘述互為衝突，也存在著根本的差異。而九〇年代以來，財富、資本、市場逐漸地取而代之，小說無疑是最出色的有關社會流動的文類。而八〇年代，它的目光只是局限於十年動亂浩劫的回顧性反思及其消解知青生活的磨難，政策平反所帶來的變遷，知識分子又重受尊重。九〇年代以來，社會流動加劇，小說反倒進入低迷，令人困惑的落差讓小說的書寫不知所措。劉恆的了不得也止於八〇年代，自他那唯一的長篇小說結束後，他也告別了小說，進入了另一個舞台，影視的寫作那是另一種了不得。記得九〇年代他到上海，好奇地問我，你和吳亮怎麼不關心影視。

吳　亮：後來我去北京，九〇年代和他見了幾次，他做電影劇本了……

程德培：現在想想，八〇年代的吳亮除了聰明、思辨性強、文章寫得漂亮、藝術上相對前衛外，實際上你還是很自戀的。我怎麼也忘不了，你每次捧著報紙、雜誌讀自己文章時，那副沾沾自喜、自得其樂的樣子。你實際上是一個喜歡和自己過招的人。舉個例子，你最初寫一個藝術家和友人的對話，名曰對話，實際對象是虛擬和假設的，和一般以作品作為對象的評論是很不一樣的。

陳　村：他這個前面還有一個定語，什麼面向自我的藝術家。

吳　亮：出書的時候出版社要求刪掉這四個字。

程德培：那個時候，提倡面向自我是一種犯忌，你的文體因爲是對話，有正面亦有反面，很容易蒙混一下。而浙江文藝一九八五年出的集子《文學的選擇》似乎也沒收這一組文章。八〇年代總的來說還是一個特定的環境，大家對說法、提法都非常謹慎。比如一九八五年前後的先鋒小說，大家只提實驗、探索，一般不言先鋒。對現代主義的宣導也是從現代化演繹引伸而出。我記得很清楚，你在《綜合：研究當代文學的一種途徑》一文中的一句提法：「反映出某種社會普遍心理的非約定的集體一致性。」繞了半天，不就是集體無意識。

吳　亮：未必，當時《上海文學》連載的時候標題裡有這四個字。

程德培：你總說你關於對話的寫作純粹是個人行爲，純粹是偶然性的，是玩玩的。但是在八〇年代初，一經被《上海文學》從來稿中發現，經過負責任的修改、發表，而且發表後引起反響，引發了爭議，甚至有些人的反對，就隱含了當年意識形態的必然性。你吳亮那時一下子名聲鵲起，引起那麼多人的注意，是和這種必然性有聯繫。周介人老師在給你集子所做的序中，提到穿透力和爆發力是對你文章的評估，也是當時文學界的眞實反應。同樣，你現在寫那些有關八〇年代、九〇年代的瑣碎記憶，就沒有了當年的反響，我們且不論此類文章和八〇年代你寫的文章有什麼區別，其中最重要的一條，時代變了。你現在的文章除了一些人的趣味性反應外，不可能再有當年的爆發力和穿透力了。

吳　亮：德培，八〇年代我講偶然必然你是十分反對的。

程德培：不是非常反對，那時你喜歡談馬克思、黑格爾、薩特，我只是聽聽而已，興趣不是很大。我所關心的是小說的藝術、作家神祕之道、個性與風格、寫作的特色和差異性。現在幾十年過去，中斷評論也有十幾年，唯有閱讀依然有興趣，我願意修正我以前相對狹隘的趣味。隨著資本市場的大興其道，馬克思主義顯得越發地不可缺少。馬克思主義所強調的現代性的二重性，既是幸福和進步又是屠殺和噩夢的理論，使我多少能清醒地面對當今流行的深情懷舊主義，極度的進步主義和後現代的健忘症。

陳　村：那是當然。

吳　亮：前幾天和兩個朋友聊天，我說，「政治要向右，藝術要向左」，政治向左是災難，藝術再怎麼左也就是個藝術。

程德培：對文學來說，左派右派的說法基本是八〇年代的話語，它來源於政治、權力和主導意識形態的意志和政策的彈性。我認爲八〇年代的文學發展是一種運動形態，撥亂反正、肯定與否定、贊成與反對、解放與批判。一元論的天下，運動型的思維，或者是有人提出的共鳴狀態。人性、人道主義思潮伴隨著傷痕、反思、知青文學，一種解放的感覺伴隨早已被批判過、被遺棄的作家作品的回歸，重提沈從文、推崇孫犁、汪曾祺的小說從邊緣進入中心、賈平凹的走紅都是和當時的審美思潮的糾纏與重組分不開的。九〇年代就不同了，「左」和「右」進入了經濟領域，發展的樣式、速度的快與慢，銀根的緊與鬆等等，一句話，經濟主導了話語權。文學則趨於邊緣，走向無名的狀態。

陳　村：文學本身就是誨淫誨盜的東西。我前兩天在車上跟安憶講起了一個事，王朔一九九一年寫給程永新的信，我看了心裡有點難過。在這個信裡面王朔說，程永新代表《收穫》雜誌要求刪掉點東西，他都一一照辦，「老兄閱稿時務請費心剪草除根，最後清掃一遍，以不致玷污貴刊清白，拜託。」「僅一處拙喻萬望手下留情，起生一下，即手稿三百一十九頁第四行：『眼周圍的皺紋像肛門處一樣密集……』引行下被鉛筆畫了一線，我想來想去，實難割愛，且容我在此，僅在此小小下流一下，感謝！」安憶覺得這個比喻是不高級的。但是我覺得文學可以不高級，當薩特那些都早早出來時，中國文學還在計較那樣的不高級就沒有辦法做文學了。要是要追究的話，那麼多大師，即便像托爾斯泰寫的通常都不是什麼好事情。我們的主流是希望文學傳揚高級的好事情。以前我引用的（不是我發明的）說某人有蒼蠅的勇敢，《上海文學》老編輯語重心長讓我刪掉。一個好青年你說他是蒼蠅幹什麼呢。

程德培：吳亮當年的文章也修改得很厲害。

吳　亮：對，都沒有保留原稿，我也記不住，有些刪得比較明顯我還看得出來，個別詞句刪掉我就忘了。

程德培：可能那個時候王朔也覺得在《收穫》發表很重要，其他問題則是次要的，可以接受的。

陳　村：可能《收穫》是當時最前衛的了，但是即便在最前衛的情況下還是會出現刪節。對一些不雅的東西，他們似乎警惕和不適。《收穫》刪過我一個詞，我在寫《鮮花和》已經是九六年的時候，裡邊列舉了一串和女性生殖有關的器官，裡邊提到了陰蒂。他們平常刪改都要告訴我，要和我商量。他們可能覺得這個詞實在是太下流了，把它直接畫掉了。後來我跟他們講，你們畫掉這個詞是最不應該的。因爲這個是女權主義最要緊的概念。因爲有這東西，女人可以自己歡樂不跟你們男人玩了。

程德培：小說家可能比較關注這樣的事情。

吳　亮：類似的語詞在西方也有同樣的命運，階段性的，還有場合禁忌。前幾年美國有一個很轟動的話劇《陰道獨白》，開場白就說，在我這個戲裡面「陰道」這個詞出現了一百二十多次，現在我必須說出這個詞，大家都用別的詞代替，都認爲這個詞不潔，說不出口，爲什麼？非常雄辯啊……作者把這個問題如此嚴肅地提出來，這個戲如此轟動，正好表明這個詞即便在今天西方的日常使用中，仍然是有禁忌的。

陳　村：其實我是滿喜歡很多人的回憶錄裡面能夠部分還原一點當時的氣氛。就像我們看一張拍得比較好的舊照片，馬上感受到一種氣氛。而不僅僅是看到今天德培講的。帶著今天的某種觀點去投上光，藍顏色、紅顏色或者什麼顏色。這些有時候也難免，我感興趣的也不只是這些。有時候人跟人也難免。看《一個人的文學史》的時候，我就看到人跟人說法的有趣。

程德培：自然，說大話、搞文學史大而無當、自以爲是的想當然都是應當反對的，但還是不能夠一概而論。有些東西還是值得肯定的，不止程永新《一個人的文學史》，還有程紹國寫的《林斤瀾說》，花了那麼多年的工夫和心血，你能說它不是一種文學史？李潔非在最近的那篇《「老趙」的進城與離城》文章中寫道：「隨著深入一些問題的細節，我益發感到，當代文學史的研究至今相當粗疏，到處可見大而無當、隔靴搔癢、空洞無物的話語和題目，從概念出發不從事實出發！不深究、不細辨、不詳察、不專審之風經年有積，尤其不重視對重要現象和重要人物的解讀，遂使我們很多認識懸浮虛離、似是而非。」我很贊同他的批評，而且李潔非不止說說而已，他身體力行，近年來發表一系列有關周揚、胡風、丁玲、姚文元、老舍、趙樹理的研究文章，有史有論有見解，角度也非常獨特，是研究當代文學史不多見的精彩論文。我是每篇必讀。

吳　亮：你提到的李潔非的文章相信他寫得肯定很精彩，國內這種傳記式研究寫得好的都不少，它不一樣，通過個人生平、命運，可以涉及比較尖銳的歷史細節，它有它的故事性和可讀性。但是，假如要回到這個歷史並對它進行重新評價時，禁區就出現了。期刊裡發表也許不太引人注意，出單行本都可能有麻煩。傳記文學比以前做得好多了，這個是肯定的。

陳　村：有個事情，人們最關心的最希望被談論的像排座次一樣的。當然某個人會覺得我當時也是了不起的一個，也會對其他人比如張承志、馬原其他的給重新排一排。寫文學史的時候，被寫的人很感興趣，讀者也很感興趣。但是我覺得這個可能是最不要緊的事情。文本在，以後肯定是要重新排的，哪裡會今天某人排了就是排定了呢？

程德培：你覺得不重要，有人認爲重要。重要到什麼程度，這個作家是一章還是一節，這一章一節是三千字還是五千字。當然，這是功利主義的需求。

吳　亮：這個無所謂的。這個你也可以寫一個。

程德培：這裡也有一種體制的需求。

吳　亮：體制是最不長壽的。

程德培：很難說，體制很可能出乎你意料的長壽。美國那哈樂德・布魯姆算得上著名的學者和批評家了，從一九五五年始任教於耶魯大學、紐約大學和哈佛大學，長達半個世紀。連他也發出這樣的悲嘆：「現今世界上的大學裡文學教學已被政治化了，我們不再有大學，只有政治正確的廟堂。」

吳　亮：那討論吧，我們有生之年也可以看到它變幾變。

程德培：怎麼變，文學在今日日益邊緣化，同時也日趨體制化，文學史的撰寫是和教育體制分不開的。夏志新的《現代小說史》給沈從文、張愛玲增加了座次，已經算很大的變化了。陳村說的希望原本眞實的細部，這使我想起《王蒙自傳》中的細節。

陳　村：我還特地買了一本王蒙的年譜，因爲很多事情哪一年發生我已經忘記了。我想他的年譜裡面肯定是最全的，會提到各樣各樣的事情。倒不是因爲要研究他，不看說話，是看當時的事件的一個次序。

程德培：《王蒙自傳》中提到四次文代會中的細節，被研究者稱之爲「大敘述」中的「異質」性鏡頭，「周揚同志在大會上正式向被錯整了的文藝人道歉，他特別提到向丁玲、江豐等人道歉。另一位坐在主席台上的老領導、老作家劉白羽同志說是周揚的道歉也代表了他，立即有幾個人在會場上喊：『不代表你！』」最近有人將回憶中的諸多類似細節進行勾畫，串聯成文，很可能也是文學史撰寫中的一個章節，當年重大事件中的細節有時是重要的。

吳　亮：我是一九八五年之前，一九八一年開始寫作的，許多朋友在這個時期還沒有寫作，或者還沒有發表，他們覺得文學應該是從他們開始從事這個工作的時間算起的。比如五〇年代的文學，柳青、劉紹棠，對我來說根本不存在嘛，只有那些研究者才覺得有意思，我沒興趣。當時李劼開始寫文章的時候，也說中國文學從一九八五年開始，因爲他一九八五年開始寫作的嘛。後來這種情況不斷出現。斷裂是，七〇後是，八〇後也是。都從他們這一代開始算，都一樣。我從八〇年代過來，現在回過頭去說八〇年代，好像在捍衛八〇年代，不是啊，我捍衛誰？八〇年代又不是我的。我的這點經驗還用捍衛嗎，它在我記憶中，別人侵犯不了……如果要我擺脫私人視野說點宏觀的，我同意這樣一個說法：八〇年代的理想主義是被誇大了的。另外再補充幾句，八〇年代文學基本上還是在同一個結構裡，同一個制度，文學制度。那是文學期刊的十年，期刊在當時太重要了，執當代文學之牛耳，那時候出版社不重要；期刊所屬的各地方的作協文聯很重要。當時許多會議許多討論的議題，已經超出了官方正統意識形態所能夠控制的範圍，出現很多活躍的思想，但整個活動的組織卻是官方或準官方出面的。雜誌都是國家所有制的雜誌，還有作協創作研究室更是體制內的，幾家國家單位合作開個筆會研討會什麼的，都在文學體制的內部展開，一到夏天，會議邀請最多，海南島、張家界的，以文學的名義。

原載《上海文學》二〇〇八年第五期

八〇年代：歲月．作品．變遷

程德培、吳亮、陳村

吳　亮：問題是什麼呢？問題就是因爲所謂毛澤東去世以後中國政策的改變，鄧小平掌握權力以後，中國一直是面臨一個擺動的局面，開放，解放思想。教條，偏左還是偏右。老是在這裡面來回擺動，有幾次震盪都是圍繞這樣的問題。所以一直有一部分所謂相當熱血的，理想主義的，或者吃過苦的，或者對未來很有憧憬的那些人，還有一部分官方的持有開放心態的人員，都是有同盟關係的。所以大家都很關心。現在這種心態好像依然沒有改變，人們依然很注意各級權力機構的報告，很注意報告裡的提法。很注意鄧小平、胡耀邦、趙紫陽他們講話的內容是什麼。關於文藝工作他們是怎麼說的。

程德培：八〇年代初期的確是這樣。只有通過昨天的夢魘才能喚醒某種變化，而這變化的臉是朝向前天的。所謂「愛是不能忘記的」、「被愛情遺忘的角落」、「飄逝的花頭巾」都是我們前天曾經擁有過的。人性、人道主義、對人的尊重既是過去的重複，也是現世的救贖。大家似乎都明白，鬆與緊、放與禁、寬與嚴、對與錯都和某些文件和講話的信號有關，今天看來可笑的東西，在當時卻是一種「悲劇」的形態。那時候的小說在結構上都是重複的，形式完全被內容所淹沒，使「死人」復活喚起某些記憶，讓歷史的風吹入到今天的領域都是爲了讚美新的鬥爭。對七〇年代末、八〇年代初來說，清算昨天、記憶前天就是今天的作業，而文學中關於傷痕記憶和反思則在其中扮演著重要的角色。但也正如桃莉絲・萊辛曾經評論過的：「在我們批評過去的錯誤思想時，永遠不要忘記想像一下，我們的後代會怎樣評價我們今天的思想。」

陳　村：大道文學在看臉色。就是看給出的寬容度是怎麼樣。

程德培：現在認眞地回想八〇年代，那時的情緒與思維確實和意識形態的寬緊尺度有著很大的關聯。認爲與己無關，採取一種蔑視與無視的態度，當然不是說不可能，但至少我不是這樣。記得那時在作協大廳聽馮牧做報告的興奮，而有幾次在大廳聽一號文件多少都有些沮喪。我有個中學同學叫袁進，那時在上海社科院，星期天經常到我家串門，一聊就是幾個小時，談的無非是形勢的好壞、政策的收放、報告精神、大道小道流言傳說。實際上他是研究近代文學的，從不介入什麼政治，但關心的程度絕不低於其他人。

吳　亮：強調「雙百方針」呢還是「四個堅持」。這肯定是不一樣的。那時大家都很關注中國這個大氣候忽陰忽晴，忽冷忽熱。但體制是沒變化，直到現在也是沒有明顯變化。當然現在有很多民間的力量出現。這個情況當時是沒有的，九〇年代以後書商出現了，市場活躍了，媒體強勢了。現在媒體被聲討得很厲害，商業被聲討得很厲害。我認爲市場的擴張對權力壟斷而言是很有革命性的。我是這樣看的，它的負面性是有的：集團的利益，功課沒有做好，濫用權力，市場完全唯利是圖。這種情況還是有的。凡是有市場都有這種情況，但是中國目前對市場規範做得相當不夠。或者說我們中國還是一個，照國際語言說，是「不充分的市場經濟」。所以這種條件下面做筆帳，不能完全怪市場經濟，還有很多東西沒有跟上。但是不管怎麼說這種市場的進入，導致了文學與文化的差異擴大，分裂，分散化，去中心，包括很多時尚雜誌的出現，我認爲都是革命性的。雖然從個人的文化趣味來講，我常常對時尚是很不以爲然。我寫過一系列嘲諷時尚的文章，有時還很尖銳刻薄，哈，這個時候我變得很左派。

陳　村：而且我說，對於《一九八四》來說，妓院也就是革命。在《一九八四》這書的結構中出現妓院出現賭場都是革命。

程德培：我們應該認識到，在經濟發展、商品繁榮、金錢發威那鮮豔、光滑、薄如紙的外表下，潛伏著陰曹地府的力量。所謂革命性也是針對著某種東西而言，分散主體意志，去中心，就積極的方面說它是一種向上的運動，但換一個角度而言，它同時也洩漏出無法阻擋的向下的運動。把負面的東西全部歸之市場經濟，自然忽略了中國特色，但今天還不認識市場的負面作用也是可笑的。現代性既是人類幸福的一個革命性進步，同時也製造了一場漫長的屠殺。

吳　亮：八〇年代還有剛才陳村提到的老照片，二〇〇六年我寫《八〇年代瑣記》的時候，特地找了些老照片貼在了網上。有些照片還是陳村提供給我的。我們人的變化，那個時候年輕頭髮多密啊，這些都不用說了。還有就是我們所穿的衣服，我們所站的地方的背景建築，我們是在什麼地方吃飯。我有一張照片就是在《上海文學》評獎，史鐵生他們都在，史鐵生坐著，大家都在站著敬酒。茹志娟端著酒杯向大家表現祝賀，史鐵生坐在輪椅上。餐桌上是當時典型的會議餐，亂烘烘的。當時很少開會能夠吃會議餐，會議餐就是能比平時有很多東西。

陳　村：物質生活還是很匱乏的。對物質的激情尚未被開發。

吳　亮：大家的服裝也都差不多，德培永遠是藍色的中山裝，隨身拎一個人造革的包……

程德培：什麼人造革！背的就是上學用的書包。

吳　亮：然後裡面鼓鼓囊囊塞了很多雜誌、文學期刊。所以那個時候眞是沒有什麼其他東西可以牽涉我們精力的。物質生活沒有什麼花樣。稿費稍微有一二百塊，無非就是多抽幾根菸啊，請人吃吃飯。哪有別的事情。

陳　村：有一次我正好去理論室跟德培說文學的事情，就講看的幾篇小說。他說終於找到個人可以談談作品了，很開心。因爲他喜歡談作品，講了半天的話，有的人不看作品的有什麼好玩的？大家看過就可以談得起來。我忘了談什麼作品，反正很高興。

程德培：不止是我喜歡討論作品，這幾乎也是八〇年代作家與批評家的主要氛圍。最近翻閱了手頭的幾百封作家來信，從王蒙、賈平凹七九年的來信起，幾乎每封信都是談論如何寫作。創作與批評的基礎是閱讀，猶如大理石雕塑的底座，這對八〇年代的作家、批評家來說不是問題。和現在有些不同，八〇年代可能出於生活的單調、枯燥，閱讀基本上占據了我們生活的大部分時間。八四年我和吳亮從工廠調入作協的理論研究室，我們辦公的地方很小，冬冷夏熱，不管怎樣，我們一上班就是沒完沒了地閱讀與寫作。有朋友來討論討論文學與作品，已屬於是休閒與娛樂了。那時候，《收穫》、《上海文學》經常會邀請作家到上海修改作品，理論研究室也成了眾多作家串門的地方。那時生活沒有什麼變化，而文學卻發生了巨大的變化。九〇年代以後，生活發生了變化，而文學呢反而有點說不清了。你們說的變化，不知道是指什麼。

吳　亮：不是進步，而是有變化。

程德培：物質生活進步提高了，資本、市場成了一面大旗，這無疑有著革命性的一面，但其負面的，向下運行的破壞性也不能無視與低估。結合中國的本土性特徵，其正面與反面的作用都不能低估。資本作為主義並不是什麼新鮮事，它誕生之日起就代表著造福式的墮落。盛讚資產階級所進行的壯麗、崇高的革命，是馬克思著作中的一個基調，但指出資本主義是自身毀滅的發起者，培養著自己的掘墓人，將資產階級描寫成巫師，用魔法召喚出自己無法控制的力量，也是馬克思著作中的顯著特徵。

吳　亮：這話不能這麼說，你說一個人成長了但同時他衰老了，越成長離死亡越近。這個話永遠是對的。

陳　村：我覺得最大的改變，從文學的生態講，以前都是在體制內掌握幾乎所有資源，給你評獎，給你房子職稱待遇等，直到發表出版所有資源。今天就鬆散，整個大環境的變化。甚至現在很多小孩子那麼多自由作家，可以不用上班不是專業作家，還是能夠存活下去。作協之所以弱了，我覺得就是因為這樣的事情，它不是唯一了。可能我們買房子也不是為了自己要買房子，不靠作協分房子。當年有些人一篇文章非常重要，能夠從縣裡調到省會城市。很不一樣了。今天這些好事情大概沒有了，反而好一些。今天至少給了更多人機會。當年像馬原、殘雪……殘雪的《黃泥街》手稿都到我這裡來過，我把它推薦給××都不要。大都不是政治問題，是作者跟編者藝術見解、趣味的異同。至少今天發表都不是問題。再不濟可以貼到網上，有人看中了，書商就找來了。那個時候可以把一個人活生生掐死，今天要掐死一個人比較難。

程德培：掐死作家、作品的方法有各種各樣，不許發表是一種，也是八〇年代中常見的一種。不要忘了，還有其他方法，比如，進入經典、步入殿堂、成為教科書、文學史的一部分。拿先鋒派來說，這個早在一八四八年以前使用的軍事名詞，大約從一九一〇年起，這個名詞才演變成那些看來最得不到公眾理解的文化創新者。不投合大多數，意在破壞作爲制度的藝術，是先鋒派的主要含義。一旦破壞意圖得以實現，一旦「陌生化」的原則被人接受，一旦先鋒派作品步入文學史的殿堂，它就成了一個時代的錯誤，就走向了自身的反面。從這個意義上說，先鋒派的勝利就是它的死亡。用今天的境況來譴責、嘲諷八〇年代先鋒是如何步入歧途，實際上是用死亡來歌頌勝利，而回顧八〇年代先鋒的輝煌，惋惜今不如昔，實際上也是用勝利來紀念其死亡。是的，我現在比較注意的是一些關於模稜兩可、矛盾修辭法、有關悖論、無法擺脫的困境和難以自拔的深淵，一些似是而非的現象。不是爲的永遠正確，而是因爲我們現在聽到太多太多的判斷、忠告、教訓，我們經常身處無處不在的體制之網，無所不能的欲望路標。類似記憶需要遺忘、文明來自野蠻、書寫的敵人是語言、全球化既是帝國主義的事實，又是人類跨國界商業的價値等等，都是我們無法迴避的。

陳　村：他自己要死你是沒有辦法的。

程德培：變化總是有的，進步也肯定是有的。但是你說當時作協是體制，現在大學就不是體制內的事情嗎？

吳　亮：大學向來是體制內的事情。

陳　村：中國向來就是體制。

程德培：那個時候大學的體制，比方對文學作爲一個體制內的力量不像作協那麼強大。現在作協作爲體制內的力量沒有以前那麼強大。現在院校的文學文化，體制內的力量日趨強大。

陳　村：前天我跟陳思和、王安憶開會去。回來的時候，陳思和講現在是比以前更壞的環境了。爲什麼呢？以前還是有個人自由，愛寫什麼寫什麼。現在利用收買和壓迫的兩種辦法，如果今天要研究吳亮，這些不是它的選題就不算的。現在不是想出一個選題給你批准，而是有這些選題來招標。誰能領下這個選題，給你錢然後你去幹。在這種情形下就完蛋了。以前發表東西都有稿費來獎勵鼓勵人。現在出版社不給你稿費已經是天經地義的事情，甚至要買書號讓你自己出。那麼講起來看起來繁榮了，國家也花了很多錢，但是學術成果根本就不對，學術程序不是這樣的。陳思和這個分析是對的。

吳　亮：那個時候除了學術著作，好像也沒出什麼東西。

陳　村：當年許子東出了關於郁達夫的書以後，就成爲他年輕評教授的資質。

吳　亮：這本書現在要出還是能出的。

陳　村：不，即便能出是不算的。

吳　亮：報選題就可以出了嗎？

陳　村：要他的選題。

程德培：現在作爲一個專業作家，享有一定程度的「自由」，實際上所謂「自由」同時也包括了邊緣化。以前是意識形態爲中心，作協自然是一個重鎮。現在中心業已轉移，院校已爲重鎮。而且院校名堂很多，什麼學科建設、中心點、職稱評定，甚至論文的品質取決於你是否發表在核心雜誌。就是核心期刊也有很多區別，這個核心期刊每年還有排名。核心期刊發表文章，不僅是評職稱的依據，每發表一篇論文，各個學校還有不同的獎勵。現在很多評論雜誌增加頁碼，都是圍著論文發表的數量需求而增加，尤其人文學科，其學術品質很難量化，在各種各樣的非學術因素制約下，很容易向異己的方向轉化。

陳　村：但是我不講，我要人文主義，要文章好看。其他不管。

程德培：不要小看學院的體制能量，學院這個東西不僅有著中國的傳統，而且它還是「全球化」的。你一個教授、博士、博導都是可以和全世界交流的。而你一個作協的幾級作家到世界上其他國家和誰去交流，一級作家你印在名片上，人家也看不懂。學院召開一個國際學術會議很正常也很平常，而你作家協會召開一個國際學術會議就有點搞笑。現在大家經常聚在一起開會、聊天、飯局，認眞討論學術、文學的時間很少，大家彼此關心，打聽的還是各校的待遇，什麼時候升三級、二級教授，什麼學科項目批下來沒有等等。

吳　亮：你講的是教育方面的，好多文章會講這個方面的問題。

程德培：現在誰不進大學？只有我和你兩個傻瓜在大學以外。

吳　亮：我們在雜誌社討論爲什麼約不到好稿子。

程德培：全世界都在講體制。你在大學裡，如果曾經帶五十個博士生，一百五十個碩士生，你的社會影響力和社會資源不一般了。

吳　亮：德培，你講的是大學很有優勢的地方。文學寫作是不要學歷的，你只要有市場。所謂作協體制不喜歡，市場體制會喜歡的。這點，有市場的文學比沒有市場的文學不知道要好多少。這個是肯定的，空間大多了。但是它不要一個准入證，一個門檻。你要進大學，最起碼需要是個博士生才能做一個教授，碩士不知道要熬多少年。本科就不談了，免談。大學鐵的門檻。作協不要緊，作協所屬的刊物發表文章，不要看學歷的，誰看你學歷？新概念是什麼概念？新概念是一個象徵。高中沒有畢業都可以出大名，大學要搶你，他還不要去。大學對有些人是沒有吸引力的。對有些人有吸引力，對有些人是沒有吸引力的。做學問是需要的。

程德培：市場本來就有一種體制性力量。

吳　亮：這個就是另外的狀況了，不能和大學的體制相提並論。完全是靠市場來調節。

陳　村：其實是兩回事。你要當教授要當博導取得某種社會地位，當然要給你一個方法。如果要做司馬遷寫部文學史，其實就是自己的事情。能夠寫麼？

程德培：這個我也同意，文學史就應該有各種各樣的文學史。

吳　亮：德培，如果我們說現在大學裡沒有好東西出來也是偏的。現在仍然有些大學教授繼續在寫好文章。整個體制不好，眞是一個人物還是能出來的。不能夠說我寫不出好文章是因爲它要卡住我，那是你沒有出息。那個時候我們在工廠當工人哪裡有時間？不還在寫作嗎？不講我們的例子。我們講西方的例子，馬克斯・韋伯在一次大戰前後有兩篇著名的演講。一個叫《作爲職業的學術》，一個是《作爲職業的政治》。他現在外面也有個書叫《學術和政治》，當然是兩碼事，他沒有談學術和政治的關係。他一個就是學術的演講，一個就是政治的演講。作爲一個事業，有志於獻身於學術的，有志於獻身於政治的。很有意思，他說到學術怎麼講呢。我記得裡面有一段話，他說，你們在座的都是學生，你們畢業以後要幹什麼呢？假如要做學問的話，用程德培以前老講的話，八〇年代講的「要甘於坐冷板凳」。這個話也不是你原創的。馬克斯・韋伯什麼意思呢？你們肯定面臨謀生問題，假如你們生活都沒有顧及是不行的。做學術是要有成本的，生活開支要租房子穿衣服參加活動。馬克斯・韋伯是一個社會學家，他也知道生活的重要。但是你們沒有一個好的職業，是不可能維持體面生活的。那麼怎麼做學問？你必須浪費很多時間，去上課去重複很多沒有意思的東西。他也碰到這個問題，好像對當時的制度也頗爲不滿，好像也沒辦法改變。那麼怎麼辦呢？他也很生動，教了很多辦法。別忘記，在這種狀況下產生了馬克斯・韋伯。

陳　村：卡夫卡也是啊。

吳　亮：西方大師那麼多。中國學不像。

陳　村：卡夫卡講了很多，明天不想去上班之類的。

吳　亮：深惡痛絕的。

陳　村：可能就是上帝的陷阱，大多數人都是要被淘汰掉。有些傑出的人受到磨難還是能夠過去。

程德培：現在冷靜想一下，當年提出「甘於坐冷板凳」，無非是想和主流亂烘烘的熱鬧保持一定的距離。實際上，把「甘於坐冷板凳」掛在嘴上也是一種目的論，甘於的背後有著某種不甘。眞正的文學大師注重的是心靈的自我對話，它不是社會現實而又勝似社會現實。眞正的大師是孤獨的，而「孤獨的最終形式是一個人和自己死亡的相遇」（哈樂德・布魯姆語）。如同孤獨隱藏在每個人的內心深處，死亡也是每個人最深層的欲望。大師不是學來的，現在的問題不是能否成爲大師，而是我們能否眞正地擁有經典。同樣是大師也是各不相同的。就拿托爾斯泰和契訶夫來說。托爾斯泰在一八九五年九月四日給兒子列昂的信中，談到契訶夫時這樣寫道：「這個人才華橫溢，心地善良。但是，他至今似乎還沒有一個明確的人生觀。」而在契訶夫看來，令人遺憾的是在托爾斯泰的最後一部小說中，書中的人物都成了作者不加掩飾的代言人。這就是兩位大師的分歧。托爾斯泰是代表晚期現實主義的大師，而契訶夫則和文學時代的轉型息息相關。雷蒙・威廉斯一針見血地指出：「安東・契訶夫繼續並完成了十九世紀現實主義的主要傳統。然而，我們也可以從他的作品中，找到二十世紀一個重要傳統的起源。在這一新傳統中，現實主義幾乎被徹底否定。」這點，高爾基同樣敏感，他以革命的口吻指責說，契訶夫正開始通過利用現實主義的極端傾向「扼殺」現實主義。

陳　村：以前要是體制比較嚴格很多作品要被掐死對吧？比如殘雪要是給掐死了就沒有了。現在總算廣開門路了，殘雪掐不死了。但是爲什麼沒有作品出現呢？有了網路文學以後，以前的文學實驗都不見了。

吳　亮：這就涉及才能問題了。沒有姚明以前，中國人怎麼可能打籃球呢？造那麼多籃球場都是白搭。籃球場的出現不一定能造就姚明，但是有姚明出現就出現了。天才作家出現就出現了，都是在很艱難的情況下。他被判死刑還被放下來。前蘇聯也出過很多大師級的人物。當然有很多探討，中國知識分子、俄羅斯知識分子什麼的。中國人說自己懦弱，但是中國也有很多硬骨頭老在被人家談，顧準便是。還有很多人掉腦袋的。

陳　村：我看到過很多沒有被出版的書。

吳　亮：這個是不怪市場的。不能說我提供條件了，你卻沒有東西拿出來。你怪誰？

程德培：在當代西方正處於風燭殘年的現代性現象，在我們這裡正方興未艾。這既是一種進步，也是一種悲哀。簡單的評價往往是一廂情願的陷阱。經濟的持續高速發展，使得我們漸漸遠離階級鬥爭、顚覆、陰謀、榮譽、烏托邦與世界革命的激烈言辭，轉而談論有關高速發展、市場重建、社會福利、健全法制和歷史進步這種更加世俗的問題，因爲這項事業涉及普遍的平等以及每個個體的獨特價值。而體制、市場與天才、大師究竟有多少因果關係？難說。是的，如果回到以前與世隔絕的封閉年代，即使有姚明，也絕不會是現在意義的姚明。沒有全球化的市場交流，如果不允許姚明到美國打球，天才一不小心就被扼殺了。但這和文學大師的誕生還是不能簡單類比。

吳　亮：那麼你怎麼知道現在比較平庸的、比較一般的、在走下坡路中的，有沒有一個誰會……

程德培：相對八〇年代，現在出版相對自由了，更加市場化，但出作家好作品相對不如八〇年代。

陳　村：你先要知道，現在寫書的人、寫評論的人都不專心。

程德培：專業和敬業，九〇年代相對不如八〇年代。我們現在如何做編輯，反反覆覆讓作者修改作品的雜誌社和出版社，是少之又少了。這裡批評和創作又不一樣，批評基本上進入學院體制了，現在已不可能再出現吳亮、程德培式的批評家了。而創作可能和文憑沒有直接關聯。但寫得太多太濫肯定是個問題，現在把自己的小說槍斃的作者可能不多了。可怕的不是文學死了，而是不死之死。有一個故事講的是芝加哥警察局裡的兩名偵探，其中一個是幼稚的現實主義者，全然相信再現的理論範本；另一個是世故的非現實主義者，相信再現的相對性和隨意性。兩位偵探似乎都要被警察局解雇：理由是如果已經有了嫌疑犯照片，現實主義者就看不到任何逮捕疑犯的必要；而非現實主義者一旦有了嫌疑犯的照片，就開始逮捕見到的每一個人。現在的小說，太多幼稚的現實主義者和太多世故的非現實主義者。

陳　村：那也可以，托爾斯泰以前也是的。前兩天開會的時候，麗宏說你還做了《文學角》的目錄，我說呼籲他們出點小錢在官家下面，把作協期刊的目錄做出來，做成一個資料庫放在網上，讓喜歡的人都去檢索都去下載下來。如果有餘力，把中國期刊做成目錄。這個是功德無量的事情。

程德培：現在實際上說穿了誘惑太多，生活的可能性也太多。以前沒什麼可玩的，光寫寫小說。那時候的我，不會抽菸不會喝酒什麼都不會，就整天像傻瓜一樣看書。現在不一樣，現在很多應酬。每天安排很多事情，經常還要搬搬家、裝修。現在房子大了，這裡燈壞了那裡衛生間不好了，占據很多時間。以前就一個閣樓，永遠都不需要修的。

吳　亮：這個也不是主要原因。我們現在是不是找原因？

程德培：對大師來說，這肯定不是主要原因。

吳　亮：剛才你說現在出版是每年出版量也多了，廣義讀者也比那個時候多得多。小說概念也放大了，很多東西可以替代小說來滿足人們的需求。八〇年代經典留下來，是因爲我們是行內人，所以很清楚我們的比較，但是現在一般閱讀的人不會去重新讀八〇年代的東西。它沒有那麼經典，他寧願讀西方的經典，也不去讀八〇年代的經典，那是我們專業作者做的事情。但是不是以這個來評高低的呢？我們畢竟是圈內人。八〇年代有什麼情況，剛才講了，體制還是相對有一個體制的，無非就是政策在調整，開放點，鬆動點，要希望有點活力。官方裡比較開明的人有激情的人，還是希望有這樣的狀況保持。但是後來這種情況就停止了，過掉了，政治力量來來去去。九〇年代新的生活方式出現，西方很多東西大量進來。從物質生活到技術手段，特別像互聯網、手機的普及，獲得諮詢的方便，以及大量翻譯書籍的出版，國內雖然有控制，但是翻譯書籍大量出版，這個對一代人的影響很厲害。同時國內著作水準在提高，以前不大買國內著作的，朋友間送來送去。現在我都買來看。他們獲得的學術平台大了，交流對象也提高了，已經視野很開闊了，確實是有進步的變化。但是文學有什麼呢？八〇年代我們看，影響中國軸心的是知青一代，右派一代，一些老人物，孫犁、汪曾祺這些人。後來是張潔、王蒙這些人的出現。這裡面產生最早所謂的尋根文學。韓少功的作品裡面沒有一個人不是知青，成了一個所謂的八〇年代文學的中堅力量。甚至從五〇年代就開始了，在五〇年代，像王蒙就閉嘴了。六〇年代有些人也沒有輪到他們說話。七〇年代在農村。積累了二三十年。它是一種噴發，是一種解凍文學。大家很興奮很亢奮，生活又相對單純，誘惑相對少而且文學所承載的多，看的人也多。多種力量就呈現了文學的一種繁榮。它是有特殊性的。但是九〇年代以後中國加速都市化，開發以後非常快，大家靜不下來是一個原因。確實對中國來講，九〇年到現在這將近二十年裡面，社會變化之大，太快了。不管好還是壞，很多壞的問題也不用我們今天談了。問題太多。但是整個社會的變化越來越充滿差異，或者內部的不可控制性、不確定性在不斷增大。所以作爲一個寫作的人眞的是很難。比方中國都市的形成，中國是不可能產生像巴黎一樣倫敦一樣作家的心態。他們的都市已經很成熟了。

陳　村：市民也不一樣。

吳　亮：泡在裡面泡了那麼多年。中國不一樣，中國是突然出現的。作爲一種突然性，我們都有一點目不暇接。這是一個問題，而不是說我們的肉體被吸引。肉體被吸引無所謂的，你看西方有太多這種作家，喝酒去妓院什麼的。隨便可以舉出太多大師的例子，這根本無所謂也根本不重要。就像陳村說的寫作是和道德無關的，甚至往往是可以挑戰道德的，就像說挑戰道德底線。到現在也是這樣，有些底線是不能被突破的，在國外沒有申報、有過激的行爲都是會被警察逮捕。現在也是，不管是綠黨還是行爲藝術。有時候法律是底線，沒有辦法。這個問題不談。另外一個問題，中國改革開放以後產生很多時尚寫作，尤其七〇後八〇後這些人。他們的作品爲什麼贏得那麼多人看？但是我爲什麼斷言他們沒有價值？是因爲中國在這個區域裡面，比如像韓寒、衛慧的作品，我斷定他們在文學史上沒有價值。這種小說不管是從形式到內容都是模仿的。而且中國現階段的生活的特殊性正在消亡。但是八〇年代的作品我爲什麼說它有價值。我又要反過來講，它們是有中國的特殊性的，但是這種特殊性，九〇年代在部分都市已經消亡了。因此你在這些小說裡面、時尚寫作裡面，諸如時尚隨筆啊、國外見聞啊很多文章寫得滿漂亮的，但是裡面沒有特殊經驗。都是舶來品，已經很國際化了。沒有中國的特殊性。我在這裡講我並不是一個民族主義者，我也不是一個區域主義者。我是反對打本土牌的，但是在文學這個事情上要做出特殊貢獻的話，不管是有意還是無意，要爲你所用的語言過渡，你的作品是要有特殊性。我們不講原創。而且八〇年代這個時間相對我們回過頭看已經很清晰了，不管講多少禁錮，作品很簡單，有這樣的體制。但在時間裡面非常吻合，線路可以理得比較清楚。現在不行，現在好多作品我敢說，以作品和作品比較的話，寫作能力視野比八〇年代開放得多。性觀念、對物質的態度，可能更正確，更健康，更陽光。但是文學不是這樣的，文學可能就是變態就是壓抑，就是不正常，但是它就是留下一個文獻，甚至有些人說劉心武的作品都有文獻價值。我們不講藝術價值。

陳　村：它在社會學上有價值。它在社會學意義上是一個標本。

程德培：你所說的中國的特殊性，八〇年代的特殊性和九〇年代的特殊性，其根源則來自文革之前的十七年（甚至更遠）的中國特殊性。經過無數次各種各樣的運動，在文革期間，人們關於認識、倫理、政治、欲望、審美已進入了無差別境界，整個一片混沌。在革命的名義下，莫須有的理想政治成了唯一的支配性力量。我們能夠認識什麼？我們應該做什麼？我們被什麼東西所吸引？都失去了各自的自律性。更不用說文學了，學習魯迅、紅學研究、水滸批判都失去了原本的經典意義。直到文革之後，整個八〇年代和九〇年代，各個領域開始漸漸出現了彼此的分離，開始走上了擺脫庸俗政治學的專門道路。文學也不例外。但文學追求自我的道路是漫長的，又經常是短暫的。它在追求自我中不斷地失去自我，以致造成判斷中的迷失。不能統而言之講了市場、經濟、新生活的衝擊，舉一下時尚與身體寫作，便成了九〇年代文學特徵的總結。舉一個例子，比如歷史故事的文學書寫，自九〇年代至今一直興盛不衰，你能說它沒有本土的特殊性嗎？王堯曾不乏幽默地指出：「把陳舊的故事迅速召來。這是九〇年代中國知識分子的微妙之處。」歷史與新歷史小說在九〇年代瘋狂馳騁，絕非空穴來風，也不是什麼一句舶來品和模仿所能概括的。

文學與歷史的書寫距離太近了，以致無法抗拒它，而且很多時候文學就是歷史，只是披上了比喻和虛構的外衣。文學心存自己，但這份自主權過於脆弱，但也正因為如此才顯得更為重要。你剛才講了兩個突然，第一個突然是長期受到壓抑封閉僵化，突然政策上的鬆動，一下子噴發出來，造成八〇年代文學繁榮的因素。第二個突然是九〇年代至今，發展變化太快，反而失去了中國的特性，這個說法值得討論。為什麼後面一個突然就沒有中國特性呢？余華就認為中國用十幾年的時間走完了人家幾百年的路，就是中國特性。

陳　村：我問你們，你們現在看八〇年代的作品，隨便說一個作家的作品，什麼東西是有價值的？從今天的眼光看起來，當年出現了亂七八糟亂烘烘很多東西。程永新的《一個人的文學史》，就講到好像一九八五年前評獎都是對的，評出來的都是好作品。但是我的印象恰恰相反，那些都是不對的，那些作品今天看起來都不會去看，在文本上是沒有價值的。

程德培：就八〇年代的經典作品，既有入圍的，也有落選的作品。大約在一九九五年，我受湖南文藝出版社之約，參與編選了各屆評獎落選作品的工作，依據我們的觀點，此套中、短篇小說選集，選了各屆落選但有價值的作品，每篇皆有評述。當時來組稿的是周實和王平，他們回湖南不久便創辦了很有影響的雜誌《書屋》。老實說，各屆的評獎連起來看也是一部文學史，尤其是官方主辦的。有些作品後來獲獎了，這在以前是不可能的，有一種原本不被承認、轉而被推崇的風向標，同樣也側面地反應創作與批評的演變。一部分探索小說本來發表都有問題，而另一部分如今卻成了文學史的章節，但它們卻從來沒有獲得任何獎項，即使作者獲獎，也絕對不是其代表作。最近幾屆的魯迅獎，有時幾乎是一些重要的文學雜誌，像《收穫》、《花城》等清一色落空。其中孰對孰錯值得研究。我的理解，把一九八五年前後作為對錯的分界線，未必準確，但它至少反映一些變化。在此之前，審美的趣味、分歧相對集中，而在此之後，趨向多樣化。九〇年代之後更是一種無名狀態（無名狀態是借用陳思和的說法）。總的來說，不管出於什麼原因，我們都不能無視八〇年代的文學創作，出了那麼多的作家和作品，光說一句文獻價值難以蓋棺。現在的討論，無論是什麼沒有大師、經典，或者沒有大師只有大作，或者說數不出一個巴掌的大師都不重要。

陳　村：給了文學一個表演的舞台。今天這個舞台由別人去表演了。

原載《上海文學》二〇〇八年第六期

八〇年代：差異・批評・碎片

程德培、吳亮、陳村

程德培：八〇年代中國當代文學的復興和繁榮，自然有著中國本土的特殊性和偶然性。表面上看我們都是八〇年代文學的親歷者，但是和八〇年代文學密不可分的那段前因，十七年和文革十年，甚至可以追溯到更遠的延安講話，我們則基本上是陌路人。除了我們的青春期和文革有點關聯外，其他都只是書本上的認識。現在許多做學問的爲了打通現當代，有意無意忽略這段歷史（當然也有無法避免的其他原因），簡單地將現代文學的作家作品和八、九〇年代的作家作品加以聯繫、參照、對比，得出一個今不如昔、今勝於昔的結論，甚至懂不懂外語也作爲一個條件，這有點搞笑。在那封閉的年代中成長的我們，連許多基本的東西都無法爭取，談何瞭解世界，即使是八〇年代前期，現代主義和西方文學前面也要加上「批判」二字。但同時，我們也要看到，世界範圍內的五〇年代至八〇年代，文學也是異常熱鬧和繁榮的。六〇年代當我們在進行文化大革命時，拉丁美洲發生了「文學爆炸」，而作爲其代表的許多作家則長期寄居巴黎，接受歐洲各種文學思潮的影響。「文學爆炸」以蔚爲壯觀的作家作品，很好地處理了諸如遠古與當今、返祖與先鋒、現實與夢幻、繼承與借鑑、本土與外來影響、革命與藝術等問題。身處八〇年代的我們，恰逢加西亞·瑪律克斯獲諾貝爾文學獎，當然獲獎並不說明什麼，有意思的是，這一年瑞典學院爲了把獎頒給墨西哥著名詩人奧古塔維奧·帕斯，還是加西亞·瑪律克斯，竟費盡了心機。在「文學爆炸」之前，還有五〇年代的法國的「新小說」與荒誕派戲劇。記得八〇年代上海社科院由王道乾先生主持的雜誌《外國文學報導》，一本裝幀非常簡陋、類似於內部刊物的雜誌，率先翻譯介紹新小說理論、結構主義敘事學的文論，托多羅夫一九六九年發表的「《十日談》語法」，還有羅蘭·巴特、熱拉爾·熱奈特、A·J·格雷馬斯等人的許多重要文章，都是在這本雜誌上刊登的。記得有一次開會碰到王道乾先生，我說，《外國文學報導》我每次都讀，而且每次買兩本，因爲其中一本總會被我翻爛。那時正當《外國文學報導》面臨困難將停刊，一向嚴肅的王道乾先生聽我一說非常高興。

陳　村：白金時代是什麼？

程德培：作爲法國二十世紀思想主流的結構主義運動（當然也包括解構），對世界文學影響很大。但奇怪的是對中國文學幾乎沒有什麼影響。語言學成了科學的領頭羊，也成了文學批評發展的催化劑，不止是中國新時期文學的空白，而且還經常地受到不屑一顧的嘲弄。類似的怪事這幾十年是經常發生的。比如勃蘭兌斯的《十九世紀文學主流》，因爲翻譯出版得比較早，影響了整整一代人，直到前幾天，《文學報》上還有文章鼓吹眞正的批評就要像勃蘭兌斯的文章。不錯，勃蘭兌斯的六卷巨著在十九世紀末葉出版時曾引起極大轟動，他本人一九一四年前往紐約做莎士比亞演講時，甚至有上千人無法進入會場，不得不動用警方來驅散人群。這種轟動效應，很容易使我們聯想起當年的傷痕文學。但是現今，他在世界文壇早已無聲無息，爲人遺忘。實際上在他轟動之前，早有人直言不諱地批評他「一無可取」、「不懂什麼是詩」、「一個歐洲大陸的文化販子」。如果說八〇年代初，由於條件局限，讚美、崇拜勃蘭兌斯是可以理解的，那麼今天的鼓吹則是不可理喻的。

吳　亮：你現在講的是世界性的八〇年代。

程德培：世界性和本土意識既是對手又互爲鏡像。現在的偏頗是注重對手而丟棄鏡像。九〇年代以來的文學，很大一部分有顧此失彼、頭重腳輕的狀況，性愛很快出現了而瘋癲卻丟棄了，觸摸身體很容易而藝術性卻失蹤了，現代性成了高調而神話卻被遺忘了。文學邊緣化，文化研究唱主調，民粹主義的抬頭，並不見得僅中國獨有，一定程度上也是世界性的操盤。許多經常和西方打交道的作家、學者，回國後相當強調人文自決和本土特性，不止是出於對世界的回應，還隱喻了學術資本的盤算。學術和資本的共謀現象在我們日益人文學術體制化的今天，已是隨處可見的現象。

陳　村：巧合，可能某些時代合適某些東西。像印象派啊，後期印象派啊。

程德培：巧合的事情的確很多。七〇年代末作爲新時期的開端和幾位偉人的去世有關，我寧願把這看作巧合，而不是簡單的前因後果關聯。八〇年代法國結構主義大師的相繼去世也有著諸多離奇之處。羅蘭・巴特是與密特朗共進午餐後趕往學校的路上，被一家乾洗店的卡車撞倒，因車禍而去世的。最嚴格的理性主義者路易・阿爾都塞因掐死自己的妻子，而被安置在一所精神病院。雅克・拉康這位能言善辯的大師死前患有失語症。完全沉浸在性史的著作之中的福柯，卻受到了愛滋病的打擊，死前他住的醫院恰好是當年寫《癲狂史》所蹲點的那個精神病醫院……一系列的巧合都宣告了結構主義時代的終結。另外一個巧合是米蘭・昆德拉的作品，他的八部文學作品的捷克文版、法文版、英文版都是出自於七〇、八〇年代，而中文版則始於一九八七年，幾乎和新時期文學同步。而八〇年代中國的尋根文學和先鋒小說同時出現，也是一種巧合。尋根是一種返祖現象，和先鋒相反，但它們在八〇年代卻結成了親密的同盟，共同衝擊當時的主流意識。

陳　村：當年的背景是不讓你寫當下。

程德培：八〇年代文學運動的一個重要特徵是打破禁區，這和思想解放運動有著千絲萬縷的聯繫。而另一方面則是經歷著長期的依附、寄生以至迷失的文學性也開始自我的尋求，「探索」兩字在那個年代對每個寫作者來說，都是那麼的耀眼、動人，充滿著誘惑。那時《上海文學》的封面上，就有著「當代性、文學性、探索性」的廣告語，可見探索之重要。當然，九〇年代之後，一切都發生了很大的變化。

陳　村：我也不關心，我覺得很多文本什麼新寫實主義以後我就不要看了。我覺得寫得那麼差的文本被解釋成重要的。

程德培：總的來說，八〇年代的文學的價值在於其叛逆性、突破禁區、蔑視權威、敢於並樂於創新，儘管它也包藏著中國革命運動的模式。這也是個造成分化的年代，到處可見表示贊成或反對的激烈口號，各種矛盾相互糾纏，充滿競爭的意識。「看不懂」一說既是排斥、批評的用語，也有著褒意、慶祝的意味。九〇年代則不然，經濟處於衝突的前列，生活幸福與否、物質豐富與否、發展快慢與否，成了巨大且涵蓋一切的主題。其情境恰如安東・契訶夫所言：「人們正在桌邊用餐，僅僅是在用餐，但同時他們的幸福正在被製造，或者他們的生命正在被瓦解。」在社會或進化的網絡中，人們生命的眞正意義永遠在別處，降格於行動的亞文本。九〇年代以來，人人都在津津樂道「現代性」，唯獨現代主義的文學精神逐漸淡出乃至神祕失蹤。批評的缺席成了攻擊別人抬高自己的口舌，而不是行動的努力，而發行數量、市場通道、時尚影響力成了最有力的「批評家」，掌握了創作的生殺大權。

吳　亮：再過十年。

陳　村：對，他講再過十年。還有一個就是九〇年代也是重新洗牌潰散的時期。

程德培：二十一世紀眼看又一個十年要過去了。現在是文化研究大興其道，當然這裡有一個全球的背景。文化研究放棄精英主義的用途，草根性是其特點，諸如大眾、底層、階級、權力、族裔、性別和媒體等，則成了津津樂道的問題。奇怪的是，現在媒體、報紙發達了，應該是短小的東西發達了，而作爲文學的短篇小說則日趨消亡。每個作家動輒長篇，不是長篇也要拉成長篇，許多短篇則成了長篇創作的邊角料，剩餘之物，像雜碎一樣。而蘇童、金仁順這樣的短篇寫手，倒成了短篇小說的守望者。

陳　村：文學雜誌的地位邊緣化了。以前出一個好的短篇都要奔相走告的。現在就變成書的時代，直接變成一本書。當然短篇不在雜誌發表，直接就是多少個短篇成書。

程德培：八〇年代還有一個特點，就是作家、批評家彼此之間的交流、走動，那天我到作家協會的大廳開會，一看邊上那關著門的西廳，感覺很親切，當年無數次理論創作會議都是在那裡召開的。從第一次到西廳開會至今也整整三十年了。我們彼此間也是從那裡認識的。第一次認識蔡翔的那次會上，正逢議論《高山下的花環》，周介人點名蔡翔發言，蔡翔用其特有的誠懇語調說的第一句話是：「我有一種崇高感。」

陳　村：那個時候我自己作爲一個小說家，覺得小說家之間有一種互動。這些作家們他們寫的這些東西，可能別人對他們寫的有點不相關，但是是有作用的。

程德培：互動是肯定的，還彼此閱讀，分析創作動態和行情，即使是有抵觸的情緒也是如此。今年第一期的《收穫》上有賈平凹的回憶文章《尋找商州》，開頭便說：「一九八〇年，我的創作出現了問題，既不願意跟著當時風行的東西走，又不知道自己該寫什麼，怎麼寫，著實是苦悶彷徨……」不願意跟風走，實際上是以投反對票的方式來參與八〇年代的合唱。

陳　村：八〇年代差不多過去的時候，這些作家所謂的把自己最想寫的已經寫完了。一個人開始寫小說肯定寫最想表達的東西，我的生活什麼的。

程德培：八〇年代寫作的作家很大一部分都選擇了退出。留下堅持寫作的，實際上也靜悄悄地發生了很大的變化。上一次吳亮說的沒有什麼變化，難以令人信服。談話修改至此，無意之中翻到《文學自由談》今年第二期上何英的批評文字：《王安憶與愛葛莎・克利斯蒂》，我以爲這是近年來難得的好文章。一位批評家最重要的是懂得堅守自己的審美趣味，並且知道應如何爲自己的取捨辯護，把握作爲創作者的作家與作爲私人的作家間的區別。關於王安憶作品中的「物質性」問題，王德威的文章中提出與張新穎、郜元寶不同的意見，但說得非常玄乎，讓人不知所云。而何英則將來龍去脈分析得很清楚。文章中關於「極端」的問題，關於王安憶與張愛玲的異同說，我是非常贊成的。從中也可以看到王安憶九〇年代書寫的變化與堅守。

陳　村：我在想那個時候韓少功寫《爸爸爸》的時候，其實已經不是他最早的時候寫《飛過藍天》（的樣子），是有偏轉了。這種偏轉也是有好處的。但是可能像誰說的，作家像一個搖尾巴的狗。大概這樣的意思。因爲作家們必須創新，作家必須寫出新的東西表示自己的存在。這個跟普魯斯特的要以一部作品來證明自己的存在相差太遠。而且那些早些的古典大師的方式可能更加正確些。在這個年代，哪怕是八〇年代，當然現在也是越演越烈。就像王朔這樣的必須要吶喊那麼兩嗓子，告訴大家你還沒死。但是這樣對文本來說未必是好的。

程德培：調侃、諷刺、嘲弄、輕鬆而不失攻擊性的「段子」，無疑是文學進入九〇年代生活的一條通道，他們發洩不滿，塗改莊嚴的外型，採取輕視其目標的方式，通過緩解攻擊的鋒芒以削弱悲劇性的轉向。搞笑既是侵犯性的好鬥，又是一種可以免受其害的保護性措施。王朔爲代表的門類出現，以不合時宜的文學方式受到恰到好處的歡迎，正是出自這樣一種共謀。一種可進可退，攻擊別人又保護自己的策略，多少緩解了「迷茫」的病痛。「我是流氓我怕誰」、「千萬別把我當人」、「過把癮就死」、「愛你沒商量」、「金錢不是萬能的，沒有錢是萬萬不能的」……我們只要回顧一下這些話語，便可以想像「躲避崇高」是如何進入叛逆的陣地，世俗的力量又是如何輕視理想主義的幻象的。倘若你要傷害一個對手，就不能給予他太多的地位，說到轉型，我們可千萬不能忘了《渴望》，這一夜之間走紅、榨取無數民眾眼淚的暢銷劇，笑和淚實則上是難兄難弟，它們彼此依存又相互對抗。九〇年代以來，文學本身正在經受著這樣一種雙重的進攻和刺傷。說王朔式的不合時宜，還在其另類，我很難在其身上找到「文明傳統」所難以撕破的面紗，諸如滿足與融合、義務和快樂等，美德應該是它自己的報酬，善良是一種精神勝利，憐憫、同情、快樂、命運、苦難不分彼此地混雜相處，它們都可以爲任何對象服務，獨獨不能給予的是自身的利益和內心衝突。沒過多久，「動物凶猛」的法則在我們實際生活中便大行肆虐，而獨獨文學遺忘了它，對恐懼的遺忘恰恰構成文學的恐懼，號稱誰都不懼怕其實也是一種怕的方式。王朔的出現和受歡迎並不是孤立的，其價值和作用不容忽視，這也不是單從文本的角度所能闡釋的。

吳亮，你好久不說話，你覺得王朔怎麼樣？

吳　亮：現在我不回答你的問題，我先講我剛剛在想的事情。不然等會我忘了。話題說得大一些，就是八〇年代的文學就是一個自由的問題。以前很好玩，反自由化。顯然自由化爲什麼要反呢？自由就是資產階級自由，自由化可能是一個不好的被那個年代所否認的一股力量。但是憲法裡公民權這一條寫的，白紙黑字寫的，公民有接受自由，出版自由，言論自由，諸如此類等等。那個時候只有一個自由大家可以爭取，就是創作自由。只有作家裡面大家還可以通過自己的寫作，一部分是報告文學還帶有新聞自由的意思在裡面；大部分就是想像的自由發表的自由，比如我們有閱讀自由。所以中國當時不管是有意還是無意，也不是一個策略問題。可能是不得已而爲之的一件事情，文學家承擔了一種文以載道的任務，所以一直在尋找創作的自由。從表面來說，我寫什麼怎麼寫不要管我。所謂尊重創作的規律，也符合馬克思的文藝理論思想，也符合當時鄧小平的說法。創作要繁榮要自由。這裡面暗含著公民擴大自由的問題。但是當時中國沒有選擇自己直接的自由，也沒有什麼財產，也沒有什麼物權，物權法都沒有。

陳　村：物也沒有。

吳　亮：都沒有，只有一個我要說話。但這個裡面暗含著我的信仰自由。我選什麼不選什麼就是我的信仰自由了。還有一個，就是也暗含著出版自由。所以就是一個自由的問題。後來就不說了。一九九〇年以後，鄧小平有個講話很精彩，他是針對黨內說的，不爭論。不爭論什麼意思呢？也不要討論，也不要發表，也不要爭吵。

程德培：五十年不討論。此話一出，對習慣於討論姓「社」姓「資」的意識形態主流來說，是一次急煞車，「左」和「右」都不會滿意。王蒙最近在一次演講中對「不討論」評論很高。而你說的自由則是有些混雜。雷蒙・威廉斯的《關鍵字——文化與社會的詞彙》中有關此條目中，一開始就這樣說，「Liberal這個詞的望文生義，一眼就能看出含有政治意涵，以至於有一部分的引伸含義往往令人困惑難解，然而這個政治意涵是現代才有的用法，其早期有許多詞義是很有趣的。」這個詞的最早含義甚至可追溯到相對不自由的奴隸階層的自由人。而《楓丹娜現代思潮辭典》甚至棄自由而只採用自由主義的條目。我理解你剛才所說的意旨，準確地還是說人權，其意是指天賦人權的當代形式，更加具體地是指一九四八年聯合國大會通過的世界人權宣言。而現在對民族和區域來說，更爲流行的說法是自決一詞。偉大作品的誕生和自由並不是因果關係，這如同制約乃是自由的組成部分，而非僅僅是對它的限制。本雅明認爲，自由和宿命是相同的，這兩者都是背離因果關係的機械領域。眞正自由的代價永遠是無家可歸，就像眼睛不能在視野中注意自己一樣。

吳　亮：然後在學術界裡有一個說法後來被人家總結的，說什麼呢。九〇年代以後叫思想淡出，學術凸顯。思想淡出什麼意思？就是不要爭論的，思想都要爭論的。學術有什麼好爭論的呢？你做你的學問我做我的學問。相安無事。坐冷板凳麼。學術是什麼呢？說得低一點，它是一個飯碗，我做一個工作能留下來。所以九〇年代出現什麼呢？大家好多人都去下海了，掙錢了。我去爭取我的金錢自由，金錢很重要，能夠買到時間空間，能夠買到更大的行動自由，有自己的生活方式。好了，這個自由就變了。好像拐了一個彎，好像我們都不說話了，都去幹那些事情去了。當然後來出了問題，比方說信仰眞空，沙漠化。然後整個社會道德下滑。欲望開始出現。這裡面和不爭論是有關的，和不爭論的背景也是有關的。創作在裡面已經不重要了。文人在裡面講什麼？都是虛的。那好，作家都改行了，我寫連續劇吧，我寫暢銷書吧，我做生意吧。九〇年代繼續在寫作的有兩股力量很重要，一個產生了中國人的「新鴛鴦蝴蝶派」，實際上就是流行小說，流行的，暢銷的，時尚的。廣義的就是中國新時期的「新鴛鴦蝴蝶派」。還有什麼就是黑幕小說，比如陸天明。二〇年代都可以找到對應的，但是有很多差異。當時他們都觸及體制，官家很壞啦，不管是一個愛情故事裡面都有很壞的人，黑勢力的鬥爭。至少在民國的時候，言論是自由的。那個時候軍閥割據去罵誰去？罵軍閥，他們也無所謂的。誰管你？歷史條件是沒有了。

陳　村：你講的黑幕小說，這裡面是以正面力量爲主要。

吳　亮：對，必須要有的。

陳　村：變成正面人物正面力量爲主的。以前《二十年目睹怪現狀》徹頭徹尾都是罵人的。

吳　亮：它必須有光明力量，這個是一個。「新鴛鴦蝴蝶派」，我回答你前面一個問題，就是爲什麼它是模仿西方？在「新鴛鴦蝴蝶派」裡面的層面，它就是一個聲光色的表面，它沒有觸及中國尖銳的社會問題。沒有的。隨便舉個例子，好多人都喜歡村上春樹這些東西。村上春樹所描繪的日本都市以及他的國際背景裡面的東西，看起來沒有尖銳衝突，但是是需要一個自由氛圍和自由背景的。中國是沒有的。所以我們才會覺得中國的時尚文學它那麼淺，那麼表面。它對整個社會是沒有觸及的，我們並沒有要求它們觸及。鼻子一聞就覺得它們味道不對。像愛情故事太多了，像以前西方故事經典裡面男女悲歡離合太多了。它有時候也不是刻意要寫社會衝突，但它因爲有了自由的狀態，你就覺得它一切描述的都是很眞實的。在中國不是，要麼我迴避不寫，要麼就根本不去觸及。沒有思考，因爲整個環境不鼓勵你思考也不讓你去思考，所以它就變成這個東西了。怎麼能夠變成這個時代有特殊性的記錄呢？沒有特殊性。現在都可以提出來，因爲矛盾很尖銳。但是我也是反對把它作爲一個工具，出名一定要有鬥爭，文藝小說一定要出現批判。我覺得這也不是那麼簡單的事情，但一旦喪失自由的背景，作品會有問題。

程德培：黑幕小說也罷，新鴛鴦蝴蝶小說也罷，無非是指類型小說的一種劃分，而把此類小說寫得是否深刻也歸咎於社會制度的自由度，這種說法是可疑的。因果論很可能是個錯誤的嚮導。類型小說是市場的歸類而絕非文學的歸類。類型小說呼應了人類社會的分工越分越細，也是源於市場、媒介的導航。這在西方也是如此。

陳　村：但是有些作品我當時不是很喜歡，覺得寫得不對。如果從社會學意義上，比方說像《上海寶貝》這樣的書，我覺得是有意義。它描述了從比較小的地方來大地方的人的一種喜歡，一種嚮往，或者說一種見識。儘管不是從你贊同的方向描寫。這些東西可能是比較嚴肅的作品不能寫的。嚴肅的人要寫一個從小地方來的人，是不可能把那些吃到肉的欣喜來領會和表達的。那天開會正好有人傳了一個東西給我，這篇東西說什麼我早上起來，住在鋼窗蠟地的環境裡面，然後收到德國的EMAIL、美國的快遞。讓我看了有些惱火。這些東西和文學無關，你散文裡寫了那麼多自己已經不吃泡飯的東西，我覺得太沒勁了。但是我現在回過頭講，從小說的表現講，從社會學講，存在是對的。它告訴人們一個人的小人得志、不大好的腔調，來說明一個社會進步了。

吳　亮：你要是這麼說任何爛小說都能夠成爲範本。文化就是這麼批判的。

陳　村：我是說從社會學角度來說。

吳　亮：你隨便拿一個時尚雜誌我都能寫。

陳　村：從文本講是沒價值的，有什麼好講的。

吳　亮：從二〇〇〇年到現在，拿起任何時尚雜誌，都有一個時尚人物介紹，CEO啊，藝術家的模式都是一個模式。

陳　村：從文學意義上講也是有價值的。應該是那些婊子文學什麼公主文學都要並存的。文學要有各種層次的文學。在以前肯定容不得它，到《收穫》一定掐死你。寫什麼呢？但是從文學的構成講，從中國的特定條件來講，就像我在那個論壇當版主，就是我要把那個論壇弄得看不懂，那我不能清一色的討論偉大的、大家都在討論的問題，那麼一下子就把你掐死了。要吃飯也滿好，到哪裡旅遊也滿好。

吳　亮：你這個方法，你只要對社會批判學有興趣的話，只要抽樣拿一本東西可以隨機做評論的，就不講好壞了，提供的社會信息肯定都是有價值了。文化批評就是這個東西，拿出一個廣告和一篇文章的價值，都可以一樣的。

陳　村：但是有一個問題，文本的問題。所以我說是一個文本主義者。要從文學角度來看，以前我們不知道人是什麼，經過了卡夫卡經過了托爾斯泰海明威什麼的，我們至少更多的對人有了認識，至少不講他用的詞語如何。探究來講這些東西是有價值的。你講的不喜歡的垃圾文本其實是沒有探究的，它不只是重複，它比以前人的探究還倒退。什麼愛情的位置？當時重要的是把愛情兩個字說出來了。當時是不讓說的。終於用一個不對頭的方法把它說了出來。劉心武呢，當時也是時尚的，就像今天的于丹一樣。

程德培：傷痕文學參與了八〇年代初的反思和思想解放的合唱，它的社會作用是客觀存在的。當然它在催化了以後的文學的自我追尋中也成了對立面。這和于丹現象不可同日而語。催化向下的力量和向上的力量是有區別的。

陳　村：我是不大佩服某些人，什麼《大牆下的白玉蘭》，太僞造的故事。一個什麼犯人爬到牆上去摘一個白玉蘭去獻給周恩來。不可能的事情。而且整個裡面充滿了虛僞。那些右派作家們急於要把名闖出來，然後找了當中和官方妥協的什麼東西，然後編造了這樣一個故事。包括王蒙是試探性地寫了那些，也是從對老百姓的愛寫起的。他們情有可原，也都是不用自己的血肉之軀去尋找。但是在後來的陸續的創作的美學太不好。就是我反對程永興說當時評獎是對的。是不對的。要把這些東西評得怎麼可以？

程德培：虛構和虛僞一字之差，天壤之別。我們有時很難以判斷文學中的虛僞。這也很難說是文本之內的事，小說是無法脫離政治的，哪怕政治遠在天涯海角，小說又是必須逃離政治的，哪怕政治近在咫尺。爲的都是文學那份脆弱的自主權，一種隱私和心智的遊戲。對批評而言，虛假、不眞實是經常出現的用語，而虛僞則涉及更擴大的領域。評獎不是決定文學高大的尺度，充其量不過是一種行情，包括文學與非文學的。

陳　村：當年女生要留披肩髮，就講海迪姊姊也留的。我爲什麼不留？（但是）一定要剪掉，不然不准進校門。她就用一個英模人物的例子。我還寫過，《文匯報》硬要把留長髮的男孩頭髮剪掉。我說這個侵犯人生權利。你是想不到中國是在非常奇怪的狀態下在進步的，而且我是喜歡進步的。進步也挺好。今天哪怕是有人爲了自己出鋒頭在網上發涼快些的照片，我覺得好極了。以前不能發，流氓罪。

程德培：相對以前，好事有時候就是壞事。

陳　村：而且必須要有這麼多人看不上的，比如地攤文學，盜版亂七八糟的東西，才有可能好的東西凸顯出來。要像什麼都清了，八個樣板戲，弄個第九個馬上被人掐死。

吳　亮：現在地攤文學都很高級了，到處都是法制文學。色情都是通過法制出來的。八〇年代的法制文學。什麼殺人、強姦都是通過法制教育來說。現在不必要了。現在法制文學沒什麼市場了。

程德培：對色情與「法制」來說，生活本身正在發揮其想像力。

陳　村：我相信當年劉心武也是眞誠的，他要寫的都是眞誠的，但就是有些審美的衝突，我們的代溝當時是沒有被提及，當時是被掩蓋的。事後去想的話。

程德培：他們那個時候是闖禁區，寫當時不被認可的觀念。

陳　村：終於可以批判縣委副書記了，是非常了不起的。

程德培：寫壞人能夠寫到什麼級別，以前寫到一個科長，現在我可以寫到處長。當然是了不起的進步了。周梅森就是這樣，腐敗他就寫到什麼省委副書記了。所以他說的，我這個根本不是反腐敗，而是國家政治。

陳　村：所以我說文本，當蘇聯滅亡的時候，那些以前爭論那麼多的問題都是僞問題，都毫無價值。

程德培：那你沒辦法。

陳　村：就是總算允許你存在。我是一直很感謝茹志娟的，一直到現在我都覺得茹志娟當時放出來很多人。很多人都是那個時期的。

吳　亮：作家協會當時工廠出來的人還是很多的。趙長天當兵後來到工廠裡。陳村也在工廠待過。

陳　村：也待過。我調來之前在教書。

程德培：趙長天、宗福先、吳亮和我幾乎都是差不多時間調到作家協會。記得當時《新民晚報》連續四天，爲每個人發了一篇短小的印象記，題目爲作協新來的年輕人，是林偉平寫的。

吳　亮：程德培，你那個時候剛剛接手《文學角》的時候，這個「文學角」的名字是誰起的？滿好的。

程德培：那時外灘公園有個英語角，「文學角」無非從這裡移植過來的。但「文學角」雖不大，它是尖銳的、向上的，眞正的先鋒是一如既往的，這是你吳亮的解讀。

陳　村：這個雜誌也是要提到的，不然也要被歷史忘記掉了。尤其以後人家發現一個新大陸一樣，呀！這裡以前有一個叫《文學角》的！

吳　亮：我當時在裡面寫文章還是滿有意思的。好像是一九八二年還是一九八三年，有一次魯樞元從河南到上海，那天周介人請他在紅房子吃飯，紅房子周介人很喜歡。吃好飯又回到作協去坐一坐。因爲周介人一直誇我，飯桌上，魯樞元說吳亮很有才華年紀很輕，還在工廠裡做工人，老周你幫吳亮想想辦法。我當時年紀也輕，體力也很好。我覺得當時很多要寫想寫的都沒有時間。我也模糊了周介人當時是怎麼問我的，我有一個比喻也不是很恰當，我說阿基米德有句話，只要給我一個支點就可以撬起地球。槓桿原理。我的意思就是說，你只要給我足夠的時間我可以寫出很多東西。不知道這個話對他有無影響，我不清楚。因爲他一直知道我的寫作條件不好，後來就幫我請創作假。我是很需要逼迫的，就是一種逼迫，上面一直希望你不斷有文章。後來沒多久，周介人幫我介紹了《電影新作》的王世楨、邊善基兩位老前輩。那個時候他們就不斷給我寄電影票。到新光看電影。看《外國文藝》，還訂了兩本雜誌，什麼《哲學譯叢》、《經濟學譯叢》。當時就這點雜誌、書。從哲學藝術裡面剛剛看到李澤厚的名字。薩特什麼的、新康德主義，當時我都不知道是什麼。後來周介人又把我介紹給儲大宏。

陳　村：《文學報》主編。

程德培：《文學報》的社長，最早他是《解放日報》的。

吳　亮：然後他又把我介紹給《文匯報》的史中興、褚鈺泉，後來開始一起開專欄。周介人說，吳亮你的文章我是發最多的。當時我的寫作量很大。我寫作需要有人逼迫的習慣直到現在也沒改，我很喜歡事先承諾，就必須要寫。沒有專欄的壓力我就可以不寫很懶惰。我又沒有大學課題。我首先要張揚一下，我要寫了！不然不行。後來你的《文學角》的出現我是很高興的。因爲程德培發文章不要搞什麼平衡。

程德培：一九八七年我們一起參加黃河筆會，就是那次出車禍事件回來後就開始籌備的，《文學角》出版的那一年還遇上了甲肝事件。

吳　亮：那個時候多狂熱。

陳　村：李劼？也很開心。好像我們弟兄幾個都沒做過主編。

程德培：其實從八〇年代起，我們做的和現在最接軌的事情，就是怎麼在報紙的媒體上開展短小精悍、有持續性的專欄。最早是《文匯報》邀請我們去參加會議，出主意如何辦好文學副刊，於是就有了「新作過眼錄」。後來酈國義去辦《文匯讀書週報》，有一次在車站遇到他，決定我和吳亮共同搞一個專欄，取名「文壇掠影」，可以說，這是八〇年代文學批評最有影響的專欄。那時候報紙有很多條條框框，辦一個專欄不容易，不像現在專欄已經是滿天飛。當年在我認識的報人中，酈國義對專欄的認識是有獨到見解的。

吳　亮：寫了兩年多，從一九八五年夏天到一九八七年年底。

陳　村：那個時候程德培說，寫兩篇很不容易。

程德培：除了專欄的作用，我和吳亮還編選評述了《探索小說集》。到了九〇年代，我們到香港、台灣，許多人已不記得我們曾經寫過什麼文章，但這本《探索小說集》，依然有很多人記得。

吳　亮：同時我們還編了一本《新小說一九八五》。從一九八五年到一九八八年記憶中很多事情。

程德培：還有一九八四年一起參與的「新人文論叢書」。最早的三本。這套叢書影響很大。後來我們又參加了牛犢叢書，由上海文藝出版社出版。

陳　村：做文本的研究也滿好。

程德培：後來才是辦《文學角》，那個時候辦《文學角》，我們兩個人天天面對面坐在那裡。他儘管不是《文學角》編輯部的，每天坐在對面討論，如何使批評的文體生動、活潑。

吳　亮：訪談作爲一種批評文體，《文學角》用得比較多。

程德培：我們那個時候討論的問題都是現在大眾媒體愛用的文體。

吳　亮：程德培這個方面比較領先。

程德培：後來我們去開會碰到很多大學生，寫過什麼東西不知道。但是「文壇掠影」都知道。對大學生影響很大。「文壇掠影」中，吳亮對陳繼光小說的批評一直被很多人津津樂道。

陳　村：你當時批評的手段是把它裡面亂七八糟的話排列出來，像文革一樣的形容詞。

吳　亮：據說他兒子說要找我打官司，後來不了了之了。我對我批評張辛欣這件事還有點印象。

陳　村：張辛欣後來給你回信也回了些。吳亮啊吳亮啊，你好狠毒！你那篇評論叫《少來點雜碎湯》。

吳　亮：張辛欣意思就是我們都是自己人何必呢。哈哈。

陳　村：張辛欣我現在還和她有聯繫，在美國畫畫。

程德培：林偉平結果把《文學角》搞到《新民晚報》去了。

陳　村：不過那個時候陣地很要緊，你給我一個槓桿也好支點也好，其實也就是一個陣地。我就可以幹活了，做得有聲有色。

吳　亮：把聚光燈打在我身上就行了。鏡頭對著我。

程德培：其實八〇年代我們除了寫作以外，還做過許多事情，出主意、開專欄、自己編書、給人家編書、參與並組織會議。我和吳亮到作家協會成立了理論研究室，第一次參與組織的就是杭州會議。那時候潘凱雄路過上海，回北京後不久，《文藝報》就召開了全國青年評論家會議，那次會議不久，就開了青年評論家寫「印象記」的先例。我們還參與組織了瀋陽會議。

陳　村：以前吳亮跟我說什麼話我現在還記得，他說，陳村，你要把我寫得人家看起來是壞話但其實是好話。

吳　亮：哈哈。你一直是這樣的。人家看不懂的人認爲你在罵別人。

陳　村：我寫王安憶的時候她就跟我說了一句話：你把我寫得好看點。

吳　亮：我知道我當時的文章對於批評圈子裡的文體影響還是滿大的。好多人模仿我的文體。

陳　村：引用你的很多。一直到現在還是有很多人引用。

吳　亮：我現在寫得少了。

程德培：吳亮有些經典，比如評張承志、評《迷人的海》、評馬原等，尤其評馬原那句「敘述的圈套」，流行甚廣，經常被引用。現在看來，我認爲，吳亮文章最具開拓價值是其城市文化的批評。那時我們幾乎天天能見面，他那份敏銳、焦慮我是比較有體會的。不知怎麼的，現在城市文化日益受重視，吳亮的文章反而少有人提及。

陳　村：我最早看到的孫甘露、馬原、殘雪的都是手稿。當時沒有辦法發表，手稿先給朋友看看。孫甘露那個時候有本詩集我還看過，他寫詩歌寫得眞好。

程德培：《黃泥街》的手稿都在我這裡流傳過。評殘雪的文章我寫得比較早。後來她出集子要我寫序，我就用我的評論文章代序。

陳　村：而且人和人認識也很奇怪，像我和馬原認識，是因為馬原讀過我的《我曾經在這裡生活》什麼的，然後他要找我。正好他認識《青春》編輯部的人，李潮啊什麼的。跑到《青春》編輯部來打聽。正好我當時老婆的同事也跑到《青春》編輯部，然後就把他帶到學校，後來帶到我家來。

吳　亮：你們兩個早晚會認識。

陳　村：那個時候很好玩居然這樣認識。我還給他拍過照。可能是他這輩子最好看的照片。

陳　村：馬原後來給我看的小說，《零公里處》、《夏娃》這兩篇是很好的。馬原還沒有蛻變，長翅膀以前的，但是寫得很有意思。《零公里處》就講一個在東北的小孩，他老是說這個一百三十公里，七百二十公里，他要去找零公里處。他就找啊找跑到天安門去找零公里處。我覺得這裡面其實就蘊涵了他以後的東西。可能我們作家就是找一個實在的東西，確實的東西。我認識他的時候寫出來的東西已經不一樣了。但是那個時候沒有辦法發表。

程德培：馬原最感激的就是李潮了。

陳　村：我經手過很多滿有意思的小說。那個時候很想去發表，其實我的文章也未必發得了。我就覺得我是主編就好了。

程德培：變成你一生中的情節了，小眾菜園到處亂發。

陳　村：現在是當然，發一個文章不是問題。比如現在跟某人打個招呼幫幫忙給我發出來，他也就發了。當時的主編都不是認識的人。哥們。我一九七九年發小說是二十五歲。二十五歲的人做的事情要到五十多來說它。

吳　亮：你不是有一個小說叫《當我二十二歲的時候》？

陳　村：有這麼一篇，但當時我這個小說受到王元化的批評。那天他正好來我們這裡談事情，他批評了老舍的俗氣，月亮像銅錢一樣掛在天上。拿銅錢來比喻月亮，這種比喻的俗氣。當時我還吃了一驚，因爲老舍都是大家心目中的大家。怎麼可以這麼說呢？後來會議後他叫住我，說你寫的《我曾經在這裡生活》是很好的，但是你爲什麼要寫《當我二十二歲的時候》？這是一個問題小說，曾被轉載。我覺得他批評的是對的。他覺得你應該去寫人的情感、人的狀態，而不是用文學去解決問題。老先生說的是對的。其實文學史有這樣的細節是滿有意思的。

吳　亮：他說老舍的是哪個作品？

陳　村：我不知道他說的是哪一篇。

吳　亮：那也許是老舍作品中某個人物的主觀眼光。

陳　村：他還批評曹禺的匠氣，因爲那時候他眼光比我們大。還是很有意思，王元化先生我還是很追憶的。吳亮寫城市批判滿好。

吳　亮：我現在回過頭來看自己寫的關於城市的。城市筆記，城市漫遊者。國內在一九八五年的時候，這個領域的翻譯和研究幾乎是零。後來我陸續看到很多關於大都市的著述，一種是理論性的，齊美爾、鮑德里亞，還有一種很有城市感的東西，比如本雅明、羅蘭・巴特。還有一種是建築師的手記，柯布西埃、磯崎新、庫哈斯。

程德培：鮑德里亞的翻譯是不是有問題呢？

吳　亮：這個不去管它。但從他的觀點還是可以看得出來的，譯錯了可能更精彩。

程德培：我相信很精彩。

吳　亮：當然他們是文化批判了，但是相當有都市感。還有就是九〇年代以後到台灣去的時候，我買了台灣翻譯的美國大家的藝術評論。我發覺他們的觀點肯定比我好，因爲他們是系統得過來。我無法展開，也無人交流，也沒有參考資料。

陳　村：其實在吳亮的文字中是有小說的筆法的，你有點是想敘事，不一定是要說理。批評本來應該說理，但是你裡面會有敘事。

吳　亮：對人的評論都是後來者的事，一個時代並不見得一定會出現某個人，如果八〇年代沒有，阿城也就沒有了，我們現在看歷史，似乎許多人繞不過去，其實有沒有他們，都是很偶然的。

原載《上海文學》二〇〇八年第七期

後記

收錄本書的文字都是近幾年寫下的。在此之前，中斷此類寫作已有十多年，當然中斷的只是寫作而非閱讀。從一九七七年我寫下第一篇批評文字開始至今，對文學的關注、閱讀、思考其實並未中斷過。所不同的，二十年前的寫作，對我是一種工作、一種職業，而今只是一種業餘，一種閒來無聊的重操舊業。我把自己稱之爲批評文字的「票友」。「票友」重自娛自樂，淡功名利祿。文字寫下，即便無人閱讀也無妨，況且「無人閱讀」也正迎合一下「批評已死」的說法。

寫下這些文字還有一個重要原因，那就是恩師李子雲的叮囑。在二〇〇六年秋天的一個下午，我在老師家中坐了兩個多小時，具體日子記不得了，但那天天氣很好，陽光始終和我們在一起。李老師得知我有空能坐下來寫點批評文章很高興。就她關心的作家和我一一數來，有褒有貶、有興奮也有憂慮，我若對某個作家有點看法，她總要刨根究柢地問個不停。很奇怪，那天下午談話過程中，竟然沒有一個電話進來，非常寧靜且具有連續性。談話最後，李老師還認眞地數了一下談話中涉及的作家，希望我能一一寫下評論。如今，收錄在集子中的文章至少有一半是和這份名單有關的。除了安妮寶貝的評論寫了一半夭折和眼下正在寫的「鐵凝論」之外，這隨意交代的任務總算是完成了。我深知自己寫不出李子雲老師心目中的批評文字，但只要在寫，她總是會高興的。在我不寫文章而忙碌一些自以爲有意思的事情的十幾年中，李老師對我最不滿的地方就是不務正業，不論在公開還是私下的場合，她總是在重複一句話，「不寫評論，太可惜了。」我理解，李子雲老師的話不是對我的評價，而是表達了她始終認定的批評是一項神聖的正業。

其實，正業與否還是可以討論的。如同小說是無法說出眞情的一樣，批評何謂也是永遠說不清楚的。如果小說家停下來向我們保證他現在所敘述的是眞實的，我們還是會以爲這是虛構的陳述。近一兩年來，批評似乎越來越被重視，我們隔三差五地總能讀到指導批評的批評，此類自以爲明白的文章總讓人越讀越糊塗。在這個講究包裝的年代，明白總是不明白的華麗包裝。如果批評只是將人後嘀嘀咕咕的不滿換作人前的罵街，那麼，除了勇氣，其他都是多餘。有時想想，眞理比小說更奇怪，生活比小說更加超現實，而批評呢？處於小說和理論的中間，生於創作和文學史的夾縫中，它永遠裡外不是人。事實上，批評作爲一個角色正在消失，批評作爲一門學術已處邊緣，批評作爲一門職業已無法自我認同。套用一種流行的說法，批評的身分處於別人的保管之中，因爲別人總是透過他們自己的斜眼和欲望的厚網來看我們，結果是批評永遠不會得到完全妥善的保管。我們都很忙，認眞二字已經開始衰亡或退出言詞的舞台。閱讀幾十萬字甚至幾百萬字的作品，研究那些反覆出現的題材和意象形式，理解作者是如何經歷他們世界的方式，抓住作爲主體的作品和作爲客體的世界之間的現象學關係，還得觀察自我與他人之間的關係或他對物質對象的描述，最終換來的只是區區萬言的評論。在這以交換爲準則的商品社會中，這也太不經濟了。

批評是一種實踐，問題是此類實踐目前正陷於不屑眼神的重圍之中，批評還是帶有偏見的實踐，謙虛者自可以小心傲慢，但偏見總是注定的。這也是爲什麼伽達默爾寫道：「一切釋義都是一邊倒的。」羅蘭．巴特在辯論中說，沒有釋義是「單純的」。含義的語境是批評家的必需，也是其產生偏見的根源。在語境之中獲得，也在語境之中失去，這大概是批評家的宿命。記得一位評論布魯姆的評論家說過：「最新出版的薄本書似乎是完全透明的了，因爲強大的光線立即從一千個批判的角度集中射向它們。」聯想到本書的出版，書既已出版，其透明度是明擺著的，問題是哪能有那麼多批判的射線照顧它？相反，寂靜和沉默倒是有可能的。祝福此薄本書在沉默中死亡。

二〇一〇年十二月二十六日於上海

文學叢書 336

魂繫彼岸的此岸敘事
論當代中國作家與作品

作　　者　程德培
總 編 輯　初安民
責任編輯　鄭嫦娥
美術編輯　陳淑美
校　　對　呂佳真　鄭嫦娥

發 行 人　張書銘
出　　版　INK 印刻文學生活雜誌出版有限公司
新北市中和區中正路800號13樓之3
電話：02-22281626
傳眞：02-22281598
e-mail:ink.book@msa.hinet.net
網　　址　舒讀網 http://www.sudu.cc

法律顧問　漢廷法律事務所
劉大正律師
總 代 理　成陽出版股份有限公司
電話：03-3589000（代表號）
傳眞：03-3556521
郵政劃撥　19000691 成陽出版股份有限公司
印　　刷　海王印刷事業股份有限公司

港澳總經銷　泛華發行代理有限公司
地　　址　香港筲箕灣東旺道3號星島新聞集團大廈3樓
電　　話　852-2798-2220
傳　　眞　852-2796-5471
網　　址　www.gccd.com.hk

出版日期　2012年 11月 初版
ISBN　978-986-5933-39-5

定價 420 元

國家圖書館出版品預行編目(CIP)資料

魂繫彼岸的此岸敘事：論當代中國作家與作品／程德培著. --初版. --
新北市：INK印刻文學，2012. 10
424面；15×21公分. --（文學叢書；336）
ISBN 978-986-5933-39-5（平裝）
1.中國小說　2.現代小說　3.文學評論

820.9708　　101018902